U0621965

什么都别怕
我永远站在你这边

郭敬明

你我之名 上

娜可露露 著

中国致公出版社 知音动漫

Illustrated by 大智

Illustrated by 刀刀

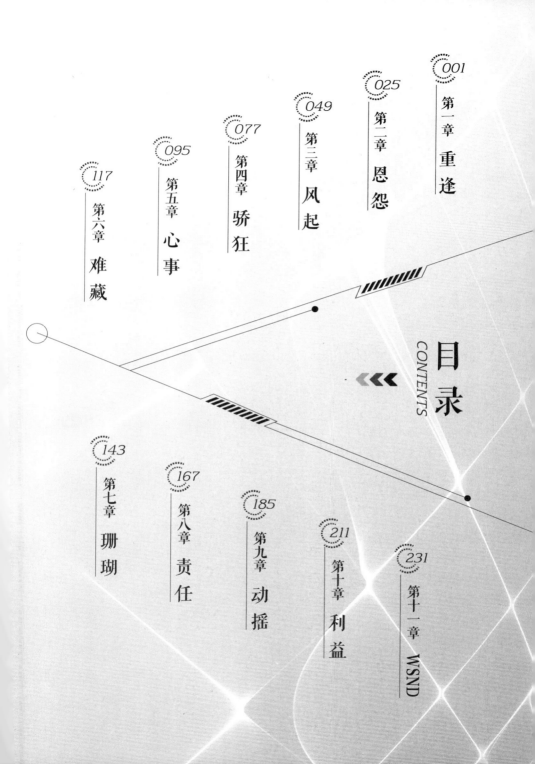

目录

CONTENTS

第一章 重逢

> 仿佛外界的一切都与他无关，他此生唯一的事业就是洗键盘，像孤独的剑客远避世外，在溪边砺剑。

八月十九日，凌晨一点，左正谊在休息室里洗键盘。

他大病初愈，涂了白漆似的脸上没有血色，也无表情，长得倒是好看，但乍一看不像活人，像个病死的鬼。

这"鬼"深更半夜不睡觉，拿着拔键器，慢吞吞地拆键盘，卸下键帽，一个个扔进旁边加了清洁剂的水盆里泡着。

清洁剂香气熏人，W键被泡沫托起，漂在水面上。他瞥一眼，轻轻摁下去，耐心地搓洗。

水温很低，把他的手冻得发红。

空调也开得低，他打了个喷嚏，有点冷。

但左正谊依旧保持着耐心，把108个键帽全部拆洗干净，逐一消毒、擦干，没有怠慢任何一个，然后按照顺序摆在桌上，继续去拆机械轴。

清洗的过程无聊又漫长，但他耐心得近乎温柔，专注得堪称享受。

仿佛外界的一切都与他无关，他此生唯一的事业就是洗键盘，像孤独的剑客远避世外，在溪边砺剑。

他是电子竞技职业选手，键盘的确是他的剑。

可惜，左正谊手中的这柄剑并非战无不胜，半个月前，他刚刚在洛杉矶大败一场，与世界冠军擦肩而过，成了冠军身边站得最高的陪衬——亚军。

当时左正谊并未觉得有多难过，但不知怎么回事，他的身体似乎比脑子脆弱，擅作主张地病倒了。他从洛杉矶拖着病体回上海，先是发高烧，继而得了肺炎，昏昏沉沉地被送进医院，昨天才出院回到基地。

WSND 电子竞技俱乐部基地，左正谊的半个家。

与家有关的形容词，可能是"团结""和谐""温馨"，也可能是"混乱""分裂""争执"，很不幸，WSND 是后者。

此时，休息室的门没关严，有光从门缝照了进来，同时传进来的还有门外的交谈声。

左正谊一边清理机械轴，一面无表情地听着。

其中一个声音说："我凭什么不能生气？他生病关我什么事啊，又不是我把他打进医院的！况且都已经出院了，他自己不肯好好养病，一天洗三遍键盘，跟有病似的。"

这是左正谊的队友，傅勇。

另一个声音说："你小声点，少说两句吧，赶紧睡觉去。"

这是战队经理，周建康。

"我不睡！"傅勇说，"叫他出来，我有话要说！"

听见这句话，左正谊放下键盘，走到门口，用力一推门，对着外面说道："你想说什么？进来说。"

他的嗓音冷冷的，但表情平静，似乎并不生气。

不生气未必就是脾气好，也可能是一种不屑。傅勇当即冒火，不顾战队经理的阻拦，猛推了左正谊一把："你装什么啊！我要说什么你不知道？我女朋友还在哭呢，你就没有一点良心不安？！"

左正谊竟然笑了："关我什么事？又不是我女朋友。"

他的手还沾着水，冷白泛红，回敬了傅勇一拳。

眼见两人要打起来，周建康连忙拦在中间，一左一右分开他们。

"吵个屁啊！多大点事？"

"怎么就不是大事了？刀子没割在他身上他不知道疼！"

傅勇略胖，又很高，身材十分壮硕，但吵起架来竟然红了眼睛，一副要哭的样子。

左正谊觉得他好笑："你女朋友可能不是被刀子割疼的，是被你这个废物菜哭的。"

他穿着白衬衫，单薄的身子看起来没什么气势，但他站得相当有气势，脊背笔直，抬手指着傅勇的鼻子说："与其被网友骂得跳脚，莫名其妙地迁怒于队友，不如好好练技术，你这个废物——我再说一遍，废物，不服Solo。"

"……"

左正谊骂得不留情面，傅勇愣了几秒，这么一愣神的工夫，就被周建康拉开了。

周建康双手推着傅勇往外走，后者面子挂不住，嘴硬道："Solo就Solo！我怕你啊！来啊！一血一塔，直播Solo！"

周建康踹了他一脚："滚去睡觉！"

走廊里的吵闹声逐渐远去，左正谊回到休息室的水盆前，仿佛什么都没发生过，心平气和地把洗完的键帽一一安装好。

墙上的挂钟指向一点四十五。

他用吹风机把键盘吹干，离开休息室，回到训练室的座位上，插好键盘线，打开了电脑。

左正谊很久没上网了，但网上发生了什么他都知道，这一点得感谢傅勇。

自打WSND在洛杉矶输掉全球总决赛，队伍的粉丝就把黑锅扣在了傅勇头上，天天骂他"菜""拖累队友""害WSND错失世界冠军""战队罪人"……

傅勇被骂得屁都不敢放一个，去女朋友那里寻求安慰，哭诉了一场。

不料，他女朋友没想太多，把他哭诉的聊天记录贴到微博上，替他申冤，说他很努力了，说"你们不要再骂了"。

然后他女朋友就被嘲讽了。

骂傅勇的人转移到了她的微博下，有些人相对理智，分析比赛，有理

有据地骂。但也有些人没素质，污言秽语一箩筐，把姑娘骂哭了，傅勇哄了好几天也没哄好，她嚷着要分手。

傅勇战场失利，情场也失意。正值休赛期，他溜出基地喝了几天闷酒，不知是不是酒精把他的脑子烧坏了，他竟然认为这一切都是左正谊的错。

他的逻辑是：

一、电竞圈"喷子"网暴了他女朋友；

二、这些"喷子"大部分是 WSND 的队粉；

三、WSND 的队粉最喜欢左正谊，天天捧着他。

由此可以推出：左正谊的粉丝网暴了他女朋友，也就等于左正谊害他被分手。

当时左正谊还在养病，在医院里收到傅勇的消息。

傅勇解释了一遍"前因后果"之后，说："你能不能发条微博，约束一下你的粉丝？"

左正谊："？"

傅勇："他们网暴无辜女孩，OK？"

左正谊："行，回头我通知我的经纪公司，让他们发一张律师函，顺便买个热搜。但是这样会不会有点占用公共资源呢？虽然我是男明星，但也得为社会大众考虑呀。"

傅勇："……"

WSND 就这样起了内讧。

左正谊不太在乎。

其实他的脾气真的很好，输了比赛只生自己的气，从不怨恨队友。偶尔会有情绪不稳定的时候，但洗完键盘，和他的"剑"单独相处一会儿，那些不受控的负面情绪就随着冲进下水道的脏水消失不见了。

他也曾想过，决赛为什么会输？真的全是傅勇的错吗？不，左正谊才是 WSND 的战术核心，中单兼指挥，比赛失利，他难辞其咎。

但他究竟做错了哪一步？

也许没有错，只是还不够强，仅此而已。

电子竞技没有第二，他不喜欢亚军。他要成为天下第一的剑客，站在最高的领奖台上，让全世界记住他的名字……虽然这么想有点"中二"。

左正谊坐在电脑前，发了会儿呆，然后打开了游戏。

这款游戏叫 EOH（Epic of Hero），中文名"英魂之歌"，是现在全球最热门的 MOBA 类电竞网游，运营十多年，热度不减。

左正谊刚登录上去，游戏里的好友消息提示音就响了。

绝："这么晚还不睡？"

"绝"是他的一个网友，没见过。但他没见过对方，对方却知道他是左正谊，经常看他的比赛和直播。

左正谊还没回复，又收到一条新的消息。

绝："你改名了？"

左正谊不大想聊天，但聊天窗口里有已读提示，他出于礼貌，还是回复了。

他的新名叫"End"。

End："对，新赛季我想换个职业 ID。"

绝："为什么要换？嫌 Friend 太友好了，不符合你的作风？"

End："想换就换了，上个 ID 本来也不是我取的。"

绝："谁取的？"

End："朋友。"

绝："什么朋友？男的女的？"

End："？"

End："你查户口的？"

左正谊有点无语，其实他和绝不太熟，关系谈不上好，虽然也不算坏。

一开始他以为绝是他的黑粉，因为这个人特别喜欢在他开直播打游戏的时候狙击他。

左正谊的段位很高，高端局熟面孔多，绝还专门盯着他，和他同一时间卡排队，导致他们几乎每局都能排在一起，一来二去就眼熟了。但除此以外，没有更深的交往。

过了两分钟，新消息提示音再次响了起来。

绝："随便问问，你好凶。"

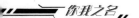

End："没有凶，我单排去了，回聊。"

绝："等等。"

End："？"

绝："我也准备打职业了，AD位。"

End："可以，你AD玩得不错，祝顺利。"

绝："真客套。"

左正谊闻言只回复了一个笑脸的表情符号。

绝："你心情不好吗？"

End："没有。"

绝："病还没好？"

End："你怎么知道我病了？"

绝："全电竞圈都知道——'左神内心脆弱输不起，病成电竞林黛玉'。黑粉还给你取了个花名——左黛玉。"

End："……"

绝："你不知道？"

End："谢谢你告诉我。"

绝："不客气。"

左正谊确实不知道，傅勇没说这个。但他除了觉得有点搞笑，也没别的感受。电竞圈是个很现实的地方，以成绩论一切，输比赛就没人权，他们愿意黑就黑吧。

左正谊的内心毫无波动，正准备开一把单排，忽然想起件事来。

他打开和绝的聊天窗口。

End："你准备去哪个俱乐部？"

这两年国内AD泛滥，大部分战队的下路都不缺人，他有点好奇。

绝："还没决定呢，可能是某个不知名小战队吧。"

绝："期待在线下见到你。"

End："我也期待了。"

绝："你最好真的期待。"

End："？"

绝："没事，我下了。晚安，黛玉。"

左正谊："……"神经病。

最近左正谊不上网，不是因为不喜欢上网。他今年才十九岁，虽说相比同龄人性格算冷静，但远远没修炼到一点也不关心舆论的境界，他只是不想去凑别人的热闹。

半个月前，洛杉矶争夺世界冠军之战，对阵双方是 WSND 和 SP。两支战队同属于中国赛区，打了一场史无前例的中国队内之战。

当时决赛还没开打，国内就开始提前庆祝了，他们说不论谁赢，都是为国争光。

最后 WSND 战败，SP 胜出，漫天的金雨与彩带飘下，左正谊成了举国欢庆的背景板。

他不乐意当背景板，也不想发表任何亚军感言，去抒发他的悲伤。

黑粉说他输不起，病成林黛玉，他仔细咂摸了一下，可能不算说错，他的确是因为战败而意志消沉才会病倒，是心病。

但消沉是暂时的，洗几次键盘，左正谊就恢复得差不多了。

他起身去给自己倒了杯水，回来之后关掉和绝的聊天窗口，回到游戏主界面开了一把单排，顺便把直播打开了。

WSND 全队的直播合同都签在龙象 TV，这是国内流量最大的游戏直播平台。

左正谊外形出挑，天赋出众，粉丝相当多。即便是深更半夜，他一开播，直播间也涌来大批观众，每个人见了他都表示震惊，弹幕里充满问号。

"？？？"

"黛玉出院了？"

"？？？？？"

"你怎么刚出院就熬夜啊？补直播时长也不必这么急。"

"左左！你的身体好点了吗？"

"右右！右右！你终于回来了！"

"黛玉妹妹今天哭了吗？"

"时差主播，爱了。"

"左神，傅勇会转会吗？赶紧把这个废物卖了。"

"黛玉终于上线了哈哈哈哈哈哈！"

"黛玉黛玉，我是你的宝哥哥！"

"傅勇滚！傅勇滚！傅勇滚！"

"右右，妈妈不许你熬夜……"

"男妈妈滚！男妈妈滚！男妈妈滚！"

……

"右哥正牌女友"送出一个深海珍珠。

"宝哥哥"送出十个龙角。

"世界第一中单"送出一百个象牙。

"绝世天才左黛玉"送出六十六个深海珍珠。

……

直播间里一片混乱，弹幕和礼物齐飞，左正谊瞥了一眼，习惯了。

他无视黑粉和骂傅勇的弹幕，对着礼物名单感谢了一遍，然后说："我没事，又不是大病，随便播播补时长，你们别陪我熬夜了。"

弹幕里顿时刷了满屏的"他太温柔了，我哭死"。

这句话是直播圈经典的"咯噔"句式，拿来搞笑的。左正谊也笑了一下，摄像头开着，他一笑，送礼物的更多了。

"别送了，我要开始打排位了。"左正谊切回游戏界面，"半个月没打，有点手生。"

左正谊是中单，主玩法师英雄，但作为电竞职业选手，其他英雄他也会玩，可以这么说：EOH游戏里的英雄有多少个，他的英雄池就有多深。

第一局，选择出战英雄的时候，左正谊锁定了伽蓝。

伽蓝，女，法师，左正谊的本命角色，也是他的成名英雄。

在刚刚结束的上个赛季，十八岁的新人中单左正谊凭一手伽蓝，打遍中路无敌手，统治力空前绝后，任何中单和他对线都会发怵。

不过，左正谊不是上个赛季才加入WSND的。他出自WSND青训营，十五岁那年就签约了，经过俱乐部三年的培养，去年正式转入一队，直接担任核心兼指挥。

他是"血统纯正"的 WSND 人，这也是队粉喜欢他的原因之一。

游戏开始。

左正谊习惯性地抚摸了一下键盘和鼠标，操控伽蓝往野区走，顶着"End"这个新名字，队友和敌人都没认出他。

太久没打，他有点漫不经心，没进入状态。

作为一个中路法师，往野区走纯粹是出于本能，目标是蓝 Buff——击杀蓝 Buff 小怪，法师获得回复蓝值（魔法值）的持续状态，换句话说，蓝 Buff 是法师的命根子，没蓝就放不出技能。

但开局的第一个蓝 Buff 一般不会给法师，这是打野的东西。WSND 的打野选手是辅助左正谊的，从头到尾所有蓝 Buff 都上供给他，左正谊习惯了，忘了这是路人局。

他刚走到蓝 Buff 面前，路人打野就急了，狂发信号：

"注意中路兵线！

"注意中路兵线！"

暗示他快点滚回中路，别来抢蓝。

见他不走，那个打野直接开始打字，委婉道："我刷野很快，不用帮我打。"还是怕他抢。

左正谊觉得这个队友挺有素质，于是也很有素质地回复："蓝给我，你躺。"

这五个字知名度很高，是左正谊打路人局要蓝 Buff 时的口头禅，这个打野队友显然知道，但不知道对面就是本尊。

打野："？"

打野："玩个伽蓝就以为自己是 Friend？装。"

左正谊："Friend 被我杀了，我是 End，给我蓝。"

直播间里一片爆笑，弹幕刷过满屏的"哈哈哈哈哈"。

但左正谊笑不出来，他在 WSND 当惯了核心，"法师公主病"非常严重，拿不到蓝就不高兴。

然而，路人队友不惯他的臭毛病，左正谊只能亲自动手抢，抢完掉头就走。

弹幕开始调侃。

"主播又犯病了。"

"职业选手注意素质。"

"打野：算我倒霉。"

"公主病中单，爱了爱了，妈妈好爱！"

……

左正谊不管弹幕怎么说，也不看局内发言了，把所有消息屏蔽，抢了整局的蓝，最后战绩 17-0-4，确实说话算话，让队友躺赢了。

对局一结束，打野秒加他好友，左正谊点了拒绝，开始排第二局。

这样打了半宿，早上六点钟，左正谊终于关掉直播退出游戏，睡觉去了。

与游戏相伴的生活其实有点枯燥，职业选手也不像外界想象的那样风光。每一次熬夜到天亮，太阳升起时闭上眼睛，左正谊心里都会有一刹那的茫然。

那种感觉难以形容，仿佛在人海中逆行，不知自己将要去往何方。

他有四年没回家了，虽然那个家……好像也不算什么正经的家。

左正谊不知道自己为什么突然有了想家的情绪，莫名其妙，毫无缘由。

他强迫自己入睡，一觉睡到了下午。

下午一点，有人敲门。

"咚咚咚！"

"咚咚咚！！"

左正谊拉拉被子翻了个身，不耐烦道："谁？"

门外传来傅勇的声音："你爹我。"

左正谊字正腔圆道："滚。"

不料，傅勇停顿了几秒，突然说："我来给你道歉。"

左正谊立刻清醒了，起身去开门。

只见傅勇站在门口，低着头，双手捏着一张道歉信，见他出来，硬着头皮开始读："对不起，我亲爱的队友，Friend——"

"叫我 End。"左正谊打断他。

傅勇从善如流："我亲爱的 End，我不该因互联网恩怨而迁怒于你，你是我们 WSND 最可敬可爱的中单——"

"停停停，别念了。"左正谊起了一身鸡皮疙瘩，"谁写的？什么鬼东西！"

傅勇一脸痛苦，隐忍地说："周经理让我给你道歉，我道完了，可以走了吗？"

"跪安吧。"左正谊摆了摆手。

傅勇走远后，隔壁房间的门打开了，走出一个戴眼镜的人。这个人是WSND的AD选手，韩国人，叫金至秀。

金至秀才来中国一年，中文不流利，但性格很好，见谁都是一脸憨厚的笑。

"End，早上好。"

左正谊看了眼时间："下午好。"

金至秀推了推眼镜，立刻改口："下午好。"仿佛在认真学中文。

左正谊笑了声，回房间换衣服洗漱去了，再下楼的时候，已经快两点了。

WSND基地EOH分部是一栋三层别墅，一楼是办公区，二楼是训练区，三楼是选手生活区。

左正谊下到二楼，发现四个队友都在打游戏。

傅勇是上单，金至秀是AD，打野叫方子航，性格相当活泼，而辅助正相反，是个"自闭症"，名字叫段日。

他一下楼，傅勇就把脸转开，键盘敲得噼里啪啦响，好像发泄什么似的。

左正谊懒得搭理这个心口不一的二货，走到方子航身边，低头看他的屏幕："老方，你在看什么？"

方子航道："看笑话，蝎子在今年转会期整了一出大戏。"

左正谊顿时来了兴趣。

WSND与SP、Lion、蝎子并称国内电竞四大豪门，四个俱乐部里就属蝎子的戏最多。

今年，蝎子战队的核心AD徐襄即将退役，据说后继无人。

方子航道："徐襄年纪大了，退役是迟早的事，蝎子老板去年就买了一个新AD，把他当太子培养，接徐襄的位。谁能想到，这位太子在次级联赛时牛得很，一到蝎子就变菜了，所以今年蝎子又买了一个AD当新太子。"

"那上一个太子怎么办？卖了？"

"还没卖呢，算上还没来得及退役的徐襄和替补选手，蝎子已经有四个 AD 了——论坛管这叫'九子夺嫡'，不知道哪个太子能笑到最后。"

左正谊赞叹："厉害。"

方子航一脸吃瓜的兴奋，打开微博给他看："新太子就是今天官宣的。"

左正谊抬眼望去，官宣微博发自十分钟前。

蝎子电子竞技俱乐部："欢迎新选手 Righting 加入蝎子大家庭。"

微博附了两张图，一张是选手照片，一张是文字介绍。

"AD 选手 Righting，真名纪决，19 岁，籍贯潭舟岛……哎，黛玉，他竟然跟你是一个地方的？这么巧啊。"

左正谊愣了一下："……谁？"

纪决。

潭舟岛。

左正谊不知多久没听过这两个词了，尘封的记忆猛然打开，将他冲入时光的洪流，恍然间有人在耳边呼唤："哥哥，你真的要走吗？"

是十五岁那年的盛夏。

潭舟岛位于东南沿海地区，是一个风景秀丽的小岛，每年夏天是旅游旺季。

那天，拖着行李箱的左正谊逆着潮水般涌来的外地游客，往车站走。纪决跟在他身后，亦步亦趋。

"你别跟着我！"左正谊十分恼火，回头警告了一声。

纪决穿着潭舟中学的校服，拉链只拉了一半，露出里面打架弄脏的白衬衫。

他的脸也脏了，下巴上有血迹，是别人的血沾到他的手背，然后不小心蹭上去的。

他紧紧盯着左正谊，眼神很紧张："我不许你走。"

"关你什么事。"左正谊将行李箱横在他们中间，"我最后说一遍，别跟着我。"

"……"

纪决眼眶一红，似乎要哭。

左正谊顿时也红了眼睛，眼泪还没来得及流出来，就被他硬生生忍了回去。

纪决在他面前装得越可怜，他越是恶心，他才不会哭，谁哭谁傻。

左正谊迅速转过身，拖着行李箱飞快地走进了车站。

纪决在身后叫："哥哥。"

他没理。

纪决换了个称呼："左正谊！"

他还是不理。

纪决似乎终于良心发现，冲着他的背影喊："对不起——

"你还会回来吗？"

左正谊脚步一顿，依然没回头。

他坐上出省的动车，前往上海。将近八个小时的车程，他哭了一路，哭肿了眼睛，一张脸煞白，一副快要昏死过去的模样。

随行人员是 WSND 的战队经理周建康。周建康不明就里，见状吓了一跳，以为他忧心前程，便拿出前所未有的哄小孩的耐心，哄着他说："正谊，别哭了，我们 WSND 是个大俱乐部，你这么有天赋，会有很多机会的，不会被埋没。"

左正谊仿佛没听见。

周建康说："现在电竞行业兴起了，直播也很火热，怎么都饿不着。"

左正谊点了点头，心不在焉地盯着车窗外。

沿途风景一掠而过，他的少年时代随着滚滚的车轮远去了。

后来，左正谊在 WSND 安家，与家乡一别四年，再也没回去过。

逢年过节，他会给养父纪国洋发条短信，算是没断绝联系。有时也会给纪国洋打点钱，报答他养大自己的恩情——虽然他从小自力更生，纪国洋基本没管过他，连学费都给得不够。

左正谊没想到，纪决竟然会来打职业电竞。当年他们在一起生活的时候，纪决并不擅长打游戏。

左正谊是个孤儿，据说，十几年前他父亲来潭舟岛旅游，与当地女子发生艳遇，然后拍拍屁股走人了，母亲生下他，没几年就病逝了，他被纪国洋捡了去。

纪决是纪国洋的侄子，也是从小爹不疼娘不爱，被丢到叔叔家当留守儿童。

纪国洋看似是个大善人，实际上是个被老婆抛弃的酒鬼，家徒四壁，只有一座老宅，在好心邻居的帮助下，他把老宅改造成了客栈，租给来此开民宿的外地人。

他没有别的工作，从此就靠收租金过日子。

租金微薄，不够买酒和养两个孩子，纪国洋当然不在乎，但左正谊不想失学，他从小是个打游戏的天才，从帮邻居家小孩打游戏通关开始，到去网吧做游戏代练，赚两份学费。

他打游戏的时候，纪决陪着他，负责当啦啦队，在一旁喊"哥哥好厉害"。

左正谊被吹捧得飘飘然，纪决看他高兴，就更卖力了，毫无羞耻心地扮成一个天真可爱的废物，张口闭口"哥哥带我上分"。

左正谊真的以为他天真可爱，不仅在游戏里会被人欺负，现实里也会。

所以左正谊站得笔直，把自己当成全家的顶梁柱，再苦再累也没有过怨言，遇到害怕的事也不敢退缩——身后是可怜兮兮的纪决，他还能往哪儿退呢？

后来他才知道……算了，后来的事不提也罢。

纪决来打电竞不奇怪，无非是"不擅长打游戏"也是假的，反正纪决嘴里从来没有过一句真话，左正谊一点都不吃惊。

坦白说，四年不见，他的火气早就散尽了。如今再看纪决，除了陌生中带着一丝熟悉，再没别的感觉。

左正谊的脸色略微发沉，但队友没发现。

方子航自顾自地讲八卦："搞不懂，蝎子为什么执着于 AD？现在的 EOH 是法师版本啊，不如买个厉害的中单。"

他话音一落，金至秀忽然抬起头，操着一口蹩脚的中文，指着左正谊说："没有厉害，中单。"意思是左正谊把所有中单都打趴下了。

左正谊顿时笑了，心花怒放。

公主病中单就是需要被队友捧着。他路过金至秀，走到自己的座位上，打开电脑："双排吗？金哥。"

金至秀点头，示意左正谊等他打完这把。

金至秀是个相当厉害的 AD，上上个赛季的韩国联赛年度 MVP，去年被 Lion 战队重金挖来 EPL（EOH 中国赛区职业联赛），他刚来中国的时候水土不服，表现不好，在微博和电竞论坛被人骂惨了。

他倒霉，后来又遇到 Lion 老板破产，俱乐部新旧老板交接过程更迭动荡，金至秀又被卖了，这次接手的是 WSND，他因此成了左正谊的队友。

电竞圈不仅粉丝唯成绩论，崇拜强者，选手也一样。

左正谊是毫无疑问的 EPL 第一中单，而且第二名和他存在明显的实力差距。这样的选手，除了傅勇那种脑子有病的，其他队友不可能不喜欢。

金至秀不想再转会了，并且渴望打下一个有含金量的冠军来重新证明自己，所以他想和左正谊处好关系，好好合作。

等金至秀的时候，左正谊慢吞吞地登录游戏，随手在柜子里翻零食。

基地的做饭阿姨很照顾他。见他起床晚了，竟然亲自把早餐端来电脑桌前，让他别吃零食，好好吃饭。

左正谊在队友面前当惯了"公主"，但不好意思在长辈面前当巨婴，立刻起身道谢。

阿姨笑了笑："我女儿和你差不多大。"说完就下楼去了。

方子航笑出声："黛玉，张姨是不是想给你介绍对象？"

"别叫我黛玉。"左正谊无语，"再叫打爆你的头。"

"刚才叫你都没生气。"

"刚才我没听见。"

"行吧。"

方子航认输。游戏排队的时候他的手停不下来，又打开了微博。

"哎，左神，他不仅跟你是一个地方的，而且叫 Righting 欸，微博上已经有人把你俩扯到一起说了。"方子航对着微博评论念道，"'right 是右边的意思，左神的粉丝爱称是右右。加 ing 则说明此处作动词使用，动词 right 是改正、向右的意思，Righting 等于正在改正、正在向右。怎么么解释都跟左正谊有关'……我去，分析得好有道理。"

左正谊一口虾饺没咽下去，噎住了。

方子航说："你们潭舟岛好像不大吧？一个地方来的，同龄，还都是搞电竞的……你不认识他？"

"不认识。"

"但他肯定认识你，可能是你的粉丝。"

方子航还要再说，左正谊冷声道："我的粉丝多了去了。"

"确实，男明星男明星。"方子航笑了声，把刚才的游戏排队取消，"你俩带我一个，三排呗。"

于是，关于蝎子新选手的话题就此结束。

左正谊、金至秀和方子航一起打三排。他们都在混直播时长，打得比较随意，但三个职业选手组队打路人局，赢得毫无波澜，越打越无聊。

才打几局左正谊就厌倦了，直播还开着，他就把游戏关了，下楼散步去。

直播间弹幕瞬间炸了：

"？？？"

"人呢？"

"椅子代播，椅子辛苦了。"

"黛玉！我的黛玉！你去哪儿了？"

"大家好，我是新来的，请问这个电竞椅就是天才中单 End 吗？"

"耍大牌主播，我爱了。"

……

左正谊伸着懒腰走到一楼。

一楼大厅里挂着 WSND 的标志，是一个巨大的队徽，被设计成了科技感十足的灯箱，挂在正对大门的墙上，灯箱下有两排小字：

Willpower、Steadiness、Nuclear、Dignity。
信念、如一、聚力、荣耀。

这是俱乐部的建设理念。

"WSND"便是取自此，但太长的英文单词流传不广，除了俱乐部老板也没人在乎，电竞圈网友把这四个字母娱乐性地翻译为"我是你爹"，并亲切地称他们为"爹队"。

爹队经理周建康正在一楼睡午觉。

他已经发福了，仰躺在沙发上，非常具有领导气质的啤酒肚挺得老高。左正谊静悄悄地走过来，手欠地戳了戳他的肚皮。

周建康被戳醒了，茫然地睁开眼睛："怎么了？"

左正谊提前收回手，一本正经道："这次转会期，我们没有人员变动吧？"

见他来谈正事，周建康坐直身体，揉了把脸，说："暂时没打算，你有想法吗？想换傅勇？"

"没啊。"左正谊说，"虽然他很弱智，但也没那么菜。没变动就好，我没别的事了，你继续睡。"

说完他走出大门，往院子里去。

WSND基地坐落在一个电竞产业园里，附近有不少俱乐部，彼此都离得不远，比如SP、蝎子，都相当于是同一个小区的邻居。

门外公园里的喷泉开着，穿过一层薄薄的水幕，左正谊下意识看向蝎子基地的方向。

巧得很，那边也有一道人影，正单手插兜倚在一棵大树下，往这边望。

左正谊和那人对上视线，对方似乎认出他，忽然走了过来。

左正谊微微一愣。

冤家路窄，竟然是纪决。

四 ▶▶▶

重逢太突然，左正谊还没做好准备，纪决就走过来了。虽然说，也没什么准备的必要。

四年前分别那天，纪决穿着校服，下巴上有打架蹭上的血，他身高一米六五，比左正谊矮两公分。

四年后的今日，纪决穿着蝎子的黑色队服，头发长了点，脸上干干净净，身高目测至少有一米八。虽然左正谊也长高了，但低头不能再看到他的头顶了。

对视时要平视，甚至要向上抬眼，这是左正谊的第一感受，第二感受

是，纪决终于不装可爱了。

可能因为当年是男孩，怎么装都没违和感。现在他十九岁了，再厚着脸皮扮天真，多少有点难度。

纪决甚至没有笑，他停在左正谊面前，隔着大约一臂的距离，眼睛盯住左正谊，什么都不说，就这样沉着脸看着他。

左正谊莫名其妙被盯得发毛，略微皱起眉。

纪决仍然不喜欢笑，得益于五官棱角分明，不做表情时气质显得有点冷酷，甚至有威慑力。

但左正谊不买他的账。

"你摆一张死人脸给谁看？"左正谊漠然地说，"不想看见我就离远点，送上门来吵架？"

纪决似乎不介意他表现出的攻击性，依然盯着他，眼神难以解读。

左正谊耐心耗尽，转身要走。

纪决终于开口，突然说："我打职业，不是为了你。"

左正谊愣了一下，忽然反应过来，纪决可能也看见那条分析"Righting"含义的微博评论了，怕他误会。

左正谊有点无语："我知道，我没那么自作多情，你爱打什么就打什么，不关我事。"

他走远几步，纪决忽然跟上来，一把拉住他："哥哥。"

"别动手动脚。"左正谊甩了一下，没甩掉。

纪决紧紧扣着他的手腕，滚烫的手掌同时覆盖住他的运动手表，太用力了，以至于硌得他皮肤生疼。

"你别走。"

左正谊转回身："你究竟想说什么？"

"我们四年不见，不聊几句吗？"纪决轻声说。

他的嗓音有点变了，比从前低沉几分，熟悉中带着十足的陌生感，左正谊心中五味杂陈，认真地看了纪决一眼。

目光一碰，空气像被抽干了似的，两人都有点喘不过气来。

八月的太阳太热了，喷泉水哗哗地流，却盖不住呼吸声。

纪决依然用力抓着左正谊的手腕，靠近了些，嗓音压得更低："你的病还没好？"

"……"

被这么烈的太阳晒着，左正谊依旧脸色苍白。其实不全是因为病，他就是皮肤白，天生的。

但纪决靠得太近了，左正谊有点不适，挣开他后退一步："已经好了，多谢关心。"

"你还在生我的气？"纪决突然说。

左正谊立刻否认："不，过去那么久了，我没那么小心眼。"

为证明自己的话，他状似友好地笑了一下。

左正谊生得好看，从小就白净漂亮，很讨老师和同学的喜欢，那时追求者们跟在他屁股后面跑，争相要跟他早恋。

纪决也天天跟着他，像个会计，细数他收了多少封情书、送信人是谁，列表记账，扬言要"挨个报复"。

左正谊听了这话只是笑，当他是在说玩笑话。

后来才知道，纪决竟然真的去报复了，而且手段高明，恶意十足，不像个孩子。

曾经左正谊以为他最了解纪决，发现真相后，他才发现自己从没了解过纪决，一切都是假的。

甚至连纪决对他的喜爱都是假的。

"喜欢哥哥""离不开哥哥""我要一辈子当哥哥的小跟屁虫"——都是假的。

纪决只是利用他，用甜言蜜语哄骗他，让他心甘情愿待在那个家，当一个赚钱和干活的机器，永远不下班。他还自我感动，以为是在保护弟弟，是"为了我们的家"。

回想起那些往事，左正谊甚至有点脊背发凉。

但四年的时间将一切都冲淡了。

十九岁的他们在异乡重逢，身负同一片炽热阳光，左正谊心里并没有太多气，只是觉得……算了，反正他也不会再回去，随便纪决怎么样，关他什么事呢？

左正谊冷静下来，友好又疏离，对纪决道："祝你在蝎子一切顺利，

我先回去了，队友在等。"说完转身就走。

纪决却再一次拉住了他。

"哥哥。"这人不知要唱什么戏，语气竟然有点伤感，"这几年，你是不是从没想过我？"

"……"

左正谊一根一根掰开他的手指，解放自己的手腕："当然，想你干什么？"

"好吧。"纪决说，"我也不想你。"

"我一点都不想你。"他深深地望着左正谊，伤心过于明显，左正谊觉得好假，让人无语。

何必又演这一出呢？聪明人不会被同一块石头绊倒，左正谊这辈子不会再犯第二次傻。

"挺好。"左正谊粲然一笑，拍了拍纪决的肩膀，"各走各路吧。赛场相见，我不会手下留情。"

他抛下纪决，一转身脸就沉了下来。

回到 WSND 基地后，才上二楼，四个队友就有所察觉，同时抬头看他。

"哟，怎么了这是？"方子航摘下耳机，"谁惹我们祖宗生气了？真是大逆不道。"

左正谊没搭理他，回到自己的座位坐好。

刚才下楼的时候没关直播，方子航的话一字不漏地传进了直播间。左正谊扫了一眼又沸腾起来的弹幕，平静地说："我没生气。"

他转头叫傅勇："菜勇，来 Solo。"

傅勇坐在左正谊的对面，闻言脸拉得老长，猛一拍桌子："第一，我不姓菜。第二——"

左正谊打断他："速度同意，我建好房拉你了。"

"……"

傅勇斗不过在 WSND 手握强权的霸道中单，心不甘情不愿地点了"同意"按键，进入左正谊的 1vs1 单挑房间。

他俩都在开直播，弹幕热闹得很。

"傅勇输了。"

"《我没生气》《只是想找个沙包捶一顿》"

"# 傅勇公主病中单专用沙包 #"

"恭喜上单喜提公主殿下赐名：菜勇。"

"菜勇，你惶恐吗？"

"菜勇，你荣幸吗？"

"……"

荣幸个锤子，傅勇很恼火："左正谊粉丝滚出我的直播间！"

左正谊道："你再大声点，全世界都知道 WSND 闹内讧了。"

"是的，我直播间的观众也知道了。"方子航说，"你俩在 Solo 啊？好，我来观战。"

左正谊是 Solo 的高手，当然，他哪方面都是高手。

他和傅勇分别选英雄，进入游戏。

方子航在观战席上当解说："观众朋友们，下午好，感谢您打开 WSND 电视台，现在对战双方是左正谊的伽蓝和傅勇的路加索——他竟然用路加索出战，这是个法师英雄啊。在我们左神面前玩法师，真是班门弄斧，不自量力……"

"闭上你的嘴。"傅勇抄起空水杯砸向方子航。

方子航眼疾手快地接住，正要继续解说，发现傅勇的路加索已经死了。

"你真的好菜。"方子航啧了一声，退出观战席。

左正谊也觉得无聊，退出 1vs1 房间，正在想接下来玩点什么，好友消息忽然响了。

绝："我在看直播，你心情不好吗？"

左正谊微微一怔，不知是不是刚见过纪决的原因，他突然灵光一闪，莫名觉得屏幕上的"绝"带着某种嫌疑。

但他跟绝都认识快一年了，从平时聊天内容得知，对方似乎是个大学生，父母经商，家里很有钱，没经济压力，所以平时沉迷打游戏也没人管，跟纪决应该没什么关系。

左正谊没多想，照常客气地回复。

End："没，我心情挺好的。"

绝："那就好，双排吗？"

End：“不了，我随便打打。”

绝：“跟我一起玩也能随便打，你躺就好。”

End：“……”

左正谊的直播设置的是游戏窗口投屏，游戏内的聊天也就出现在了直播屏幕里，观众都看得见。

弹幕惊叹："有人要带左神躺欸！"

"兄弟，好大的口气。"

"你们都是新水友吗？绝是老黑粉了，经常狙击黛玉。"

"他是一区前十啊。"

左正谊不喜欢把私聊内容给别人看，他在电脑桌上翻了翻，找到一叠便利贴，撕下一张贴到了电脑屏幕上聊天窗口的位置，挡住了。

"……"

"真有你的。"

"黛玉，我聪明的黛玉！妈妈亲亲！"

"笑死我了。"

"《物理遮挡》"

"你在挡谁？"

"《掩耳盗铃》，大聪明。"

左正谊："……"

算了，今天真是昏头了，他放弃了，照常回复绝。

End："好啊，那你来带我吧。"

绝："挡不住的话，你其实可以换个方式保护隐私。"

End："？"

绝："加我微信：left0125。我们聊多么私密的话题都没人能看见。"

End："……"倒也不必。

但左正谊还是加了，无他，绝以后要打职业，算是同行了，加个微信也没什么。

加完他才后知后觉地意识到，left是左，0125是他的生日。他在微信里回复。

End："……"

End："你真的是我的粉丝啊？"

绝："不然呢？"

End："好吧。可你不是玩 AD 的吗？为什么喜欢中单选手？"

绝："我又不是你的技术粉。"

End："那你是什么粉？"

绝："脑残粉：)"

左正谊："……"

第二章　恩怨

　　他这辈子是绝不可能离开 WSND 的，他也想要一句"左正谊是 WSND 的旗帜"，十年后功成身退，再回头望——这里是他成长的地方。

　　左正谊以前也和绝双排过，这个人和他一样，英雄池深，什么都会玩，最常玩的位置是 AD。

　　担任 AD 的一般是射手英雄，AD 又叫 ADC（ Attack Damage Carry ），即"普通攻击型输出核心"。

　　与之相对的，担任中单的一般是法师英雄，中单又叫 AP，APC（ Ability Power Carry ），即"技能型输出核心"。

　　"Carry"在游戏界是一个特殊且高贵的词语，简称"C"，可作名词，也可作动词，"我 C"等于"我带你们赢"。

　　"左正谊是国内第一 C"等于"左正谊是国内最强核心选手"——这句话是左正谊粉丝最喜欢说的。

　　众所周知，天才中单左正谊横空出世，出道即大放异彩，把电竞圈最慕强的那批观众全部吸引成了他的粉丝。

　　这些人里男女皆有，有人爱他的技术，有人爱他的脸，但归根结底，最爱的一定是技术，他们穷尽毕生功力，吹捧左正谊。

整天把"中路第一 C""国内第一 C""世界第一 C"挂在嘴边,甚至野心很大,希望左正谊成为"历史第一 C"。

什么是"历史第一 C"?就是电竞发展至今,空前绝后举世无双的"第一 Carry"。

吹得太狠,免不了有争议。

隔壁 SP 战队也有一位高人气 C 位选手,是个 AD,叫封灿。左粉和封灿粉明里暗里撕过几回,但由于封灿的黑粉实在太多,而且他的辅助程肃年今年拿了世界冠军 FMVP 奖项,退役封神,一时风头无二。

以至于封灿的 Carry 水平被黑粉打上了问号,声称过去的战绩都是程肃年的功劳——当然,这是题外话了。

总之,多方原因导致,左粉和封灿粉撕不起来,每回后者争论到一半,转头就去撕黑粉了。

封灿是电竞圈的黑红流量,相比之下,左正谊确实很少挨骂,一是因为他平时不爱发言,高冷低调,二是因为他场上发挥稳定,几乎没有失误。

WSND 会输比赛,但左正谊的表现绝不会输。

即使 WSND 在洛杉矶战败,痛失世界冠军,左正谊的黑粉最多也只能拿他生病的事阴阳怪气地骂两句"输不起""左黛玉",挑不出更多错处。

而且,才骂了几天,"左黛玉"这个黑称就被左正谊的粉丝玩梗变成爱称,不痛不痒了。

此时,左正谊和绝双排,照旧习惯性玩法师,但绝竟然不玩 AD,选了一个打野英雄。

左正谊还没问,他就主动说:"我玩打野,蓝 Buff 都给你。"

左正谊:"……"或许这就是粉丝的觉悟。

但左正谊没有当真,什么"老婆粉""女友粉"之类的,他见得多了,直播间水友都是骚话王,会开玩笑很正常。

左正谊比较意外的是,绝竟然很擅长打野,不是在路人局里擅长的水平,而是各方面意识和细节处理都很有职业水准。

左正谊感觉奇怪。

End:"你打职业为什么不打野?现在国内不缺 AD,缺的是好打野。"

绝:"我考虑过。"

绝："但邀请我试训的那个战队想要 AD，我无所谓的，都行。"

End："哪个队？"

绝："我可以暂时保密吗？还没确定签约。"

End："新赛季都快开始了，还没确定啊？"

绝："他们可能不想要我吧。"

对方的语气莫名可怜，左正谊沉默了一下。

End："如果你肯打野，我能给你介绍个俱乐部，我朋友战队缺人。"

绝："不了，谢谢，我先等等结果。"

绝："但如果 WSND 缺打野，我一定随叫随到。"

End："那还真不缺。"

绝："真遗憾，没机会当公主殿下的野王了。"

End："……"

End："我劝你不要乱叫。"

绝："弹幕不都这么叫吗？"

End："弹幕是弹幕，你是你。"

绝："意思是我比较特殊？"

End："倒也没有，少自作多情。"

绝："噢。"

绝："你还是这么凶，我好喜欢。"

End："……"

病得不轻吧，这个神经病。

左正谊不和他聊天了，怕 5G 网速太快，自己会被传染。

他们打了四局，四连胜。

天色将黑的时候，左正谊不想玩了，关掉游戏和直播，刚好有人来喊吃饭。

餐厅在一楼，两张餐桌，平时一起吃饭的除了五个主力选手，还有几个替补选手和工作人员。

左正谊来得早，由于最近没开赛，基地里有些人放假还没归队，餐桌都坐不满。

他随便选了个位置坐下。

"老邓呢？自打我出院就没看见他。"左正谊扫视一圈一楼，问身边的方子航。

老邓是他们战队的主教练。

方子航道："不知道，可能过几天就回来了。"

这时，傅勇从楼梯走下来，带着几分炫耀自己消息灵通的得意，二百五似的说："老邓不干了，你们不知道啊？过几天会来一个新教练。"

左正谊微微一怔，周经理不是说没有人员变动吗？意思是选手没变，教练变了？

方子航问："新教练是谁啊？"

傅勇打了个哈欠，不甚在意地说："郑茂呗，还能有谁？"

左正谊："……"

熟悉的名字钻进耳朵，记忆扑面而来，左正谊心里骂了一句"晦气"，顿时没心情吃饭了。

但不悦的只有他，方子航和傅勇一样，一点也不意外："行吧，爱谁谁。"

这对 WSND 的大部分人来说，是意料之中的结果，而且算好事，只有左正谊心里不舒服。

细数左正谊和郑茂的恩怨，得从四年前说起。

四年前，十五岁的左正谊第一次来上海，入住 WSND 青训营。郑茂当时是青训营的队长，左正谊被 WSND 发掘，就是他的功劳。

那年，左正谊和纪决一起混迹网吧，EOH 是网吧里最热门的游戏，最需要代打，因此左正谊主玩 EOH。

玩得多了，他也喜欢上了，不知不觉把自己的游戏排名打到了一区前排。

有一局他和郑茂排到一起，由于表现特别好，游戏结束后，郑茂私聊他说："你打游戏很厉害，今年多大了？有兴趣来上海打职业电竞吗？"

在此之前，左正谊从没想过自己会跟电子竞技扯上关系。

当时他还没发现纪决的真面目，两人兄友弟恭，亲亲密密，左正谊想也不想地回复："上海？太远了吧，我不想离开家。"

潭舟岛是个县城，虽然靠旅游业发展得不错，但面积很小。

小地方有小地方的风土人情，这儿的街坊邻里都是熟人，左正谊舍不得离开家乡，更不可能抛弃"游戏废物"纪决和酒鬼养父纪国洋。

总之，他不愿意走。

但有些人的命运轨迹可能是上天注定，他天生是要当最强中单的人。

就在收到郑茂邀请的几天后，左正谊和纪决闹掰了。

起因是左正谊放学去找纪决的时候，无意间听到了纪决和他班级同学的对话。

"你怎么不走？"

"等我哥呢，他来接我。"

"你又不是幼儿园小宝贝，不至于吧？"

"他就喜欢照顾我，还要手牵手，我有什么办法？"

"哎呀，你哥对你好好哦，可惜是男的。"

"男的不是更好吗？"

"什么意思？对你好还不用负责是吧？"

"关你什么事。"

后来纪决又说了句什么，左正谊没听清。

但应该不是什么好话，他同学发出邪恶的笑声，声音比他大，说的是："你想得可真美，万一你哥不愿意呢？"

纪决说："怎么可能不愿意？我让他干吗他就干吗。"

同学不信："吹牛，他又不是你的狗。"

纪决不再争辩，只警告说："管住你的嘴，如果传进我哥耳朵里，你就死定了。"

"……"

左正谊听得愣住了。

从窗缝里看，和纪决聊天的那个男生是他们学校有名的校霸之一，混子，成绩很差，人品卑劣。左正谊没想到，纪决竟然跟他那么熟，明明以前还哭诉自己被他欺负过——原来是假的。

但这都不是主要的。

这段对话里充满了让左正谊怀疑自己耳朵出问题的信息，纪决嚣张中甚至带着嘲弄的语气更让他胆战心惊。在纪决发现他之前飞快离开，茫然

地独自回了家。

那天很晚，纪决才回来。

进门第一句就叫："哥哥，你怎么自己走了？"

这时左正谊已经冷静下来，他觉得没必要多想，纪决可能只是在跟同学开玩笑，小男孩在外人面前为了撑门面会表现得臭屁一点，不成熟罢了，他没必要因为几句不清不楚的话怀疑太多。

所以左正谊什么都没提，和纪决照常相处，但从此以后他留了个心眼，开始注意观察纪决。

不观察还好，越观察越发现纪决和他印象中的弟弟完全不一样。

纪决有很多狐朋狗友，经常打架，还会抽烟——身上有烟味，他就说是别人抽的，沾了二手烟。

纪决的手机里有个加密文件，左正谊费尽心思破解开，发现里面有自己的照片，不知道纪决是什么时候偷拍的。

纪决似乎早恋了，为此跟纪国洋吵过架。

吵架的时候提到"左正谊"三个字，纪决气急败坏地说"不许告诉他"，还威胁整日醉醺醺的纪国洋"小心我杀了你"。

他只是个十五岁的少年，竟然对他的叔叔说"小心我杀了你"，左正谊的整个世界都被颠覆了。

连在电视剧里都没见过这么离谱的情节，更何况现在这个主角是纪决，是会在威胁完别人之后抹一把脸，一切如常地来他面前叫"哥哥"的废物弟弟。

左正谊忍无可忍，跟纪决摊牌了。

出乎意料，纪决竟然没否认，也什么都不解释，似乎没有办法再辩解了。

左正谊说："你为什么在我面前装得那么好？想骗我心疼你，一直努力赚钱养你是吗？"

纪决沉默着，不回答。

左正谊说："你手机里的照片是什么意思？威胁我的筹码？我又不是女生，你以为我会在乎吗？"

纪决仍然不回答。

左正谊气得头都要炸了："你这么牛，威胁人还用拍照片？你怎么不也杀了我啊？！刀在这，来，拿刀——"

左正谊从厨房的刀架上抽出水果刀，塞进纪决的手里。

纪决双手颤抖，连连后退。

左正谊扔下刀，回到房里锁上门哭了一晚上。

其实左正谊不知道自己为什么要哭，为什么而哭，正如他也不理解，纪决为什么会如此。

他什么都没弄明白，最直观的感受就是，他似乎失去纪决了，失去了他最看重的亲人。

纪国洋整日不清醒，跟他也不亲；纪决最喜欢他，可原来是假的。

他又成了孤单的一个人，没爹没妈，没人爱。

他以哥哥身份拼命撑起的家其实是个空架子，里面什么都没有，只有他自己的一厢情愿。

纪国洋无所谓，纪决当他是傻子。

左正谊这辈子都没这么伤心过，他甚至无处可逃，不知道该怎么办了。

可能纪决也是这么以为的，反正他没有亲戚可投奔，只这么一个地方能待，所以也不用跟他解释什么，等他哭完就好了，日子还是照常过。

左正谊却觉得过不下去了。

他想起郑茂的消息，深夜跑去网吧回信，他说："我愿意打职业，让我去上海吧。"

郑茂把这件事告诉了 WSND 的战队经理周建康。

周建康在网上试训了他一下，得知左正谊才十五岁，从没独自出过远门，就亲自来潭舟岛接他，这是左正谊职业生涯的开始。

所以说，WSND 是左正谊的第二个家。

然而，这个家也并非没有风波。

左正谊刚到青训营的时候，郑茂接待了他。

郑茂作为队长，又是他的前辈兼伯乐，一开始非常照顾他。

左正谊天赋绝伦，比 WSND 预估的还要强，郑茂与有荣焉，逢人便说："这是我挖掘的小孩，厉害吧？"

左正谊很感激他。

其实，以左正谊的天赋，即便不被 WSND 发现，也会被其他俱乐部签走，

这是迟早的事，他的光芒掩藏不住。

但当时还没成年的左正谊不明白这个道理，在郑茂不断的邀功下几乎被洗脑了，他也觉得是郑茂改变了他的命运，没有郑茂，就没有今天的他。郑茂又对他很好，他心里多点感激、听队长的话也是应该的。

可惜，郑茂也是中单。

以前他和左正谊的战绩五五开，但没多久，左正谊的技术越来越成熟，完全吊打他了——肉眼可见的全方位碾压，导致郑茂在队伍里的地位变得尴尬起来。

郑茂对待左正谊的态度，开始变得和以前不一样了。

……

时隔几年，左正谊不再怨恨每一个曾经给过他痛苦的人，但回想起郑茂还是觉得晦气。

这个家伙当选手的水平不怎么样，后来转行当教练确实有两把刷子，否则 WSND 不会把他请回"母校"任教。

左正谊推开碗筷，摆出一张死了爹的表情："你们吃，我出趟门。"

WSND 所在的电竞产业园建成好几年了，左正谊来上海的第一天，进的就是这个门。

但当时 EOH 分部并非现在的三层别墅，而是在俱乐部总部大楼里，人多，关系也复杂。左正谊是个小城少年，没见过世面，刚来的时候内心惶恐，尤其是在见识到郑茂的八面玲珑之后。

郑茂特别擅长交际，跟每个人称兄道弟，俱乐部老板都卖他三分面子。

左正谊不知道这面子是怎么赚来的，明明郑茂也只是一个普通选手罢了，而且不算特别厉害——如果真的厉害，就不会一直被压在青训营里，转不进一队。

对于这件事，郑茂有他自己的解释。

他说青训营是 WSND 的未来，需要有人带队，他宁可不上一线战场，牺牲个人荣誉也要为俱乐部的未来考虑。

左正谊觉得他好伟大，是自己学习的榜样。

很久以后他才明白，郑茂本质上是个岳不群一般的伪君子，只是嘴上说得好听，实际上他就是菜，一队当时有更厉害的中单，他竞争不过，连替补都不配。

左正谊收回思绪，在园区内逛了逛。

夜幕初临，隔壁的蝎子基地大楼和 SP 基地大楼都亮起了灯，更远处是 Lion 俱乐部，他们今年换了老板，基地也在重新装修。

新赛季快开始了。

左正谊攥起右手，活动了一下手腕。

园区风景看了好几年，实在没什么新鲜感。他打车出门，手机地图导航上的路线终点是"剑炉"。

这是一家电脑外设定制店，以前不叫"剑炉"，而是一个常规名字，就叫"外设定制"。

后来，外设发烧友左正谊来了，他想做一把百分之百客制化机械键盘，即键盘上的一切——轴、键帽、定位板、键盘壳材质、键盘外貌等等，全都按照他的想法来制作，完全个性化，独一无二。

老板就是干这个的，当然能做，但价格非常昂贵。

当时左正谊还没成名，老板暗暗打量他几眼，感觉他不像有钱没处花的富二代，大概率是玩外设上头的小朋友，便好心劝他："弟弟，客制化键盘分很多种，你的要求太高了，一套做下来得这个数。"

老板抬起手，五指伸开，做了个手势。

左正谊面不改色，掏出银行卡往桌上一拍，还有几张现金，叠在银行卡上头，大有倾尽全部身家之势。

然而还不够，他说："剩下的分期，下个月发工资给你。"

老板："……"见过发烧友，没见过把自己烧傻的。

"没必要吧。"

老板坐在椅子上，左正谊站在他对面，中间隔着一张桌台。

店面很小，因为客户大多在网上下单，来实体店的很少。

面积小便显得拥挤，四周墙边的架子上堆满了各式各样的外设，键盘、鼠标、显示器……挤作一堆，却不凌乱，反而显得很有生气。

老板也像个高人，大隐隐于市，头顶一盏昏灯，敲了敲他的银行卡，看表情不想接单。

左正谊觉得他瞧不起自己，不太高兴。

"我就要最贵的、最好的。"左正谊说，"我要拿去打比赛，它是我的剑，只有天下第一好剑才配得上我。"

老板："……"原来是个"中二病"。

这是武侠小说看多了，还是网游玩太多脑子中毒了啊？

但左正谊执意要做，老板也没有不赚钱的道理，还好心给他做了分期免息。

后来键盘做好，左正谊拿去 EPL 赛场大杀四方。直播摄像机拍到过他的键盘，键帽下有无数彩灯，发光时亮成一柄长剑的形状，酷炫极了。

很难评价左正谊的审美，但他是真的喜欢，他的粉丝们也是真的喜欢。

后来左正谊和店铺老板成为朋友，他"千金买剑"的故事在电竞圈里流传开来，老板为了蹭热度，把店铺名改成了"剑炉"。

左正谊在剑炉门口下车，微信消息同时响了起来。

绝："吃晚饭了吗？"

End："有事直说。"

绝："？"

绝："为什么找你一定要有事？"

End："那我在忙，回头聊。"

绝："……"

不知是不是错觉，左正谊觉得这人有点怪，虽然现在很流行开兄弟情玩笑，直播圈里主播表演，弹幕配合，总是嘻嘻哈哈。

但他不喜欢。

左正谊收起手机，推开剑炉的门。

老板正在吃饭，一边往嘴里塞外卖，一边打游戏。

他也是 EOH 玩家，今年都三十多岁了，还在黄金段位挣扎，一边辱骂小学生队友一边被小学生吊打，见左正谊来了眼睛一亮，连忙招呼："哎，左神，带我上分！"

左正谊："……"不了吧，带不动菜鸡。

"最近有什么新东西吗？"左正谊拉开一张椅子坐下，目光扫过墙边货架，"来给我过过眼瘾。"

老板很了解他："你又怎么了？心情不好？"

"我的心情就没好过。"左正谊说，"新赛季郑不群要来当教练，烦死了。今天我还碰到个熟人——"

"什么熟人？男的女的？"

"男的，亲戚。"左正谊含糊带过，不欲多说私事，只说俱乐部的烦恼，"郑不群一来我就没好日子过了，不是他死就是我亡。"

老板道："实在不行转会呗，想挖你的战队那么多。"

"转什么会啊，我怎么可能离开 WSND？"左正谊想也不想便说，"他们也不可能卖我。我要像程肃年在 SP 一样，待满十年，荣耀退役。"

说到这个，左正谊的心情竟然好了点。

他的确不可能离开 WSND，因此，"成为程肃年那样的人"是他的目标之一。

程肃年是 SP 战队的队长，今年在洛杉矶，就是程肃年带领 SP 战胜了 WSND，让左正谊痛失冠军。

但左正谊并不讨厌他，任何一个热爱电竞的后辈，都不可能讨厌程肃年。

不仅因为那些虚无缥缈的名气、资历、地位，更是因为程肃年是一个极度自律和坚韧的人，他几乎是电竞意志的化身。

前几天，程肃年退役了。

EPL 赛事联盟官方联合 SP 俱乐部为他举办了一场盛大的退役仪式，感谢他十年来为国内电竞事业发展做出的贡献。

他们称他为"中国电竞奠基人之一"，为他写了一篇又长又煽情的致辞，其中有一段说：

"程肃年是辅助，但不仅是辅助；程肃年是选手，也不仅是选手；他是 SP 俱乐部的功勋队长，是旗帜，是灵魂，也是中国电竞的代表人物，所有选手的优秀榜样。

"他不低头，不认输，不放弃。

"他就是电竞精神。"

写这篇致辞的人八成是程肃年的铁杆粉丝，极尽溢美之词，但左正谊最在意的其实是那句"程肃年是 SP 的旗帜"。

可能因为从小没有家，越缺什么就越渴望什么，左正谊对 WSND 抱有非同一般的感情。

他这辈子是绝不可能离开 WSND 的，他也想要一句"左正谊是 WSND 的旗帜"，十年后功成身退，再回头望——这里是他成长的地方。

左正谊轻轻吐出口气，莫名其妙地把自己哄好了。

他坐在拥挤狭小的外设店铺里，打开手机，翻出程肃年的退役视频，重新看了一遍。

店老板见他不吭声，便也不搭理他了，自顾自玩游戏，一局战败又开下一局。

大约九点钟左右，左正谊伸了个懒腰，终于觉得有点饿了。现在回基地没有热饭吃，只能点外卖，与其吃外卖，不如在外面吃点东西再回去。

他好不容易心情好了，想约个人一起吃，约谁呢？

左正谊在微信好友列表里翻了翻，突然心血来潮，想起了绝。

不是说好期待线下见面吗？就算还没签俱乐部，也不影响一起吃饭吧？

End："嗨，在吗？"

绝："你竟然会主动找我。"

End："我记得你现在是在上海吧？有没有空，出来吃个饭。"

绝："好像没空呢。"

End："是谁说期待见我的？"

End："删好友了，拜拜。"

绝："对不起。"

绝："地址。"

左正谊把剑炉对面那家火锅店的定位发了过去。

End："远吗？你多久能到？"

绝："稍微有点远，没关系，我尽量快点。"

左正谊打了个哈欠，算着时间，约莫对方差不多快到了，起身跟老板道别："我走了。"

老板打游戏正打到激烈处，头也不抬："走吧走吧。"

左正谊哼着歌，独自来到对街的火锅店。

这家店他很熟，毕竟在基地园区生活了几年，对他来说，方圆十里内没什么新鲜地方了。

左正谊习惯性挑了一个最里边靠墙的桌位，边翻菜单边等。

他先点了几样自己喜欢的菜，然后在微信问：

End："你喜欢吃什么？我帮你点。"

绝："那个……"

End："嗯？"

绝："如果我说我突然有事来不了了，你会生气吗？"

End："？"

End："我会杀了你。"

左正谊皱起眉，一肚子火，正打算跟服务生说不用上菜，没胃口吃了，忽然见火锅店门口走进一个熟人。

来人很高，穿白色 T 恤，戴鸭舌帽，低头走路摆弄手机——竟然是纪决。

左正谊看了看纪决，又看了看手机上的绝，面带狐疑。

是巧合吗？这么巧？

然而，似乎真的是巧合。纪决不是冲着他来的，路过的时候看见他还愣了一下，率先开口，惊讶道："哥哥，你怎么在这儿？"

左正谊："……"

好问题。

局面僵住，左正谊神色复杂。

纪决却站在他桌边不走了，停顿几秒说："既然这么巧，要不……我们凑一桌？"

即使左正谊再迟钝，也察觉到"一天偶遇两次"的不对劲了。况且纪决是个有前科的人，什么事都干得出来。

他完全有理由怀疑，纪决就是绝，在一人分饰两角，搞诈骗呢，否则

世上哪有这么多巧合？

这个猜测一冒出来，左正谊就沉下了脸。

而纪决见他没拒绝，已经在对面坐了下来，手机放到桌上，姿态随意，表情比左正谊预想的要平静得多，仿佛打娘胎出来就没干过亏心事，身正不怕影子斜。

左正谊的目光落到纪决的手机上。

然后他又看了一眼自己的手机，微信里绝的聊天窗口上竟然显示"正在输入"。

左正谊微微一愣，再一次看向纪决，后者正在翻菜单，手指和手机之间距离很远。

是他猜错了吗？

这时，纪决忽然抬起头，不解道："我脸上有东西吗？哥哥，你怎么一直盯着我？"

左正谊："……没有，你点菜吧。"

左正谊迟疑了一下："都九点多了，你怎么这么晚出来吃火锅？"

"九点还好吧。"纪决应答自如，"其实我是来买外设的，刚搬进蝎子，用不惯基地的东西。"

这个理由很合理。对面是外设一条街，依电子城而建，住在产业园的选手都喜欢过来买东西。

左正谊不再吭声了。

他盯着绝的聊天窗口，手指无目的地戳戳点点，突然看见"语音通话"，左正谊心念一动——验证很简单，打个电话就好了。

他毫不犹豫，立刻拨了过去。

一种对方不会接电话的强烈直觉在他心头浮起，然而左正谊猜错了，呼叫声只响了三声，电话就被接通。

"喂？"对面是一个陌生的男声，见他打过来，似乎有点意外。

"……"

左正谊一顿，陌生很正常，他们从没通过语音，他不知道绝的声音是什么样的。

左正谊有点尴尬，原来真的是他恶意揣测纪决，想太多了吗？

算了，被这么一搅和，他也没心思跟绝生气了，怒火被一种莫名其妙的情绪冲散，他甚至有点茫然。

而绝很不好意思，连声道歉："对不起呀，我真不是故意放你鸽子，俱乐部那边突然找我……"

"没事，你忙吧，我自己吃就行。"

左正谊飞快挂断电话，一抬头，纪决正在打量他。

"哥哥，你在和谁通话？你刚刚约了人吗？"

"一个朋友。"左正谊说，"他临时有事不来了。"

"这样啊。"纪决没多问。

饭桌上陷入沉默。

短短几分钟，他们点完菜，服务生端来锅底汤料，开了火。是鸳鸯锅，左正谊不爱吃辣，纪决爱吃。

以前他们在家里煮火锅的时候，不方便做两种，就只好每次都按照左正谊的口味来煮。

纪决从不抱怨，他在左正谊面前装出一副"哥哥开心我就开心"的样子，不让左正谊买辣味底料，还花言巧语地说："我发誓，从今天起，哥哥不喜欢的东西我也不喜欢了，消灭辣椒！"

左正谊觉得他好乖。

然而，真实的纪决是个白眼狼。现在白眼狼长大了，或许是孽缘使然，他们又巧合地坐到一起，在同一张桌上吃火锅。

纪决竟然还记得左正谊爱吃什么，主动帮他煮。

"我没想到这么巧。"纪决说，"今晚随便找一家店吃饭，竟然能遇见你。"

"是挺巧。"左正谊兴致不高。

纪决瞥他一眼，忽然说："哥哥，我有个事情要解释一下。"

"什么事？"

"我没把话说清楚，让你误会了。"纪决低下头，神情略显局促，"之前我说，我打职业不是为了你，不是故意和你撇清关系。我是怕你讨厌我，所以澄清一下：我不是来找你麻烦的，绝不纠缠你。"

左正谊有点诧异。

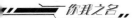

纪决似乎怕他不相信，再次强调："虽然我们成了同行，但我一定和你保持距离，你尽管放心。"

左正谊默然。

纪决长大后五官轮廓立体，难以扮可爱，眉眼间反而多了几分忧郁气质，像文艺电影里外表冷酷内心挣扎的男主角，每个眼神都充满难言之隐。

他说："以前是我不成熟，你走之后我反省了很久，我太自私，辜负了我们之间的……感情。对不起，哥哥。"

"……"

火锅煮开了，咕嘟咕嘟地冒泡。煮熟的食物漂在水面上不住翻腾，热气蒸腾在两人之间。

空调嗡嗡地响，邻桌的几个客人在喝酒，不时爆发出一阵笑声，快乐得很吵闹。

左正谊说不出话，心情也复杂。

时隔四年，他真的不生纪决的气了，这不是故作坦然。

但他们之间的恩怨，不仅仅在于纪决，而是牵涉整个潭舟岛，和他十五岁之前的所有一切。

纪决把那些美好的东西都毁了，让左正谊每每回忆起家乡，最深的感受总是痛苦和遗憾。

即使纪决道歉、改过自新，又能如何？

时光不能倒流，碎了一地的少年无法拼接重来。

可话说回来，纪决本人也是"所有一切"中的一部分，此时左正谊看纪决一眼，看见的是曾经那个被对方依赖的自己。

一起长大的两个人会互相塑造，好比原生家庭能影响人的性格。左正谊骨子里是自信的，他的自信有很大一部分来源于纪决的依赖和吹捧。

纪决给了他无与伦比的信念感：我站得高，我很强大，我能为弟弟撑起天地。

正因如此，左正谊潜意识里给自己的定位是"家长""掌控者""有话语权的人"，而且不依赖别人，不需要站得更高的人帮他做决定，他喜欢自己说了算。

所以他在WSND当指挥，习惯别人捧着他、顺从他，而不是反过来——

这也是他和纪决关系中的失衡之处。

他知道纪决如何影响他，却不知道他在纪决的生命里有什么意义。

在他心里连纪决的形象都是模糊的，左正谊不了解真实的纪决，只知道那是一个诈骗犯。

而现在四年过去了，再想交心，心在哪儿呢？

镜中花、水中月罢了，伸手只捞得到一把空。

纪决似乎也察觉到了这一点，与他心有灵犀地说："你可能不明白，你对我有多重要。你走之后……我突然意识到，这辈子再也不会有人对我这么好了，怎么办？"

纪决深深低着头，左正谊只看得见他的下半张脸，听见他说："我做梦都想重新开始。但你已经有了更好的生活，我自私过一回，不能再自私第二回，我绝对——绝对不会再打扰你，失去你是我罪有应得。"

"……"

左正谊还没开口，纪决就叫住路过的服务生："来两瓶酒。"

"您要什么酒，先生？"

"度数高一点的。"纪决在酒单上挑选了片刻，"这个吧。"

"你们基地禁不禁酒啊？"左正谊的头有点大了，"少喝点。"

纪决却说："不知道，无所谓。"

"……"

纪决明摆着是要借酒浇愁，左正谊拦不住，对方甚至给他倒了一杯，但左正谊不爱喝酒，没碰。

纪决独自痛饮，一杯接一杯。左正谊也不管他，自顾自吃东西。

酒精使人发燥，火锅也是。

过了一会儿，纪决的脸色开始发红，眼眶也有点红。左正谊瞄了他一眼，怀疑自己看错，又瞄了一眼。

纪决刚刚忏悔完就不再说话了，一副痛定思痛的模样。

左正谊莫名有点想笑。

"别喝了。"他推开纪决继续倒酒的手，抢走玻璃杯，"差不多得了，少在我面前卖惨，想哭就回家对着镜子哭去。"

"对不起。"纪决嗓音发沉，说话慢吞吞的，似乎有点醉了。

左正谊道："我才不会对你心软，别想太多，懂？"

纪决顺从地点了点头。

左正谊的心情又舒畅了。今晚虽然充满意外，但这顿饭吃得还算圆满。

"我吃饱了。"左正谊叫来服务生，"买单。"

纪决抢先道："我来付吧。"

"不需要。"

"要的，我对哥哥有亏欠，不应该再欠你更多。"

左正谊瞥他一眼："那AA吧。"

服务生围观了全程，专业素养很高地说："总共五百零二元，给您免了零头，收您五百，也就是每人二——呃，收你们四百九十九吧。"

左正谊："……"这辈子都没这么无语过。

结完账，左正谊起身往外走。纪决喝醉了，在身后紧紧跟着他，还解释："我不是跟着你，顺路。"

确实顺路，他们都要回基地。

左正谊在路边准备拦车，纪决却站不稳，三番两次往他身上倒。

他有点无奈，但也不至于跟醉鬼一般见识，好心伸手扶住纪决。后者醉得厉害，可竟然还记得自己刚才说过的话，主动站远了些，撇清关系似的说："你别管我，我说话算话，一定不纠缠你，我走开——"

还有点可怜，好像一棵没人疼没人爱的小白菜。

左正谊："……"

"行，你自己走吧。"左正谊冷冷地说，"我坐地铁回去。"

他转身就走，纪决却忽然来拉他。

喝醉的人下手没有轻重，左正谊被拉得猛一趔趄，猝不及防倒向路边的电线杆。

纪决沉重的身躯压了过来。

四 ▶▶▶

不是推也不是抱，他是"砸"了过来。

他的双臂越过左正谊，将对方和电线杆一起抱住，左正谊顿时成了他与电线杆之间的"夹心"。

"你有病吧？！"

左正谊推了纪决一把，但根本推不动。这人可能也知道自己醉了，故意摆烂，脸贴到他的脖颈上，呼吸时热气灼人。

左正谊更加用力地推。

对方整个人的重心都在他身上，不容他挣扎。左正谊心里烦躁，又觉得是意外，纪决喝得这么醉，怎么可能是故意的？

他抛开不适感，冷着脸道："再不放手我打死你。"

左正谊的嗓音和他的冷漠并不相符，天生动听，连威胁都软软的。纪决微微一顿，低声道："哥哥，你好凶。"

左正谊还没接话，纪决又说："但我喜欢，你多凶几句。"

左正谊："……"

有病。

熟悉的话语让左正谊心里涌起一种奇怪的感觉，此时纪决的形象和游戏里的"绝"莫名重合，可左正谊已经确定他们不是同一个人了。

也许不是他们两个像，而是世上的神经病都差不多一个德行。

左正谊偏不让他如愿，放轻了声音，缓慢地说："放手，我最后说一遍。"

"好吧。"即便喝醉了，纪决的放肆也是有分寸的，似乎不敢真惹他生气。

纪决离远了些，才刚站直，猛地一晃，似乎又要往他身上栽。但纪决控制住了自己，第一时间道歉："对不起，给你添麻烦了。"

"没关系，反正是最后一次。"

"……"

左正谊抬脚往地铁站走，纪决仍然跟着他。

左正谊回头瞥了一眼："不许跟着我。"

纪决学他的话："最后一次，让我陪你一会儿吧。"

一副生离死别的口吻，苦情感十足，左正谊有点头疼。

好在纪决没有再多说什么。后来发生了一件尴尬的事，就是他们在地铁站里被粉丝认出来了，准确地说，是左正谊的粉丝。

是个男粉，看见左正谊的一瞬间眼睛都亮了，冲出排队的人群朝他奔过来："啊！左神！！"

左正谊吓了一跳，条件反射般地后退一步撞到了身后的纪决。

纪决这个醉鬼脾气挺大，下意识把他往身后拉，另一只手抬高，挡住冲过来的粉丝，不客气道："你是谁？想干什么？"

他一副要干架的气势，粉丝被吓了一跳，颤声道："我……我是爹队的铁粉，没想干什么，就……就求个签名。"他竟然还认出纪决了，"啊……你不是蝎子新来的 AD 吗？你们怎么……"

这位队粉不知想到哪儿去了，可能是看左正谊跟蝎子战队的人在一起，怀疑他想转会，正好最近网上风传 WSND 闹内讧。

队粉露出一脸发现秘密的表情。

但纪决不在乎，依然护着左正谊，恶犬护食似的。

左正谊这个轻度"社交牛 × 症"患者，都被他弄得社交恐惧症发作，有点头皮发麻了。

"我们没怎么。"左正谊接过粉丝从包里翻出的笔，签在对方的 T 恤上，老到地说，"新赛季 WSND 会继续加油，多谢支持。"

"我们是冠军！"粉丝挥了挥拳头，一脸兴奋。

左正谊笑了笑，与他道别，然后一转身脸就拉了下来，瞪纪决一眼："我的名声都被你毁了。"

纪决说："没关系，我会对你负责的，哥哥。"

左正谊不理会他喝醉后的胡言乱语，接下来一路都没和纪决说话。

他们一起回到基地所在的园区，在岔路口分别，纪决走向蝎子大楼，左正谊进了 WSND 的大门。

这时已经很晚了，左正谊上楼的时候，队友们竟然在吃夜宵。

二楼都是烧烤味儿，方子航招呼他："黛玉终于回来啦，吃点不？"

左正谊被纪决折腾得精力告罄，没心情跟方子航计较称呼问题，随口应了句："我吃过了，你们吃吧。"

傅勇道："你跟谁约会啊？这么晚才回来，不会谈恋爱了吧？"

"你别瞎带节奏。"方子航说，"我开着直播呢，黛玉的粉丝都在我这儿。"

弹幕果然炸了，带左正谊牌子的水友刷了满屏的"不许谈恋爱"，其中只有一小部分是"女友粉""老婆粉"，更多的是技术粉。

众所周知，大部分职业选手一交女朋友就会状态下滑，很要命。左正谊正是最好的年纪，粉丝对这种事情很敏感。

甚至经常有人给 WSND 俱乐部官博和周建康的微博发私信，要求他们看好左正谊，不许他抽烟喝酒逛夜店，不许他"早恋"，也不许他乱交朋友，免得被其他"不检点的选手"带坏。

那语气，简直是把左正谊当成了紫微星下凡，生怕他半路夭折。

左正谊从傅勇身后路过，捶了他一拳："去你的谈恋爱。"

直播间里的粉丝们顿时舒服了：

"好优美的中国话。"

"好团结的爹队人。"

"黛玉！可以谈恋爱！来跟妈妈谈！"

"妈粉变质？"

"不许谈！不许谈！不许谈！！"

……

左正谊打了个哈欠，有点累了。

"我去洗澡。"他说，"今天想早点睡。"

卧室在三楼，左正谊关上房门，把手机放到床边，脱完衣服进浴室。

热水冲在皮肤上，蒸得他浑身发红，他只觉得倦怠感从骨头缝里钻出来，蔓延至全身，让他愈加睁不开眼睛，昏昏欲睡。

洗了半个小时，左正谊差点在浴室里睡着。懒洋洋地洗完出来，手机正在震动，他拿起一看，是绝的消息。

绝："对不起，我忙完了。"

绝："好遗憾没能见到你，希望下次还有机会一起吃饭。"

绝："你生气了吗？"

绝："生气就骂我吧，My Princess。"

End："乱叫什么，好恶心啊你。"

绝："肯理我了？"

End："滚。"

左正谊不是一个不讲礼貌的人，他虽然有点凶，但不会平白无故对朋友口出恶言。

虽然绝放了他鸽子，但人家已经解释了是俱乐部有事。左正谊分得清轻重，不至于为此斤斤计较。

可不知为什么，自从怀疑纪决和绝是同一个人，他们的形象就越来越重合了，哪怕左正谊明知道他们是两个人，也撇不掉自己脑子里那种微妙的重合感。

而且绝的态度也很微妙，口吻里透着若有似无的亲昵。

左正谊被他带歪了，几乎分不清他到底是绝还是纪决——当然，纪决不可能用这种语气跟左正谊说话，但绝是网友，左正谊在想象他的现实形象时，就会想起纪决的脸。

这种感觉很不好。

左正谊擦干头发，躺到床上，点开了绝的微信资料。

他想看看这人朋友圈里发没发过照片，或许知道他长什么模样就能消除心里的不适，然而竟然没有。

End："你长什么样子，有照片吗？发我一张。"

绝："我以为你会先问我俱乐部结果，竟然要照片。"

End："随便问问，没有就算了。"

绝："没事，我现拍。"

他倒很积极。

左正谊等了一会儿，以为对方要挑选角度好好拍一张，争取把自己拍得好看点，这是人之常情，没想到，新消息很快就来了。

绝发了一张照片，但根本不是什么正经图，而是腹肌照。

End："你是有什么大病？"

绝："不是你要的吗？"

End："？"

绝："女发自拍，男发腹肌，虽然我涉世不深，但这点江湖规矩还是懂的。"

End："……"

绝："好吧，我理解错了。"

End："你能正经点吗？"

绝发了一个微笑的表情。

End："以后不准再开这种玩笑。"

绝："遵命。"

End："我睡了，拜。"

绝："晚安。"

左正谊放下手机，揉了揉太阳穴。

今天过得过分充实，他的大脑被各种乱七八糟的信息填满，静下来后，将那些东西清空，需要思索的是明天。

八月末了，九月将要开始新赛季，纪决成了他的对手，郑茂马上要来WSND任教，游戏也即将更新，持续了半个赛季的法师版本大概会结束，不知新版本里什么类型的英雄更加强势。

与这件事相比，什么儿女情长、私人恩怨都是小事。

左正谊一想到这，双手就开始发热，迫不及待想让他的剑出鞘，尝尝对手的血了。

"晚安。"左正谊自言自语，钻进了被子里。

第三章 风起 ▲

"End 哥哥，如果这局我赢了，可以加你为好友吗？"

"能赢我再谈加好友的事吧，弟弟，等你噢。"

电子竞技是个高压行业，每年休赛期是压力最小的时候，选手们休假的休假、直播的直播，还有接商务拍广告的。

WSND 是四大豪门俱乐部之一，人气不错，自然有广告找上门。

但周建康声称今年要大干一场，奔着三冠王去，绝不能让任何场外因素影响了选手的状态，把所有商务都推了，他还警告他们："你们是电竞选手，别把自己当明星，少搞饭圈那一套。"

左正谊看向傅勇："听见没？少搞饭圈那一套。"

傅勇也看他："说你呢，别把自己当男明星！"

眼看两人又要打起来，周经理重重咳了一声："别闹了！幼不幼稚？今天郑茂回国，一会儿就过来，你们都友好点，欢迎一下新教练。"

"呵呵。"左正谊微微一笑，"知道了。"

今天是八月二十五日，夏季转会窗口还没关闭，转会市场每天风起云涌。

由于没有较大的人员变动，WSND 的日常就是直播和吃瓜，他们最关

心的是 SP 的新闻，毕竟这是上届冠军。

　　SP 新赛季的情况似乎不太乐观，因为队长兼指挥的程肃年退役了，虽然他声称会转任教练，继续留在 SP 俱乐部，但教练是个场下人员，主要负责战术定制，对赛场上的控制力有限，选手不行的话，多强的教练都带不动队伍。况且，程肃年第一次当教练，谁知道他的执教水平怎么样呢？

　　这是 SP 的问题之一。

　　另一个问题是，程肃年一退役，SP 就得换新辅助。

　　SP 是一个主打下路核心的战队，AD+ 辅助的组合是战队灵魂，他们的 AD 封灿又是一个典型的情绪化选手，自从程肃年退役，他就天天摆出一张死人脸，一副不想玩了的样子。

　　网友都说 SP 新赛季恐怕凶多吉少，上届冠军必然会失败。

　　其次，WSND 比较关心蝎子。

　　蝎子的"九龙夺嫡"大戏在昨天终于落下帷幕。老 AD 徐襄退役，去年的太子被卖，替补 AD 仍然是替补，新太子纪决杀出重围，成功登基。

　　纪决是个没来历的人，谈起他整个电竞圈都一头雾水，不知道蝎子老板是从哪个旮旯胡同把他挖出来的。

　　他是什么风格？擅长什么英雄？个性又如何？不知道，全都不知道。

　　只知道蝎子俱乐部高层似乎挺满意，态度也相当高调，宣称今年一定要夺冠。

　　与之相比，Lion 俱乐部就低调多了。

　　他们换了新老板，整个战队几乎重组，教练团队也大换血，最后定妆照一出，没剩几个熟面孔。

　　不熟意味着未知，未知则充满变数，是强是弱难以预料，WSND 不能轻敌。

　　除了以上四大传统强队，还有几个新兴强队。

　　左正谊将所有资料扫视一遍，重点看了看中单选手名单，不知道是不是他的错觉，国内的确没有厉害的中单。

　　所有交过手的他都觉得一般般，没交过手的，他都看过视频资料，似乎也一般般。

　　"怎么回事啊，是法师英雄不好玩吗？"左正谊有点不解，"EPL 的犀利中单都去哪了？都在玩 AD？"

他坐在休息室的沙发上，真诚地发出疑问。

傅勇翻了个白眼："想让我夸你是吧？我偏不。"

傅勇不夸自然有别人夸，辅助段日今天难得有存在感，腼腆一笑，对左正谊说："不是他们不厉害，是你太厉害了，正谊哥。"

傅勇道："小日别搭理他，他装呢。"

左正谊立马踹了傅勇一脚。

他们正在打闹，忽听休息室外有脚步声传来。所有人同时抬头往门口看，只见领队带着一个穿西装的男人走了进来。

这人年纪轻轻，充其量二十四五岁，相貌端正，眉眼带笑，一副脾气很好的模样，任谁看了都很容易心生好感，对他放下戒心。

左正谊却立刻沉下了脸——是郑茂。

"嗨，大家好。"郑茂走到众人面前，笑着挥了挥手。

"郑教练好。"

在周建康的带领下，傅勇、方子航、金至秀、段日纷纷从沙发上站起身，跟新教练打招呼。

左正谊坐着没动。

郑茂的目光落到他身上，笑容不减，主动说："Friend，好久不见。"

"他改名了，现在叫 End。"傅勇自来熟地插话。

郑茂有点惊讶："为什么改名？Friend 不好吗？这个名字是我当初精心为你取的啊，你不是说很喜欢吗？"

傅勇也惊讶："还有这一出呢？"

"哪都有你，滚蛋。"左正谊从沙发上站了起来，拨开傅勇，冲郑茂笑了笑，"谢谢郑教练，但我觉得新名字更适合我。"

"End 有什么寓意？"

左正谊没吭声，解释的是周建康："他说以后要把每场比赛都当成最后一场来打，倾尽全力准备 End。"

傅勇也是第一次听到这个说法，笑看左正谊："那你怎么不叫 Game Over 呢？也可以叫 Good Game，GG，哈哈哈……"

说完被自己讲的蹩脚笑话逗得乐不可支。

左正谊像看弱智似的，怜悯地看了他一眼。

"这样啊，挺好。"郑茂笑眯眯的，亲热地拍了拍左正谊的肩膀，"新赛季加油。"

左正谊强忍住反胃的感觉，没有给他甩脸子。

俗话说得好，来都来了，把关系闹僵对战队发展没有任何好处。左正谊自认宰相肚里能撑船，不跟郑不群一般见识。

他忍了一个小时，期间大家围坐闲谈，谈的无非是新赛季的对手情况和自家情况，郑茂会交际，三言两语就把其他人哄得很开心，笑声不断。

左正谊敷衍地跟着笑几声，大部分时间都在低头玩手机。

他在和绝聊天。不知是不是他太敏感了，左正谊觉得，绝最近似乎有点"黏"他。

他们认识很久了，但以前只在游戏内聊天，频率很低，可能一个星期只说几句话，还得是假期，比赛时期左正谊没时间理人，绝也几乎不找他。

但这几天他们聊天的频率直线上升，每天"早安""晚安"不说，白天也一直保持联系，左正谊超过十分钟不回消息，绝就要再发两条新的，问他"是不是很忙"，还口是心非地说"忙就算了，不用理我"。

而且他经常约左正谊双排。

左正谊一直在开直播补时长——电竞选手跟直播平台签约的合同里对每个月播多少个小时有明确规定，左正谊欠了太多，得补回来。

开直播就意味着绝知道他在干什么，他不能找借口说"我没空"。

当然，主要是左正谊并不抗拒双排，哪个中单不想要一个给自己喂蓝Buff 的打野呢？

绝不仅给他蓝 Buff，还全程保护他，甚至给他让人头，哄得左正谊心情愉悦，都不怎么骂人了。

直播间里的粉丝也很满意，管绝叫"绝哥"，封他为黛玉公主的贴身侍卫，允许他暂时独占公主的恩宠。

左正谊被这种恶俗的梗雷出一身鸡皮疙瘩，但水友就爱跟主播唱反调，他越拒绝，他们越来劲，甚至把梗玩得花样翻新，越来越雷人，以惹左正谊生气为乐。

左正谊只好不管了，麻木地播，麻木地打。

此时，郑茂在对面侃侃而谈，左正谊打开微信。

End："在吗？陪我聊天。"

绝："在，怎么了？"

End："问你个问题啊，如果新同事是你的老仇家，你会怎么办？"

绝："要看哪方面的仇。"

End："比如呢？"

绝："一般的仇就算了，如果是夺妻之仇，我杀他全家。"

End："……"

End："倒也不必这么凶残。"

绝："要的，我的漂亮老婆只有我能碰。"

End："说得好像你有一样。"

左正谊不理会对方的胡言乱语，抬头看了郑茂一眼。

刚好郑茂和周建康聊得差不多了，准备散会。郑茂的目光转向这边，和他的视线一碰，叫他："End，能单独聊两句吗？"

"有事？"

郑茂点点头，招呼他来到走廊里。二楼走廊有个夹角，是单独谈话的好去处。

左正谊不知道郑不群的葫芦里卖的是什么药，神色凉凉的，带着几分警惕。

郑茂站定，见周围没人，改了称呼道："正谊，你还在生我的气？"

左正谊："……"怎么都是这句话啊，能不能来点新鲜的。

左正谊假装客气："郑教练开什么玩笑？我又不是气球，哪来那么多气？"

郑茂点了点头，眼睛盯住他的脸，微笑道："我也觉得你不是那么小心眼的人。现在回头想想，当初我们都不成熟，竟然因为那么一点小事大吵大闹，我跟你道歉，对不起，正谊，你是非常优秀的中单。"

……又来了。左正谊心里一阵恶心。

当初他和郑茂闹翻，就是因为郑茂总是明里暗里地贬损他。郑茂自己比不上左正谊，就拿别人来压他。

先夸他一句"你天赋真好"，他还没来得及高兴，又说"某某队那个

中单也很厉害，跟你风格有点像，不过他比你更注重细节。没事，你还年轻，有点瑕疵是难免的，再练练就好啦"。

一开始左正谊听进去了，加倍拼命练习。

后来发现不论他练得多好，表现多优秀，郑茂总能挑出毛病，说他比不上别人。

左正谊受挫过、灰心过，自我怀疑他是不是真的不够厉害？那究竟要练到什么程度才算厉害？

郑茂"温柔"地给他加油，让他别丧气。

直到有一天，他在私下约练习赛，把郑茂口中所有厉害的中单全部干翻：对线碾压、单杀、KDA（杀人，死亡，支援）吊打全场，郑茂连刺儿都挑不出来了。

左正谊忽然意识到，根本没人比他强，他就是最强中单，郑茂只是见不得他好。

现在又来说什么道歉，谁知道郑不群是不是真的想道歉？

但左正谊不想表现得太激烈，发脾气都是对郑茂的抬举，这个人根本不配让他生气。

"没事，都过去那么久了。"左正谊笑了笑，假装客气，面容上闪耀着刺眼的自信和傲慢，他说，"长大后谁还记得幼儿园里的小打小闹啊？教练别担心，我会以战队利益为重，不会影响你的工作。"

说完，不管郑茂是什么表情，他转身就走。

接下来一整个下午，左正谊都没有再看到郑茂。

据说他带着教练组、数据分析师又去和周建康开大会了，颇有新官上任三把火的架势。

左正谊心里冷笑，打了一下午排位，晚上也没停。

快要收工的时候，领队忽然来二楼通知："祖宗们，明天约了友谊赛，郑教练想看看你们的状态，都认真点啊。"

傅勇问："跟谁打？"

领队道："我本来想约 SP，但 SP 拒绝了，Lion 也拒绝了。"

据说 SP 的新辅助人选还没确定，拒绝很正常。Lion 拒绝大概是因为想保密，不让别人试探他们新团队的水平。

"所以？"左正谊抬起头。

领队道："跟蝎子打，我们去会会 Righting 太子。"

左正谊没想到，WSND 和蝎子的友谊赛竟然还有网络直播，带几分商业表演赛的性质。

领队说这是蝎子的提议，他们似乎是为了给太子造势，帮 Righting 打出名气。WSND 仔细一想，对己方也没坏处，就答应了。

晚上，左正谊刚准备睡下，群聊消息就响了。

是 WSND 选手的内部微信群，群名叫"守护全世界最好的蓝 Buff"。

方子航："给太子造势？蝎子好自信啊，他不怕刚出道就被我们打趴吗？"

傅勇："既然他们想要抬轿，咱们就抬一手专业的呗。"

段日："压力来到金哥这边了。"

金至秀："我，对线，不怕。"

傅勇："金哥，你说话一个字一个字往外蹦就算了，打字为什么要加逗号？"

金至秀："我，习惯，了。"

左正谊："……"

方子航："Righting 是黛玉的粉丝吧，明天可能要整活儿。"

左正谊："不是，不熟，勿造谣。"

方子航："他注册微博后第一个关注的就是你啊，论坛上有人开帖扒呢。"

左正谊："第一个关注我的多了去了，有什么稀奇？"

傅勇："啊对对对。"

左正谊："滚。"

随便聊了几句，左正谊放下手机，闭眼入睡。

可能是因为睡前聊到了 Righting 和比赛，他竟然做了个梦，梦到以前

和纪决一起打游戏的往事。

那是很多年前，左正谊刚接触 EOH 的时候。

他和纪决在网吧开了两台电脑，纪决指着电脑桌面上的 Epic of Hero 快捷图标问："哥哥，这个游戏的名字为什么翻译成英魂之歌，不叫英雄之歌呢？"

左正谊也不知道，但他是哥哥，不喜欢说"我不懂"，就说，"可能国内代理商和你一样，英语不及格吧。"

纪决立刻反驳："我上次考试及格了！"

左正谊笑了一下："你好厉害哦。"

左正谊喜欢纪决在他面前笨笨的样子，这样能满足他作为哥哥、什么都比弟弟懂的虚荣心，他享受当一个小大人。

可能这也是他发现真相后，愤怒到极点的原因之一。

他和纪决的关系忽然之间反转了，笨笨的不是纪决，而是他。他被纪决骗得团团转，感情和自尊都遭受着羞辱，左正谊痛不欲生，怒不可遏。

当所有激烈的情绪消退后，最后浮出水面的才是伤心。

左正谊翻了个身。

梦里场景变幻，他躺在回忆里的床上。

这是一个梦中梦，梦里的他清楚地知道自己在做梦。

那天是他十五岁生日，他和纪决一起庆祝，喝了点酒。他酒量太差，才喝几杯就醉了，晕晕乎乎地回到房间，衣服都没脱就躺下睡着了。

半梦半醒中，纪决在帮他脱衣服："哥哥，别穿着衣服睡。"

左正谊哼哼唧唧地应了，但一动不动。

纪决只好亲自抬起他的腿，把裤子脱下来，然后又去脱了他的上衣。

一开始左正谊还是有意识的，后来的记忆就混乱了。

……

左正谊第二天早上才醒来，睁开眼睛的时候，房间内除了他空无一人。

他发了会儿呆，震惊于自己竟然做了那样的梦，还梦得那么真实。

这个认知让左正谊的内心有点羞耻，但他安慰自己，青春期的男生女生都很容易做这种梦，没什么大不了的。也许纪决也做过，只是不好意思对他说。

所以他旁敲侧击，去问纪决："喂，你有没有做过那种梦啊？"

纪决不知为什么眼神有点闪躲："哪种？"

"就那种啊。"

"哪种？"

"……"

纪决一脸纯洁无害，左正谊不好意思再说，于是不了了之。

这就是当哥哥的烦恼了，纪决无法为他排忧解难，他为了面子都不好意思直说。

终于，这个梦中梦也结束了。

左正谊茫然惊醒，伸手摁开床头灯，墙壁上 WSND 的海报正对着他，他看了几秒，忽然不知自己身在何年何月，有种时空错乱感。

接下来的半宿都没睡好。

天快亮的时候他才稍微有了几分睡意，习惯性一觉睡到下午，又花了些时间洗漱，下楼的时候，二楼已经热闹起来了。

左正谊打着哈欠走下楼梯，方子航伸手招呼："您可真是压轴出场，蝎子都开始建房了，就等你呢。"

左正谊伸了伸懒腰："我看着时间呢，不是还有半个小时？"

他先到自己的座位前给电脑开机，然后转头往一楼走："我去吃点东西，马上就来。"

左正谊一脸没睡醒的样子，飘飘忽忽地往楼梯口走，猛地撞到了上楼的人——是上来安排比赛的郑茂。

郑茂伸手扶了他一把："小心。"

"谢谢。"左正谊面无表情，绕过郑茂往下走。后者热脸贴了个冷屁股，也不觉得尴尬，盯着他的背影看了两秒才收回视线。

左正谊吃东西很快，不到十分钟就回来了。

队友已经全部准备完毕，他到自己的椅子上坐下，打开游戏，对方子航道："拉我一下。"

方子航立刻拉他进游戏房间。

这是一个专门为打比赛而创建的自定义房间，里面除了十个选手席位，还有几个 OB（Observer，观察者）席位，裁判和直播平台的导播们就坐

在 OB 席位上。

左正谊一进入房间，就看见了对面的纪决，ID 是 Righting，头像是他自己的照片，低头，侧脸，拍得有些模糊。

比赛还没开始，两队选手没事儿干，在房间里尬聊：

"嗨，左神！"

"哈喽，黛玉！"

"别乱叫，我们黛玉会生气。"

"哟，太子头像好帅啊，一看就是老渣男了。"

"别乱说，我们太子也会生气。"

"哈哈哈哈哈……"

左正谊正要敲字，忽然见聊天频道里跳出一行字。

Righting："说谁渣男呢，我一次恋爱都没谈过。"

左正谊："……"这个倒也不必昭告天下吧。

但纪决还没完。

Righting："你们都谈过吗？我哥说了，男孩子不自爱会娶不到老婆的，初恋必须留给未来的老婆。"

左正谊："……"他什么时候说过这种话！

左正谊一脸菜色，但 WSND 基地内传出一阵爆笑声。

方子航和傅勇笑得直拍键盘。

"看长相我还以为太子是个很冷的人呢，竟然不是啊。"方子航说，"有点意思。"

傅勇道："但我不会手软的。"

左正谊冷哼一声："你别丢脸就好。"

"滚蛋！我——"

"好了，马上开始了。"郑茂突然打断傅勇的话，走到左正谊身后，盯着他的电脑屏幕，"正谊，今天你想玩什么英雄？"

"随便吧，看对面的阵容。"

今天只是友谊赛，虽然有直播，但他们也不至于打得太卖力。不论输赢，都要互相留点面子。

时间一到，游戏开始，进入 Ban&Pick 环节。

所谓 Ban&Pick，即禁用和选用英雄。

游戏内供玩家操作的英雄角色有几百个，数量太多，英雄之间的强度就难以平衡，每个版本都会有一些强度超标、影响比赛公平性的英雄出现。在对战中，这些英雄就会被对手 Ban 掉，令玩家不能在当前对局里使用它。

除此以外，赛场上还有另外一种情况。

有时，某个英雄的强度并不超标，只是普普通通，但某一个选手格外擅长使用它，一旦拿到该英雄，胜率就会大大提高，甚至不败。

所以，其他战队遇到这个选手的时候，就会把这个英雄 Ban 掉，这是出于对选手本人的忌惮。

伽蓝之于左正谊就是如此。上个赛季初期，伽蓝作为法师强度垫底的英雄，几乎没人使用。

但左正谊把她从"冷宫"里解救了出来，操纵她横扫赛场，一路过五关斩六将，打得整个 EPL 联赛都得了"恐蓝症"，硬生生把她供进了 Ban 位。

今天也一样，蝎子第一手就 Ban 了伽蓝。

左正谊顿感无趣，不理解他们为什么打友谊赛也这么认真。

然而郑茂也很认真，可能是把今天这场比赛当成赛季首秀了，想拿出点东西来给他们所有人看看。

既然如此，左正谊也不得不认真起来。输给蝎子事小，输给郑茂事大，他才不想输。

按照这款游戏的 Ban&Pick 规则，蝎子先 Ban 后 Pick，禁掉了三个英雄。

WSND 则是后 Ban 先 Pick，禁掉两个英雄，选择一个英雄。

他们对蝎子的新任核心纪决不了解，无法有针对性地制订战术，只好考虑自家核心，选了一个目前版本中比较强势的打野，为的是占据野区主动权，给左正谊守蓝 Buff 和抢蓝 Buff。

打野选手在 WSND 很关键。如果打野发挥不好，左正谊的游戏体验就会非常差，他会很暴躁。

这边选完打野，蝎子选了辅助和上单。

辅助选的是一个万金油英雄，搭配什么都可以，让人看不出纪决究竟想玩什么 AD。

方子航叹气："至于吗？一个破友谊赛而已，蝎子这么藏着掖着吊胃

口，我倒要看看太子有什么大杀器。"

双方分别选用三个英雄之后，开始第二轮禁用，EOH 总共有十个 Ban 位。

第二轮禁用结束后，WSND 选完了全部英雄。

郑茂给左正谊选择的出战法师叫劳拉，是一个没出多久的新英雄，强度还可以，皮肤很漂亮，金发美女。

左正谊有点无语。他怀疑郑茂是故意的，他住院半个月，这个英雄还没来得及好好练。

然而，蝎子更加让人无语。

他们慎重地选完了前四个位置，把 AD 藏到最后。

当左正谊以为他们要出其不意放大招的时候，蝎子终于亮出底牌，选了一个黑枪。

龙象 TV 正在同步直播。

弹幕也无语了：

"黑枪这版本这么弱，搞什么？"

"黑枪不是徐襄的招牌英雄吗？蝎子玩王位继承呢？"

"真就太子登基呗。"

"选个黑枪，还登什么基啊，头不被打歪就算赢。"

一时间，直播间里骂声四起，有给蝎子唱衰的，也有看热闹不嫌事大的。

导播很懂观众想看什么，立刻把游戏内视角切到 Righting 身上。

只见他操控着黑枪往前走，忽然脚步一顿，停了下来。

两秒后，公共聊天频道里飘出一行字。

Righting："End 哥哥，如果这局我赢了，可以加你为好友吗？"

弹幕："？？？"

非官方比赛，直播间里的两位解说也是非官方人员，是龙象 TV 安排的娱乐主播，一男一女，解说水平都比较业余，但胜在有娱乐性。

纪决的发言出现后，弹幕里一片问号。

男解说道:"前几天我就听说,Righting 是左神的粉丝,看来是真的呀。"

女解说道:"我也听说了,好像不只是粉丝那么简单呢,潭舟岛老乡,相似的 ID,第一个关注……"

男解说笑了一下:"这么多巧合?确实不简单,我觉得别有深意呢。"

女解说佯装不懂:"什么深意?"

男解说故意问观众:"大家觉得呢?"

弹幕水友都是老喷子了,并不配合互动。

"觉得什么啊觉得,少带节奏。"

"不会解说就滚。"

"蝎子别硬蹭。"

"真以为打个友谊赛就是友谊队啦?蝎子只配当儿子。"

"今天废物太子就要被我们黛玉暴打!"

"???"

"爹狗狂吠什么?上个赛季是谁被蝎子打成 0∶2 的?"

"黛玉黛玉,病病哭哭,小心被太子干进医院哦。"

"一个 0∶2 吹一年,笑死。"

"换了新 AD,蝎狗又觉得自己行了。"

"蝎狗对外拳打脚踢,回家一看战绩:世界赛都进不去,我哭死。"

……

眼看两边队粉突然互喷起来,解说有点尴尬。

但直播间的流量只升不降,热度越来越高。

直播平台要的就是流量,两个解说只好硬着头皮继续聊八卦。

正说到"听说左神是交际花,朋友特多,应该会同意 Righting 的好友申请"的时候,场上突然打了起来。

游戏才开始七分钟,这一波团战发生在 WSND 的野区内。

起因是左正谊和方子航在打蓝 Buff 小怪,对面打野相当激进,一直盯着他们,算准蓝 Buff 的刷新时间,第一时间过来骚扰。

三个英雄的技能同时招呼在蓝 Buff 身上,敌我双方两个打野有专门针对野怪的抢野技能"惩戒",这种情况下法师很难抢到,方子航去抢也有一定风险。

左正谊喊方子航先打人，别打蓝了。

蝎子的打野立刻摇人，中单和上单也赶了过来，团战一触即发。

然而，其实左正谊不太想打，他使用的劳拉是一个后期法师，需要发育。而且劳拉的技能很吃蓝 Buff——蓝 Buff 不仅回复魔法值，也能减少技能 CD（冷却）时间。

劳拉的技能 CD 时间太长了，没装备也没蓝，打不出太多伤害。

但局面容不得左正谊做选择，蝎子疯狂针对他，目的就是让他发育不起来，从而打废 WSND 的主力输出。

左正谊只犹豫了不到一秒，他是一个风格激进的中单，不愿为求安全放弃任何一个蓝 Buff。

蝎子敢来抢野，他就敢开团战。

但同时他也是一个矛盾体，激进却不上头，既疯狂又冷静，经常做出一些踩钢丝般的炫技操作，偏又踩得极稳。

比如此时——

"蝎子来支援了！左神危险！"

"这个蓝还要打吗？不能要了啊！"

"再不走人都得搭上！"

直播画面里，左正谊和方子航被蝎子的三个人堵在野区，方子航的血条瞬间掉了一半，左正谊没吃伤害，但也没打出伤害。

他在找位置输出。

"爹队也来支援了！左神在往外撤！"

"不，他还想输出！"

"劳拉的大招是 AOE（群攻）伤害，但范围小，不太好释放。左神走位绕来绕来，不会是想把蝎子三个人都罩进 AOE 范围里吧？太冒险了，贪多嚼不烂，能打到一个都算不错了。"

"哎呀，左神被打到了，血条危！"

"航神无了，人头被蝎子拿下。"

"左神也该撤了。"

"再不走就是送双杀。"

"蝎子太凶了，看来磨合得不错。"

"反观 WSND，似乎配合得有瑕疵啊。"

两个业余解说水平不怎么样，带节奏的功力却相当有一手，直播间里再一次弹幕爆炸，热度飙升。

蝎子队粉在喊"别毒奶（乌鸦嘴）"，WSND 队粉骂解说歪屁股，捧一踩一，还故意内涵左正谊。

就在这时，WSND 的支援到场了。

最先赶到的是金至秀。

"金哥进场了！"解说立刻兴奋起来，换了一副语气。

"他在帮左神补伤害。"

"是爹队的经典配合。"

"蓝 Buff 还在被左右拉扯，蝎子似乎想溜，但左神准备收割了！一个 Q！一个 E！大招命中——命中三个！劳拉的魔法阵铺了一地！命中人数越多伤害率越高！"

"但左神也只剩血皮了，这波不是你死就是我亡！"

解说话音才落，游戏内响起击杀音效。

"Killing！"

"Double kill！"

"Triple kill！"

"三杀！左正谊开局三杀！"

三杀触发了劳拉的特殊击杀语音，只见金发女法师抬起法杖，轻轻敲了敲地面，傲慢地说："别来挑战我的权威，废物们。"

WSND 粉丝顿时扬眉吐气，换了副口吻喷解说：

"左正谊也是你能叫的？叫左神！"

"NO，叫黛玉公主。"

"明明是 End 哥哥。"

"End 哥哥永远不会让我失望，我哭死！"

"Righting 弟弟加不到好友了怎么办，我真的哭死。"

说曹操曹操到，直播画面里，刚才团战一直缺席的 Righting 忽然神不知鬼不觉地走了过来。

左正谊刚拿完三杀，在金至秀的帮助下，顶着残血打掉了蓝 Buff。

金至秀回到自己线上，左正谊躲进草丛里读条回城。

他很谨慎，选了一个比较偏的草丛，而且站在最边缘的位置，很隐蔽。

但纪决仿佛长了个狗鼻子，别的闻不到，偏偏对左正谊的气味无比敏感，他逐渐接近草丛，在附近试探。

左正谊的心当即提了起来。

解说也很紧张：

"Righting 没视野，不会发现 End 了吧？"

"被发现就糟了，左神只剩几点血，一枪都扛不住。"

"Righting 越走越近了！"

左正谊的回城施法才读到一半，被发现必死无疑。

这时，黑枪抬手开了一枪，打在他身侧的空草丛里。

又一枪，贴着劳拉的大腿射出去。

第三枪——左正谊出于直觉，打断回城读条，往旁边挪了一步，巧妙地躲开。

但纪决紧接着射出第四枪，打中了他。

屏幕中央立刻跳出击杀提示，劳拉倒在地上，公共频道里出现一行字。

Righting："哥哥，你又被我抓到了。"

End："……"

熟悉的台词，让左正谊一瞬间有点恍惚。

外人不明就里，但他当然明白纪决为什么说"又"。

以前他们一起打游戏，纪决的技术是左正谊手把手教出来的。纪决还装学不会，不停地缠着他带自己上分。

腿上挂一个菜菜的拖油瓶，左正谊偶尔也会觉得厌烦。烦了就不带纪决，自己偷摸玩去。

这时纪决就会专门来狙击他——他们段位一样，都是左正谊打上去的。

狙击成功的概率不高，但有几次真的排到一起了。

作为敌人，纪决什么都不干，只盯着左正谊，满地图找他，给他添乱。

由于不干正事，被队友骂了好几回，但纪决不怕挨骂，依然盯着左正谊，搜遍每一个草丛，誓要将他抓出来。

一旦抓到，纪决就得意扬扬地在公共频道打字："哥哥，你逃不出我的手掌心！"

"……"

左正谊怀疑他是个弱智小学生。

队友问："这是谁啊？你女朋友？"

左正谊不开心："不，是我弟弟。"是全世界最黏人的臭弟弟。

但黏到比赛上，他可真是出息大了。

左正谊冷哼一声，心想，不把纪决的头打歪，他就不知道"哥"字怎么写。

"去下路抓。"左正谊指挥道，"就打那个Righting，给我往死里打。"

ADC一旦被针对，游戏就很难玩了。尤其黑枪是一个弱势AD，很难发育。

令人意外的是，纪决玩黑枪的确有两把刷子，而且相当沉稳，有几分徐襄年轻时的风采。

但作为蝎子的上一任核心，徐襄沉稳过头，常常为人诟病，被说是狗屁型AD，没胆量。

纪决没有这个毛病。左正谊第一次正式和他交手，最先感受到的是冷静。

纪决冷静到令人发指，即使被WSND疯狂针对，被压到出不了防御塔，仍然不急不躁，操作没有任何失误，和刚开局时一样，心态平和，似乎游离于战局之外，没有任何情绪地等待机会。

机会一到，他就像蛰伏的豹子般冲上来，比辅助冲得还快，两枪收掉人头，再闪回安全的地方——冷静又激进，和左正谊如出一辙。

傅勇在左正谊对面骂街："以后你再说你们两个不认识，我不会信了！狼狈为奸的味儿都溢出屏幕了！"

"我警告你换个词。"

"换什么？鬼混？一丘之貉？沆瀣一气？"

"闭嘴吧你。"

游戏时间进行到第35分钟，WSND拔掉了蝎子中路的第二座防御塔，直逼高地。

左正谊的劳拉已经满身神装，开始攒复活甲。

上单和辅助护在他两侧，金至秀的走位比他更靠前一些，替他分担火

力。

蝎子在高地塔下迎战。

WSND 发起进攻，先手开团。段日是满身肉装的硬辅，一个大招砸进塔下，金至秀带着兵线优先点塔，防御塔瞬间损坏。

左正谊紧跟其上，把法师当刺客使，绕进后排去切纪决。

纪决反应很快，团战走位相当谨慎，左正谊第一下没切到，只得后退。

"中单！"左正谊简短地说。

傅勇立刻把控制技能丢给蝎子的中单，只控 1 秒，金至秀和左正谊同时集火——秒杀。

"打野。"左正谊发出第二道指令。

这个控制是段日给的，蝎子的打野被困在原地，吃了数不清多少伤害，血条瞬间蒸发。

"Righting——"

"他想断线！"

"我控我控我控！"

"我 Q 空了！"

方子航哀号一声，来不及做更多反应，屏幕一黑，被纪决反杀了。

游戏进行到中后期，黑枪也发育得差不多了。

纪决的走位相当灵活，几乎躲掉了所有他能躲的控制和伤害，同时输出不断，WSND 倒了一片，和蝎子的人混在一起，高地上尸横遍野。

踩着满地的尸体，纪决面前只剩左正谊一个活人。

直播间里弹幕已经多到看不清，解说又找到了流量密码，高声喊："只剩 Righting 和 End 了！他们要决战紫禁之巅吗？！"

"Solo！"

"Solo——！"

黑枪和劳拉，枪与法杖，纪决和左正谊。

不是 Solo，胜似 Solo。

左正谊发了个表情："来。"

纪决瞬间发难，子弹快似闪电。

左正谊不躲。生死关头，躲是最没有用的，只需比他更快。

劳拉的所有技能几乎同时释放，左正谊跃至纪决身前，用法阵锁住了他。

刺耳的击杀音效在直播间里每一个观众的耳边炸响，黑枪倒地不起。

高傲的法师走到水晶前，敲下最后一句话。

End："能赢我再谈加好友的事吧，弟弟，等你噢。"

四 ▶▶▶

虽然左正谊嘴上说不给加好友，但如果纪决发好友申请，他也不至于真的拒绝。只是没想到，直到打完三场，友谊赛结束，纪决也没发。

左正谊有点意外，心想，纪决还挺有骨气，莫非真准备等能赢他的时候再来吗？可惜啊，那就只能等下辈子了。

左正谊伸了个懒腰，从电竞椅上站起身。

今天是 BO3（三局两胜）赛制，后两场比赛打得毫无波澜，WSND二比一战胜蝎子，赛后两队选手在房间里聊了几分钟，互相商业吹捧一番，勉强算得上气氛融洽。

两家队粉在网上的争端大家都不放在心上，因为习惯了。

一切结束了还没到晚饭时间，左正谊围着训练室里的两排电脑桌绕了一圈，伸伸胳膊、扭扭脖子，当作活动筋骨。

他很爱惜自己的身体。

电竞选手得职业病的太多了，腰伤、手伤、颈椎病……每一种都很可怕，轻一点的会影响比赛状态，严重的能断送职业生涯。

俱乐部很重视这一点，每周给选手们安排了固定的锻炼和按摩时间，赛季期间的饮食也十分严格，力图将所有场外影响降到最低，创造一个让选手安心的比赛环境。

左正谊绕完一圈，又绕一圈。

傅勇在椅子上摆了个后仰的姿势，懒洋洋道："Righting 到底是你什么人啊？"

"关你什么事。"左正谊说，"管好你自己。"

傅勇白眼一翻，指责道："你简直凶死了，你这种人是找不到女朋友的，

惹人烦。"

左正谊笑了："哪有你牛，被女朋友甩了。我听说微信都被删了噢，真可怜。"

"是我先甩的她！"傅勇噌的一下站起来，"她在网上乱说话，我主动提的分手！"

左正谊边绕圈边点头："啊对对对。"

傅勇气急败坏，还要再狡辩，郑茂忽然按住他，说："先别闹了。"又招呼另外四个人，"来，我们开个小会，复盘一下。"

左正谊转头看去，只见郑茂手里拿着一个笔记本、一支笔，写写画画，记录的似乎是他们刚才在比赛中的表现。

虽然有点不情愿，但认真总比不认真好。左正谊回到自己的位子上坐下，洗耳恭听郑教练将要怎么挑他的刺儿。

然而，左正谊没想到，郑茂竟然开始说人话了。

讲了讲四个队友的小毛病，轮到他的时候，郑茂说："End 虽然没练过劳拉，但表现很好，出乎我的意料。"然后冲他笑了笑，竖起大拇指，"你比以前更厉害了。"

左正谊："……"真是让人意外呢。

但左正谊颇有几分吃软不吃硬的毛病，别人哄他，哪怕只是拍马屁，他也会开心。宛如一只必须被顺毛摸的猫，听不得坏话，好话永远不嫌多。

郑茂几句马屁哄得公主病中单"龙心大悦"，晚上吃饭的时候，他跟左正谊坐一起，左正谊都没给他冷脸，还在他打招呼的时候回了一声"郑教练"，语气比之前平和多了。

郑茂试探道："我能跟你聊聊吗？"

左正谊抬起头："聊什么？"

"之前……我是诚心向你道歉。"郑茂说，"不瞒你说，在 WSND 执教的机会很难得，我能回来，着实费了一番力气。"

餐桌是长桌，同时吃饭的不止他们两个。但左正谊坐在边缘，郑茂离他很近，与其他人有一段距离，他刻意压低的声音被餐厅里的音乐声掩盖，只有左正谊听得见。

郑茂说："许总的要求是，今年成绩必须比去年好，否则我就得下课。"

　　"许总"是指许宗平，WSND 俱乐部的大老板，今年四十多岁了，但对电竞热情不减。

　　左正谊瞥了郑茂一眼，清楚地看见对方眼中的紧张。

　　WSND 上个赛季的成绩是神月冠军杯冠军、世界亚军、EPL 联赛年度第二，比这还要好的成绩，至少得是双冠王起步。

　　这么高的要求郑茂竟然敢答应？难怪一走马上任就来向左正谊道歉，敢情是来抱大腿的。

　　左正谊心觉好笑，毫不遮掩地问："许总给你开多少年薪？"

　　"……"

　　郑茂噎了一下，察觉到他眼中的嘲讽，面色不变，避重就轻地说："以前是我年纪小不懂事，你的天赋太……太离谱了，谁看了不嫉妒呢？但人是会变的，正谊，现在我不嫉妒了，我对你的嫉妒变成了……仰慕。"

　　左正谊一口饭噎住，猛咳了几声。

　　郑茂从桌上抽出一张纸巾，殷勤地递过来："你长大了，更耀眼了。我也长大了，让过去的那些事都过去吧，我们握手言和，好不好？"

　　"……"

　　左正谊顺过气后，端起水杯喝了一口。他带着几分玩味和审视，微笑地看向郑茂。

　　这是他们相识多年来的第一回，郑茂心甘情愿地在他面前低下头颅。

　　也许不是为他而低，是为前途，为钱，为成年人的利益。但不论郑茂是为了什么，左正谊都愉快了。

　　他才十九岁，虽然这十几年的生活看似跌宕起伏，但细想起来其实没遇到过多少真正的挫折，郑茂是其中比较痛的一个。

　　因为他罕见地打击到了左正谊始终饱满的自信，差点把左正谊变成一个畏缩不前的人。

　　但现在不一样了，左正谊有信心赢得一切比赛，郑茂却没信心当好WSND 的教练，他在害怕。

　　"好啊。"左正谊单手撑在桌上，支起下巴，懒洋洋的，眼神却居高临下，近乎怜悯，"你放心，我对比赛很严肃，绝不会把私人恩怨掺和进去——合作愉快。"

左正谊伸出手。

他的手很白，纤长细直，并无其他痕迹。

但这是电竞选手的手，只看一眼，就能感受到潜藏于他手掌之中的无尽风雨和无限风光。

郑茂小心地握了上去："合作愉快。"

左正谊收回手："你吃吧，我吃饱了。"说完起身上楼，打游戏去了。

这是八月二十六日的傍晚，WSND 的夏季假期已经结束，EPL 年度联赛开赛在即。

左正谊调整状态，收起散漫的心，开始准备训练了。

接下来几天，他都没有再开直播。巧合的是，平时天天缠着他双排的绝突然也忙了起来。

前几天他们刚聊过，绝说被试训的俱乐部拒绝了，这赛季他不能打职业。

既然不能打，他在忙什么？现实生活中的事情吗？他们只是网友，左正谊不想多打听，便没有问。

训练繁忙，时间很快进入九月。

九月二日这天，天阴沉沉的，从清晨开始小雨不绝，淅淅沥沥地下了一阵又一阵。

左正谊起了个大早，因为今天有活动——WSND 全队要前往 EPL 官方赛事联盟准备的室内场地，和其他战队一起拍摄新赛季的联赛宣传片。

左正谊是明星选手，镜头自然少不了。值得一提的是，他和纪决竟然有对手戏。

起因是导演看了 WSND 和蝎子那场友谊赛，对他们那天的高地 Solo 印象深刻，所以设计了一个表达针锋相对含义的特殊动作，让他们一起拍。

拍摄现场人多，好几个战队的选手在围观，左正谊有点不自在，纪决倒很自然，可能因为周围的大部分人他都不认识，在陌生人面前不会不好意思。

左正谊就不一样了，在场全是熟人，他一做动作，这群家伙就挤眉弄眼地故意起哄，他拿出了角逐奥斯卡影帝的敬业精神，才忍住没笑场，顺顺利利拍完。

散场之后，左正谊和队友一起乘坐 WSND 的战队大巴回基地。

蝎子的车就在他们后面。左正谊透过被雨淋湿的玻璃，往后面瞄了一眼，车流密集，雨天拥堵，两辆车一开始挨得很近，后来走走停停，不知不觉就分开了，车身上蝎子的队徽消失在他的视野里。

左正谊打了个哈欠，在途中睡了一觉。

这一觉不知睡了多久，车停了他都不知道，是傅勇把他摇醒的。

"喂，有人找你。"傅勇"公报私仇"，趁机使劲摇晃他的肩膀。

左正谊睁开眼睛茫然看了两秒，清醒过来后，一巴掌拍过去："轻点！谁找我？"

"喏。"傅勇指了指车门外。

左正谊这才发现，大巴车上的人已经走得差不多了，只剩他和傅勇还有司机。

傅勇叫醒他后，也下车走了。

站在车门外的是纪决。

左正谊刚要开口，司机就抢先道："下车啦，我要停进车库里去。"

左正谊顶着一脸睡觉时压出的座椅印子，被赶下了车。

冷风细雨扑面吹来，他打了个喷嚏，抬头看纪决："你找我有事？"

纪决点了点头，但在开口之前先把外套脱了，披在他身上。

左正谊穿上人家的衣服，便也假装客气了一下："有事进去说吧，干吗在这儿淋雨？"

纪决瞥了 WSND 基地大门一眼："不好吧，我进去人家还以为我刺探军情。这边，哥哥。"

他拉着左正谊往外走，绕过喷泉，继续前行，一直走到蝎子基地外面的一处围墙下。

墙很高，窄檐遮雨，是个僻静的地方。两人往这儿一站，有对面的植物遮挡，路过的人如果眼神差一点，都未必能发现他们。

左正谊有点疑惑："你要说什么啊？弄得这么神秘。"

他靠在墙边，纪决面对他而站，贴心地解释："园区里人多眼杂，别人都不知道我们之间的关系，我怕对你造成不好的影响，所以找个隐蔽的地方说。"

左正谊："……"越解释越像有鬼了，你可真行。

"好，你说。"

"其实没什么大事。"纪决忽然毫无预兆地上前一步，把左正谊整个人顶到墙上，"我想你了，哥哥。"

五 ▶▶▶

"你干什么？"左正谊吓了一跳，后背被迫贴到墙壁上，冰凉的触感刺得他一激灵。

纪决饿虎扑食一般，紧紧压着他，一手撑墙，另一手按着他的肩膀。明明是这么有侵略性的姿势，神情却非常委屈，重复一遍道："我想你了，左正谊。"

纪决不叫哥的时候，语气就有点微妙，而且他贴得太近，左正谊用力皱起眉，察觉到了几分不太对劲。

但他还没想通这种"不对劲"是因为什么，纪决就开始道歉："对不起，说好不纠缠你的，可我人生地不熟，除了你不知道该找谁。"

"怎么了？"左正谊不解，"你遇到事了？"

纪决吞吞吐吐："嗯……也没什么大不了。"

左正谊瞪他一眼："有事直说，啰唆。"

纪决被凶了一句，乖顺地低下头，这个动作使他和左正谊靠得更近了。

左正谊伸手推了一把，竟然没推动。

纪决戏很足，近乎哽咽了："不要推开我，哥哥。"

左正谊头皮发麻："你差不多得了，少耍花招。"

"我没耍花招，我真的想你了。"纪决紧紧盯着他，瞳孔中映出左正谊微恼的面容，"他们都欺负我，只有你对我好。"

"谁欺负你了？"

"他们。"

"他们是谁？"左正谊一顿，心中有了个模糊的猜测，"队友吗？你跟蝎子的人相处不好？"

纪决点点头："其实也还好，但他们不信任我。"

"什么意思？"

"可能是觉得我菜吧。"纪决又往前靠了两寸，将左正谊整个人罩在自己的身躯下。

可他的眼神相当卑微，仿佛这么做不是为了别的，只是从左正谊身上汲取力量才有勇气开口："都怪哥哥，你干吗要这么厉害？ Solo 把我打得好惨，他们都觉得我菜。"

左正谊还没开口，纪决又说："所以哥哥要对我负责。"

"怎么负责？"左正谊一边说着一边用力推纪决的肩膀，"起开点，你又不是小孩了，还这么黏人好变态啊。"

纪决被他推得收不住去势，猛地撞到身后的树上。

小雨还没停，树枝一阵摇晃，叶片上的雨水洒落下来，淋了纪决一身，左正谊也没能幸免。

雨水冰凉，左正谊打了个喷嚏，不高兴道："如果我感冒了就怪你。"

他披着纪决的外套，还给人家甩脸子。

纪决上身只剩一件单薄的白色 T 恤，此时已经湿透，闻言委屈道："你又凶我。"

"凶你怎么了？"左正谊趾高气扬地说，"不想被凶就别来找我麻烦，我训练很忙的。"

他忽然一顿，目光落到纪决的肚子上。

准确地说，是腹肌上。白色衣料湿透后变得十分透明，又紧贴皮肤，纪决腹肌的形状被清晰地勾勒出来……有点眼熟。

左正谊微微一愣，突然想起绝的那张照片。可是不应该吧，男生的腹肌都长得差不多。

"你在看什么？"纪决忽然把手伸到他面前晃了晃，"人家在跟你说正事，你看什么呢，哥哥？"

左正谊略有点尴尬，纪决却掀起衣摆，很大度地说："给你看，要摸摸吗？"

左正谊："……"有病吧，谁要摸啊？

他不伸手，纪决竟然主动贴上前。

"走开！"左正谊推他。

纪决忽然收起玩闹，像一只失落的大狗狗似的，叹了口气："哥哥，我真的心情不好。"

"打游戏比我想象的难。"纪决低声说，"在蝎子待了几天，我才发现我不擅长和人相处，团队游戏可能不适合我……"

这话左正谊不爱听："才刚开始，你就打退堂鼓？"

"是他们太菜了。"纪决换了一副与刚才截然不同的口吻说，"队友跟不上我，配合不到一起去，他们还反过来怪我冒进、不为团队考虑，菜鸡就是借口多。"

"……"

你还挺狂。

左正谊回想了一下蝎子战队的主力配置，五个人都是上个赛季交过手的，要说其中哪个人比较厉害，他还真说不出来。

但他的眼光本来就比别人高得多，看谁都菜，很难客观评价其他选手的水平。同样，他也不知道纪决口中的"菜"是什么标准。

"我好后悔啊。"纪决突然说，"正赛还没开始呢，打几天训练赛我就受够了，以后可怎么办？也许我不该打职业，还不如去当个主播，直播就看你打比赛算了。"

左正谊面色一变："你在说什么屁话？"

他扳过纪决的脸，盯着他道："你是为什么来打职业的？"

纪决想了想道："为了你。"

左正谊："……"

"我开玩笑的。"眼看左正谊要发火，纪决立刻改口，"来之前我没想太多，蝎子要签我就签了。当时我觉得，我这么厉害——天下第二厉害吧，只比哥哥差一点，那当然要打职业，否则岂不是浪费了？"

左正谊皱起眉。纪决似乎从小就是这样，没上进心。

不过，用"没上进心"来形容不太准确，应该说，纪决不喜欢争名夺利。也不是淡泊，而是一种发自内心的不在乎。

相比之下，左正谊就很在乎。

因为母亲死得早，早期联系不上父亲，后来联系上了，那边却不想要他——当然不想要，他爸爸另有家庭，有老婆孩子，有事业要名声，怎会承认这个多年前外遇来的私生子？最多就是给他点钱，偷偷地照顾他一下。

左正谊很生气，不愿意接受他父亲的钱，认为这是羞辱。

对方根本不在乎他，以为拿几个臭钱就能打发走亲生儿子了，当他是乞丐呢？

当时他还小，纪决也小，在一旁看着他，诧异道："你干吗不接啊？有钱没爹多好，不写作业都没人管。"

左正谊说："你懂个屁，这是尊严问题。"

纪决撇了撇嘴："尊严是什么？哼，我不要。"

纪决把左正谊丢到地上的钱捡起来，快乐地说："今天哥哥请我吃火锅哦。"

左正谊好生气。

他瞪了纪决一眼，发誓以后一定要更加努力，变成了不起的大人物，让所有人都不敢不重视他。

纪决却满脑子只有火锅，像个傻子。

那时候左正谊以为这是仇恨，他恨他爸爸。后来经老师一点拨，才知道这叫"志向"。

那个老师很喜欢他，对他温柔又很照顾他，告诉他："说是仇恨也可以，志向本质上就是一种仇视情绪，底层仇视上层，小众仇视大众，孤独者仇视热闹，'哑巴'仇视掩盖自己声音的人。"

为什么会仇视呢？因为想奋发向上，不想被欺压，不想被孤立，要发出自己内心的声音，却得不到机会。

"所以正谊要努力呀。"女老师拍了拍他的头，"你是个好孩子，将来一定会有出息的。"

那时左正谊刚上初二，其实听不太懂，哪怕现在也没能完全明白。

但他记住了要"向上"，爬最高的山，练最强的剑，他要当第一。这个观念伴随了左正谊的整个青春期。

但和他一起长大的纪决却从来都不在乎，坦白说，左正谊不知道纪决在乎什么。这也是他当初离开时感到茫然的原因之一。

当习以为常的一切被揭开虚假的面纱，他才意识到，他一直都不了解纪决。

现在就更离谱了，纪决竟然说后悔来打职业了，他把比赛当儿戏吗？

左正谊很恼火："你究竟明不明白电子竞技是什么？"

纪决静静地看着他，目光从他脸上扫过，轻声说："我明白，是你的梦想。"

"那你呢？"

"我——"纪决思考了一下，"你的梦想就是我的梦想。"

"别贫嘴。"左正谊不悦道，"你知道我在圈内的绰号是什么吗？"

"黛玉？"纪决秒答。

"去你的。"左正谊敲了他一下，"是'雷电法王'，因为一打雷就下雨——EPL十六支战队，十四支里的选手被我打哭过。"

纪决沉默了一下，左正谊说："等你也被我打哭，就知道电子竞技究竟是什么了。"

他从纪决身边挣脱，踏出墙檐走进漫天的雨里，头也不回地离开了。

这场雨下了三天。

九月五日，夏季转会窗口正式关闭。

EPL官方公布了新赛季首周的赛程，揭幕战定在九月十一日，第一场比赛是SP对战蝎子，第二场是WSND对战Lion。

四大豪门齐上阵，都想争个开门红，但竞技比赛没有平局，有赢必然会有输。

在揭幕战的前一晚，左正谊拔下键帽，拿到休息室里，重新洗了一遍。

第四章 骄狂

　　这是他上场之前的习惯，仿佛人与剑在进行一场无声的交流，他从中获得了别人看不见的力量，然后和队友一起，走出休息室，踏上新赛季的第一个战场。

　　作为国内顶级、最热门的电竞赛事，EPL 每年开赛之前都会做铺天盖地的宣传，为揭幕战造势。

　　揭幕战的两支战队的选择也很讲究，去年是蝎子对战 Lion。因为当时蝎子的徐襄是公认国服第一 AD，Lion 则花重金挖来了韩国联赛年度 MVP 选手金至秀，引起轰动。

　　蝎子与 Lion 对上，卖了一个"中韩 AD 巅峰对决"的噱头，吸引眼球无数。

　　今年的揭幕战是 SP 对战蝎子。SP 是上个赛季的双冠军，由他们来开赛毋庸置疑。而 SP 的对手官方之所以选择蝎子，没选 WSND，大概率是因为蝎子和 SP 有宿仇，两家战队又都主打下路核心，看点比较足。EPL 赛事联盟一向重视流量，最喜欢安排"恩怨局"。

　　九月十一日的早上，左正谊睡懒觉失败，八点就起了床。

　　他刷牙的时候，手机振动了两下，有微信消息。

绝："今天 EPL 开赛了，祝你比赛顺利。"

绝："我也有重要的事，可以要你的祝福吗？"

左正谊一手捏着电动牙刷，另一手单手打字回复。

End："祝你也顺利。"

绝："谢谢，晚上见。"

End："？"

绝："意思是晚上再找你聊天。"

End："噢。"

左正谊放下手机，洗漱完去换衣服。

昨天他和方子航一起去剪了个头。方子航染了金发，还怂恿他也染。但方子航那张脸配上金发实在有够非主流，左正谊觉得辣眼睛。

有这样的反面例子，即使理发师再三强调"你皮肤白，染浅色会比他好看"，左正谊也没能狠得下心，仍然保持黑发，规规矩矩地回了基地。

方子航嘲笑他："不愧是我们黛玉，古典美。"

左正谊踹了他一脚。

方子航说："天下第一剑客，就该染天下第一炫的头。"

"你懂什么？"左正谊轻蔑地说，"我们高手要高冷低调，事了拂衣去，深藏身与名。"

方子航哑口无言。

此时，左正谊站在镜子前，换上队服。

WSND 的队服是蓝白色的，胸口有队徽刺绣，"W"字母比另外三个字母大，鲜明地挂在他心脏的位置。

在游戏里，键盘上"W"键的功能是操纵角色向前走，取此含义，WSND 的战队口号是"W 队永不后退"。

左正谊盯着它看了几秒，心里涌起一阵难以描摹的爱意——他太爱WSND，也太爱比赛了。

这是一种旁人难以理解的狂热，他能感觉到，他的血液在为此燃烧。

左正谊和镜子里的自己对视了片刻，充满仪式感地拍了拍胸口，然后转身下楼，备战去了。

SP 和蝎子的揭幕战安排在晚上七点。

六点钟，网络直播已经开始，比赛场馆里观众爆满，主舞台上正在进行揭幕仪式的歌舞预热，SP和蝎子的选手及工作人员已经提前到达后台，准备出战了。

WSND也早早到了，全队都在休息室里看节目。

今年这个场馆是新建的，比去年那个豪华得多。

现场观众席数量扩充了，观赛包厢也有增加，主舞台上十个机位，大屏幕小屏幕排了一堆，选手在比赛中的每一个表情和每一个手指操作都被全程直播，无处隐藏。

休息室里有一个单独的观赛屏幕，和主舞台的直播内容相同。

傅勇坐在左正谊身边，对预热节目里的女团指指点点："哎呀，这个妹妹身材好！这个不行。"

左正谊正在双手捧杯喝冰水，闻言头也不抬地骂了一句。

傅勇充耳不闻，跟着节目哼歌，哼了几句没动静了，忽然说："哎，我有点紧张。"

左正谊不客气道："反正是抱你爹我的大腿，紧张什么？"

傅勇顿时恼了，但在比赛场馆里的左正谊比平时更凶，他不敢惹，只好忍下去，低眉顺眼地说了实话："Lion的新上单看起来挺厉害的。"

左正谊懂了："你怕对线被打爆。"

"那怎么可能？"傅勇不承认，"我只是有点紧张罢了，没交过手，谨慎点还不行？"

"行，挺好的。"左正谊难得地没呛他，把水杯放下，和队友一起看节目。

揭幕仪式的表演很精彩，但其实他们都没心思看。

新赛季首战，左正谊也有点紧张。

他心不在焉地看着屏幕里光影乱闪，一个又一个表演结束，没多久，开赛时间到，SP和蝎子的选手、教练陆续上场了。

直播大屏幕位于主舞台的正中央，屏幕的左右两侧是两间隔音玻璃房，玻璃房内摆着供选手比赛用的桌椅和电脑。

在现场观众的欢呼声中，两支战队分别走入玻璃房内，戴上耳机，调试设备。

大屏幕上跳出倒计时。

男女解说就位，开始介绍两队的首发阵容。

后台休息室里，方子航问左正谊："你觉得 SP 和蝎子谁能赢？"

"不知道。"左正谊盯着屏幕上的阵容名单说，"SP 的新辅助第一次上 EPL，不知道能不能跟封灿配合好，他们的新指挥也不知道是谁，难说。"

"蝎子看起来还行。"

"蝎子打野厉害，太子也还行，但上中一般般。"

"蝎子教练不行啊，我感觉他们队的 B/P 有问题，上个赛季一直都挺迷的。"

他们几个七嘴八舌地讨论，只有金至秀说话慢插不上话，郑茂则一直没吭声，在战术板上写写画画，还在思考今天的阵容。

前台的比赛已经开始了，Ban & Pick 环节一到，所有人同时停下动作，看向直播屏幕。

SP 正在选英雄，直播镜头切到选手玻璃房里，新上任的年轻教练程肃年穿一身深灰色西装，站在 AD 选手封灿身后，略微皱着眉，低头看他的电脑屏幕。

不知程肃年对封灿说了句什么，封灿一脸不高兴，但听话地在键盘上按了一下，锁定一个英雄。

"鹿女！"解说高声道，"灿神新赛季第一局，竟然不玩他的本命英雄赤焰王。"

"欸？蝎子选了赤焰王！"

镜头一转，摄像机拍到蝎子战队的选手席，给了纪决一个特写。

左正谊一下子紧张了起来。不是为自己紧张，是为纪决而紧张。

他想起很多年前，和纪决一起上学的时候，每逢期末考试，纪决这个学渣就会很慌张。他一慌，左正谊就陪着他慌，怕他考不好，没法跟自己上同一个学校。

时隔多年，熟悉又陌生的情绪再次涌上心头，左正谊的心情有点复杂。

但镜头里的纪决看起来一点也不慌，神色是冷静的，眼神里毫无波澜，面无表情地盯着电脑屏幕。

连解说都夸："Righting 太子好淡定啊，一点都不紧张，不像第一次上赛场的新人。"

左正谊端起水杯喝了一口，心想，他对打职业都没热情，紧张个屁。

这么一想，左正谊立刻也不紧张了，巴不得纪决赶紧输，尝尝电子竞技的苦。

可能是他的缺德诅咒应验了，蝎子第一局竟然真的输了——

激烈的团战在中路河道爆发，SP 抢占先机，控制技能一个接一个，蝎子的主力输出 Righting 率先被秒杀，团战后继乏力，兵败如山倒，被推上了高地。

紧接着，又一波团战爆发在高地塔下，刚一交手，Righting 再次被秒杀。在 SP 的猛烈攻势下，蝎子毫无还手之力，水晶爆炸声响彻现场，震耳欲聋。

SP 的粉丝在狂欢，蝎子的粉丝沉默了。

解说打着圆场："Righting 好像状态不太好啊，是不是新人还没适应赛场节奏呢？"

休息室里，WSND 的人也都很诧异。

傅勇嘴不留情，敲了左正谊一下，说："黛玉，你的迷弟有点水啊，他什么走位？团战一秒蒸发，AD 水平还不如我呢。"

左正谊心里一沉，想骂傅勇一句，但张了张口，没接话。

蝎子对战 SP，第一局因纪决发挥不好而惨败。

中场休息的时候，两队选手下台，分别回到后台的休息室。

每个战队都有单独的休息室，左正谊从直播里看见纪决下场了，不过片刻，WSND 的门外走廊里传来脚步声，不知是蝎子的人还是 SP 的。

左正谊往门口瞄了一眼，下意识想出门去找纪决，和他单独聊两句，但这么做不合适。

左正谊忍住了。

他没想到，自己竟然会为纪决操心。

这似乎是他们在一起生活十多年养成的本能，以前纪决在他面前装乖的时候，一个典型表现就是听话，生活中的任何事都听他的安排，每一个

决定都向他请示，甚至包括"哥哥，今天我写不完作业了怎么办呀"这种问题。

这个时候，左正谊就会拿出全部耐心，陪着纪决一起写，直到写完为止。

但这些回忆用欺骗做结尾，如今左正谊回想起来，不觉得温馨，只觉得闹心。

他本能地有点担心纪决，又觉得这种担心实在不应该，以至于担忧都变成了恼怒，他冷着脸骂了句："确实挺菜，纪决这个废物。"

傅勇乐了："你怎么一脸恨铁不成钢的样子啊？你们果然认识，被我试探出来了。"

左正谊皱起眉："你的屁话为什么这么多？认不认识关你什么事？不八卦会死？想死就早点死，没人拦着。"

看来这祖宗是真的心情不好了，玩笑都开不起。傅勇不敢再吵，换了个位子坐，跑到金至秀身边去了。

第二局比赛，不知蝎子在休息室里做了什么调整，纪决再上场的时候，表现比上一局好了很多。

蝎子一变好，SP 的问题就暴露出来了。

客观地说，今天蝎子和 SP 打得都不好。蝎子是迷，SP 是乱。

"迷"是让人看不懂，平时好好的，一到关键时刻，选手就做出一些莫名其妙的操作，不知是队内沟通出了问题，还是选手本人状态不好，不仅纪决如此，蝎子的打野也如此。

"乱"则是配合不到位，各打各的，整个一无组织无纪律，其中 ADC 封灿最典型。

SP 的新辅助算半个新人，上个赛季是程肃年的替补，叫 Zhao。

他本人性格如何左正谊不清楚，但场上风格实在有够谨慎，说他"谨慎"是委婉的批评，说难听点，就是尿。

封灿是全 EPL 最出名的激进型 ADC，无比激进，容易上头，经常像疯狗一样冲出去，拉都拉不回来。

去年他刚转会到 SP 的时候，和程肃年配合不好，SP 也因此低落了一阵子。

后来是封灿和程肃年各退一步，前者稍微成熟了点，变得听指挥了，后者也放弃了对他的约束，不再用枷锁困住他，反而全力配合，让他的每一次激进搞法都有金牌辅助全力兜底，把风险降到了最低，这才磨合好，打出真正的配合。

这是 SP 夺冠的关键，也是战队灵魂所在。

他们的每一场比赛左正谊都认真看过，甚至在全球总决赛开始之前彻夜研究过。

但电子竞技是个既复杂又简单的东西，越强的战队反而越简单，研究到最后，结论只有一个：他们只是强而已。

仅此而已，没那么多花里胡哨的虚招。

但这是才过去没多久的事情了。

今年程肃年退役当教练，封灿换了新辅助。Zhao 完全跟不上他的节奏，导致封灿"旧疾"复发，满场乱窜，解说和现场观众一阵阵惊呼，被他的骚操作吓得半死。

直播镜头切到台下教练席，程肃年脸色阴沉，一副要发火的模样。

不知道 SP 的场上指挥是谁——以前是程肃年，现在这项重担可能落到了 SP 的打野赵舟身上。

但显然赵舟也管不住封灿，镜头拍到选手玻璃房的时候，他们两个甚至在拌嘴，不知道在吵什么。

巧的是，蝎子这边也在吵架，而且同样是 ADC 和打野吵。

只见纪决一边按键盘操纵着英雄清理兵线，一边转头看了队友一眼，深深皱着眉，说的似乎不是什么好话。

导播相当配合，立刻给蝎子的打野切了一个特写镜头，打野也很不高兴，从口型判断，他对纪决说的是"你行你上，别啰唆。"

满场哗然。

但这还不是高潮。

第二局蝎子获胜，和 SP1 ∶ 1 战平。

到了第三局，从 Ban & Pick 环节开始，蝎子五个选手的表情就很凝重。

这局是决胜局，两队选英雄都很谨慎。

程肃年的执教水平比吃瓜群众预估的要好很多，三局比赛，Ban & Pick 从未落下风，每一次他选出的阵容都力克蝎子，把蝎子的教练按在地

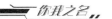

上捶。

最后一局也是如此。双方你来我往互相算计半天，最后蝎子教练竟然被程肃年套路进去了，选了一套前期乏力、打团又缺前排的纯输出阵容。

WSND全程旁观，郑茂都看得直皱眉，忍不住道："蝎子凉了，抬走吧。"

左正谊的脸色有点难看，但不得不承认，郑茂说得对。

蝎子的选手显然也意识到这一点了，纪决的表情简直像被冰封了三十年，一阵风过就能掉冰碴，把现场所有人冻死。

但选手没有违抗教练的权力，况且都已经选完了，只能硬着头皮打。

纪决带着火气，出手也不客气。

他和封灿对线，打得比封灿还要激进，有好几次封灿以为他身后有人，但实际上蝎子的打野根本没来下路，中单也没来过。

蝎子全队上下透露出一种半死不活的气氛，毫无配合可言。才二十分钟，SP就推上了高地。

水晶爆炸的时候，纪决站了起来，摘掉耳机，转身就走。

身后打野队友叫他，似乎说了句什么，纪决置若罔闻，头也不回地下台了。

蝎子1：2战败，SP赢了。

WSND众人看得目瞪口呆。

"开赛第一天就内讧吗？"方子航喃喃道，"那蝎子完了呀，这赛季还咋玩？"

傅勇道："台上吵架不怕禁赛，哥哥们真厉害。"

金至秀学他说话："真厉害。"

段日也说："厉害。"

只有左正谊没吭声，他拿起自己的键盘，提醒队友："注意状态，准备上场了。"

即便被纪决搞得心情不好，左正谊也得强迫自己冷静下来。WSND的对手是Lion，不能掉以轻心。

按照EPL的积分制排榜规则，2：0获胜积3分，2：1获胜积2分。0：2战败没分，1：2战败积1分。

也就是说，刚才 SP 和蝎子以 2：1 的比分结束，SP 得到了 2 分，蝎子得到了 1 分。

EPL 采取双循环赛制，十六支战队分别和每一个对手交手两次，一个赛季持续将近一年，最终积分第一名的战队就是年度冠军，获得进入世界赛的资格。除此以外，EPL 亚军也能直接进世界赛，第三名和第四名则需要争夺门票，胜者才能进入世界赛。

因此，积分就是最重要的东西。

左正谊不仅想赢，还要 3 分全收。

他短暂地清空大脑，忘记 SP 和蝎子，低头亲吻了一下他的键盘。

这是他上场之前的习惯，仿佛人与剑在进行一场无声的交流，他从中获得了别人看不见的力量，然后和队友一起，走出休息室，踏上新赛季的第一个战场。

"正谊，紧张吗？"主舞台上的玻璃房里，郑茂站在左正谊身后，轻声问了句。

左正谊摇头："还行。"

郑茂道："Lion 的中单很厉害，他的风格和你有点像——"

话没说完，左正谊抬头瞥了他一眼。

郑茂立刻变得讪讪的："我没那个意思，你当然比他厉害，我是想说，他明显在模仿你，或者是有意向你学习。"

"我知道。"

这件事不是秘密。全世界都知道，左正谊的招牌英雄是伽蓝，但那位中单在加入 Lion 后第一次露面就在采访里说："我最擅长的英雄是伽蓝，我比 End 玩得好。"

左正谊看完不生气，只觉得有点好笑。

这两年电竞圈新人辈出，什么性格的都有。这种话要是放在娱乐圈，粉丝会因为"碰瓷"而大撕特撕，但放在电竞圈，没人会说是"碰瓷"，观众只觉得谁赢谁占理，输了的就是废物，被踩理所应当。

左正谊戴好耳机，调试按键。

"让他玩伽蓝。"左正谊说，"给他一个表演的机会。"

"你呢，想玩什么？"

第一局 Ban & Pick 开始，郑茂跟伺候皇帝的太监似的，站在左正谊身后，看他的脸色行事。

左正谊说："我想想。"

他思考的时候，对面已经选出了一个法师，果然是伽蓝。现场直播里，解说立刻兴奋起来，开始介绍 Lion 的新中单。

他的名字叫 Record，男解说道："大家对 Record 可能有点陌生，但他不是刚出道的新人，去年他在澳洲赛区表现很好，据说今年回国，是为了在更高水平的联赛证明自己。"

女解说笑了下："EPL 的确是更高水平的联赛哦，至少在中路，我们拥有全世界平均 KDA 数据最高的中单选手——左正谊！"

现场响起一片欢呼。

直播画面切到左正谊的特写镜头。

他穿着 WSND 的蓝白队服，黑发柔顺地压在耳机下，白皙的脸庞上没有任何表情，眼神却是冷漠的，散发着不可侵犯的气势。

"End 好帅啊。"女解说情难自禁地感叹了一句，还没来得及夸更多，男解说忽然惊呼一声，打断了她。

"End 选了雪灯！"

"雪灯是这个版本最弱的法师啊，他是不是点错了？"

现场顿时一阵骚动，镜头再次转向左正谊的脸，他仍然处变不惊，不动如山。

"爹队好像是故意的？"

"他要拿最弱的法师迎战向他挑衅的伽蓝吗？"

"天哪——"

"他才是在挑衅吧？！"

九月十一日晚，EPL 首日，第二场，WSND 对战 Lion。

这是最近三年来，雪灯第一次登上职业赛场。

雪灯这个英雄有多弱势呢？即便是不关注电竞比赛的普通游戏玩家也

都知道，在路人局排位里，如果选出雪灯，就会立刻收获来自队友的亲切"祝福"，轻则祝你个人伤亡，重则祝你全家遭殃。然后全队心态炸裂，时间一到就点投降，赢的概率微乎其微。

而在直播圈，有一些主播为了热度，会打着"雪灯单排冲国服前十"的噱头来吸引观众，但从来没有哪个主播真的冲分成功了，最后收获的只有骂声。

这样一个万人嫌的英雄，它似乎不应该被设计出来。

但它的设计其实并不糟糕，正相反，它的建模萌感十足，是一只身上堆满积雪的小灯笼精，它没有腿，走路是靠飘的，灯笼穗在风中飘，簌簌地落雪花，很受"外观党"玩家的喜爱，皮肤也卖得不错。

它之所以弱，是因为自身技能太普通。

弱势法师的所有缺点它几乎都占了：发育慢，机动性差，难操作，装备成型后伤害也比较一般。简而言之，性价比极低，找不出优点。

左正谊竟然选它？他没疯吧？这是线上线下屏幕前所有观众的共同想法。

WSND队内也有点骚动。

郑茂很紧张，他刚才问左正谊想玩什么，只是哄着左正谊随便问问，料想这祖宗脾气这么差，为了杀灭Record的威风，也不会选太离谱的法师，毕竟要赢。

他没想到，左正谊竟然狂到这种地步——这已经不是狂，是膨胀了。

"正谊，我们再考虑一下？换个别的英雄吧。"直播摄像机在眼前转，万众瞩目下，郑茂额角的冷汗直流。

今天是他来WSND执教的首秀，俱乐部老板许宗平就在台下观战，其实这场输了也没关系，只一场比赛而已，问题不大。

但如果以这种离谱的方式输，他作为教练就不能不担责任了。

左正谊却好像一点也不在乎，甚至有点不耐烦，瞥他一眼："你觉得我会输？"

难道你觉得你能赢吗？郑茂噎了一下，盯着屏幕上锁定英雄的倒计时，有点结巴："有……有风险。"

左正谊没理他，鼠标轻轻一点，直接锁定了。

解说仿佛是气氛组，配合地拍了下桌子：

"锁了！锁了！WSND拿雪灯打伽蓝！观众朋友们，有好戏看了！"

"但是这样会不会太冒险呢？"

"不好说，我也觉得有点冒险，但爹队应该不会乱来，说不定是研发出了新套路呢？"

"有可能，去年左神第一次玩伽蓝的时候，大家也觉得爹队疯了。"

"对，他总是有化腐朽为神奇的力量，左正谊永远不会让你失望。"

两个解说你一句我一句地开始"毒奶"，WSND的粉丝都已经吓麻了，但也有不少人愿意相信左正谊，他们仿佛是他的信徒，盲目地支持他，乐观的发言在直播间满屏的质疑声中显得格格不入。

左正谊对这一切一无所知。

但他能想象得到，预料之中的各色目光锥入后背，他不痛不痒，甚至会为此而兴奋起来。

他是个天生的大赛型选手，场面越大，发挥越出色。

只见雪灯飘出泉水出生点，一路撒着雪花，来到中路的防御塔前。

峡谷地图天下二分，左半边是WSND，右半边是Lion。

清理兵线、打野、杀人，都是为了获取资源。资源用来升级和换取装备，装备能增强英雄的技能作用，技能变强，就能更快地清理兵线、打野、杀人……

这是一个滚雪球式良性循环，而最终的目的是推塔，推掉对方的防御塔，一路攻上高地，打爆水晶，插下我方战旗，这场游戏才算胜利。

换而言之，这是一个推塔游戏，而不是杀人游戏。

左正谊在选英雄时有多疯狂，游戏开始后就有多冷静。

Lion的中单Record和他在中路对线，不停地挑衅他，仗着伽蓝比雪灯强势，毫不客气地把他压在塔下，让他连塔都出不了，往外多走一步，就要吃一套伤害。

而雪灯的技能打到伽蓝身上，仿佛是在刮痧，只蹭掉一点点血皮。

导播频频给左正谊特写，但这位出道即负盛名的天才中单仍然面无表情，清澈的双眼中没有一丝情绪。

他的手指按在键盘上，发出的细微声响带着某种节奏，应和着敲击鼠标的脆响，他不急不恼，头脑清醒，一个失误都没有，几乎躲开了对面伽蓝的所有攻击，专注地清理自己的兵线，仿佛笃定他能多发育一分钟，赢面就大一分。

蓝 Buff 刷新的时候，左正谊去打蓝。即使玩一个几乎没用的法师，他也要蓝。

他是场上指挥，打野方子航当然听他的，先把蓝 Buff 小怪打到只剩一丝血，然后让他来收。

左正谊连收了三个蓝。

Lion 的打野和上单时不时来中路 Gank（偷袭），前后包抄，短腿的雪灯毫无办法，被塔下强杀了两次，连队友都有点丧气了，WSND 的队内语音里一片沉默。

但左正谊仍然不着急，照旧观察场上形势，该干什么就干什么。

在第三次被强杀之后，左正谊喊辅助段日来跟着他，别待在下路，也别游走了。

这个决定使金至秀陷入困境，被对面的 ADC 和辅助压着打，下塔外塔告破，中路外塔几乎同时被打掉，WSND 三线告急，野区也被 Lion 偷空了一半。

傅勇拼着老命在上路抗压，叹了口气，叫左正谊："黛玉，公主，祖宗，爹，你说怎么办？"

"叫屁。"左正谊冷冷地道，"没打过逆风局吗？忍一会儿，我马上就出神杖了。"

"神杖"是法师英雄最重要的装备，能带来大幅伤害提升，是质的改变。

但问题是——

"伽蓝也出神杖了啊。"傅勇被打得快哭了，"你那点伤害，不够给伽蓝搓背的。"

"去你的。"

左正谊带着段日幽灵般地飘到上路，悄悄钻进草丛里，对傅勇说："你勾引一下。"

傅勇玩的是一个纯肉战士，皮糙肉厚，相当抗造。

闻言他立刻上前几步，装模作样去打 Lion 的上单，对方一还手，他

就把人往草丛这边带。

"你演技真烂。"左正谊一边骂，一边往 Lion 上单身上招呼技能。

雪灯没有控制，但段日玩的辅助有控制，左正谊第一时间提醒他："别控，省着点。"

他们三个带着 Lion 上单往中路的方向走，边战边退，场面看起来像是三个人打不过一个，但左正谊手上的大技能全都捏着不放，只象征性地丢几个小技能。

Lion 上单很凶，一打三把他们三个都砍成了残血。

同时中路的伽蓝刚打完蓝 Buff，从后方包抄而来，看见三个残血直接上头，开大（放大招）往人群中跳。

左正谊又骂了一声，然后道："小日，控！"

段日攒了一万年的控制技能和减益 Buff 一股脑全丢到伽蓝身上，左正谊一边躲避 Lion 上单的攻击，一边走位输出，无数个技能特效在伽蓝头顶炸开，把她炸成残血，傅勇补了最后一刀——击杀！

这是 WSND 的第一个人头。

左正谊长舒一口气，在傅勇要去追 Lion 上单的时候喊住他："见好就收，回来。"

傅勇听话地退回上路，去清兵。左正谊回到中路，开始寻找第二个受害者。

节奏一旦回到己方手里，翻盘就不再是难事。

左正谊忍辱负重 30 分钟，终于在伽蓝出完全部神装的五分钟之后，也出完了自己的最后一件装备。

Record 是个胆大的选手，而且可能是急于在左正谊面前证明自己，他的伽蓝打得很激进，把"想秀"两个字写在脸上了，被左正谊骗杀一次后就变本加厉，追着雪灯屁股后面跑，摆明了是想单杀左正谊。

但左正谊还没傻到拿雪灯去跟伽蓝 Solo。

游戏进行到第 38 分钟，爆发了全场最关键的一场团战。

WSND 虽然整体处于劣势，但随着时间推移，双方的装备差距越来越小，他们也发育起来了。

这场团战开始在中路。Lion 的打野和中单一起来抓左正谊，后者见势不妙，在辅助的掩护下往高地的方向退。

"End 在避战。"解说开口道，"爹队似乎不想打。"

"不打高地塔就没了呀。"

"打团可能会猝死，但不打团就是钝刀杀人，守不住的。"

"其实装备都出得差不多了，他们可能是想拿条龙，如果有全队增伤 Buff 加持，打赢的概率能高点。"

"但爹队没有拿龙的条件，他们——欸？ End 在往哪儿走啊？"

伴随着解说疑惑的声音，左正谊刚从中路高地塔进门，又从上路高地塔下走了出来，Lion 的人见状立刻去扑杀他。

左正谊一拖三，把敌人往野区里带，同时喊方子航他们去打龙。

解说明白了："调虎离山计是吗？"

"可他一个人怎么能拖住？"

"狮队完全可以先杀了他，再去抢龙，时间够够的。"

"如果左正谊现在玩的是伽蓝，我相信他有本事一打三，但雪灯怎么秀？"

"WSND 失误了，真不该选雪灯。"

"对啊，雪灯一整场也没表现出什么特别的作用，反而有点拖后腿……"

"我们这么说，End 粉丝不会生气吧？"

两个解说相视一笑，自以为客观又幽默。

左正谊自然是什么都不知道，此时他已经深入上半野区，来到蓝 Buff 附近。Lion 的人杀红了眼，一路追杀到他身后。

左正谊瞬间绷紧了神经。

他全神贯注，几乎融入游戏环境里。微风拂过深深的草丛，他的身影隐没一瞬，迅速钻出来，数个技能在他刚才站过的位置炸开，飘落的雪花延迟降落，刮过敌人的脸。

左正谊出了一双加速鞋，下一件装备是复活甲。

他快速往上路走。

最先追到他的是伽蓝。伽蓝的每一个技能他都烂熟于心，伽蓝该怎样操作才能发挥出最大效果，他也比任何人都清楚。

他能预判 Record 的所有操作。

当熟悉的技能特效向他释放的时候，他的大脑还没开始运转，手指已经先一步动作，躲开了。

"好走位！伽蓝空大（大招打空）了！"

"End 想反杀，他能杀，但杀了伽蓝他也走不了啊。"

解说一通乱叫，但左正谊不按他们的预判行事，他没有急着杀伽蓝，只是记下了伽蓝的技能 CD 时间，然后接下来的第一反应是躲 Lion 打野的技能。

实时战斗并非回合制，这一切发生得极快，但左正谊条理清晰，分得清轻重缓急，走位仿佛慢放。

他借着草丛和围墙左右穿行，躲过了不知道多少个技能。

刺客英雄是近战，他拉开距离对 Lion 打野放风筝，无视没有技能的伽蓝，在 Lion 的上单绕后夹击他之前，一套技能秒杀了 Lion 的打野，同时用打野的人头钱合成了复活甲。

复活甲在手，左正谊仍然不退，飘着雪花直奔伽蓝而去。

伽蓝的大招 CD 还没冷却好，但小技能已经好了。

要说雪灯和伽蓝相比有什么优势，唯一值得提的就是技能 CD 稍微短几秒。

左正谊脑内数字乱转，他记得清在场每一个英雄的每一个技能时间，攻击伽蓝的同时，硬生生吃下 Lion 上单的一整套技能伤害，毫不意外地死了。

他用复活甲复活，起身的一瞬间他只有半管血，反应极快地闪现穿墙而过，朝反方向的草丛狂奔，作势逃跑。

伽蓝已经残血了，但见他要跑，竟然也要追，跟着他一起往 WSND 高地的方向奔了过来。

现场尖叫声雷动，解说的语速仿佛机关枪，拼命地报技能和选手 ID。

远处的龙坑里，WSND 的另外四人和 Lion 的下路组合正在抢龙。

两方乱战，WSND 已经赚了。

但左正谊刚才劝队友见好就收，他自己却好像不知道这四个字该怎么写。

他想杀人。

"四、三、二……"左正谊在心里数秒，屏幕里，技能栏图标亮起的瞬间他猛地回头，向伽蓝发起最后一击——

伽蓝的大招只比他慢一秒，身体猛地倒地。

"Double kill"的音效响彻现场，解说愣了一秒，半天才反应过来："双杀！！"

"左正谊 1v3 双杀！！"

"狮队中单倒了，上单在干什么？！"

"上单不敢过来了！"

"他也有复活甲啊，竟然不敢打吗？！"

"菜鸡，他不敢来。"

在现场粉丝近乎疯狂的呐喊声里，左正谊正了正耳机，一脸平静地对队友说："集合，进攻中路。"

WSND1∶0拿下赛点！

第五章　心事

　　准确地说，是纪决依靠着左正谊，扮演一个"离开左正谊就会死"的脆弱形象，左正谊甘愿当那个保护者，并为此深深自我感动。

　　EPL 比赛是全网多平台同步直播，在第一局结束、第二局还没开始的休息时间里，导播把左正谊雪灯 1v3 双杀那一段操作回放了十几遍。

　　每一个平台的比赛直播间里都是一片混乱，弹幕雪片似的簌簌地飞：

　　"雪灯 1v3！雪灯 1v3！雪灯 1v3！"

　　"演的吧？我不信！演的吧？我不信！"

　　"啊啊啊啊啊啊啊啊啊左神！"

　　"这是人类能做的操作？？嗑药了吧？？？"

　　"观众朋友们，尿检结果出来了！兴奋剂里没有一滴尿！"

　　"黛玉！黛玉！黛玉！"

　　"还有谁不服？！还有谁！！"

　　"左正谊是冠军！"

　　"WSND 是冠军！！！"

　　……

　　左正谊没打兴奋剂，但直播观众仿佛被他亲手打上了一针，因雪灯的逆天操作而导致的狂欢一直持续到比赛结束。

但第二局比赛几乎已经没人认真看了，观众们还在不停地"雪灯雪灯雪灯"，弹幕上满屏都是 Emoji"雪花"表情。

不仅观众不爱看，Lion 的选手也打得没劲儿。

从澳洲赛区回国的中单 Record 被左正谊打成了自闭儿童，第二局一整场精神萎靡，几乎全程隐身。

他的队友也没好到哪里去，Lion 全队士气跌到谷底。

反观 WSND，气势如虹一路猛进，20 分钟就结束了这一局。

WSND2 ： 0 获胜，3 分到手。

赛后，两队选手按照惯例握手致意。

轮到左正谊和 Record 握手的时候，后者头都不抬，匆匆一碰就想掠过。但左正谊握着他的手不松，迫使他停下脚步。

主舞台上无数台直播摄像机对准他们，Record 脸一红，有点尴尬。

左正谊长得好看，笑起来更好看，他客气地问："Record，加个微信吗？我们聊聊。"

Record 愣了下，有点意外："聊什么？"

左正谊说："聊伽蓝呀，你这么菜，我教教你。"

Record："……"

台下观众还没散，齐齐瞪着眼睛看舞台中央。

没人知道这两个人刚才说了什么，只见左正谊像一只得意的大猫，昂着头颤翘着尾巴走开了。Record 则一脸恼怒，张了张嘴，似乎想骂脏话，但直播镜头对着他，他敢怒不敢言。

现场的女主持人拦住左正谊，邀请他做赛后采访。

"End，今晚赢了心情怎么样？"女主持人笑得和善，把麦克风递给他。

左正谊直言不讳："很好，赢了就开心。"

"好坦诚啊。"女主持人笑得更灿烂了，"第一局你为什么会选择雪灯呢？是教练的决定还是你的决定？会担心风险太大吗？"

左正谊闻言顿了顿，这个问题不好回答。

他不能公开承认自己是队霸，也不能把冒险选择雪灯的锅推到郑茂头上。

左正谊犹豫了一秒，避重就轻地说："没担心过，我对所有法师英雄都有信心，它们都是我的战友，谢谢。"

说完，他把麦克风还给主持人，最后冲镜头一笑，转身下了台。

……

九月的夜晚，热风不减，星星隐在霓虹灯后。

场馆外人声鼎沸，不知哪队的粉丝在笑闹，左正谊出门后竖起耳朵听了两句，没听清他们在说什么。

WSND 的大巴车停在不远处，左正谊吸了会儿新鲜空气，长舒一口气，吐出整晚的疲惫和紧张，心情终于彻底放松了下来。

打比赛很耗精力，他有点困了。

"小傅子。"左正谊打了个哈欠，拖长音调说，"扶朕一把。"

"……"

傅勇刚要上车，顿时收回脚，翻着白眼回头扶他，阴阳怪气道："陛下，您先上。抬左脚，哎对，再抬右脚……"

左正谊很满意："不错，回基地有赏。"

"我谢谢你全家。"

"不客气。"

他俩边走边拌嘴，刚上车，忽然发现车上气氛似乎不对劲，和平时相比有点过于安静了。

"干吗呢？"傅勇吊儿郎当地走到方子航身边，"今天没输吧，装什么严肃？"

方子航给他递眼色，悄悄指了指前排。

傅勇抬头一看，吓了一跳："嗷，许总好。"

左正谊也看见了，跟着喊了一声。

只见前排坐着个中年男人，正是 WSND 的老板许宗平。他回头冲他们笑了笑，一副和蔼可亲的模样，但带着几分领导接见下属的虚假派头："你们好。"

坐在他身边的是郑茂。左正谊瞥了一眼，看见郑茂脸上恭敬和讨好的神色，顿时有点无语。

以前就是这样，郑茂特爱拍领导的马屁。

WSND 又不是官场，左正谊不理解拍马屁有什么用，能升职加薪？输比赛不还是要被炒鱿鱼，都是虚的，何必呢？

他撇了撇嘴，特地走到后排，挑了一个最远的位子坐下。

前排领导正在慰问"基层群众"，打听他们平时训练的事，"累不累呀""压力大不大""今天发挥很好，再接再厉"……

左正谊听了几句，越听越困，但又睡不着，只好翻出手机来看。

毫不意外，微博评论和私信里全是夸他的消息，他心情愉快地翻了几条，但很快就发现这些夸奖的话没什么新意，翻来覆去无非是"厉害""Carry""国服第一"……见不着新词儿。

左正谊顿觉无聊，便不看了，打开微博热搜榜。

EPL 官方很喜欢营销，每年赛季一开始，比赛的相关话题动不动就上热搜，有些是自然热度，有些是买的。

今天他的雪灯就上热搜了，除他以外，SP 和蝎子疑似内讧的事也上了。

左正谊点开蝎子的热搜看了一眼，发现蝎子官博下上万条评论，有一半在骂纪决。

虽然纪决今晚的表现确实不怎么好，但是——好吧，不好就是不好，没必要找借口。

但他毕竟给纪决当了那么多年的哥哥和小家长，现在纪决被骂，他难以控制地觉得自己也脸上无光，颇有几分"弟不教哥之过"的羞愧。

纪决真的很菜吗？

当然不是，上次在友谊赛上交手，左正谊看得出纪决的水平相当不错。

那为什么打正式比赛就发挥不好？蝎子的"皇位"有诅咒吧？每个太子都没好下场？

左正谊顺着蝎子的官博点进纪决本人的微博主页，顺手回关了一下。

微博界面右下角刚变成"互相关注"，微信的悬浮窗突然跳出来，有新消息。

绝："你在玩手机？"

左正谊："……"这厮会算卦？

End："？"

End："你怎么知道？"

绝："猜的。"

绝："你不是刚打完比赛吗？肯定在看热搜。"

绝："最喜欢被夸夸的 My Princess，今天全网都在夸你厉害噢。"

End："……"

End："虽然我最近已经被他们叫习惯了，但我劝你还是别乱叫。"

绝又回复了一个他常用的微笑表情符号。

大巴车缓慢行驶，左正谊靠窗坐着，换了个更舒服的姿势，双腿抬高，几乎把自己整个人都塞进了座位里，像一只团成球的猫。

他的手指刚经历一场大战，此时放缓节奏，慢悠悠地打字。

End："对了，你不是说今天也有重要的事吗？结果如何？"

绝："很遗憾，不太好。"

End："为你默哀。"

绝："没关系，生活中不顺利的事情太多，我的抗打击能力变强了。"

End："……"

左正谊忽然想起他试训被拒绝、没打上职业的事，心里生出一丝同情。

End："你真的不用我帮忙介绍一个俱乐部吗？"

绝："不用了，我暂时有点忙，过阵子再说。"

End："好吧。"

话题终止。

左正谊继续看微博，看了大约五分钟，微信消息又跳了出来。

绝："其实我今天心情很不好。"

绝："想要你的安慰。"

End："安慰你。"

绝："好敷衍。"

绝："你都不问我究竟出了什么事。"

End："你究竟出了什么事？"

绝："我受情伤了。"

End："哦豁。"

绝："是真的！"

绝："实不相瞒，我一直暗恋一个人，很多年了，可对方不喜欢我。"

End："？"

绝："。"

绝："别慌。"

End："我没这个意思，哈哈。"

绝："哈哈哈哈哈哈。"

左正谊一激灵，舒展开双腿坐直——他就知道不是个正经人！果然！

心里有一个声音在说"他接近我别有目的"，但另一个声音却说"别多想，有些人就是爱嘴炮，对着直男也能撩骚"。

左正谊犹豫了一下。

End："你暗恋的人是？"

绝："我的一个朋友。"

End："哦，那就好。"

绝："那就好？"

End："没，祝你早日成功。"

绝："你真好，我朋友跟你一样。"

End："嗯？"

绝："也是公主病。"

End："……"

绝："说到这个，我有个问题想请教你一下。"

End："什么问题？"

绝："你们公主病被人追求的时候，心里会怎么想呢？"

End："呃，我不知道，没经历过。"

绝："你想象一下？"

左正谊："……"

突然有点害怕了。

从比赛场馆回基地，车程四十多分钟，左正谊和绝聊了一路。

聊天内容有点离谱，左正谊被刺激得下车的时候都精神恍惚了，差点一脚踩空。方子航好心扶了他一把："你怎么了？"

左正谊摇了摇头，说："没事，困的。"

已经十一点了，按照惯例，每个比赛日的夜晚他们会做一个简短的复盘，总结当日比赛中的问题，第二天进行针对性训练。

但今天情况特殊，许老板"下乡慰问"，来到了基地里，复盘时间就改到了明天。

左正谊乐得清闲，一进别墅大门，一口气上二楼，把外设包放到电脑桌上，然后回三楼的卧室里脱衣服，准备洗澡。

他把手机放到床上，微信仍然在响，绝的消息不断发来。

绝："你怎么不回我了？"

绝："End，你讨厌我了吗？"

绝："……"

绝："你别放在心上。算了，讨厌就讨厌吧。"

绝："我不怪你，虽然很舍不得。"

绝："再见。"

左正谊："……"

空调没开，卧室里有点热，左正谊光着脚满房间找空调遥控器，没找着。

他带着一分恍惚、两分暴躁和七分出于善良的忍耐，给对方回消息。

End："你别瞎想。"

End："我刚刚才回到基地，下车收拾东西，没时间回你。"

绝："真的？"

绝："都怪我，太敏感太脆弱了，竟然怀疑你，你不会生气吧？"

End："……"

End："没看出来你是个敏感脆弱的人啊。"

绝："哎，出门在外，谁不带点伪装呢？大家都不喜欢负能量，我只好和他们一样努力乐观，学着说些不着边际的话，但那些只是我的保护色。"

End："哦……"

绝："其实我很自卑。"

End："没必要，不要随意否定自己。"

绝："你真好，End。"

左正谊发了个拥抱的表情，然后道了句："我去洗澡了，拜。"

绝："？"

绝："是真的洗澡还是不想和我聊了？"

End："……真的洗澡。"

左正谊无语凝噎，以前他真的没看出来，绝竟然这么敏感多疑。

浴室的温水洒在皮肤上，左正谊打着哈欠，在内心深处对绝有点提防的心态进行了一番自我反思。

很快，他冲洗好了，一身清爽地回到床上，躺下的时候，终于从被窝里翻出了失踪的空调遥控器。

他把气温调到 27 摄氏度，刚要闭眼，忽然有人敲门。

"正谊，你睡了吗？"竟然是周建康的声音，"吃夜宵吗？他们刚点了烧烤，你也吃点吧。"

"我不饿，你们吃吧。"左正谊不想动。

周建康却说："我拿上来了，顺便有事跟你聊。"

左正谊只好不情不愿地穿上睡衣，下床去开门。

作为战队经理，周建康在 WSND 的地位属于一人之下、万人之上，仅次于老板许宗平。

但电竞俱乐部只是许老板手下众多资产中的一小部分，可能连"部分"都谈不上，九牛一毛罢了。

所以许老板很少过来，平时的大小事都由周建康负责。

周建康的脾气怎么说呢？说暴也暴，说好也好，至少对左正谊是好的。

这可能是因为他们第一次见面的时候，十五岁的左正谊在来上海的动车上哭了八个小时，把周经理哭得父爱泛滥，第一印象根深蒂固，扭转不了。

所以后来不管别人怎么骂左正谊"队霸""脾气差""公主病"，他都觉得，左正谊只是一个爱哭的小孩罢了，没那么糟。

但小孩有小孩的问题，出了事还是要敲打。

周建康把带上来的夜宵放到桌上，自己拉开椅子坐下，摆出一副要促膝长谈的架势。

"怎么了？"左正谊哈欠连天，"我都困死了，有事明天说不行吗？"

周建康瞥他一眼："今天你选了雪灯。"

敢情是来说这个的，左正谊浑不在意："我知道我的雪灯很强，不用夸了。"

"少贫。"周建康说，"你不记得八月三号在洛杉矶是怎么输的了？病倒住院的时候，你向我做了什么保证？"

左正谊顿时垮下脸："都复盘过八百遍了，能不能别提了？"

"我不想提，但你老毛病改不掉，再这样下去，以后还得吃亏。"

周建康见左正谊不吃，自己拿起一根肉串开始啃。一边撸串一边训人，就没什么威严了，左正谊坐在床边，脸拉得老长，相当不高兴。

其实，周建康的说法他并不赞同。

周建康及 WSND 上届教练组集体认为，他们在全球总决赛上输给 SP，是因为阵容选择失误。

当时，WSND 和 SP 打到最后一局，SP 选择放 Ban。所谓放 Ban，就是不禁用任何英雄，给 WSND 自由选择的机会。

因为 SP 知道左正谊极度自信，只要有机会，他就一定会选择伽蓝。

但这是一把双刃剑，选择伽蓝则意味着 WSND 必须禁掉能针对伽蓝的英雄，换言之，WSND 的 Ban 位不够用了，他们被迫放出了神月祭司。

神月祭司是程肃年的本命英雄，拥有非 Ban 必选的强度，很危险。

左正谊却不怕冒险，他一定要在总决赛上玩伽蓝，他说，他的伽蓝绝不会输。

但他输了。

周建康甚至觉得，当时他病了半个月，可能不是为痛失冠军而病，而是为伽蓝而病。

左正谊从没交过女朋友，伽蓝这个二次元角色是他这辈子最爱的女人。他爱她，就像爱那个键盘，那把"剑"。

伽蓝也是他的剑。

天才难免有点精神病。

在此之前，周建康及教练组所有人都无比迷信左正谊的伽蓝，他们也觉得他不会输。

WSND 所有的目光落到左正谊身上，都是信任。

所以他们听他的，他要玩什么，就给他玩什么，主教练形同虚设。

所以输了之后，许老板不高兴，把主教练炒鱿鱼了，认为他毫无作为。别的教练都是"巧妇难为无米之炊"，他们教练手握世界第一 Carry 的中单，却不会"做饭"。

当时周建康也很为难，因为他也有责任，上任教练对左正谊的纵容大部分来自他的默许。

可话说回来，如果找一个暴脾气能镇压左正谊的教练——就像 SP 的程肃年，说一不二，任何人不得忤逆，左正谊能受得了吗？

一山不容二虎。

周建康板起脸："正谊，不管郑茂人怎么样，做教练的本事还是有的，你收着点，别把他也架空了。"

"知道了，我有分寸。"左正谊仰倒在床上，躺成一个"大"字，语气相当不快。

周建康说："今天大胜的日子，我不是故意给你扫兴。但你最大的毛病就是过于迷信自己的能力，个人能力是一方面，阵容选择也是一方面，如果 B/P 不重要，这游戏为什么还要 Ban 还要 Pick？客观因素就是会影响胜率，你拿弱势英雄侥幸赢了一次，不等于一直能赢，知道吗？"

"我才不是侥幸。"左正谊腾地坐起来，"你根本看不懂我是怎么赢的，你又不会玩法师。"

周建康："……"

左正谊相当没大没小，又说："而且我在洛杉矶输给 SP，也不是因为伽蓝，你们少拿她说事儿，真是烦死了。"

周建康："……"

"反了你了，兔崽子！"周经理暴怒，拿起烤串作势要砸左正谊。

左正谊连忙推他出门："哎呀，你走吧，我心里有数，拜拜拜拜，晚安！"

"嘭"，卧室的门重重关上。

左正谊叹了口气，睡意又被搅没了。他开窗散了散烧烤味儿，有点郁闷地重新躺回床上。

坦白说，他并不是不在乎"客观因素"，但的确没那么在乎。

他是活人，不是人机，他打比赛，不是和 AI 对抗。

他甚至信玄学胜过信数据，这当然不对，左正谊没法跟别人解释，总不能说他在练"天人合一"的剑法吧。

他就是要那种感觉。或者说，手感。

"唉。"

左正谊烦得要命，使劲在床上扑腾了一会儿，郁闷无处发泄。

他打开微信，给绝发消息。

End："我睡不着。"

绝："洗完澡了？"

End："我——好——烦——啊——"

绝："出什么事了？"

End："你说，我今晚不该选雪灯吗？"

绝："为什么这么问？你赢了。"

End："他们说我冒险。"

绝："哦，我懂了。"

绝："他们是胆小鬼，不懂你的魄力。"

End："？"

End："夸得不错，再来几句。"

绝："我说实话罢了。冒险是强者的自由，任性是天才的魅力，我喜欢这样的你。"

End："很好，封你为左正谊后援会会长。"

绝："你别听他们胡扯，每一个不许你冒险的人，都是想磨掉你的棱角，他们在 PUA 你噢，你知道吗？"

End："PUA 这个词是这么用的吗？"

绝："是。"

End："……"

End："好吧。"

End："算了，不说这个了。我命令你换个话题哄我开心。"

绝："遵命。"

绝："那我给你讲我的故事吧，你想听吗？"

左正谊："……不太想呢。"

但他半个小时前才反思完，左正谊硬着头皮回复。

End："你讲。"

End："我要听正常的部分，不正常的你自己留着吧。"

绝："可是没有正常的部分啊，我就是个变态。"

这条消息一闪而过，微信上显示"对方已撤回"，下一秒：

绝："开玩笑的，别当真。"

绝："你好好休息吧，胜率固然重要，但做自己也很重要噢。不许我叫 My Princess 的 My Princess，晚安，我会一直喜欢你。"

左正谊愣了一下。

然后他不再想七想八，关灯睡觉。

却不知为何，在这个心情混乱的夜里，他毫无预兆地又梦到了一些几乎被遗忘在潭舟岛上的少年往事。

很多年前，也曾有一个人对左正谊说"做自己很重要"。

是他的奶奶。

那是八年前的事情。

有一天，十一岁的左正谊放学回家，发现家门口站着一个老太太，她的穿着颇显贵气，但贵气中透着拘谨，仿佛衣服是借来的，不敢弄脏，因此一举一动小心翼翼。

她的头发白了，半口假牙，腰略佝偻，操着外地口音，叫他："你是左正谊？"

左正谊听不太懂这么浓重的方言，不知她是哪里人，有点疑惑："叫我吗？"

老太太手里捏着一张照片，看看照片，又看看他，对比之后确认了他的身份，如释重负地笑弯了眼，说："正谊，我是你的奶奶。"

"啊。"左正谊应了声，下意识紧了紧书包背带，躲开老太太伸过来的手。后者却不让他躲，揽住他的肩膀，盯着他的脸仔细看了又看。

"你长得像爷爷。"她才刚笑出来，忽然又抹泪，眼中盛满大人的心事，泪花映出他的迷茫和无措。

当时，左正谊刚赶走拿钱打发他的爹，对父亲家那边没什么好感。但老人不一样，她又哭又笑一脸慈爱地扯着他的手，似乎很喜欢他，左正谊一下子紧张了起来。

纪决每天都和左正谊一起放学，在旁边看着他和老太太亲热，眼神充满警惕。

当时纪决是很排外的，左正谊知道。

但老太太在潭舟岛待了一个星期，几乎把左正谊宠上天，纪决跟着沾光，也吃了很多好吃的。

左正谊虽然才十一岁，却早慧，想得多。有一天下午，他问："奶奶，你为什么来找我？"

老太太犹豫了一下说："我想带你回家。"

左正谊顿时攥紧手，连脖子都有点僵。他是紧张的，这种紧张很复杂，像是期待、担忧和恐惧混合在一起，他说不清自己究竟是什么心情，但知道，对面这个老人的决定很可能会改变他的一生。

但紧接着，老人忽然叹了口气，说着可惜："我做不了主啊。"

她抱着左正谊哭了一场，把她为何而来从头到尾讲了一遍。

她说，她住在左正谊的爸爸家，那是她的亲儿子，但儿子和儿媳对她不好。当然也算不上坏，只是普普通通的相处。和大部分家庭里被无视或被嫌弃的老人一样，她与他们维持着表面的和谐，感觉却像寄人篱下。

因为她要靠他们养活，难免有点低人一等。去年她还生了一场大病，治疗花了十几万，从此更坐实了家庭"拖油瓶"的身份。

孙子也和她不亲。那个男孩比左正谊大，当时已经上高中了，青春期叛逆，又被妈妈宠坏，性格相当糟糕。

她每回主动尝试和孙子亲近，都被排斥，次数多了就不敢再往前凑了。

她像家里的边缘人。

直到她听见儿子儿媳因为"外遇""私生子"的话题爆发争吵，才知道还有一个孩子流落在外。她多嘴插了句话："怎么不把孩子接回来？几岁了？谁养他呢？"

儿子沉默不语，儿媳掀了桌子，叫她滚，和她儿子一起滚，并提出离婚。

老太太战战兢兢，后悔说错了话。

如果他们离婚，这个家散了，恐怕就是她的错。虽然她似乎没做什么，但儿子儿媳都怒目瞪着她，好像当初在外地出轨的那个人是她一样。

她一宿没睡着，第二天却心血来潮，决定去看看那个从未见过的孩子。

她觉得自己和他有点像，都是边缘人，不被欢迎。但至少她是他的奶奶，还可以给他一点爱。

话虽这么说，但这句其实是反话，她是希望那个孩子能爱她。

左正谊的确爱她，他这辈子唯一爱的亲人就是奶奶。

虽然他们相处的时间不长，但她慈祥、温柔，总是笑眯眯地看着他，帮他拎书包，做好吃的，原谅他的一切错误，还很依赖他。

这么说似乎有点奇怪，但确确实实，十一岁的小正谊觉得自己是奶奶的依靠。他不懂那么多，但隐约猜到她在家里可能不被善待，可能是担心以后老了没人管吧，所以想跟小孙子搞好关系，将来有人养老。

左正谊单纯的脑子只能想到这个大人们都在谈论的、世俗的、近乎功利的理由。

但他不觉得她的"功利"不好，他拍了拍自己的肩膀，一副小大人模样，豪气地说："奶奶，要不你留下吧，我养你噢。"

她摇了摇头。

左正谊说："我很会赚钱的！"

她还是摇头，转而说一些什么"潭舟岛的学校简陋""师资力量不行""你以后怎么办"之类的话，然后双眼溢满忧愁，又说"算了""你能平安健康长大就好"……

当时左正谊听得迷糊，当她出现在梦里，那些话就更模糊了。

她说："正谊真是个厉害的孩子，比同龄人都懂事呢。"

她说："正谊要一直勇敢下去哦，永远做自己，不要被环境改变。"

她还说："但是也要聪明点，别被人欺负了……"

左正谊十四岁那年，她死了。

当时他不知道，因为自从分开，他们再也没联系上，不知为何，她留下的电话号码左正谊打不通。

她走的时候说"等我想个办法，把你接回去"，她食言了。

左正谊没见到奶奶最后一面，甚至在她离世一整年后才得知，这个世界上唯一疼爱他的人，没有了。

左正谊在梦里痛哭一场，泪流了满脸。

凌晨三点多，他被自己哭醒，精神恍惚地走进卫生间里洗脸。镜子中的人双目通红，眼眶发肿，他盯着自己看了几分钟，觉得有点陌生。

好像是真的长大了。

他已经好几年没有这样哭了，现在的心情也并非多么伤心，时间把悲伤消解，心里留存的只有满满的遗憾。

左正谊再也睡不着，洗漱一番换上衣服，下楼去打游戏。

队友都在睡，二楼的训练室里只有他一人。

他启动游戏，在游戏内建了个房间，拿伽蓝练习补兵。机械的训练能解压，他一边操作一边放空大脑，无意识地发着呆，天什么时候亮的都不知道。

大约七点钟左右，训练室仍然没来人。左正谊有点困了，推开键盘和鼠标伸了个懒腰，决定去休息室里小憩一会儿。

八点多的时候，门外有吵闹声。

左正谊躺在沙发上，用靠枕遮住脸，不悦地皱起眉头，翻了个身。

是傅勇的声音，他嗓门大得五里地外都听得见，说的是："哟，教练回来这么早啊！"

"嗯。"郑茂应了一声，"还得训练呢。"

傅勇笑嘻嘻道："训练又不急，昨晚怎么样？给我们这些没见过世面的讲讲呗……"

郑茂是个正经人——表面是。他推了傅勇一把，严肃地说："胡说什么，我只是陪许总吃了顿饭。"

什么东西？他们在聊什么？左正谊坐起身，揉了揉睡僵的脖颈，冲门外喊："菜勇，进来，给朕捶捶肩。"

跟使唤丫鬟似的。

"丫鬟"傅勇顿时一脸苦大仇深地推开休息室的门，极其不情愿，冲左正谊道："你没完没了了是吧？我又不是你的奴才。"

左正谊面色不变，给傅勇使了个眼色，示意他关门，然后朝他勾了勾

手指。

傅勇可能是被这位"公主病"PUA了，虽然表面不乐意，但还是听话地走到了"公主病"面前，等他示下。

左正谊压低声音，悄声问："你跟郑茂在聊什么？什么昨晚？"

傅勇翻了个白眼："我还以为你要问什么大事呢，鬼鬼祟祟的。就是昨晚郑茂跟许宗平一起出去了呗，在外面开房，一宿没回来。"

左正谊睁大眼睛："你说什么？"

傅勇怀疑他听不懂中国话，只好翻译成更简单的语言："他俩一起去做大保健了，懂？"

左正谊："……哦。"

傅勇瞥左正谊一眼："你不会不知道大保健是什么吧？"

"我又不傻。"左正谊冷哼一声，"恶心。"

傅勇知道这句不是骂他，他难得和左正谊达成统一意见，低声说："虽然我很好奇，但是……我觉得还是好好谈恋爱比较好，我女朋友那么可爱，如果我出去做大保健，她会伤心的。"

"你们和好了？"

左正谊一问，傅勇顿时得意地笑起来："是啊，没想到吧？嘻嘻。"

弱智的队友总有弱智的快乐，左正谊甘拜下风。他去楼下吃了点早餐，吃完回训练室里继续练刀。

职业选手的生活是很枯燥的，每一场风光大胜的背后都是无止境的训练。不论情绪如何波动，梦见了哪个让他伤心的人，当坐到电脑前，他都得忘记一切，全神贯注地做一个剑客。

赛程表贴在电脑桌上，刚打完Lion，WSND的下一个对手就是蝎子。

坦白说，左正谊没压力，如果蝎子仍然保持上一场的谜之状态，他都想不出WSND该怎么输。

但一想到要打纪决，左正谊的心情就有点微妙了。

他又忽然想起另一件事——上回他们一起在檐下躲雨，纪决的外套借给他穿，他一直忘了还。

左正谊打开微博，点开Righting的主页，给纪决发私信："什么时候有空？出来见一面吧，还你衣服。"

四 ▶ >>>

WSND 的训练赛一般从下午开始，上午进行复盘和个人自由训练，中午有一个半小时的午餐和休息时间。

左正谊不知道蝎子的日程怎么安排，他给纪决发消息的时候还不到十点，以电竞选手的常见作息来判断，纪决很可能还没起床。

但没想到，纪决不仅起床了，而且很快就回复了。

Righting："十二点半行吗？老地方见。"

老地方是什么地方？左正谊疑惑了一秒。

WSND·End："你不会是说那道墙下吧？"

Righting："对啊，我和哥哥的老地方。"

WSND·End："……"

直男确实喜欢开这种类型的玩笑，因为心无顾忌，所以口无遮拦。以前的左正谊就是如此，但现在他被绝影响了，思维很歪，看谁都觉得不太对劲。

左正谊抛开不该有的奇怪怀疑，继续练刀。

十二点开始午休，距离约定时间还有十分钟左右，他上楼取了衣服，用袋子装好，拎着出门去找纪决。

今天是个晴朗的好天气，园区内栽了很多法国梧桐，左正谊在树荫下走，短短几分钟就到了与纪决约定的地点。

墙还是那面墙，但今日不下雨，九月的阳光仍然毒辣，幸好有灌木丛遮挡，附近才有几分阴凉。

左正谊绕到灌木丛背后，来到墙下。

纪决先来一步，正在等他，看脸色似乎心情不怎么好，但一见到他就立刻现出笑意，叫了声"哥哥"。

左正谊把衣服递过去："我洗过了，谢谢。"

纪决不知在想什么，竟然问："你亲手洗的？"

左正谊道："洗衣机亲手洗的。"

纪决笑了声："不洗也没关系，无所谓的。"

左正谊瞥他一眼，目光下移落到纪决手中的外套上，有一个持续了几天的疑问再次浮上心头——这件外套很贵，左正谊穿回去之后才看见品牌Logo，然后上网查了下价格，要五位数。

左正谊并不在乎这些身外之物，他只是有点好奇，在分开的四年里，纪决都干了什么？哪来的钱买这么贵的衣服？他不过才十九岁而已。

这样一想，左正谊突然意识到，他不仅不了解纪决的人格，连纪决的现实情况都不了解。

他们真的是一起长大的兄弟吗？虽说闹掰过，但不至于沦落到连陌生人都不如的境地吧……

左正谊心情复杂，但这当然不是他的错，要怪只能怪纪决什么都不告诉他。

左正谊戳了戳衣服袋子，不禁问："你自己买的？"

纪决微微一愣，明白了："不是，我妈买的。"

"你妈？"

"说来话长。"纪决往后一靠，倚到墙上，似乎不太喜欢提这个话题，"你离开两年后，我爸妈回来了，他们在外地做生意发了点财，后知后觉地想起家里还有我这个留守儿童。"

纪决讥讽一笑，不再多说。

左正谊知道他父母的事。当年他们一起在纪国洋的家里长大，左正谊是没爹妈的私生子，纪决是被父母抛弃的孩子。

用"抛弃"来描述似乎有点严重，但事实也差不多如此。

潭舟岛地小人也不多，是个典型的小型人情社会。纪决的爸妈年轻时欠了亲戚一大笔钱，还不上，只好跑到外地去躲债。

他们俩不知怎么想的，可能认为带个小孩是拖累，也可能不想让小孩跟着自己外出流浪，能不能吃饱饭都不确定。总之，他们连夜走了，把当时牙牙学语的儿子托付给了表兄弟纪国洋。

纪决小的时候什么都不知道，年纪稍微大一点之后，就有人在他面前念叨一些"你爸妈不要你了""他们跑了，只能拿你抵债""父债子偿天经地义"之类的话，有的是故意拿他发泄，有的是逗他玩。

但不论哪种出发点，在小孩子看来都是充满恶意的，相当可怕。

每当这个时候，左正谊就会把纪决护在身后，忘了自己也只是一个小萝卜头，气势汹汹地说："你们不许欺负他！有本事冲我来！"

那些年，左正谊和纪决是真的在相依为命。

准确地说，是纪决依靠着左正谊，扮演一个"离开左正谊就会死"的脆弱形象，左正谊甘愿当那个保护者，并为此深深自我感动。

直到后来——

后来。

这个词真是可怕，每当回忆到这里，左正谊刚对纪决生出的怀念感和亲近感就硬生生卡住了。

他如鲠在喉，不知如何是好。

左正谊"哦"了声，顺着纪决的话问："你爸妈现在回潭舟岛生活了？"

纪决摇头："没，他们在上海定居了，让我也在这边生活。"

"叔叔呢？"

"他现在挺好的，去年认识一个阿姨，准备结婚，听人家的话把酒戒了。"

"这样啊……"

纪国洋竟然能戒酒，左正谊十分感慨。但总归是好事，得知老家一切安好，他也放心了很多。

"行，那我回基地了，还没吃午饭呢。"

左正谊转身要走，纪决拉住他："等等。"

"还有什么事？"

纪决保持沉默，用眼神代替回答，他抓着左正谊的手，抱住了他。

"哥哥，我想和你多待一会儿。"

左正谊任由他抱着，呆了两秒。背后的墙壁被太阳晒得发烫，身前是纪决更烫的胸膛。

左正谊僵硬地开口："纪决。"

听他语气严肃，纪决应了声："嗯？怎么了？"

左正谊问："你喜欢男生吗？"

纪决似乎愣了下，抱着他半天没动。

左正谊也不动，脑中飘过的是绝在微信上说过的那些话，起了一身鸡

皮疙瘩。

左正谊终于从愣怔中醒悟过来，又问一遍："是吗？"

纪决竟然很诧异："哥哥，你在说什么？"

"……不是吗？"

"当然不是。"纪决似乎不能理解他的疑问。

左正谊想了想说："我突然意识到，你从小就这么黏我，虽然小男孩黏人不奇怪，但你现在都这么大了……"

纪决听完突然松开他，眼神十分委屈："你不想让我黏你了，是吗？"

"……"

"如果是，你直说就好，不用找借口推开我。"

左正谊："……"

虽然，但是……好吧。

左正谊稍稍放心了一些，但纪决死性不改，又抱了上来。

"为什么我抱你，你就怀疑我呢？"纪决一本正经地说，"兄弟之间拥抱不是很正常吗？哥哥，你好像瘦了。"

纪决光明正大地揉了揉左正谊的腿，略皱起眉："真的瘦了，你是不是吃得太少？"

左正谊："……"

要不是纪决的表情太正经，左正谊简直要怀疑自己被占便宜了。

这怪谁呢？全都是绝的错，他现在对相关话题过于敏感，怎么看都觉得纪决不正常。

可是——究竟是纪决不正常，还是他的脑回路不正常？

左正谊迷茫了。

他推了纪决一把："我没瘦，你好烦。我警告你啊，不许再碰我，懂了吗？"

纪决的眼神顿时有点受伤，但没有再为自己辩解。

左正谊凶了他一顿，凶完自己也有点不好意思。因为纪决真的什么都没做，他却因为受了一个网友的影响而迁怒于现实生活中的人，似乎有点蛮不讲理。

左正谊正想说点什么弥补一下，只见纪决低下头，不知为何叹了口气，眼神悲苦，面色哀伤，喃喃道："时间过得好快啊，我们分开四年了，哥哥。一辈子有几个四年？我真想跟你和好，恢复到从前，可我知道不应该对你提要求。"

他苦涩一笑："我怕给你造成压力。但你要知道，我真的改过自新了，只要你愿意回头，我就一定在你的身后。"

说完，他拎起外套袋子，后退着往外走："下回赛场见，哥哥。"

左正谊目送纪决离开，心情不可谓不复杂。

他的怀疑没有完全消除，但又觉得站不住脚。如果没记错，纪决以前不是早恋过吗？当时还因为谈了女朋友跟纪国洋吵架。

算了。左正谊叹了口气。

他原路返回，踩着梧桐树影往 WSND 基地的方向走。午休时间还没结束，吃饭的胃口也没了，左正谊回到基地，继续训练去了。

第六章　难藏

曾经有人说，世上有两种东西最藏不住，一是爱情，二是咳嗽。

不不，其实还有第三种，那就是电竞选手的操作习惯。

左正谊很艰难地把自己从私人恩怨中抽离出来，忍住没去洗键盘。虽然洗键盘对他来说是很解压，但频率太高并不好。

冤家路窄真没说错，下场比赛 WSND 就打蝎子，左正谊本来压力不大，现在却觉得有点没法面对纪决，他甚至不知道自己的心情究竟是尴尬还是忧虑。

总之，他领悟了，剑客就应该断情绝爱，否则那些世外高人，为什么都待在世外呢？

左正谊郁闷了几天。

这几天，他把绝打入冷宫，没再聊微信。也不上微博，不知道纪决后来有没有给他发消息。

虽然说打蝎子压力不大，但 WSND 的复盘和备战仍然非常认真。

可能是因为刚和许老板一起做过大保健，郑茂在基地里的腰杆挺得比以前直了，说话底气也足了，甚至都敢对左正谊指指点点了。

他说的是："正谊，那天我跟许总聊了聊，他说你选雪灯确实太冒险，

以后我们得慎重点啊。"

左正谊早就听周建康的话好好反思过了，但同样的话从郑茂的嘴里冒出来，他怎么就觉得这么难听呢？

左正谊应了声好，明白郑茂这是在警告他，以后 Ban & Pick 不能乱来，要听教练的。郑教练想要实权了。

左正谊懒得搞宫斗夺权那一套，不管郑不群有多讨厌，至少他们目前立场一致，都希望 WSND 能赢。

左正谊没再吭声。

复盘完己方和 Lion 的比赛，郑茂把蝎子和 SP 那场也拿出来复盘了一遍，主要针对蝎子的问题讲了讲。

按郑茂的话说，蝎子现在的主要问题在于打野和 ADC 配合不好。这显而易见，否则两个人也不至于在赛场上吵架。

但郑茂觉得错误主要在 ADC，也就是 Righting 身上。

蝎子的打野叫 Gang，上个赛季末第一次首发出场，他当时的表现相当 Carry，带领蝎子战胜过 WSND 两次。左正谊对他印象不错，换句话说，Gang 不菜。

但 Righting 也不菜。

纪决的问题在于节奏太奇怪了，他和 Gang 似乎犯冲，各有各的节奏，完全配合不到一起去。下野节奏崩坏，导致中路也崩了。

在和 SP 的三场比赛里，蝎子的中单一直打得很憋屈，打野守不住野区，连自己都吃不到蓝 Buff 和红 Buff，更不可能给他蓝。

左正谊看了直呼"好惨"，如果是他，他怎么可能受得了？

当然，他也不会让自己沦落到这种境地。

郑茂复盘完，给出总体方案：打穿蝎子的下野，让 Righting 和 Gang 的冲突更加激烈，到时候都不需要 WSND 怎么用力，蝎子自己就玩完了。

剩下的就是详细战术的布置。

左正谊一边听一边感慨，郑不群果然是有点阴损招数的。

这几天备战的同时，左正谊每天都被傅勇灌一耳朵他的弱智爱情故事。

左正谊根本不想听，但傅勇仿佛少男怀春，不停地说什么"失去后更懂得珍惜""分手一次之后我们现在感情更好啦""我改过自新以后一定好好对她"……

左正谊听着听着就有点走神，感觉这几句话很耳熟，想了半天，原来是纪决对他说过类似的话。

这让左正谊更觉惊悚，越发觉得绝有个词说得对，纪决可能是在 PUA 他。

左正谊绝不可能咬钩，但暂时也没想出有效的应对方案。

他和纪决再次见面，是在比赛日的当晚。

WSND 对战蝎子，现场的票早早售卖一空，网络直播间里有预热竞猜，蝎子的赔率远远高于 WSND，赔率高意味着输的概率大，换言之，下注的观众大多不看好蝎子。

微博和电竞论坛上的投票结果也大多如此，WSND 是四大豪门里开局表现最好的战队，左正谊雪灯的逆天操作历历在目，蝎子却是表现最差的，怎么比？

但正所谓输人不输阵，蝎子的队粉一点不丧气，选手还没上场的时候，他们就开始喊口号助阵，整齐划一的"蝎子必胜"响彻场馆，一遍又一遍，连后台都听得见。

WSND 的粉丝不甘示弱，有一个领头的喊"W 队"，一群人跟着喊"永不后退"，呐喊声震耳欲聋。

一直喊到选手上台。

打头的方子航刚迈上主舞台的台阶，险些被声浪掀翻过去，回头问队友："这阵仗，今天是世界冠军争夺战吗？"

傅勇道："是蝎子先开始的，他们好有激情。"

左正谊没吭声，他的目光看向对面。

蝎子的选手同一时间上台，似乎也被台下观众的加油声震撼住了，悄悄地交头接耳。

纪决的眼睛望着台下观众席，就在这时，不知是谁喊了声"Righting"，他微微一怔，循声看去，是个戴眼镜的男粉丝，双手高举蝎子的灯牌，灯牌上写"传承不断，太子不死"，中二到了极点。

左正谊将这一幕收入眼底，下意识笑了一声。

纪决却没有笑，他的表情更严肃了，似乎从这八个字和山呼海啸般的

热烈气氛中感受到了什么。

比赛即将开始，两队选手分别进入玻璃房。

玻璃房是隔音的，门一关，外面的声音顿时变小了很多，再戴上耳机，就什么都听不见了。

左正谊一如往常插上键盘、鼠标，调试按键。

耳机里是队友们的聊天声，傅勇说："我突然有种预感，今天蝎子会很凶。"

方子航道："今天这气氛，蝎子不拿出点东西来，我都怕他们走不出场馆大门，被粉丝活剥。"

金至秀道："我们，也一样。"

方子航点了点头，却笑说："有黛玉坐镇，我们才不会输呢，是吧？"

"是你个头。"左正谊道，"如果不能 2：0，我就把你们活剥。"

傅勇立刻翻了个白眼："啧，我们都在想怎么赢，你已经在想 2：0 了，你是不是不把蝎子当人啊？不狂会死啊你？"

"闭嘴，你这个腿部挂件。"

傅勇的一连串脏话被左正谊的耳朵自动消音，比赛开始了，游戏界面上，Ban & Pick 倒计时跳了出来。

第一局 WSND 在蓝色方，蝎子在红色方。

蓝色方先 Ban 后选，郑茂拿着战术笔记本，按照原计划，先禁了三个常规性的非 Ban 必选英雄：神月祭司、幽灵诗人、神奥大君。

蝎子 Ban 二选一，禁的是伽蓝和丹顶鹤，选了一手阿诺斯。

左正谊已经不指望能在正式比赛上玩到伽蓝了，内心毫无波动。他比较烦的是，起手五个 Ban 位，除了神月祭司是辅助，另外四个全是法师。

EOH（英魂之歌）这游戏更新周期不定，比赛也不锁版本，也就是说，游戏正式服更新，比赛服就会跟着更新，只是稍微有点延迟。

目前版本是法师最强势，被其他职业的玩家骂是"法师之歌"，这对法师玩家来说当然是好事，但对左正谊来说就不是了。

左正谊根本拿不到自己想玩的英雄，好玩的法师大部分强度超标，被死死锁在 Ban 位里，难以见到天日。

他只能退而求其次，玩一些自己并不特别喜欢的英雄。

蝎子选了阿诺斯之后，WSND 选择白鲨和大象。锁定之后，解说对这个阵容提出了疑问：

"爹队的 B/P 是什么意思？怎么把阿诺斯放给 Gang 了？阿诺斯可是这版本最强的打野。"

"我觉得其实可以把神奥大君或者幽灵诗人中的一个换成阿诺斯，这样能避免蝎子拿到强势打野，而且有至少三个必须 Ban 掉的法师，蝎子的起手 Ban 位不够用，肯定能放出一个强势法师。"

"对，爹队有点亏。"

"如果这么选，蝎子肯定放丹顶鹤。"

"丹顶鹤是功能型法师，偏辅助的定位，相对来说左神不太喜欢玩，但他也玩过，有过天秀操作。"

"今天左神会拿什么英雄呢？"

"白鲨和大象倒是爹队的常规选择了，一个进攻型辅助跟着中单游走，一个抗压型战士上单，能保护后排，也能先手开团……"

"蝎子选了赤焰王和女侍。"

"这两个英雄……"

"阿诺斯是个'高伤脆皮'打野，女侍是个功能型软辅（辅助的一种类型，特点是一般都具有护盾或者治疗能力，保护能力出众，先手能力较差，控制能力较弱），这阵容会不会有点太薄了呀？没前排。"

解说能看出的问题，观众也看出来了。直播间里蝎子粉丝的血压已经升高了，祈祷教练不要犯浑，上单和中单好好选，抢救一下这个纸一般薄脆的纯进攻阵容。

蝎子选进攻阵容，纯粹是因为要配合阿诺斯。

阿诺斯是个具有 Carry 能力的 T0（优先）级打野。但凡强势的打野，基本都是前期英雄，即开局强势，时间拖得越久，优势越微弱。而且吃资源，会挤占队友的发育空间。

郑茂故意把阿诺斯放给蝎子，就是为了让蝎子在阵容上重视打野，刚好他们的打野 Gang 算队伍的半个核心，教练不会忽视他。

而一旦重视起打野，把资源分给打野，就意味着真正的核心 ADC 被边缘化了。

Righting 和 Gang 本来就配合不好，打这种互相挤压生存空间的阵容，八成会再次发生内讧。

　　"你好毒。"左正谊用夸奖的语气骂了郑茂一句，"如果他们不内讧呢？"

　　郑茂笑了下："无所谓，反正正谊不会输，不是吗？"

　　左正谊哼了声，对他的马屁照单全收。

　　阵容选择完毕，游戏开始。

　　左正谊拿到的法师是劳拉，就是那个高傲的金发美女，他在友谊赛上玩过一次。当时他还没认真练过劳拉，后来专门练习了一阵子，把劳拉的技能全部吃透，操作起来更加熟练了。

　　最近左正谊很喜欢她，可能是因为长期玩不到伽蓝，难免会对新欢有点动心。

　　劳拉的建模非常漂亮，走路的姿势也很优雅，她握着华丽的法杖，傲慢的头颅轻抬，目下无尘，仿佛是整个峡谷的主宰。

　　背景音乐轻轻奏响，草丛里有风声。劳拉往防御塔下退回一步，试探着往草丛里丢了个技能。

　　对面的中单是路加索，一个难度很高的控制型法师，有一套很难实现的无缝连控操作。

　　很多人怕路加索，一旦被连控了，就基本等于死了。

　　但左正谊不怕，因为不管对面的中单是谁，和他对线的时候都会有点怕他，一旦有畏惧情绪，操作就不会太自信了。不自信的人很难玩好路加索，想连控左正谊纯属做梦。

　　左正谊操控着劳拉，在中路横行霸道，刚开局不久就压了对面的中单二十多刀。

　　压刀的意思是，红蓝双方兵线对冲的时候，左正谊击杀的小兵数量比敌方中单多，二十刀就是二十个小兵。每个小兵都奖励一定的金币和经验值，这就意味着，左正谊的经济和等级都遥遥领先。

　　对面的中单没他等级高，也没他装备好，自然打不过他。

　　这就是对线的基本功差距。而要想把基本功练扎实，在天赋之外更需要努力。左正谊是天才，但他的努力也不比任何人少。

左正谊压着蝎子的中单打了十分钟，明显感觉到对面这个弟弟有点绝望了。

绝望也没有用，根本没人来救他。

蝎子的野区里一片水深火热，Gang 的阿诺斯根本发育不起来，方子航不停地骚扰他，左正谊中路对线占尽优势，时不时过去给方子航帮忙，但蝎子的中单被压得兵都清不过来，无暇顾及打野。

野区里的小怪被反，打野发育不好，就得想方设法去别的地方吃资源，蹭一蹭队友的兵线。但除了下路不算太差，蝎子的上中两路都是劣势，本来就已经够垮了，再被打野分走一部分经济，立刻变得更垮。

蝎子全场节奏低迷：野区被反，对线被压，拿不到人头，抢不到龙，防御塔被一座一座拔掉，毫无还手之力。

WSND 一次大团战都没开，兵不血刃地推上了高地。

队内语音里，傅勇好奇地问："他们内讧了吗？看不出来啊。"

方子航道："你说呢？ADC 的兵一个都不让打野蹭，打野也不来下路玩，蝎子打得跟单排似的。"

段日道："我单排的路人队友都比他们懂配合。"

WSND 的语音里一片欢声笑语，嘻嘻哈哈地拔了蝎子的高地塔。

攻到水晶前，蝎子终于奋起战斗，由上单第一个入场，先手开团。

但他们的上单明明是一个肉坦（能抗能打），却由于经济太低、装备不好，身板儿脆得一进人群就融化了。

收掉上单人头的是劳拉，女法师依旧高昂头颅，大招法阵在水晶前铺了一地，大有"挡我者死"的气势。

两个解说忍不住感慨：

"碾压的大逆风局，守不住啊。"

"蝎子这局好迷，比上次打 SP 还迷。"

"可以敲出 GG 了。"

"劳拉才出多久？左神竟然玩得这么熟练。"

"左神练什么都快，天赋型选手嘛。"

"但是蝎子这边……我觉得他们这局的阵容没有大问题，打前期进攻嘛，可惜没打出效果，开局就被压住了，后来也没起来的机会。"

"是的，从这局也可以看出，WSND 的运营能力比上个赛季更厉害了，根本不打架，你都不知道发生了什么，就被压到家门口了……"

"是啊，爹队是今年的夺冠大热门嘛。"

"这可不兴'毒奶'……"

两个解说笑起来，第一局结束，蝎子 0：1 落败，WSND 拿到赛点。

水晶爆炸的时候，劳拉亲手插下代表 WSND 胜利的战旗，左正谊放下键鼠，和队友一起往后台走。

中场休息时间十分钟，他往蝎子那边看了一眼，这次纪决出息了，没跟队友吵架，只是沉着脸，眼神冷漠又严肃。但察觉到他的注视，远远望过来的时候，眼底的黑色忽地散开，露出几分生动的神采。

左正谊收回视线。

台下观众又开始呐喊了，这一局打得这么憋屈，现场的蝎子队粉集体破防，不再喊"蝎子必胜"了，换了几句新台词。

有一个人是领头的，他喊："蝎子教练！"

一群人喊："下课！"

他喊："蝎子选手！"

一群人喊："退役！"

他喊："蝎子老板！"

一群人喊："破产！"

左正谊差点笑出声，但笑着笑着又难免对同行生出几分同情，电子竞技这个行业在各种意义上都很残酷。虽然他大部分时间是赢家，不太有机会说这句话。

左正谊回到后台，去了趟洗手间。

从洗手间出来后才稍微活动了一下筋骨，第二局比赛就开始了。

两队选手重新落座，准备 Ban & Pick。

直播大屏幕里，两位解说坐在台前，都戴着耳机，一边分析上一局的问题，一边预测第二局的 B/P 阵容。

"WSND 这赛季似乎没表现出阵容喜好倾向。"

"他们什么都玩，目前打了三局，风格都不太一样。"

"是因为在准备迎接新版本吗？真正的大招还没亮出来？"

"要亮大招也得有对手吧，这几局他们都赢得比较轻松……"

解说话音一落，比赛直播间里吵得更凶了。

蝎子的队粉血压高到降不下来，骂完自家队员、教练和老板，当场把矛头对准解说，说他们暗讽蝎子不配当 WSND 的对手，拉偏架不中立，吵着吵着，就变成了蝎子和 WSND 的两方粉丝互撕。

蝎子粉骂："黛玉公主是靠全队资源堆起来的数据刷子罢了，装什么装？"

WSND 粉骂："水货太子连刷都不会，给你资源你倒是 C 啊？菜得要命。"

弹幕里撕得不可开交，战火从直播平台蔓延到微博和论坛，然后不知怎么回事，撕着撕着突然变味儿了。

有其他战队的粉丝看热闹不嫌事大，在电竞论坛上发了一个叫《你们不要再打啦，公主和太子天生一对》的吃瓜帖，还拿左正谊和纪决的选手照片 PS 了一张"结婚照"。

之前网上只是一些零碎的关于公主与太子组 cp 的话题，没想到这次竟直接上了一剂猛药，一时间把蝎子和 WSND 的粉丝都气得半死。

但这场激烈的场外风波没持续太久，第二局比赛一开始，就爆出了一个更大的争议点。

直播画面里，两队正在 Ban & Pick。

WSND 选手和教练都比较平静，他们这一局在红色方，后 Ban 先选。

蓝色方的蝎子先手禁了伽蓝、神月祭司和幽灵诗人。

轮到 WSND 的时候，有两个 Ban 位和一个 Pick 位。由于蝎子没禁神奥大君——T0 级大法师，WSND 最优先考虑的就是他。

但大君这个英雄不像伽蓝那样一个人就能 Carry，他吃体系，要有特殊阵容来配合。比如最常见的搭配是法师大君和辅助女侍，打中辅联动。

WSND 能拿到大君，但下一手选择就未必能拿到女侍了，先手选择大君并不合适。

但如果不选大君，放给对面，蝎子下一轮有两个 Pick 位，很有可能会直接选大君加女侍的组合。

郑茂犹豫了一下，问左正谊："你想玩大君吗？"

左正谊道："随便，你来选吧。"

郑茂的风格偏向于保守，他思考了一下，把大君和女侍都 Ban 了，选择了法师丹顶鹤。

"我就知道。"左正谊双唇紧闭，在心里敲出一行"无语"。

解说道：

"爹队又把阿诺斯放给蝎子了。"

"但上把阿诺斯没打好，蝎子还会再选一次吗？"

话音未落，蝎子就选出了他们的打野英雄，果然不是阿诺斯，是个赛场生面孔：刺客剑伞。

解说惊讶：

"剑伞这赛季好像没上过赛场？"

"没上过，他有点冷门，而且 Gang 好像从来没玩过剑伞吧？"

"我也记得他没玩过……"

"这是蝎子的隐藏杀招吗？还是有什么别的说法？"

这两个解说对蝎子的打野 Gang 不太了解，但直播间里的粉丝很了解，看见剑伞被锁定，弹幕简直炸开了锅：

"搞什么？？刚哥不会玩剑伞啊！"

"他剑伞路人局都很菜，教练疯了？"

"开始摆烂了是吧？"

……

左正谊看见剑伞也有点惊讶，这个英雄在赛场上不太热门，因为不好操作，当然职业选手都不怕操作难，但职业战队普遍不喜欢性价比低的英雄——高操作换不来与之相对等的高收益，就没人爱玩了。

换句话说，剑伞相当于是上个赛季法师里的伽蓝，可以秀，但风险远远大于收益。

但左正谊惊讶的主要原因不是这个，而是……他对剑伞太熟悉了。

之前和绝双排的时候，对方最喜欢玩的就是这个英雄，而且玩得很好。

直播镜头扫了一下远景，随后拉近，定格在蝎子打野 Gang 的脸上。

但导播还没来得及从后台调出他使用剑伞的历史数据，游戏界面里，Gang 和 Righting 突然交换了英雄。

解说瞪大眼睛："这是在干什么?!"

"剑伞换到 Righting 手里了?"

"太子要玩打野吗?"

"天哪,我第一次见到选手打到一半换位置的!"

WSND 队内也是一片诧异。

左正谊坐直了腰,盯着屏幕上熟悉的剑伞,联想起最近的种种,他心里忽然冒出一个很离谱又好像有点靠谱的怀疑——

纪决。

绝。

……不会吧?

左正谊的怀疑没有证据,但就在看见剑伞的一瞬间,他脑内灵光一闪,第六感在发出警报。

上次他约绝线下见面吃火锅,对方走到一半突然说来不了了,然后纪决巧合地出现在同一家火锅店里,与他共进晚餐。当时他就怀疑过纪决和绝的身份,当面打电话验证,结果显示纪决和绝的确是两个不同的人,他就打消了怀疑。

但现在,左正谊回头想想最近发生的事,如果说纪决和绝不是同一个人,他们之间的相似点未免太多了吧?

首先是名字发音相同;其次,都拥有打职业的游戏水平,AD 和打野双修,玩剑伞,而且,绝在聊天中还曾多次手误,有过一些迷惑性发言。

"……"

左正谊浑身一激灵,仿佛被雷劈了。

他不该这么迟钝,这么多疑点,他之前竟然都没在意。从这个角度想,上次火锅店里的那个电话根本不能证明什么。

假如纪决和绝真的是同一个人,纪决完全可以找人帮忙登录微信小号,他敢在那么"巧合"的情况下出现在左正谊面前,肯定是提前做好准备了吧?

那他的心机未免太深了。

心机深也不奇怪。纪决本来就当面一套背后一套，特别善于伪装，这一点四年前不就已经展露过了吗？

左正谊又不是第一天认识他。

话虽这么说，左正谊还是希望自己想多了，否则……

他止住思绪，深深地吸了口气。比赛还没打完，现在不该为私人恩怨分心。

这时，游戏内 Ban & Pick 已经结束，队友的交谈唤回了左正谊的注意力。

方子航说："真玩剑伞啊？厉害！"

傅勇说："更厉害的难道不是 AD 变打野吗？蝎子是不是输蒙了？搞啥呢？"

段日挠了挠头："他们不会是想耍花招吧？"

"有什么花招能耍？"郑茂拍了拍段日的肩膀，Ban & Pick 一结束教练就得下场了，他临走前说，"照常打吧，问题不大。退一步说，我们现在 1：0 领先。"

言外之意，输一小局也没事。

左正谊不爱听这种晦气话，他操纵法师丹顶鹤走出高地，刚踏上中路，还没走到第二座防御塔就迅速进入状态，招呼方子航："来，跟我反红。"

红，即红 Buff 小怪，和蓝 Buff 小怪相对应。

在游戏地图里，玩家活动的主要区域除了上、中、下三条铺满防御塔的出兵路线之外，还有野区。

野区是打野的地盘。从资源分配的角度来说，打野一般不吃兵线，只在野区里刷怪，或者杀人来获取资源。

换句话说，打野的主要"工作"就是全野区游走打怪和去三路线上配合队友抓人打架。

中路正好位于上下野区之间，相当于是地图的中轴线。中单距离上下两路都比较近，进入野区也很方便，很适合跟打野配合，打"中野联动"战术，一起游走抓人。

左正谊和绝双排的时候，就喜欢这么玩。

128

一起玩了那么久，他对绝的打野习惯非常熟悉，比如，这个人玩剑伞的时候喜欢从红 Buff 开局。

左正谊见过的其他剑伞玩家，大多是先开蓝 Buff，他算是少数派。

那么，纪决呢？

抱着试探和赌一赌的心态，左正谊带方子航一起绕过中路河道，鬼鬼祟祟地进入蝎子的野区，往红 Buff 附近走。

意外的是，红 Buff 小怪完好无损地站在原地，纪决没来。左正谊微微松了口气，虽然这也不能说明什么。

来都来了，方子航直接开始打红。

左正谊一边帮他打一边提防着周围，蝎子的人一个都没过来，他们顺利收掉了红 Buff。

这种顺利意味着蝎子的人在干别的，左正谊不用看也知道自家野怪被偷了。双方打了一个互换红 Buff 的开局，都不亏。

左正谊回到中路线上，开始清兵。

接下来很长一段时间线上都很安静。但野区不太平，方子航吱哇乱叫，一会儿喊"野被偷了"，一会儿喊"河蟹被抢了"，手忙脚乱刷了半天，一看经济全场倒数第一，连辅助都不如。

左正谊无语。

傅勇乐了，毫不掩饰地嘲讽："航哥，你竟然被一个二手打野制裁了，人家是玩 AD 的啊！你可真菜。"

方子航被噎了一下，想说 Righting 明显不是二手打野，是专业的，但这种长他人志气灭自己威风的话不说也罢。

WSND 打野节奏不好，线上压力就大了起来。

方子航控不住野区，意味着左正谊吃不到蓝 Buff。虽然他这局玩的是丹顶鹤，这个英雄相对其他法师来说不太需要吃蓝，但没有蓝左正谊就浑身难受，仿佛少了一种精神加成，他整个人都不完整了。

不完整的左正谊准备找架打，拯救一下濒临崩溃的自家打野。

正在蓝 Buff 即将刷新的时候，他和方子航一起埋伏在草丛里，等待 Righting 到来。

果然，Righting 计算着 WSND 的刷蓝时间，一秒不差地过来了。

左正谊按兵不动。一个警觉的打野不可能不防备草丛，他盯着剑伞，看着 Righting 谨慎的走位路线，下意识地在脑中调出绝玩剑伞时的画面。

二者有微妙的重合感，又似乎不一样。但毕竟是在打比赛，没时间细想。

左正谊逮住机会绝不放过，控制技能直接往剑伞身上丢。第一下命中，他打了一套伤害，剑伞掉了三分之一的血。

但作为一个功能型法师，丹顶鹤没有爆发伤害，剑伞的位移技能又多，这样打是杀不死人的。

丹顶鹤的常见用法是他控制敌人，队友补上输出。

方子航自然明白这一点。但不知是不是因为左正谊平时很少玩丹顶鹤，导致方子航和这个英雄配合不熟练，他的技能丢出去的时候慢了半拍，让剑伞开出位移，躲开了。

左正谊皱起眉。

剑伞是个近战刺客，性别男，建模是古典侠士的形象，手持一把伞，伞中藏利剑。他躲过一击之后不退反进，撑开伞面鼓起一阵风，亮出闪着寒光的剑，刺向敌人。

左正谊中了一剑，半血直接开大，人身化为鹤的形态，扑扇翅膀起飞。他预判剑伞会躲去的方向，将降落地点刻意拉偏了几米。

果然，纪决反应极快，在他起飞的一瞬间就提前位移躲开，却聪明反被聪明误，自投罗网般飘到了他的翅膀下——沉默命中！

"打！"左正谊飞快地吐出命令。

无须他说，方子航也知道要打，为弥补刚才反应太慢操作失误，他紧盯丹顶鹤的大招动作，在后者起飞的同时将一连串技能丢给剑伞。

但那两人一起位移躲开，他的技能炸到地上，炸了个寂寞。

左正谊差点脑溢血："你演我！"

"我冤枉。"方子航简直带了哭腔。

左正谊没时间骂他，转身就跑。

但已经来不及了。丹顶鹤大招的沉默时间有限，一套技能没打死剑伞，WSND 两人都没有再战的状态，剑伞却苏醒过来，开始收割了。

简直是一幅惨不忍睹的画面。

解说大声叫道："双杀！双杀！Righting 这手打野行啊，1vs2 反杀两个，爹队血亏，蓝 Buff 也没了。"

导播切了一个左正谊的特写镜头。

解说立刻道："左神的脸色好难看，他可能在想'我这辈子都没这么亏过'。"

左正谊的确是这么想的，他不是没输过，但从来没死得这么难看过。

"我看你是被 Righting 打傻了。"左正谊黑着脸，痛骂方子航，"给我出肉装。"

方子航缩着脖子，小媳妇儿似的说了声"好"。

左正谊虽然脾气不怎么样，但在场上动真火的次数屈指可数。

他看了一眼自己的装备，把主防御和主功能型的都卖了，开始出纯法装。

这就是左正谊不喜欢玩丹顶鹤这类英雄的原因，靠别人只能当辅助，靠自己才是 AP Carry。

左正谊带着一肚子怒火，拼命地刷资源攒装备。

期间纪决无比活跃，屏幕中央不停跳出他的击杀信息，被抓得最惨的就是方子航和傅勇，左正谊也被杀了一次。

虽然纪决的表现很好，但蝎子的配合仍然不好。从经济上就可以看出，纪决的各项数据位列全场第一，但他的队友却不肥，和 WSND 五人没拉开差距。

这种一个人的优势局不算优势，更何况蝎子根本推不动塔，他们的 AD——也就是上一局的打野 Gang，他似乎连 AD 装该怎么出都不太清楚，对线被金至秀压着揍，要不是纪决来给他帮忙，蝎子的下路早就被打穿了。

左正谊盯着地图上 Gang 和金至秀的小头像，两方推推拉拉，你进我退。

"金哥，我来 Gank。"他刷够了钱，终于把大法师必备的神杖合成了，"小方也来，下路搓麻将了。"

方子航一朝沦落为"小方"，就敢怒不敢言了，听指挥一起来到下路。

左正谊沿着河道边的草丛进场，方子航绕后，金至秀在一旁寻找位置输出，段日保护着他。

Gang 作为真正的二手 AD，还没察觉到危机，在防御塔外慢悠悠地补兵。蝎子的辅助也是一副半死不活的样子，仿佛没睡醒，连视野都不做。

左正谊一声令下，段日直接开团。

丹顶鹤起飞又降落，翅膀扑地的音效声伴着金至秀不断输出的枪声，只几秒钟，蝎子的下路组合就融化了。

WSND 顺势推塔，将下路外塔拔掉，撤退的时候顺手清了蝎子的野区，吃掉一波资源。

同一时刻，蝎子的中野没来救下路，而是在推 WSND 的中路防御塔。外塔已经掉了，中路告急的系统提示语音不断响起，左正谊带头回防，先把中路兵线断了，准备开第二场团战。

这时游戏已经进入后期，背景音乐变得激昂了起来。

"我觉得这场团战要分胜负了。"

"蝎子不能接吧？三打五基本没戏。"

"但爹队才打完一仗，四个人没大，不好说。"

"或许剑伞能给我们惊喜？"

解说才说了两三句，中路已经打了起来。

傅勇、方子航、段日全部是肉装，顶在前排吃伤害，蝎子的三人根本摸不到 WSND 的双 C。

丹顶鹤的大招还没冷却好，大部分输出要靠金至秀来打。

左正谊在边缘观察，手里捏住小技能，瞄着纪决走位的路线，准备在最恰当的时机给他一个关键的控制。

但纪决的剑伞玩得实在是好，伞是位移，剑是攻击，伞与剑切换自如，飘逸得令人眼花缭乱，金至秀也摸不到他。

左正谊却越看越觉得眼熟。

曾经有人说，世上有两种东西最是藏不住，一是爱情，二是咳嗽。

不不，其实还有第三种，那就是电竞选手的操作习惯。操作习惯是刻进骨子里的东西，已经形成肌肉记忆，在越激烈的战斗里越难以掩饰。

左正谊的目光几乎要将剑伞扒掉一层皮。

纪决可能也意识到了什么，转头朝丹顶鹤的方向攻来。

左正谊不闪不躲，以攻代守，控制技能直直地朝剑伞脸上释放。后者踏伞飘起，躲过他的攻击，又旋身落下，拔剑刺来———套操作行云流水，惹得现场一片惊呼。

蝎子的粉丝又开始喊口号助威了，但玻璃房里几乎听不见，左正谊闪现避开这一剑，和剑伞拉开距离，把一直没舍得放的控制技能丢给了敌方中单。

金至秀的子弹仿佛有眼睛，他刚刚控住，输出立刻跟上，眨眼间秒掉一人———这才是配合。

蝎子二打五，显然已经没有活路了。

最后存活的一人是剑伞，他在最后时刻表现出了孤军奋战的斗志，顶着残血换掉金至秀，尽管已经表现很好了，但无力回天。

WSND 一路攻城略地，2∶0 获胜。

水晶爆炸的那一刻，方子航如释重负，直言道："还好赢了，不然我怕黛玉活剥了我。"

傅勇打了个哈欠，这次难得地没开玩笑："蝎子看起来是真的内讧了，打的什么鬼？"

"太子的打野水平出乎我意料，但 Gang 不会玩 AD 啊。"

"他们还不如让替补 AD 上呢。"

"可能是 B/P 的时候临时改的主意吧。"

"黛玉怎么不说话？哈喽？"

"……"

左正谊抬起头："叫你爹我干吗？"

傅勇道："你怎么跟死了妈一样？赢比赛还不高兴啊。"

左正谊低头收拾东西，浓密的睫毛投下一片阴影，白皙的脸上没什么表情。他明显有心事，傅勇瞄了一眼又一眼，心想真是见鬼了，又忽然灵机一动，问他："不会是跟 Righting 有关吧？"

左正谊："……"就你聪明。

左正谊起身往外走。

现场的音乐声与喧嚷声热闹得有点吵，两队选手在主舞台上握手致意，轮到左正谊和纪决握手的时候，他们对视一眼，都没吭声。

左正谊一脸不悦，纪决的情绪也不高，显然是因为蝎子的事。

左正谊用力地握了他一下，没有因为他输比赛而大发慈悲，直截了当道："纪决，你等着，今晚我有事找你说。"

因为心里装着事情，左正谊在回基地的路上始终脸色不佳。

打比赛的时候手机被领队收了起来，此时坐上战队的大巴车，他才拿回自己的手机。

左正谊立刻开机，打开微信，给绝打语音电话。

呼叫声不停地响，但对方不接——是没听见，还是不敢接？今天没来得及提前做准备吧。

事已至此，左正谊都想不出纪决还有什么借口狡辩。

但他充满耐心地继续打，打了十几遍，基本可以确定对方不可能会接了，才把手机放下，靠在座位上小睡了一会儿。

今天蝎子和 WSND 的比赛排在第一场，从七点开始打，结束后回到基地，还不到十点。

队友们在一楼吃晚饭，左正谊没胃口，从果盘里拿起一个洗干净的苹果，咬着上楼去了。

他把外设包扔在二楼，上三楼换衣服，收拾完毕后打开微博，给纪决发私信："十一点，老地方见。"

五分钟后收到了回复，Righting："我们战队开会呢，哥哥。"

蝎子打成那样，内讧不断，确实应该好好开会。

WSND、End："那你什么时候有空？"

Righting："晚点？或者明天。"

WSND、End："今晚吧。"

Righting："那我等下叫你。"

约好后，左正谊本想开一把游戏，但突然想起一件事来。

他打开网页，搜索"代接电话""陪聊"之类的关键词，试图破解绝的微信电话之谜。

可惜没搜到什么有用的信息，也可能是现实中的朋友给纪决帮了忙。

纪决有好朋友吗？应该有的，以前他在学校就交了一堆狐朋狗友。

左正谊冷着脸把苹果吃完了，擦了擦沾上渣滓的嘴角，又打开微博，翻了一下纪决的主页。

纪决没发过任何私人内容，仅有的几条都是转发蝎子俱乐部官博的消息。

他的粉丝也不多，毕竟是新人，才打了几场。

左正谊看了一会儿，实在没什么好看的，刚打开热搜榜看了一眼，纪决忽然发来了新消息。

Righting："我好了，老地方见。"

WSND、End："这么快？"

Righting："开会的时候吵起来了，经理让我们分开冷静冷静。"

WSND、End："谁和谁吵？"

Righting："当然是他们合伙欺负我呀，哥哥，我都不敢还嘴。"

WSND、End："……"

左正谊现在颇有几分"我看你要怎么表演"的心态，纪决说什么他都不会再信了。

但他的确有点好奇蝎子为什么内讧。

WSND、End："好吧，我出门了，见面说。"

WSND、End："我什么都知道了，你别想耍花招噢。"

Righting："？"

Righting："出什么事了？我怎么不知道？"

WSND、End："你还可以演技更好点。"

左正谊一边发消息一边往基地外走，傅勇见他出门，跟他打了声招呼，问他干吗去，左正谊没回答，只说马上就回来。

九月的夜晚暑气还没散，没风的时候天气很闷，左正谊本就一肚子火，在外头走几步，感觉自己整个人都要烧起来了。

纪决比他来得早，正在墙下等着，低头摆弄手机。

这儿离路灯有点远，光线晦暗，风几乎没有，草木一动不动，像夜里无声的守卫。

左正谊叫了一声："喂。"

纪决抬起头，下意识地把手机往裤兜里揣，左正谊按住他的手："给我看看。"

纪决似乎有点不解："看什么？"

"看微信。"左正谊说，"你有几个微信号？"

"一个啊，怎么了？"纪决把微信打开，递给他看。

左正谊瞄了一眼个人信息和"切换账号"的页面，没有"绝"的痕迹。

"好吧，我换个问题。"左正谊说，"你有几个手机？"

纪决微微一愣，表情哭笑不得："我只有一个手机。到底出什么事了？哥哥，你在找什么？"

左正谊耐心告罄，皱起眉道："别装了，绝是不是你的小号？"

纪决皱起眉，他今晚明显心情不好，但即便心情不好，也不太愿意在左正谊面前表现出来，因此眉头一皱，不笑的时候，神情就显得有点苦。

他攥着自己的手机，手背青筋微微鼓起，苦着脸道："我听不懂哥哥在说什么，绝是谁？和我同名吗？"

光线太暗，左正谊看不太清他的眼神，正好也不想看清。

左正谊翻出自己和绝的聊天记录，举起给纪决看。

"纪决，你别再骗我了，有意思吗？其实这些证据都不重要，今天看到你玩剑伞我就什么都明白了。你明知道我最讨厌被欺骗——你都已经骗过我一次了，还要再骗我第二次？"

纪决愣了一下，却还是不承认，反而质问他："这是谁？你的好朋友？网友？"

左正谊："……"这是重点吗？

左正谊冷眼瞧着他，不悦道："你再狡辩也没用，我又不是傻子。不承认就不承认吧，我生气了，不想再看见你了，拜拜。"

他转身就走，纪决伸手拉他。

左正谊早有防备，抬手避开。纪决却不依不饶，拉不到手就拉衣服，硬生生把他给拽了回来。

"我承认行了吧，虽然我不知道这个人是谁。"纪决低声下气地说，"你让我承认什么都行，都听你的。"

"别把我说得这么蛮不讲理。"

"难道哥哥讲理吗？"纪决压低嗓音，轻声道，"你从小就是不讲理又爱管事，要全世界都听你的，这个毛病到了 WSND 也没改，真是天生的公主病呢，哥哥。"

左正谊被他说得耳朵发烫，一巴掌拍开纪决："你离我远点儿。"

纪决不听，偏要靠得更近，突然又伸手来抢他的手机："给我看看。"

"看什么？"

"看网上的臭男人怎么洗脑我哥的，骗得他竟然来对我发脾气。"

左正谊没挡住，纪决跟他比画了三两下就把手机抢走了，沿着绝的聊天记录往上翻，说道："没什么新鲜的啊，My Princess？他好土，我吐了。"

左正谊："……"

纪决冷笑一声："哥哥，你竟然说这种男的是我的小号，你在侮辱我吗？啧，他还给你发腹肌照，好油腻。"

左正谊："……"

"我觉得是假照。"纪决还在点评，"这种照片互联网上一搜一大把，反正没脸，认不出来。你看，他朋友圈里都没有拍脸的照片，说明什么？说明他长得不好看啊，不敢发自己，只能下载几张网图骗骗无知少女混混生活这样子。"

左正谊："……"

终于，纪决把手机还给他，叹了口气道："我翻完了，没明白你为什么怀疑他是我。"

左正谊噎了一下，纪决表现得太正直，他莫名有点动摇。

他为什么怀疑来着……哦，剑伞。

"你们玩剑伞的习惯一模一样。"左正谊说。

纪决顿时有点不高兴，关注点很偏地问："你经常和他一起玩？"

左正谊试图把话题拉回来："你别总关注这些有的没行不行？还狡辩是吧，我才不相信你。"

"我没狡辩。"纪决更加不高兴，"剑伞不都那么玩吗？是你不会玩剑伞吧，哥哥。你根本不懂打野和打野之间有什么区别。"

左正谊确实不擅长玩打野，但没吃过猪肉还没见过猪跑吗？他瞪纪决一眼，不愿再听他乱讲，当机立断开始给绝打语音。

"如果他不接，就坐实了你的身份，你再怎么狡辩都没用。"左正谊严肃地说，"找代接也没用，我会判断真假，懂？"

"好好好，你打。"

纪决紧紧皱着眉，左正谊盯着手机屏幕，他就盯着左正谊。

然而，呼叫声响了半天，还是没人接。

左正谊怀疑的目光落到纪决脸上，后者一脸无辜且不屑，不屑是对他口中那个老土渣男的不屑，眼神中甚至带着几分对左正谊的嘲讽，仿佛在说："哥哥，你眼光不怎么样啊。"

左正谊哽了一下，放弃拨打。

他正准备继续质问纪决，手机忽然响了起来，是对方给他回拨过来了。

屏幕上亮起绝的头像和 ID，左正谊瞄了纪决一眼，狐疑地接通语音。

"喂？"

"左神，你找我？"

"……"

"我刚才有事在忙，你怎么打了那么多遍？"

"……"

这个声音还算好听，但非常陌生。左正谊试图从陌生中找到几分熟悉的感觉，但失败了。坦白说，他真的分辨不出来这是不是代接，他和绝只在上次火锅店里短短聊过几句，陌生也是正常的。

左正谊忍住和陌生人聊天的尴尬感，问："你在忙什么？"

对方说："你怎么突然关心起我啦？前几天都不理我呢。"

左正谊："……"好吧，这个味儿对了。

他不说话，对方便追着问："我发消息你都不回，今天突然给我打电话，是故意的吗？"

左正谊头皮一麻，还没想出该怎么回答，纪决突然按住他的手腕，夺过手机，把通话切断了。

"哥哥，"纪决用蛮力将他按到墙上，"你竟然因为一个外人怀疑我，对别人比对我好……"

左正谊伸手去够手机，但纪决飞快揣进了自己兜里。他单手撑墙，力气很大，压得左正谊一动不能动。

"你干什么？放开！"左正谊瞪大眼睛。

左正谊拼尽全身力气，踹了纪决一脚。

这一下踹得狠，正中腹部，纪决痛得闷哼一声，本能地弯了腰，但仍然不肯松开他。

左正谊试图去踹第二脚，但这回纪决有了防备，提前挡住他的腿。拉扯之间，左正谊甩开纪决，后者只来得及拉住他的一片衣角，跟着他走出几步，低声叫："哥哥，对不起。"

但左正谊听了更生气，他刚才下意识推开纪决想走，但这样走掉太像落荒而逃了，尤其纪决正默默地盯着他，如同瞄准了一只猎物。

真讨厌，左正谊一点也不喜欢这种感觉。

"你别盯着我。"他拿出打比赛时才会有的冷静，故作不在意，冷冷地瞟了纪决一眼。

纪决在他的警告下，果然收敛了几分，低头盯着地面，不再看他，半晌才开口："哥哥，我没有恶意骗过你。"

左正谊仿佛没听见。

但纪决知道他在听，说："我知道你在意什么，你对四年前那件事耿耿于怀，被我伤了心……当时我顺着你说，承认错误，什么都不解释，其实是因为不敢解释。"

"……"

"我装模作样地哄你开心，骗你，怎么可能是为了利用你呢？我只是想留住你，好过你长大后远走高飞，再也不要我。"

左正谊微微一愣。

"我知道，你从小就善良，对谁都好。可我害怕啊，万一你有了更需要你照顾的人、更亲近的人，跟我生分了，怎么办？"

"……"

"我和叔叔吵架那天，你听见了。"纪决说，"当时我们吵架就是因为他知道我做的事，我怕他跟你说，所以一时昏头说了几句气话……对不

起，我那时候确实不成熟，口无遮拦，像个浑蛋。"

"你现在也挺浑蛋的。"左正谊瞥他一眼，"那我的照片——"

"对，是我故意拍的。"

纪决抬头瞄左正谊一眼，又飞快转开视线，因心虚而不敢看他："我那个时候被鬼迷了心窍——"

"停停停，谁让你讲细节了？"左正谊想起当年那一堆触目惊心的照片，尴尬又羞恼，"你果然心理扭曲，十几岁就不要脸面！"

"对不起。"纪决摸了摸鼻子，竟然说，"我只是……害怕你离开我。"

左正谊走近捶了他一拳："你还挺自豪？想让我夸你吗？"

"没有。"

"那就别狡辩。"

"好的，哥哥。"

"……"

纪决比左正谊稍微高一点，此时垂下头，像只温驯的大狗。左正谊盯着他看了几秒，表面依旧冷静，实际上心里已经乱得捋不出头绪了。

纪决竟然对他坦白了四年前的事。

原来那些离谱的照片和恶劣的发言背后藏着这样一个秘密，事件逻辑突然变得通顺了。

当时左正谊就想不通，纪决为什么要骗他？真的一点也不在乎他吗？对他的感情只有利用？把他当作赚钱养家的工具？他无法相信，可除此以外也想不出欺骗的第二个理由。

他每每回忆起来都觉得意难平，那是他努力维护的家，可他的家人却不爱他。

现在左正谊明白了，原来不是不爱，是路线歪了……

左正谊打了个寒噤，起了一身鸡皮疙瘩。

他继续维持表面的冷静，压下自己竖起的毛，观察纪决的表情，见纪决正谨慎地低头"听候发落"，这才顺过心里的气，继续说："我对你还有感情在，我是你哥哥，纪决，长兄如父这句话你知道吧？既然四年前的误会解释清楚了，我的脾气也没那么糟，我很好说话，我愿意包容你，只要你以后不再犯，明白吗？"

纪决似乎不明白，抬起头来，问了句："那我以后怎么办？"

"什么怎么办？"左正谊瞪他一眼，一副"我都大发慈悲原谅你了，你竟然敢顶嘴"的表情。

"……"

今夜没有月亮，不知从哪里透来的光照在左正谊的脸上，半明半昧，像在他的面容上洒了一层水，光影摇摇晃晃，混淆了他的目光。

他似乎不像刚才那么生气了，但羞恼还没褪尽，冷白皮肤透着几分红，气势却仍然很足，对纪决一通指点，仿佛几句话安排好了他的后半生。

纪决沉默了一下，忍不住又抬头看左正谊。

两人视线一碰，仅仅一秒钟的静默竟然被尴尬拉长得仿佛有一个世纪那么长。

一个世纪后，纪决问："那你现在有更想照顾的人了吗？"

左正谊被问住了，他从来没想过这个问题。

是指喜欢的人吗？一个追求无上剑意的剑客需要为恋爱烦恼吗？不需要。

当然他也不是打定主意要孤独终老，他才十九岁，没想那么多。

等到十年后——十年后才二十九岁，到时再考虑这些问题也不迟吧？

"我不知道。"左正谊说，"那些有什么意思？蝎子连输两场，我劝你收收心，干点正事。"

"……"

纪决又被训了一顿，但这次他有点不服："输又不是我的问题。"

左正谊不予置评，话锋一转说："你的剑伞玩得很好，但和队友配合比个人秀更重要。我能感觉到你的风格和我的很像，但不要好的不学学坏的。"

左正谊强自镇定，讲完了符合哥哥身份的话，末了他拍了拍纪决的肩膀，展示自己的宽宏大量："你回去吧，以后不准再想那些有的没的，知道了吗？"

不等纪决回答，左正谊转身就走。

纪决却在他背后叫了一声："哥哥。"

"又怎么了？"左正谊不耐烦地回头。

　　"我只在意你。"纪决说，"除了你，我没有在乎的人了。"

　　"……"

　　"行。"左正谊揪下一片树叶丢到纪决脸上，仿佛用树叶代替爪子挠了他一下，郁闷道，"随你的便，烦人。"

第七章 珊瑚

他不潇洒，需要人陪，需要人哄，还很恋家。
以前恋潭舟岛的家，后来恋 WSND 的家。

混乱的夜晚混乱地结束了。

左正谊辞别纪决，回到基地后才后知后觉地意识到，他没把纪决的"马甲"扒下来。准确地说，经此一役，他突然不太确定绝究竟是不是纪决了。

他甚至觉得这件事已经不重要了，反正这个世界上不会再有比"我的弟弟是个超级兄控"更让他受冲击的事情，即便绝是纪决的马甲又怎样呢？纪决干出什么事他都不惊讶了。

总之，不管他俩是大号小号正主马甲，还是毫不相干的两个陌生人，都一起去冷宫里待着吧，左正谊不想理他们了。

左正谊摆着一张别人欠他两万块钱的臭脸，推开基地别墅的大门，走上二楼。

正好队友在找他，他还没走近，傅勇就叫："黛玉，你干吗去了？等你复盘呢……你脸怎么了？谁又气你了，红成这样？"

"……"

左正谊脚步一顿，下意识抿了抿唇，然后故作镇定，胡乱编了一个借

口："外面好热。"

傅勇将信将疑地瞄了他几眼，方子航听见动静也望了过来，加上金至秀和段日，四双眼睛齐齐盯着他，左正谊脸一红，飞快地上楼："我先去冲个澡，五分钟！"

他一走，队友们收回视线。过了一会儿，傅勇喃喃道："奇怪，这厮怎么鬼鬼祟祟的？"

方子航随口道："不会偷摸谈恋爱了吧？"

"跟谁谈？"傅勇在椅子上坐正，继续打游戏，按了两下键盘。

方子航白了傅勇一眼，想了想，说道："跟谁谈都行，但是可千万别跟女粉谈，这两天我吃瓜都吃出心理阴影了。"

大家正有一搭没一搭地聊着最近听来的八卦，突然听到楼上传来一个声音。

"什么瓜啊？"

这时，左正谊冲完澡下楼了。他穿着宽松的长 T 恤，头发湿漉漉的还没干透，表情有点困惑："谁跟女粉谈恋爱了？"

"CQ 战队的中单，'睡粉'被扒了。"方子航说，"他还没回应呢，估计不会承认吧，但证据都砸脸上了，'睡粉'加劈腿，承不承认也没区别。"

类似的事情左正谊听过不少，不稀奇。

从表面上看，电竞圈是由一群为梦想拼搏的热血少年组成的，但林子大了什么鸟都有，此处的梦想与名利不分家，很多人在这条路上走到一半，就忘记梦想究竟是什么了。

名利嘛，也不见得真的得到了，但心理膨胀起来，认为自己是个腕儿了。

自我感觉良好也就罢了，偏偏真有人捧场。某些涉世未深的女粉丝被他们在赛场上的姿态迷住了眼，将他们奉为偶像，心甘情愿和他们谈恋爱。

说好听点叫谈恋爱，说难听点，就是利用自己的身份光环故意欺骗粉丝感情。这种选手通常脚踏多条船，骗完不负责，方子航说，这次被扒的CQ 中单就是如此。

左正谊很无语。

每次听到这种事，他都会想起他那个出轨又不负责任的亲爹，心里无比厌恶。

现在想来，他自己对待感情问题有一个基本要求，那就是要对方对他忠贞不二，对家庭负责，绝不背叛。当然，他也会以同样的标准来要求自己。

左正谊吃别人的瓜，生自己的气，一直到复盘结束，仍然臭着脸。

WSND新赛季开局顺利，队内气氛很好。

上至战队领导和工作人员，下至选手和教练，除了他，别人都高高兴兴的。但他惯常如此，一副祖宗脾气，大家都见怪不怪。

凌晨一点的时候，傅勇打着哈欠和左正谊一起上楼，闲聊道："下周正式服就更新新版本了，都说要削弱法师，你知道吗？"

"知道啊，法师版本都这么长时间了，早就该削了。"左正谊不仅不焦虑，而且很期待，"我要玩伽蓝。"

"万一伽蓝被削弱得很惨呢？"

"那不是更好吗？她越惨，我的舞台越大。"

傅勇一口气没顺过来，把自己噎住了，半晌叹了口气道："End哥哥，我真的服了你了，你的狂妄究竟是怎么练成的？能教教我吗？"

左正谊白了他一眼："你这种菜鸡是学不会的。"

傅勇作势要动手，左正谊反手推上门，把他关在了门外。

夜静静的，左正谊没开灯，直接脱掉衣服，扑到床上。

今天彻底结束了，临到睡前，他放空大脑，在黑暗中闭上眼睛清理大脑缓存。

比赛，纪决……左正谊本来已经平静，忽然又气愤起来，后悔当时没多踹纪决几脚。

话说回来，纪决是从什么时候开始有这种心理的？他怎么一点都没察觉？是他太迟钝还是纪决隐藏得太好？

左正谊忽然想起件事。

有一年，就是十五岁那年春天，他和纪决一起去珊瑚保护区当小志愿者。

这件事说来话长，潭舟岛各大旅游胜地里最知名的就是珊瑚湾。早些年珊瑚湾没人管，导致污染严重，大片珊瑚白化死亡，后来才建立了保护区。

当时左正谊和纪决还没成年，太复杂的工作做不了，说是当志愿者，干的只是类似于发宣传单的工作，向游客宣传保护珊瑚的知识。

之所以跑来当志愿者，是因为左正谊心血来潮，说珊瑚好看，他想近距离观察一下，摸一摸。

可惜当了志愿者，也没得到亲手触摸的机会，反而学到了新知识：珊瑚很脆弱，最好不要摸，它们会受伤的。

纪决的关注点和他的不一样。

纪决吓唬他，故意拿腔拿调地说："哥哥，珊瑚是虫子哦。"

左正谊从小怕虫，见到毛毛虫就会一蹦三米远，但他是外貌协会的，反驳说："不是，不一样。"

纪决说："怎么不一样？就是虫子，珊瑚礁就是珊瑚虫的尸体堆呢。"一边说还一边伸手在他身上比画，做毛毛虫爬行状。

左正谊汗毛倒竖，佯装不害怕，骂纪决："你好扫兴，怎么一点浪漫细胞都没有？烦死了。"

纪决却说："尸体堆到底哪里浪漫啦？我和你在一起就很高兴，才不在乎外界的景色是什么样呢，反正它们都会变、都会死。这个世界上只有一种东西不会变也不会死，那就是我对哥哥的爱。"

纪决说得严肃，左正谊却觉得他是在胡言乱语，给了他一个暴栗。

纪决很会顺杆爬，立刻喊疼，说脑袋被敲肿了。

左正谊不搭理他，扭头就走。纪决立刻跟上来，紧紧牵住左正谊的手。

那时不觉得有什么，现在回想起来，"我要和哥哥永远在一起"之类的话纪决说了无数回，左正谊从没多想。

这样看来，纪决可真是从小就黏他黏得紧，果然兄控不是一天养成的。

左正谊越想越睡不着，清澈蔚蓝的海水和五彩斑斓的珊瑚礁从记忆里掠过，鱼群与海鸥伴着春风翱翔，他仿佛又回到了久别的家乡。

叔叔喝失意的闷酒，奶奶拎起书包送他上学，潭舟岛的春天结束，热闹的夏天又来了……

左正谊终于睡着了。

一觉睡到第二天早上九点，他是被敲门声吵醒的。

方子航在门外狂敲，兴奋地说："起来起来！快起来！出门看热闹去！"

左正谊坐起身抓了一把头发，茫然道："什么热闹？"

除方子航以外，外面还有傅勇的声音。这厮似乎正在吃早餐，嘴里的食物还没咽下去，含糊地说："蝎子内讧发展到真人打架了，百年难得一遇的场面，快来！"

左正谊立刻下床穿衣服，冲进卫生间里胡乱洗了把脸，还没来得及完全擦干，就被傅勇拉着往外走："哎呀，你再磨蹭会儿人家都打完了。"

"谁和谁打架啊？"

"还能有谁，Righting 和 Gang 哥呗。具体原因不清楚，但据我路过的眼线说，蝎子昨晚开会之后要求选手每天早上起床跑步，Righting 和 Gang 在外头广场上跑了两圈，不知道聊了些什么，突然就动手了。"

左正谊："……"

纪决，真有你的。

WSND 基地门外不远处有一座小喷泉，越过喷泉往前走，是电竞园的中心花园广场。

几大俱乐部基地散落在广场四周，比邻而居，平时很少往来，因为大家都没什么交情，且作为竞争对手，互相防备。

但广场是公用的，偶尔会有某个战队要求自家选手晨练或是夜跑，不为别的，只为提高选手的精神状态，锻炼自律能力，效果如何不好说，但俱乐部领导们认为此乃军事化管理手段，值得提倡。

一般来说，需要"军事化管理"的战队通常是近期状态不好的输家，锻炼的时候难免会被其他战队围观，所以中心花园广场又名"败者广场"，选手们私下管这种锻炼叫"游街示众"，都很不情愿。

WSND 也游过街，但那是很久以前的事了。自打左正谊去年调入一队，他们就很少输了。左正谊为战队带来的胜率增长惊人，这是一种数据上的直观震撼，最喜欢吹捧他的人就是 WSND 的数据分析师。

这是题外话了。

今天，游街示众的战队是蝎子。

蝎子的五个主力选手、两个替补清一色的黑色队服，在广场中间围成

一团。

有人打架，有人拉架，大老远就能听见骂街声，声音是 Gang 的：

"老子这辈子最讨厌你这种人，你装什么装！

"嫌我菜？你 AD 玩得烂还有理了啊？

"你想转位置就转位置？俱乐部是你家开的？！

"哦对，确实是你家开的，太子嘛，外人不知道你是怎么签进来的，蝎子里谁不知道啊？

"要不是走后门，你这水平还想打职业？笑死人。

"你再碰我一下试——呃！纪决！"

"……"

左正谊被灌了一耳朵污言秽语和一些听不太懂的信息。

远远一望，对面打得更激烈了。战况很清楚，纪决个子最高，打架也最熟练，几乎是把 Gang 摁在地上揍，好几个队友一起拉他，竟然都拉不住。

Gang 虽然骂得凶，但就只有这点嘴上功夫，被打得毫无还手之力。

左正谊看得直皱眉，下意识想去拉架，刚往前走两步，就被方子航眼疾手快地猛拉回来。

"哎，你可别去。"方子航吓了一跳，"他们可都是要被联盟禁赛的，如果你掺和进去也被禁赛了，周建康非得打死我不可。咱们就围观一下算了，祖宗。"

众所周知，国内所有俱乐部都要受 EPL 赛事联盟的统一管辖，这是一个官方管理机构，权力很大，管理很严格。

如果关起门在自家打架不传出去，联盟不会知道，选手面临的充其量是俱乐部内部处分。但光天化日之下公开打架，想瞒都瞒不住，禁赛处罚是跑不了的，俱乐部恐怕也会因为管理不力而被罚款。

这种浑水方子航可不敢蹚，他死死拉住左正谊，给傅勇使了个眼色。

傅勇立刻拽住左正谊的另一只手臂，奇怪道："你和 Righting 真的认识啊？这么关心他干吗？"

左正谊很无语，不得不坦白："他是我弟弟。"

傅勇和方子航大惊："什么弟弟？"

"……就是弟弟呗，什么'什么弟弟'？"左正谊懒得跟他们讲绕口令，再抬头看，对面竟然不打了，原来是蝎子俱乐部的管理人员姗姗来迟，喝止了他们。

只见 Gang 被人从地上扶起来，他被揍得不轻，站都站不稳了，脸上青了一块。倒是纪决，从头到脚完好无损，且脊背笔直英姿飒爽，看起来还能再战三百回合。

这不像是打架，更像是一场单方面殴打——比打架更恶劣。

左正谊"家长病"发作，紧紧地皱起眉。

似乎察觉到他的注视，纪决转头看了过来，看见他后微微一愣，然后立刻转开脸，心虚似的，不敢和他对视了。

没多久，蝎子的选手就被管理人员带走，围观群众也散了。

左正谊没有机会和纪决单独说话，就算有，他也不知道该说什么。

纪决虽然把四年前的误会向他解释清楚了，但当面一套背后一套的老毛病还是没改，在他面前装得像个人似的，背着他就原形毕露，上学时跟学校里的混子交朋友，打职业时暴打队友——黑社会大哥是吧？还好意思天天装可怜。

左正谊简直佩服，但他不明白，Gang 说的"走后门"是什么意思？似乎是暗指纪决靠关系才签进蝎子，然后在 AD 位打得不顺手，想转位置去打野——这是纪决和 Gang 闹矛盾的根本原因吗？

如果纪决转打野，Gang 就要被顶替，这的确是一个挺大的问题，他们互相看不顺眼可以理解。

但"走后门"太扯了吧？电竞俱乐部又不是一般公司，大家凭实力打比赛，哪能靠关系进？

退一步说，纪决有什么关系？左正谊怎么不知道？上次他说他爸妈做生意发了点财，在上海定居了，似乎还不错的样子，但这跟蝎子也没关系吧？

傅勇和方子航也在琢磨这个问题。

他们三个一起回到基地，WSND 的早饭还没结束，左正谊给自己盛了碗粥，坐在餐桌旁慢慢地喝。

方子航和傅勇在他对面玩手机，上网搜蝎子刚才打架的事。

俗话说，好事不出门，坏事传千里，不知道是谁录了打架现场的视频，

从朋友圈传到微博，又传到电竞论坛，一上午的工夫就天下皆知了。

同时传出去的还有 Gang 痛骂纪决的那番言论，电竞圈炸开了锅。

"好像闹大了。"午休的时候，方子航接着上网吃瓜，"联盟官方账号的禁赛声明已经发出来了，真快啊，以前都没见他们这么早上班过。"

"怎么罚的？"左正谊问。

"Gang 和 Righting 一起被禁赛三场，罚薪一个月，Gang 哥血亏。"方子航说，"蝎子官方也发了道歉声明，热评被冲烂了。"

傅勇嗤笑一声："不被冲才怪呢，蝎子开局二连败，队粉没给俱乐部寄刀片都不错了，他们还敢打架，丢人丢到太平洋了。"

左正谊坐在自己的座位上，一声没吭。

傅勇多少有点受虐基因，见他不说话，就上赶着找骂，故意问他："黛玉，你弟弟这么能惹事，你有何感想？"

"滚。"左正谊言简意赅。

方子航翻了会儿微博，又去翻论坛热帖，感慨道："论坛老哥真能扒，他们为了扒 Righting '走后门'的信息，把他全家都挖出来了，恐怖。"

"让我看看。"傅勇立刻凑到方子航的屏幕前，"哟，太子还是个富二代啊，住汤臣一品？真的假的？"

"瞎扯的吧，又没证据。"

"但这个好像是真的。"傅勇读帖子爆料，"'蝎子老板邓尚伟经济困难的时候，接受了纪忆集团的注资，换言之，纪忆老总纪国源是蝎子俱乐部的新股东，而纪国源疑似是纪决的亲爹'……敢情 Righting 真是太子啊？"

方子航看了一眼左正谊："黛玉，Righting 不是潭舟岛人吗？给我们讲讲呗。"

"我不知道。"左正谊开着游戏，在自定义房间里练刀，头也不抬地说，"别问我，我跟他好几年没见了，不熟。"

"你早上还关心人家呢，这会儿又不熟了。"

"真不熟。"左正谊面无表情，紧了紧耳机。

他的耳机是紫色的，相当漂亮，扣在头上将他原本就白的皮肤衬得更白。

他的眼睛也很漂亮，但眼里常常带火，或是含着冰霜，仿佛不对这个世界展露出几分脾气就不能战胜它，而他每时每刻都要当胜者，将世界踩在脚下。

因此，即使什么都不说、不做，左正谊也总带着几分轻狂的神气，像是什么都不在乎，又像是有心事却不屑于对人讲。

他只和他的键盘亲热。

"你们要八卦就去休息室里，别吵我行不行？"左正谊不耐烦道，"我不想听。"

"好吧好吧，我们也不八卦了，反正接下来舆论风向是什么样，我不用看也猜得到。"

方子航经验丰富地说："Righting少不了要挨一顿好骂，现在都已经有人骂他是毒瘤了，他们还照搬娱乐圈名词，说他是电竞圈有史以来第一位'资源咖'，让他赶紧退役回家继承家业呢。"

左正谊："……"

网上闹得沸沸扬扬，左正谊不知道纪决本人做何感想。

虽然嘴上说着不想听八卦，但当天晚上，左正谊在睡前没忍住，亲自打开微博看了一眼。

事情经过一整天的发酵，在夜里闹上了一个新的高潮。

Gang作为挨打方，且言语间表明他似乎占据道德制高点，因此没挨几句骂，电竞圈网友的大部分火力对准了纪决。

有人骂他AD玩得菜，不配接蝎子的太子位；有人骂他性格烂，比赛直播里总是摆一张死人脸，不知道的还以为队友欠他钱，毒瘤本瘤；有人骂他走后门不道德，资本家该死，仗着有几个臭钱就来祸害电竞，对电子竞技没有一点敬意。

……

电竞圈一贯以输赢论英雄，纪决被贬得一文不值，即便他的剑伞表现得很亮眼，但这不仅没成为加分项，而且还成了他在俱乐部里为所欲为的证据——他想玩什么就玩什么，霸凌打野队友。

明明犯错的是他，他竟然还动手打Gang，简直令人发指。

左正谊看得都胃疼了。

　　纪决打人当然不对，但这就是事情的真相吗？左正谊在感情上不太愿意相信纪决是这种人，可他也想不出为纪决辩解的正当理由。

　　左正谊犹豫了一下，给纪决发私信。

　　WSND、End："在？"

　　没想到，纪决几乎秒回。

　　Righting："在呢，今天好热闹啊，哥哥也在吃瓜？"

　　WSND、End："……"这兔崽子心态可真好。

　　WSND、End："加个微信吧，微博私信不方便。"

　　纪决飞快把微信账号发了过来。

　　加上之后，左正谊仔细看了一眼，他的昵称叫"决"，头像是只猫，这只猫有点眼熟，但左正谊一时没想起来在哪儿见过。

　　End："网上都在骂你，你不回应一下？"

　　决："回应什么？我编不出来啊。"

　　End："……"

　　End："意思是他们骂得对？"

　　决："虽然不全对，但一部分对。"

　　End："比如？"

　　决："我是毒瘤，还打队友。"

　　决："但我没走后门签约，我和我的暴发户亲爹没有任何关系。"

　　End："……"

　　End："我插一句，你能不能别发可怜这个表情了？再装可怜我把你头打歪噢。"

　　决："好的，哥哥。"

　　决："但我得说，我没有装可怜，他们都骂我。"

　　End："你活该，谁叫你打人的？"

　　决："是 Gang 先动手的，他还污蔑我，我能不生气吗？"

　　End："真的？"

　　决："对啊，不能因为他打不过我，就变成是我的错了吧？我是正当防卫呢。"

　　原来正当防卫是这个意思。

End："你们队到底怎么回事？"

决："没什么大事，他们孤立我呗。一开始还好，比较融洽，后来不知道他们从哪里听到谣言，认为我是走后门进来的，看我的眼光就变了，加上首战没打好，他们就觉得我是关系户。"

决："这个锅我自己得背一半吧，我不适合玩 AD，我想打野。"

End："然后呢？"

决："我跟教练讲了一下，教练让我先好好打着，再观察观察。但 Gang 很不高兴，如果我打野，他就没位置了。"

原来是这样，但左正谊有点不理解。

End："既然想玩打野，你当初为什么要去蝎子当 AD ？"

这条消息发过去，纪决不知为何沉默了两分钟。

决："可能是我时运不济吧。"

决："我不想说，等以后我再告诉你好不好？"

End："？"

决："说来话长，先不说了。"

End："？"

End："装神秘是吧？"

决："不是，我只是不好意思说。"

End："你竟然会有不好意思的时候？"

决："不光彩的惨事当然不好意思啦。"

End："啧，是谁最喜欢卖惨来着？被蚊子咬一口都要喊我打 120 呢。"

决："……"

决："哥哥，你不懂。"

决："假惨才值得卖，真惨是丢脸。不会有人愿意在重要的人面前丢脸吧？"

End："……"

End："随便你，反正我不好奇，爱说不说。"

End："你把你的秘密带进棺材里吧，886。"

决："……"

决："生气了？"

决："你还是这么爱生气。"

决："嗨？"

决："End 哥哥？"

决："左正谊？"

决："黛玉？"

决："公主殿下？"

End："我打死你。"

End："纪决，早知道你心态这么好，我才懒得管你，就让电竞圈的喷子把你骂死算了。"

决："他们骂人还没我厉害。"

End："……"

End："你们今天又开会了吗？"

决："开了，经理发了一个小时脾气，其他什么都没说。"

决："我想转位置，但不一定有机会，毕竟俱乐部也要考虑 Gang 的意愿，他的打野水平其实还不错。"

左正谊沉默了。

他完全理解蝎子管理层的犹豫，不仅要考虑 Gang，还要考虑纪决转打野之后，AD 位置给谁的问题，蝎子现在的替补 AD 未必能 Carry。

而且蝎子这个战队是真的有 ADC 情结，他们就是喜欢让 AD 选手当核心，纪决能"登基"，就说明 AD 水平不差。

他在场上打不好，可能不是技术不行，只是因为跟队友配合不好——AD 比打野更需要队友的保护。

但这是可以磨合的。左正谊能想到这一层，蝎子的管理层肯定也能想到，他们八成不愿意让纪决转位置，更倾向于让他磨合。

End："你为什么非要转打野呢？我觉得 ADC 很好玩，当 C 不好吗？"

决："哥哥，你是否在明知故问？"

End："？"

决："你是中单，我当然要打野，不能当你的野王，我的职业生涯还有什么意义？"

End："……"

End："我们又不同队。"

决："日子还长，会有机会同队的。"

End："你想来 WSND 吗？反正我不会走。"

End："算了，别总说这些有的没的了。纪决，你天天把我当目标有什么意思？我希望你是为自己打比赛，而不是是为了我。"

End："而且我不喜欢没有事业心的人，连自己的事都搞不好，还想跟着我？"

决："？"

最近电竞圈的八卦实在是多，令人目不暇接。

先是 CQ 的中单被扒，然后蝎子选手公然打架被禁赛，两场风波还没消停，又有人爆出 SP 内讧，说是 SP 的教练程肃年和 AD 选手封灿在基地门口吵架，吵得方圆五里内的邻居都听见了。

作为"邻居"之一，左正谊不知道是自己耳朵不灵光，还是八卦太离谱，反正他没听见。

紧接着又有人发帖澄清，说程肃年和封灿不是吵架，人家关系好着呢，"床头吵床尾和"，SP 基地里的其他人都习惯了，怎么还有网友大惊小怪呢？

左正谊将这个帖子从头到尾仔细阅览了一遍——以前他对这种花边八卦帖没兴趣，但最近拜纪决所赐，他对相关信息有点敏感，所以才点进去看了下。

以前他们一起上学，学校里的男女生中不乏追星族，女生们大多关注男明星，男生们大多关注女明星，会暗暗地讨论哪个女明星身材好。当时毕竟年纪小，其实大家都有点羞涩，但表面偏要装成熟，仿佛表现出害羞就会丢脸。

但纪决不追星，他谈论起女明星时的表现是真的成熟，那是一种因为内心毫无波动所以表情也没波动的真实反应，别人分享女明星照片的时候，他在偷拍左正谊。

　　每每想起这件事，左正谊就觉得，不能怪他骂纪决，纪决确实是有点太黏他。

　　左正谊也不追星，但班级里传阅女团海报和她们的热舞视频，偶尔有同学拉他一起看，有人喜欢性感姐姐，有人喜欢可爱妹妹，他们问他喜欢哪一种，他盯着她们看了半天，摇摇头，说"不知道"。

　　用择偶的眼光评判异性，是大部分人类的本能。但左正谊似乎天生缺少择偶意识，他看那些舞蹈视频的时候，看不见她们的性感身材和美丽脸庞，只看见她们跳得很专注，脸上闪耀着自信的光芒，仿佛她们是舞台的主宰，吸引全世界抬头仰望。

　　左正谊看入迷了。

　　男同学在一旁惊叹："哇，这个动作，她的腰好软啊！"

　　左正谊也惊叹："哇，这个动作她练了很久吧？一定很辛苦。"

　　当时左正谊并不明白这种关注重点的差异意味着什么。

　　总之，这仅仅是个开始，后来他的脑回路和同龄人越来越不一样，很难说他是成熟还是幼稚。

　　他喜欢特立独行的"怪人"。

　　比如，当时他们学校门外有一家旧书店，书店老板是一个七十多岁的老头儿，据说他孤独一生，无儿无女，性格很怪异，学生们都有点怕他。

　　越怕他越要编派他的恐怖故事：说他无缘无故骂人，曾经有小学生路过他的店门口，被他吓哭了；说他偷东西，书店里的书至少有一半是他从别人的书摊上偷来的；说他之所以没有老婆，是因为有暴力倾向，老婆跑了……

　　起初左正谊将信将疑，下意识绕着旧书店走。

　　后来有一阵子，班级里流行看武侠小说，左正谊从同学那里借来的套书少了一本，他遍寻不见，便想去旧书店里碰碰运气，看能不能买到。

　　左正谊鼓起勇气走进书店的大门，发现店主老头儿正在吃药。他不知道是什么药，也没敢细看。

　　书店很小，光线略暗，老头儿问他："小朋友，找什么书？"

　　左正谊说了个书名。老头儿从旧书堆积成山的书架里翻出一本递给他，竟然说："送你吧，反正卖不出去。"

左正谊有点惊讶，对方又说："还喜欢什么？你是今天的第一个顾客，随便挑，都不要钱，我要搬走了。"

左正谊顺口问："搬哪儿去？"

老头儿笑了一下——他竟然会笑，说："海林。"

海林是潭舟岛的公共墓地。左正谊愣住了，一时间没反应过来，反应过来后吓了一跳。

后来长达两个星期，他一直以为这是玩笑话，直到他发现书店大门关了，有人告诉他，那个怪老头儿死了，不知道是病死的还是自杀。

店里的书他捐给了学校，名下所有遗产也都捐给了学校，虽然不多。

周围人开始给他"平反"，说他不是怪人，不是暴力狂，不是小偷，是个外地来隐居的孤独诗人或是作家，总之是很登得上台面的身份，说出去比较有面子。

但左正谊不信。

他也不知道自己为什么不信，本能地觉得他们仍然是在编派他，大家似乎都不相信他只是一个普通人，他要么是坏人，要么是身份特殊的大好人，反正就不能是普通人。

普通人怎么可以不结婚？怎么可以没儿没女？怎么可以在一间破旧小书店里窝一辈子？他为什么这么过？

没有理由啊。

"理由"必须得让大众理解，但大众只理解他们愿意理解的、符合他们期待的。

但如果一个人一味按照大众的期待去活，还有自我吗？

左正谊翻出老头儿送给他的那本武侠小说，一口气看完了。

书中的主角是一个天赋绝伦的剑客，武功超群，但一生颠沛流离，结局也是孤独一人，除了剑术大成之外，各方面都不太行，不符合大众眼里"人生赢家"的标准。

但当时左正谊刚进入青春叛逆期，因为从小没妈，恨爹却见不着爹，他的叛逆情绪无处发泄，只好展现在逆主流上。他觉得人生赢家好俗气，他才不稀罕当，他就要当孤独的剑客，"会当凌绝顶，一览众山小"。

然后，六七十年后他也要潇洒地笑一下，就搬到墓地里去，死都死了，

还管别人怎么编派他？

反正想也知道，那些俗人说不出什么好话。

但左正谊在心里给自己立好了"人设"，实际上的他却不是这样的。

他不潇洒，需要人陪，需要人哄，还很恋家。以前恋潭舟岛的家，后来恋 WSND 的家。

只有一点他坚持下来了，那就是"练剑"。

"练剑"这件事，起自叛逆，逐渐化为志向，在左正谊的成长中具有无与伦比的正面意义。

直到今天，他仍在坚持。

他甚至有点遗憾，为什么伽蓝的武器不是剑呢？

前几天，游戏正式服版本更新，法术装备被削弱，法师英雄的整体强度掉了一个台阶，以前几乎被焊死在 Ban 位里的伽蓝，有了上场的可能。

除了法师通用装备被削，伽蓝自己还单独挨了一刀：她的技能基础伤害降低了。但挨刀的同时，她得到了一项加强：技能 CD 变短了。

这一刀加一个甜枣，伽蓝究竟是削弱还是加强，在职业圈里争议很大。

举例来说，假设一个技能的基础伤害是 1000 点，每隔 10 秒钟能释放一次，那么这 10 秒里，总伤害就是 1000 点。

如果将基础伤害从 1000 点削弱成 800 点，但同时缩短技能 CD，每隔 5 秒钟就能释放一次，那么在同样的 10 秒里能释放两次该技能，总伤害是 1600 点。

这样看，是削弱还是加强，一目了然。

这是最简单的算法，排除了其他因素的影响。但伽蓝的技能机制十分特殊，实战情况比这复杂得多，不能仅靠数值变化来衡量她的强弱。

伽蓝是一个近战法师。

从形象设定上来说，她是这款西幻背景游戏中罕见的东方美人。虽然她不是人，她是神女，宝塔的化身。这一设定使伽蓝在东亚玩家群体中备受欢迎，她在中国和韩国的人气都远超欧美等地区。

而抛开外形，从强度上来说，她曾经在中路神挡杀神、佛挡杀佛，是毫无争议的霸主，几乎可以称作是 EOH 历史上的第一法师。

所以左正谊一接触这游戏，就爱上了她。

但当时左正谊还小，先在网吧玩，后来在青训营里玩。

当左正谊正式进入 EPL 的时候，她已经被大幅度削弱了，成了一个无人问津的冷门情怀英雄。

左正谊被这份情怀支配，无论如何都要拼命练伽蓝，终于亲手把她送回了赛场，然后"用力过猛"，又把她送进了 Ban 位。

随后，法师整体加强，伽蓝在 Ban 位里就待得更稳定了。

现在新版本更新，伽蓝终于恢复成了相对正常的强度——左正谊认为正常。

伽蓝有四个技能，每个都被削了伤害，缩短 CD 的是大招。准确地说，缩短的是大招开启之后其附带的特殊效果刷新的 CD。

没玩过伽蓝的人很难理解这句话。

伽蓝的大招叫"诸法归一"，释放效果是，她落入人群之中，向周围敌人施放由法术凝成的金索，金索缠绕敌人，伽蓝可选择将缠绕变成硬控，也可选择瞬间收拢金索打一套爆发输出，还可选择第三种流派，即"金索刷新流"。

伽蓝的金索几秒钟刷新一次，即如果玩家不将其转化为硬控或者收拢爆发，金索就会自动断裂，输出为零。

但作为补偿，金索断裂的同时会随机刷新一个小技能 CD，同时释放出第二条金索，缠绕同一个敌人。

如果被刷新的小技能能够在限定时间内命中该敌人，金索就会瞬间收拢，爆发出两个技能的叠加伤害，并且刷新出第三条，无限循环……利用这种机制，顶级伽蓝能打出无比恐怖的伤害。

但伽蓝是近战法师，近战意味着她必须进入人群之中承受集火，多数情况是一被碰到就碎了，很难实现无限刷新。

这次更新的主要改动是，将伽蓝的伤害适当降低，同时将金索刷新的时间变短。这意味着，打出无限刷新的难度更高了，很可能一个走位不慎，技能衔接链就断了。

换言之玩伽蓝的风险提高，性价比又降低了，她彻底变成了一个"踩钢丝"型英雄。但好处是，如果"踩"得稳，她的输出频率就会提高，短时间内的爆发也更高。

所以新版伽蓝争议很大，有人看好，有人不看好。

左正谊没有参与那些铺天盖地的争论，他从正式服更新的那天开始练，练了十天。

十天后，比赛服更新，新版上线。

新版第一天晚上就有 WSND 的比赛。赛前预热的时候，电竞圈的每一个角落都在热议左正谊今天会不会玩伽蓝。

大部分人认为，WSND 暂列 EPL 积分榜第一，他们为守住榜首的位置，应该会先观望一下，不会在第一天就冒险。

但左正谊这个人似乎是天生为冒险而生，他根本没有任何犹豫——不仅在第一天，而且在第一局的第一个 Pick 位，就锁定了伽蓝。

"我要玩这个。"在郑茂的死亡注视下，左正谊说，"输了算我的。"

四

《英魂之歌》在中国赛区每年有两项重大赛事，一是 EPL，二是"神月祭司全民角逐冠军杯"，简称"冠军杯""月亮杯"。

EPL 是最具含金量的顶级联赛，每年九月开赛，到次年的五六月结束，以全年总积分定排名。

冠军杯则是一项杯赛，赛程阶段分为预选赛、小组赛、淘汰赛和决赛。

它和 EPL 几乎同步开赛，但 EPL 的十六支战队有直接进入小组赛的资格，无须参加预选赛。

也就是说，每年赛季初期，WSND 是单线作战，只打 EPL。到了赛季中后期，就要双线作战，同时打 EPL 和冠军杯，那时的赛程会比较密集，战队压力变大，EPL 总积分排行榜上的变数也会增多。

所以，有远见的战队不会自满于初期的顺利，毕竟赛季漫长，后面什么事都有可能发生。

周建康就是这么教育左正谊的。

今天比赛开始之前，他似乎预感到了什么，特地对左正谊说："九月还没过完呢，我们才打了三场，戒骄戒躁，继续保持。"

"放心，我心里有数。"

左正谊答应得很爽快，但一上场，他就把周经理的告诫当成耳旁风，自顾自地选了伽蓝。

周建康在台下气得跳脚。

郑茂也很无语，他在左正谊身后叹了口气，说："行吧，反正新版出了，早晚也得试试。"

左正谊心情愉快，他盯着屏幕里的伽蓝，开始给她选皮肤。

算上原来的，伽蓝有八款皮肤，从古代到现代，从东方到西方，什么风格都有，堪称卖皮肤大户。

左正谊有个愿望，想给她打一套冠军皮肤。可惜只有世界冠军才能得到这项殊荣，上个赛季差了一点，他的伽蓝没能在洛杉矶登顶。

但没关系。

左正谊已经完全振作起来了，当伽蓝重新出现在他的屏幕里，他全身的细胞都被唤醒，今天状态好得不得了。他甚至哼着歌，情不自禁地伸了个懒腰。

这一动作立刻被摄像机捕捉，通过直播画面传向四面八方。

两个解说正在分析"WSND 冒险选伽蓝的胜率有多高"，见状忍不住感慨："左神好像一点都不紧张啊，拿到本命英雄就是不一样，自信。"

"但郑教练的表情很凝重。"

摄像机转向台下。

"爹队高层的表情也很凝重。"

Ban & Pick 还没结束，直播画面做了分屏，屏幕两边是出战英雄，中间是比赛现场的实景镜头。

今天和 WSND 对战的是 XYZ 战队，一个知名"打架队"。

导播将两队选手和台下领导拍了一遍，忽然镜头一转，拍到了观众席里的纪决。

今天第二场有蝎子的比赛，纪决随队来到了场馆，但他的三场禁赛还没结束，上不了场，只能坐在台下当观众。

他面无表情的脸出现在特写里，现场一阵骚动。解说适时地将话题引到他身上，提了几句他被禁赛的事。

听到解说提到他的名字，纪决的表情仍然没有一丝波动。最近他是电

竞圈的流量密码——出现就会被骂的那种。

导播不知抱着什么心理，拍了他好半天，将近半分钟才恋恋不舍地切走镜头。

左正谊在台上比赛，看不见直播画面。

最近他和纪决几乎没怎么联系，他废寝忘食地练习伽蓝，很忙。纪决虽然打不了比赛，但新版本一出，训练强度肯定要加大，也忙。

两个忙人总共只发了几条微信，都是口水话，"早安""晚安""吃了吗"，说了和没说一样。

值得一提的是，新版本削弱了法师，刺客和战士却得到了加强，看起来像是一个打野强势的版本，要想提高胜算，应该适当地将资源倾斜给打野位。

但 WSND 是不会这么做的，左正谊永远是绝对核心。

核心当惯了也有坏处，比如说，左正谊的指挥水平相较于他刚进入 EPL 的时候似乎有点下降了。以前他以冷静和大局观好出名，现在他的"大局观"逐渐变成了"我来指挥你们怎样更好地为我服务"，队友越来越像他的工具人。

但同时他的 Carry 能力也越来越强，WSND 开赛三连胜，一个小局都没输，左正谊把把 MVP，状态好得令人发指。

今天是赛季第四场，也一样。

他给伽蓝选用了一身春节限定皮肤，来自东方的神女一袭红衣，长发飞扬，在中路为所欲为，压着对面的法师风皇暴揍。

风皇是一个 Poke（远程消耗）流法师，远程炮台，攻击距离极长，擅长打消耗战，不擅长近身 Solo。

按理说，这样的英雄其实很克伽蓝，伽蓝是近战法师，只要拉开距离，让她摸不到就行了。

但谁都想不到，左正谊今天手感格外好，状态也格外疯癫，伽蓝刚升上六级，大招技能一亮起来，他就毫不犹豫，连兵线都不顾，第一时间开大跳到了风皇的脸上。

XYZ 的中单被吓了一跳，迅速退回防御塔下，伽蓝牵着金索紧追上来。

解说也吓了一跳：

"不会吧？风皇的血量很健康，有必要越塔强杀吗？"

"End，做人不要杀气太重。"

"杀不掉的，可能只是战术恐吓。"

"那不就更没必要了？跟左正谊对线有人不害怕吗？还需要恐吓？"

"伽蓝刷起来了！"

"一断、二断、三断……新版金索真是让人眼花缭乱，但塔伤太痛了扛不住，伽蓝退回来——"解说话音一顿，"她又上了！"

直播大屏幕里，红衣伽蓝几乎被金索的光芒淹没，为躲防御塔的伤害，她残血退到塔外，无限刷新链断了。

同样被她一套技能打成残血的风皇见状上前一步，试图用远程 Poke 把她点死，完成反杀。

就在风皇站在原地放技能的时候，伽蓝忽然一个闪现再次进塔，小技能特效一闪，风皇当场丧命。

现场爆发出一阵尖叫，伽蓝扭头就走，长发在半空中划出一道残影，她撤得极快，但塔伤紧随而至，她被击中——没死！

伽蓝只剩三点血，但没死！

"教科书级的单杀！"

"就剩个血皮了，好走运啊。"

"这不是走运，是伤害计算，左正谊上学时的数学成绩肯定特别好。"

"确实，他一直很会算，上次玩雪灯也是。"

"算伤害，算血量，算技能 CD，算野怪刷新时间，算兵线推进速度……他的脑子怎么长的？每当我以为他上头了冲动了，他就冷静地告诉我：没冲动，他还在计算。"

"不愧是诸葛黛玉。"

"……我劝你谨言慎行。"

"哈哈，开玩笑的。"

左正谊本人上没上头不好说，但看他打比赛，解说和观众很容易上头。

今天这两个解说仿佛是左正谊几十年老粉丝，一点也不怕引发口水战，肆无忌惮地吹了起来。被他们一带节奏，网络直播间里吹得更凶。

但这一切对比赛中的左正谊产生不了任何影响，他回到自家防御塔下

吃了一个血包，稍微恢复了一点血量，把兵线清理干净，然后回城。

这是一个开始。

接下来一整场，几乎是他的个人秀。

单杀——

法师、刺客、射手，遇到谁他就单杀谁。

新版伽蓝似乎是为他量身定制的，但他并不一味追求金索的无限循环，他会配合适当的控制，将敌人捏得更死。虽然这样打操作手法会变得更复杂，但他的大脑仿佛一直不会出错。

开团——

伽蓝是个先手英雄，左正谊总是能在最恰当的时机和最合适的地点开启团战。先进场输出，中间交给队友，再进场收割，WSND 三波团就推上了高地。

运营——

整整一局，XYZ 试图避战发育，但 WSND 对兵线和野区资源的处理不露一丝破绽，像是用网兜束住了他们，一点点收紧勒口，直到水晶爆炸。

……

今天的 WSND，准确地说，是今天的左正谊，他给人一种激进到极致反而稳得不行的感觉。

现场粉丝摇旗呐喊，解说口不择言：

"如果这个状态保持下去，我觉得爹队要夺冠了。"

"确实，冠军相显露出来了。"

"主要是我不知道怎么输，你说他怎么输？他又能打又能指挥，脑子好像是计算机。"

"我建议所有战队，以后如果要打爹队，还是把伽蓝 Ban 了吧，然后再谈战术。"

"恭喜 WSND，暂时 1：0 领先！"

第一局结束，左正谊摘掉耳机，和队友一起下场。他没想到赢得这么顺利——可能也不是一点都没想到，但他的发挥超出了自己的预期。

现场的助威声在中场休息时也不停，他们高喊左正谊的名字，那是一种任谁听了都要被撼动的激情。

　　台上台下、网上网下的风光尽数汇聚于他一身，左正谊舒展了一下手指，一边往休息室走一边低声说："我觉得我有点膨胀了。"

　　傅勇翻了个白眼："才发现啊？你明明一直很膨胀。"

　　"不，今天格外膨胀。"左正谊把自己的袖子递给他，一脸假慌张，"菜勇，快拉住我，我要飘起来了。"

　　傅勇假装呕血："别卖萌，恶心心。"

　　左正谊收起拙劣的演技，恶狠狠地踹了他一脚。在傅勇的哀号声里，WSND 全队进了休息室。

　　然而，大门一关，意想不到的冷水突然朝左正谊泼了下来。

　　郑茂说："正谊，下局你休息一下吧，让替补上。"

　　左正谊脸上冒出一个问号。郑茂轻咳一声："是周经理的意思，他让你陪他在台下看一局，有话要跟你聊。"

　　左正谊："……"

　　周建康没病吧？什么话不能回基地聊，干吗不让他上场？

第八章　责任

　　"每个看过你比赛的人，都会为你热血澎湃，我也会。但你知道吗？我的血越热，就越害怕。"

　　任谁在最开心的时候被兜头浇一盆冷水，都会觉得扫兴至极。左正谊气得差点冒烟儿，愤怒道："我表现这么好，凭什么不能上场？"

　　郑茂一脸虚假的沉痛，装模作样地叹了口气："唉，你知道我说了不算。你去问周经理吧，他说不能上场，就是不能上场。"

　　左正谊两眼冒火，猛地一摔门，跑前台替补席上坐着去了。

　　周建康正在等他。

　　周建康今年三十六岁，比左正谊早出生整整十七年，差不多能当他爹。

　　如果说 WSND 是左正谊的半个家，那么周建康确实也算得上是他的半个爹，左正谊十五岁那年，是周建康亲自跑到潭舟岛，把他接来上海的。

　　在那之后，他们并不经常见面，但只要见到，总会好好聊几句。周建康会问他最近状态怎么样、打得好不好，还告诉他，遇到困难可以找自己，然后鼓励他加油。

　　这让左正谊一度以为，周建康是个好脾气的领导。

　　后来才知道，其实周建康的脾气很暴，之所以只对他和颜悦色，是因

为他们第一次见面那天，他当着周建康的面哭了八个小时，硬生生把周建康哭心软了，从此化身为"慈父"，不忍心对他说重话。

后来，左正谊调入一队，他们开始频繁接触，周建康也变得严格了。

但这种严格里带几分"刀子嘴豆腐心"的意味，以至于左正谊根本不怕他，跟他顶嘴是家常便饭，偶尔被骂烦了，还会反过来"教训"他几句，说他不懂游戏不懂中单，整天站在领导的角度瞎指点，真烦人。

周建康每每被气得要死，又毫无办法。

毕竟，左正谊的 Carry 程度足以令任何一个质疑他的人闭嘴，黑粉骂不动，领导也没话说。

但领导最擅长的就是没事儿找事儿，左正谊心想，周建康怕不是更年期了吧？就算对他冒险选伽蓝的举动不满意，也应该打完比赛回基地开会时再说啊，比赛打到一半禁止他上场，发的是什么疯？

左正谊在一队待了一年多，除非生病，可从来没替补过。

他不仅是中单，还是指挥，指挥怎么能不上场？

左正谊黑着脸，到周建康身边坐下。

这是位于主舞台下方的观赛区，和普通观众席在同一侧，中间略有间隔，坐的都是官方工作人员，属于 VIP 观战区域。

但没有选手喜欢坐在这里。

在这个角度看比赛，是左正谊有生以来第一回。

"你没事吧？"左正谊毫不客气，阴阳怪气地对周建康说，"有事就喝点中药调理一下。"

第二局比赛还没开始，主舞台的大屏幕上正在播放他上一局的精彩操作集锦。他欣赏自己的同时，越发觉得周建康脑子有病。

仿佛预料到他会有这种反应，周建康没被他的出言不逊激怒，反而问："不高兴了？"

左正谊冷哼一声，不回答。

周建康说："知道我为什么要让你下场吗？"

"知道啊。"左正谊说，"领导对我不满意，就要整治我呗。"

"你知道个屁，兔崽子。"周建康白了他一眼。

左正谊噎了下，不服气道："不然呢？还有什么理由？你说你说你说，我洗耳恭听。"

他伸出双手做"请"的姿势，一脸假恭敬，实际上像一只炸了毛的凶凶猫，已经弓起身体准备战斗，但凡周建康哪句让他不顺心，他就会一爪子呼上去，把周建康挠个满脸花。

周建康却没训他，叹了口气，出乎他意料地说："正谊，我看着你长大的，太了解你了。可你根本不理解我。"

"我怎么不理解你了？别搞那套'领导也很难当，领导也有苦衷'的话术好吧？无聊。"左正谊往椅背上用力一靠，打了个哈欠。

周建康难得地没被他三句话气出火，心平气和地说："上一局你的伽蓝玩得很好，全场沸腾，我坐在这里被观众的呐喊声震得耳朵都快聋了。"

左正谊轻哼了声。

周建康不管他什么反应，自顾自地说："每个看过你比赛的人，都会为你热血澎湃，我也会。但你知道吗？我的血越热，就越害怕。"

左正谊没听懂，疑惑地望了他一眼。

周建康才三十多岁，竟然捏着一副七老八十的感叹腔调说："电竞圈所谓的天才不少，但你这种水平的不知道多少年才出一个，至少前十几年我没见过。能拥有你是 WSND 的幸运，但这种幸运也是压力，我每天都提心吊胆，怕没养好你，一不小心'伤仲永'。"

左正谊愣怔了一下，低声说："倒也不必。"

"怎么不必？你现在根本不服管教，谁的话都不听，偏偏又能赢，我想敲打你都找不到机会。上回因为雪灯的事跟你谈了几句，以为你至少能收敛几天，没想到今天你还变本加厉了，把我的话当耳旁风是吧？"

"但我赢了啊。"

"你能一直赢？"

"能啊。"左正谊昂起头，"为什么不能？"

周建康被堵了一下，气道："盲目的自信是自大！你怎么连这个道理都不懂了？膨胀要不得，左正谊！"

主舞台上灯光变幻，第二局比赛已经开始了。

左正谊的替补中单叫小林，年纪比他还小，是 WSND 最稳定的"饮水机管理员"，今天临时被安排上场，明显很紧张，操作不太流畅。

也不知道指挥是谁。左正谊盯着大屏幕，不吭声。

周建康很快又消气了，继续唉声叹气。

"说出来你可能不信，我现在看重你甚至胜过俱乐部。"他说，"我们战队可能会输，但不管输几场，总有机会赢回来，永远能'再来一年'。但你的职业生涯只有一次。你今年十九岁，明年二十岁，后年就二十一岁了……你能打到二十几？二十一岁的时候，你还能保持今天这样的巅峰状态吗？不可能，不管是谁，巅峰总是短暂的。"

"……"

"你还可能会有伤病，伤病会加快状态下滑，但即使有伤病，状态不好，你也得继续打比赛。那时候你准备怎么打？继续选非主流英雄？越塔强杀？不顾队友一打五？"

周建康的脸渐渐沉了下来，左正谊的光环几乎能照亮整个电竞圈，他本该高兴，可他却因此深感惶恐。

"你是罕见的天才。"周建康说，"我不想看你沦为普通人，你应该保持特殊性，一直远走，让'左正谊'成为电子竞技历史上最光辉的名字。"

周建康转头看了他一眼，说："这才刚刚开始，要膨胀，太早了。"

左正谊说不出话。

比赛现场太吵，游戏的声音、解说的声音、观众的声音……混在一起，潮水般钻进他的耳朵里，本该盖过周建康的话，但一个字也没盖住。

左正谊都听见了，都听清了。

但他的确是"不服管教"，即使周建康这样明贬暗褒地捧着他训话，他也觉得逆耳。

为什么非要训他呢？还非要把他摁在冷板凳上，他不是不讲道理的人，回基地好好说话他也听得懂。

左正谊心里别扭极了，他自认没做错任何事，只是稍微犯了点小毛病而已，周建康却像天塌了一样——至于吗？

烦死了。

左正谊盯着直播大屏幕，仍然一声不吭。

周建康也在看。

这局失去核心和指挥之后，WSND 打得不好，乱，没节奏，没配合，五个选手连着犯低级失误。

随着场上劣势越来越明显，周建康的眉头也越皱越深。XYZ推上WSND的高地时，他的脸都快急变形了。

左正谊瞥见这一幕，好似终于找到出气口，拐弯抹角道："你刚才说得很有道理，我都听进去了。但如果我在场上，今天就2：0了噢。"

他满脸写着"这是你的错"，周建康不以为忤，反而顺着他说："是啊，你不在就赢不了。"

左正谊还没来得及得意，周建康又说："就因为没有你赢不了，所以你得对WSND负责，你要带着我们战队往前走，正谊。"

左正谊微微一愣，周建康指着屏幕说："看，傅勇被抓了，他这种失误不是第一次了吧？他总是打得很放松，不知道为什么不紧张。你觉得他菜吗？"

"还好吧，偶尔有失误也正常。"左正谊诚心诚意地评价。

周建康点点头，等镜头切到方子航的时候，他说："这局这么逆风，打野要背大锅吧？以前方子航打野很厉害，节奏特好，不知道从什么时候开始，他就越来越找不着自己的节奏了，只会随叫随到，跟着你跑，大脑跟退化了似的。"

左正谊哽了一下。

周建康又说："金至秀可是韩国来的FMVP，现在被网友叫'三流AD'，幸亏他中文不好，不爱上网，否则早就心态崩了。段日——"

"好了，别说了。"左正谊打断他，"你烦不烦啊，看个比赛话这么多，你怎么不去直播间里当喷子……"

虽然还在嘴硬，但左正谊的声音明显低了下来，下巴也低了，蔫头耷脑，耳根微微发红。

"唉。"周建康又叹了口气，"你要长大，正谊。以后不能不把队友放在眼里，还把他们都带坏了，养出一堆坏习惯。"

"我又不是故意的。"

"认识到错误就好。"

周建康深知这个祖宗吃软不吃硬，只能顺毛撸，便换了口吻，柔声细气地说："我们依赖你，你得一直保护WSND，好吗？"

"好好好，知道了！"

浇透左正谊的冷水终于从他身上蒸发，化成热气，渗入滚烫的皮肤，融成血液。

他想，他的确是要保护 WSND 的，"W"字旗帜扛在他肩上，他就必须要扛得住、走得稳，才能抵达更远的地方。

……

左正谊坐了一场冷板凳，场上比分被扳成 1：1。

第三局，他又上场了，WSND 最终 2：1 获胜。

可能是因为在左正谊这里取得了破天荒的"胜利"，周建康的心情格外好，他竟然在赛后自掏腰包，请全队吃火锅。

左正谊和傅勇坐在一起，命令后者给他剥虾。

傅勇骂骂咧咧地剥了半盘，终于受不了了，和金至秀交换座位，摆脱魔爪。金至秀倒是挺乐意伺候左正谊，主动把剩下的半盘剥了，问他："你在，和谁，聊天？"

左正谊说："一个网友。"

是绝。

最近这些天，左正谊和绝一直没联系，毕竟他忙。

当然忙不是全部理由，主要原因是，左正谊确定不了他到底是不是纪决的马甲。要说是吧，又怕冤枉了他，莫名其妙质问一个无辜网友，对人家有点不尊重。要说不是吧，左正谊仍然心怀警惕，不太放心。

这导致左正谊彻底丧失了和他聊天的兴趣。恰好绝也不主动发消息，左正谊便顺水推舟，算是和他断交了。

没想到，断交十几天，绝刚刚突然"诈尸"了。

绝："Hi，在忙吗？我刚才看你的比赛了。"

左正谊吃着队友剥好的虾，消息回得很随意，说"吃饭呢"。

绝："第二局你为什么没上？跟教练闹矛盾了吗？"

End："没，一点小事。"

绝："那就好，有点担心你。"

End："没事，谢谢。"

绝："好客气哦，你最近都不理我了。"

End：" 。"

End："你也没理我呀。"

绝："你没给我发消息我怎么理你呀？"

End："你也没给我发消息啊。"

绝：" 。"

绝："嘻，开玩笑的。最近我很忙，回老家了。"

End："回老家？"

绝："嗯，不搞电子竞技了，我想开了，把游戏当爱好就挺好，不一定非要打职业，我没有那么强的竞技心，所以听父母的话回老家先把书读完。"

End："哦……"

End："祝你学业顺利。"除此之外左正谊不知道还能说什么。

但提到读书他就感觉有点遗憾，当年他上学的时候成绩特别好，全校第一，持续稳定，后来决定来上海打比赛，就不得不中断学业。

可能人生就是这样难两全，不知道以后还有没有机会弥补遗憾。

绝："那你吃饭吧，我去看书了。"

绝："对了，以后我不能经常陪你打游戏了噢，别太想我。"

End："没关系，陪我的人很多。"

绝：" 。"

绝："意思是我在你的生命里一点都不重要？"

End："别油腔滑调了，好像我对你有多重要似的。"

绝："当然，你可是我唯一的 Princess。"

End："哦。"

绝："你好冷淡。"

绝："你是不是有了别的狗？"

End："是的，你可以退下了。"

End："886。"

绝："好吧，886。"

放下手机，左正谊继续吃东西。

金至秀一直在旁边看着他，见他聊完了，有点好奇地问："什么，网友？你在，网恋，吗？"

"没。"左正谊说，"是一个可疑的人。"

"可疑？"

"嗯，我之前怀疑他是……一个我认识的人的小号，但没有证据。"

金至秀虽然说话不利索，但听的能力相当不错，完全理解了并且很会抓重点，问左正谊："认识，的人，是谁？"

左正谊："……"

糟糕，一不小心把自己的八卦泄露给队友了。都怪金至秀长得太人畜无害，性格也和善，比傅勇和方子航让人放心。

左正谊立刻住口，把餐盘里的虾分给金至秀几只："你也吃。"

他转移话题说："刚才老周找我聊了很多，聊完我也反思了一下，我们最近一直赢，但隐藏问题不少，等会儿回基地，叫上他们三个，我们私下开个小会吧。"

"开小会？"

"嗯，就我们几个，不让郑茂和老周听。"左正谊想了想，坦白说，"我想和你们谈谈心。"

这真是罕见。左正谊跟队友们的关系一直还算不错，但要说谈心，真是从来没有过。

金至秀没意见，点头表示都听他的。

待到吃饱喝足，一群人同乘战队大巴回基地。

左正谊有点犯困，忍着没睡，在最后一排的座位上戴耳机听歌。

听了几首，他忽然想起件事来，打开微博搜战报——今天的第二场比赛是蝎子对战 KI，不知结果如何，他觉得八成是蝎子输。

一是因为 KI 是强队；二是因为，蝎子的主力被禁赛了两个。战队上下一片焦头烂额，最近确实不好过。

果然，战报显示，蝎子不仅输了，还输了个 0：2，在积分榜上已经排倒数了。左正谊深表同情，刚想给纪决发一句慰问的话，后者的消息就先发过来了。

决："哥哥，我和你的距离，就像积分榜上蝎子和 WSND 的距离那么远。"

End："……"

End："你还有心情开玩笑啊。"

这会儿比赛刚结束，纪决八成也在回基地的路上。

决："当然，他们输又不是我输。"

End："你的团队精神呢？"

决："让我打野我就有团队精神。"

End："你最近训练练的是什么？"

决："AD。"

决："教练还是希望我玩 AD，Gang 打野。"

End："……"

纪决发了一张绝望的表情包。

End："那你怎么办？"

决："先这样吧，我和蝎子的合同不长，如果下个赛季能走，我立刻就跑路。"

决："不过，我现在名声这么差，可能没有俱乐部想要我吧。"

决："连你的粉丝都骂我。"

End："……"

End："真的假的？"

决："真的，你没看到？"

纪决立刻发过来一个微博链接。左正谊打开一看，博主竟然是个熟人，ID 叫"正谊不怕乌云"，头像是伽蓝的同人图，她是左正谊粉丝中较为知名的一个，俗称"大粉"。

能成为大粉：一是因为她很擅长组织线下活动，跟 WSND 官方联系过；二是因为文采斐然，经常写表面理智客观实则疯狂吹捧左正谊的小作文，深受广大左粉喜爱；三是因为她长得很漂亮。总之，招人喜欢。

这么知名的粉丝，左正谊当然知道她，但也只停留在"知道"的阶段，没私下联系过。

纪决发来的链接，是这位乌云妹妹昨天发布的微博：

> 为什么总有人把正谊和那个谁扯到一起说？潭舟岛那么大，不见得认识吧。ID有关联又怎么啦？我现在改名叫Lefting，是不是也能说明我和左正谊有关系？况且人家是太子，资本家，正谊只是一个普通小选手，别带莫名其妙的节奏，各玩各的，不熟。竟然还有左粉嗑CP，你自己不觉得很阴间吗？好好看比赛吧，他们不是男明星。

左正谊："……"

如果没记错，乌云的性格一直比较温和，不会像电竞圈其他粉丝那样整天骂来骂去，对WSND以外的俱乐部和选手也比较友好。她竟然会发这种微博，看来是真的很不喜欢纪决了。

决："看到了吧，哥哥，你粉丝好嫌弃我。"

决："我原来以为，不论别人怎么骂，我都不会破防。"

决："直到他们说我配不上你。"

End："……"

End："那么有没有一种可能，也许他们说的是对的呢？"

决："……"

End："粉丝是这样的，你别再刷这些了，即使不怕被骂，经常看负面消息也影响心情。"

End："继续练吧，虽然现在蝎子的状况不乐观，但只要练，你总会有出路的，纪决。"

左正谊难得给几句真心实意的劝慰，不知纪决看了怎么想。

过了一会儿，他发新消息来。

决："嗯，我知道。"

决："对了，国庆节纪国洋来上海玩，想见见我们，一起吃个饭，你能抽出空吗？"

左正谊在家乡只有两个亲人，一是弟弟纪决，二是叔叔纪国洋。

由于早些年纪国洋嗜酒，总是醉醺醺的，鲜少有清醒的时候，左正谊和他之间仿佛隔着一层纱，很难交心。

但他们毕竟是家人，日常居住在一起，也有过快乐的时候。

左正谊还记得，他和纪决上小学时跟人打架，被一群高年级学生欺负，纪国洋拎着酒瓶子吓走那群混混学生，把他俩从墙角解救出来，然后一手牵一个，带他们回家。

当时左正谊觉得叔叔高大极了，像个英雄。

但纪国洋大多数时候不是这样的，他整日迷迷糊糊的，不修边幅，甚至有点窝囊。

左正谊小时候不明白他为何如此，长大后听邻居说，他年轻时也曾上进过。潭舟岛本地年轻人大多外出打工，纪国洋是其中的一个，他结了婚后，去外地务工一年，回家后发现妻子出轨，抛下他跟别人远走高飞了。

他受了不小的打击，丧失斗志，第二年便不想再出门去工作了。

蹉跎了一阵子，就养成了好吃懒做的恶习，后来靠祖宅外租勉强糊口，就这样稀里糊涂地活了下去。

这样的堕落，不能都归罪于情伤。情伤充其量只是一个诱因，这么多年过去，纪国洋还记得当年的妻子长什么模样吗？恐怕不记得了。

但不管因为什么，人类好像总是这么脆弱，很容易一蹶不振，从此陷入得过且过的惯性里，用酒精麻痹自己，掩住耳朵，闭上眼睛，直到有人将他唤醒。

唤醒纪国洋的人来得有点晚，但总归是来了。

纪决说，他这次来上海说是旅游，其实就是专门来见他们的。纪国洋准备再婚了，新对象和他一样，是一个离过婚的阿姨，有个读高中的女儿，女儿同意她再婚，并且不嫌弃纪国洋，他迎来了生命的第二春。

"他来上海，是因为除了你我没别的亲人。"纪决用微信语音说，"哦对了，还有我爸妈，所以到时候吃饭可能我爸妈也会在。他、他老婆、我

爸妈、你、我，总共六个人。"

左正谊："……"顿时不想去了。

按纪决的说法，纪国洋是因为要把新婚妻子介绍给自己家人，才选择来上海游玩。左正谊作为他家人中的一分子，不能缺席。

但分开四年多，左正谊觉得自己已经离那个家很遥远了，况且他以前和纪国洋也没多亲，再加上从没见过的纪决父母……

当年他走得干脆，没细想。现在回头一看，突然觉得家庭关系变得复杂了起来。

说到这个他忍不住佩服纪决，这厮从来不知道尴尬两个字怎么写，肆无忌惮，无法无天，脸皮超厚。

算了，左正谊终归还是念旧，纪国洋再婚邀请他吃饭，他嘴上说着麻烦又尴尬，其实心里是高兴的。他甚至怀疑自己有点缺爱，总要被家人爱着，才能感到生活的温度。

左正谊的心情更好了。

这种好心情一直持续到国庆节。

国庆节有法定假日，但电竞行业不放假，赛程照常推进，WSND 也照常训练。

就在九月的最后一天，左正谊拉着队友悄悄开了个小会。正如他对金至秀所说，这件事瞒着周建康和郑茂，只有他们五个知道。

左正谊开会的目的很简单。他觉得，既然周建康能看出他的膨胀，队友恐怕也能。虽然他并不觉得自己有那么膨胀，哎呀，姑且就当周建康说得对吧。

所以他想和队友沟通沟通，打探一下别人对他的看法。

开会地点是二楼休息室。左正谊把门一关，让四个队友并排坐在沙发上，他自己拉了张椅子，倒放着坐，怀里还抱着一个抱枕，懒洋洋地趴在椅背上说："大家别紧张，我没有大事，就是和你们聊聊天。"

"神经病吧你。"傅勇先开口，"有话快说，有屁快放，别故弄玄虚。"

左正谊抄起抱枕砸过去："你能不能别老跟我唱反调？"

"我是在配合你好不好？"

"那我谢谢你。"左正谊叹了口气，感觉有点难以开口，"其实，我是想跟你们做一下自我检讨——喂，你那是什么表情？有那么惊讶吗？"

他瞪傅勇一眼，缩了缩发烫的耳朵，一本正经地说："哎，跟周建康聊完之后，我决定重新做人了。他说得对，我们是一个团队，应该发挥出团队的威力，不能只靠我一个人 Carry……虽然这也不是我的错，谁叫我这么厉害呢——菜勇，你还笑？就你态度最不端正！"

"我怎么了？"傅勇梗着脖子不承认。

左正谊道："你说你怎么了？如果菜是犯罪，你已经被枪毙一万次了，还敢顶嘴？你知道周建康怎么说你吗？他说你打游戏太放松，不认真，不出力，是个典型的混子。"

"……我才没有。"傅勇的声音低了几度，显然有点心虚。

左正谊继续说："不过呢，说到底是我不对，我的打法太独，一定程度上挤占了你们的发挥空间。以后我会注意的。你们对我有意见也可以直接提，不管场上场下，我会听的噢。"

傅勇瞥他一眼："真的可以提？我怀疑你在钓鱼执法。"

"胡说八道。"左正谊懒得再跟他废话，转头看其他人。

其他人的态度比傅勇正经多了，尤其是段日，他听得格外认真，但他也是最难交流的，一是因为他性格内向，二是因为他一贯最听左正谊的话，没有任何意见，只会当小跟班，问了也没用。

左正谊无奈，看向金至秀。

金至秀面前摆着一盘切好的菠萝，他正在拿牙签扎着吃，笑眯眯的，似乎不想插嘴。可能是因为他的中文水平也不足以让他插嘴，总之，在左正谊长久的注视下，他被迫发表意见，只说了一句："我觉得，你，挺好的。"

左正谊："……"

算了。

只剩方子航。方子航是个比傅勇还油的老油条，左正谊讲了半天，他表面听着，其实一直在忙着玩手机游戏。

"为什么要提意见啊？我们又没输。"方子航头也不抬地说，"等输了再反思也不迟啊。况且我对你能有什么意见？硬要说的话，你能不能把蓝 Buff 分我几个？"

"好啊。"左正谊一口答应。

方子航很诧异，终于忍不住抬头看他："我去，你被魂穿了吧？"说好的蓝 Buff 比老婆还重要呢？

"我都说了，我要重新做人。"左正谊严肃地说，"以后我会以团队为重，也照顾你们的游戏体验，把不良习惯改正——你们也一样，一起好好打，OK？"

"好吧。"

"知道啦。"

"OKOK。"

"听你的。"

得到一片应和声，左正谊很满意，虽说实际效果还需要靠实战来检验。

他起身走到沙发前，和四个队友挨个击掌："我相信你们啊，兄弟们，以后都拿出自己的最高水平。"

就这样，WSND 第一届"中单自我检讨及团队动员大会"圆满落下帷幕，左正谊心情愉快地跟周建康请了十月二号的假，准备去赴纪国洋的约。

因私事请假不太容易，周建康只给了他半天假，即二号的一下午加一晚上，第二天得回基地训练。但足够了，吃顿饭而已，不需要那么久。

时间一到，左正谊就换好衣服，出门去找纪决。他们约在电竞园的大门口见，左正谊还没走到，远远就望见一个熟悉的身影。

纪决今天穿了一身白，衬衫领口系得不严，露出里面一条若隐若现的戒指吊坠，左正谊觉得眼熟，不由得多看了两眼。

纪决说："你送我的。"

左正谊不记得了："我什么时候送过你这个？"

"很久很久以前。"

纪决早就叫好了车，亲手帮左正谊打开车门，趁他坐进后座的时候，俯身靠近说："不记得算了，哥哥最好把以前的事都忘了，我们重新开始。"

"开始你个头。"左正谊挥了挥拳头，作势要打他。

纪决坐进后座，抬手挡住左正谊的拳，把他的手紧攥着不放。

左正谊使劲挣了下："松开。"

可能是动作有点大，司机从后视镜里瞄了他们一眼，左正谊立刻拉上口罩，扭头看窗外，假装不认识纪决。

车程不算远，他们下午四点多出门，到饭店的时候才五点。

国庆节人多，到处都吵吵闹闹，但这家饭店据说是纪决他爸纪国源订的，由于价格昂贵，人不算多，因此环境还算清幽。

他们俩进包厢的时候，四位长辈已经先到了。服务员推开门，纪决走在前头，跟长辈打了声招呼。

他单独面对左正谊的时候态度总是很好，经常笑，但一见了别人——包括他爸妈，他就会不自觉地摆出一张臭脸，看起来脾气不大好。

左正谊没有注意到这一点，他有点紧张，礼貌地对四位长辈笑了笑，然后把事先想好的称呼挨个叫了一遍，得到长辈相当一致的微笑回应，这才坐下。

纪决坐在他右边，左边是纪国洋。

纪国洋看了看他，又看了一眼纪决，另外三个人也在看他们，目光里都带着打量。

可能是长辈见了小辈一般都没话好说，为拉近关系，难免会用"经典话题"做开场白。

纪决的母亲面容慈祥，对左正谊笑了又笑，说："这是正谊呀？我早就知道你，今天才第一次见到，真是个好孩子，还这么好看，很讨女孩喜欢吧？交女朋友了没？"

左正谊还没吭声，纪决的脸先黑了。

四 ▶▶▶

左正谊不介意被问恋爱相关的话题，他没有亲戚，没在逢年过节遭受过亲戚"慰问"的折磨，因此态度良好，坦诚地摇了摇头："没交女朋友，我们训练很忙的，阿姨，没时间谈恋爱。"

"这样啊，训练重要。"纪决的妈妈仔细看了看他，越看越觉得合眼缘，又问，"你今年多大来着？和小决同岁吗？"

"嗯，我比他大半个月。"

"一月生的？哎呀，那再有几个月就二十了，也不是小孩子了，也该考虑一下人生大事啦。"她笑得两眼弯弯，热心地说，"阿姨有一个外甥

女……"

话音未落，纪决打断道："能不能换点有营养的话题？"

他把菜单推给左正谊，叫他点自己喜欢的，同时冷着脸，对自己的妈说："有些人一见到后辈就只会问恋爱结婚生子，这么喜欢传宗接代，怎么自己生了孩子不养呢？"

纪决妈妈的笑容僵在脸上，包厢里的气氛瞬间降到冰点。左正谊用余光瞥见四个长辈的脸都绿了。

纪决偏要哪壶不开提哪壶，又说："有些事我不想提，但我不提你们得心里有数吧？差不多就得了，谈不谈恋爱关你什么事？生了孩子你和我爸负责照顾吗？管好你们自己行不行？"

他活像个炮仗，他妈气得满脸通红："怎么跟你妈说话呢？正谊都没说什么，你乱发什么脾气？哦，你嫌我多管闲事，你就不是在多管闲事吗？"

她指着纪决骂了两句，又转向左正谊，拉他评理："正谊你说是不是？怎么会有他这样讨厌的人哪，真是没礼貌，没大没小……"

左正谊尴尬得说不出话，在桌子底下踢了纪决一脚，埋头翻菜单。

有这样一个开场，这顿饭必然吃不好了。左正谊本来还想和纪国洋叙叙旧，现在他只想降低存在感，赶紧吃完赶紧走。

但尴尬的只有他一个，事实证明，长辈们年纪大了，什么风浪都经历过，家庭争吵纯属小事一桩。

他和纪决默默吃饭，旁边的几个人不停地忆往昔。

话题中心是纪决的妈妈，她今天的穿着打扮十分贵妇，从头发到足底无不精致，妆容也十分完美，但饭才吃到一半，她就哭花了妆，一边讲述往事一边流泪。

说的是："我只有小决一个儿子呀，当年把他留在老家还不是为了他好？否则我和他爸在外头风餐露宿，哪是人过的日子呀……现在他长大了，不和我亲，还反过来责怪我，我的苦衷他哪里懂呢？"

"唉，他还小呢，再过几年长大些，就理解父母奔波的不易了。"安慰她的是纪国洋的新婚妻子，两个女人手牵着手，哭到一块儿去了。

纪决的爸爸闷头喝酒，偶尔附和几句。他看起来是那种沉默寡言的老实男人，家事全凭妻子做主。

左正谊瞄了一眼，得出结论：纪决的性格随妈妈，能言善辩。

纪国洋的视线在左正谊和纪决之间逡巡，忽然说："正谊，你们俩……"

左正谊不想就这个话题深入展开，他给纪国洋倒了杯酒，试图堵住他的嘴，倒完才后知后觉地想起来，他已经戒酒了。

"没事，我少喝点也行，你婶婶同意的。"纪国洋说，"来，好孩子，你陪叔叔喝两杯吧。"

已近中年，纪国洋面上有了皱纹。可能因为早些年过得不顺心，他比同龄人衰老得早，此时冲左正谊笑笑，略一偏头，鬓发里露出几根白发，左正谊看得一愣。

纪国洋和他的哥哥一样，不善言辞。

因此，千般旧情与万般感慨都只能化进酒里。他拍了拍左正谊的手，对左正谊比对纪决热切，大概因为左正谊没有爹妈，没人疼。

"四年前让你受委屈了。"一杯酒下肚，纪国洋叹了口气，"叔叔没照顾好你，幸好你自己有出息……"

左正谊在一旁陪着喝酒，闻言低下头，眼眶微红。

他被几句话触动，变得不善言辞了，手脚也笨拙，酒杯都端不稳，摇摇晃晃地洒了一桌。

纪决抽出几张纸巾，帮他擦干桌面，低声道："行了，少喝点。"

左正谊立刻扭头看纪决："我没喝多。"

"……你开心就好。"纪决握住他的手腕，帮他稳住即将再次倾倒的酒杯，往自己这边递来，就着他的手替他喝了，"你等会儿还要回基地呢，别去队友面前耍酒疯。"

左正谊已经听不进去了。

他不知道自己总共喝了多少，甚至都不知道这顿饭是什么时候结束的，隐隐约约记得纪国洋拥抱了他一下，用力拍了拍他的后背。

有人在他身边说"没事，我送他回去""我们打车走""放心"之类的话，然后他被牵出了饭店。

十月的上海还是很热，街上一片喧嚣，霓虹闪烁，街边行人来往不绝。

左正谊望着大街，呆呆地说："好多人啊，他们怎么不回家睡觉？"

纪决笑了声："才八点半，谁睡呢？"

"我睡。"左正谊举起手，"我要睡觉，你送我回家。"

"好的，哥哥。"

耍酒疯是个技术活，有人喝醉会骂人，有人喝醉会"表演节目"，相比之下左正谊不疯，他只是肢体动作变得丰富起来，动不动就要揪纪决一下，揪袖子，揪手指，揪耳朵……

他还给自己找理由，理直气壮地说："纪决，你这件衣服不好看，袖子太长了，我帮你剪掉一段吧？"然后食指和中指并在一起，做剪刀状，咔嚓咔嚓地开始剪。

剪完之后，他将"剪刀"挥向纪决的耳朵，纪决故作惊吓状，往旁边躲去："会流血的，哥哥。"

左正谊眨了眨眼，冷静地说："别怕，我能止血。"

"怎么止血？"

左正谊似乎被问住了，他低头盯着自己空空如也的双手，很为难。

但没多久他就找到了解法，只见他做法似的，在虚空中一抓，抓住了一个凡人看不见的东西，作势捏住，然后对着纪决的耳朵喷了两下。

"魔法药水。"左正谊说，"雷电法王的独家秘药，好用吧？快点说'谢谢 End'。"

"谢谢 End。"纪决伸手一捞，把他拉过来，躲开人行道上打闹奔跑的小孩，"小心点，别被人撞到。"

左正谊充耳不闻，他倚在纪决身上，把后者的胸膛当成一堵墙，甚至换了个舒服的姿势靠着，闭上眼睛，轻声哼歌。

纪决一手握手机，另一手揽着他。

网约车停在路边，纪决打开后车门，扶着他坐进去。

车内光线昏暗，左正谊不喜欢，他拍了纪决一巴掌，指挥道："开灯。"

"不可以，哥哥。"纪决按住乱动的他。

左正谊也不躲："你叫谁？"他怒视着纪决，漂亮的眼里有一片氤氲水汽，湿漉漉的，似乎下一刻就要凝成水滴，流出眼尾，但那不是眼泪，是醉意的具象化，生理性的盐。

"叫你。"

看来醉得厉害。"唉，"纪决轻叹一声，"师傅，去酒店。"

第九章　动摇 ▲

有些坚固的事物不怕撞击，但怕裂缝。一旦它的表面出现裂痕，就再难恢复到从前的坚不可摧。

左正谊做了个梦。

梦的内容有点离奇，他似乎被困在某个拥挤嘈杂的环境里，墙壁是热的，紧贴着他，声音也是热的，气流般钻进他的耳朵，他想叫喊，却发不出声音，是噩梦。

他拼命挣扎了几下，猛地惊醒。

几点了？这是什么地方？

左正谊刚睁开眼睛，还没彻底清醒过来，本能地察觉到了周围环境的陌生，眼珠转了转，看见窗前垂下的厚重窗帘和细细一条贴地灯，那是室内唯一的光源，使房间不至于完全陷入黑暗。

但其实天已经亮了，窗帘缝隙漏进一线微光，室内室外是两个颜色。

左正谊呆了片刻，忽然觉得好像哪里不对。昨夜的记忆随之铺天盖地地涌入脑海，他记起来了。

没全部都记起来，但记起了很多不该记的，比如下车时他朝纪决伸手，要抱抱。进酒店时拿着门卡往纪决脸上贴，还有……他似乎答应了什么……

左正谊："……"

丢人了。是真的吗？是梦吧。

到底是不是梦？

他分不清了。

那些记忆一点也不连贯，如电影画面般。

左正谊还没回过神来，床上的另一个人已经醒了。和他一样，纪决醒来的第一时间也有点迷糊。

"哥哥，不再睡会儿吗？"

"……"

左正谊推开纪决，腾地坐起来，恼火道："你为什么在我床上？"

"啊？"纪决终于睁开眼，眼睛里是无辜和茫然，很诧异地反问他，"不是和好了吗？"

"？？？"左正谊满脑子问号，"这是同一件事吗？"

"你昨晚冲我撒酒疯不让人走……"

纪决顿了顿，似乎有点不好意思，半天才继续说："你明知道我什么都听你的——唉，你看你，果然生气了。我就知道你酒醒后会冲我发火……"

左正谊："……"

左正谊吸了口气，平复下情绪，故作冷静地说："纪决，你别跟我耍花招，我不知道别人还不知道你？你嘴里没一句真话，我才不会上当——别拽我，你烦不烦？"

他推开纪决下床，走出两步忽然意识到自己没穿上衣，后背凉飕飕的。

"……"左正谊立刻拉起被子盖住自己，"我衣服呢？"

"昨晚交给酒店去洗了。"

"什么时候洗好？"

"我打个电话问问。"

纪决打了个电话，几分钟后，他说："马上送上来。"

左正谊没吭声，转身躺下，背对纪决不愿意说话，现在他还没有完全想起来。

"别生气，哥哥。"纪决小声说。

"不关你事。"左正谊冷冷道，"你别烦我我就谢天谢地了。"

"……"

纪决被他一句话堵住，半天没出声。

但左正谊哪肯就这样算了？他每次跟纪决生气，其实最隐秘的情绪都是委屈：为什么？为什么纪决总是要气他？一次又一次，纪决真的在乎他吗？

根本不在乎。

纪决就只想着他自己，达到自己的目的，想和好就和好，想一笔勾销就一笔勾销，从来不考虑他的感受。

"哥哥？"纪决试探地叫，"你理我一下好不？别生闷气。"

"滚。"

左正谊拉起被子盖住自己的脸。

纪决犹豫了一下，掀开被子把他翻了过来。左正谊的眼睛竟然是红的，纪决愣了下："你哭了？"

"你才哭了，滚啊。"

左正谊一脚踹过去，纪决不躲，心甘情愿挨了这一下。他不喊疼，左正谊不知道自己究竟使没使上力，又踹了第二脚，纪决还是不躲，脸色也不变。

"我让你离我远点，听到没？"

纪决一动也不动，目光沉沉地盯着左正谊。

左正谊被盯得有点参毛："你看什么看？再看连兄弟都没得做。我对你还不够宽容吗？你总是骗我，看准我心软不舍得和你绝交……你把我当成什么了？我是你哥哥，不是你的所有物。"

"……"

纪决愣了下，似乎没想到左正谊竟然会说出这样一番话。

左正谊傲慢又单纯，总是有点迟钝，很多细微的情绪他体会不到。

但也不是真的什么都体会不到，他心里也有一个衡量感情的标准，而纪决显然不符合。

所以他觉得，纪决满口谎话，说着"喜欢哥哥"，却不是喜欢他。

至少不是令他满意的喜欢。

"我没把你当成……"纪决的嗓音微微沙哑，"对不起。"

他拉住左正谊的手，在后者冷漠的目光的注视下，近乎哀求地说："我只是想和哥哥在一起。"

左正谊："……"

"而且昨晚就是你的错，你发酒疯今天又翻脸不认人，对我又打又骂。"纪决拿起手机，翻视频给他看。

左正谊不想看的，但视频开头第一句语音就让他震惊了。

是他自己的声音：

"你必须喜欢我。"

"你们都必须喜欢我！"

"你喜欢哥哥吗？快说。"

左正谊："……"

"哥哥。"纪决把手机放下，"我录这个视频不是为了当什么证据，只是想让你从上帝视角看看，你在我面前是怎么做的。"

"我怎么了？我喝多了！"

"但有一句话叫酒后吐真言。"

纪决的表情有几分隐忍，低声说："你就是想让我哄着你，让我在你脚边当一条狗。"

"……"左正谊无语了，"我才没有，你说话怎么这么难听啊？"

"实话就是难听。"纪决说，"我都不怕说，你还怕听？——你怕什么？被我说中了？"

"你胡说！"

纪决肯定地说："我敢保证，这个世界上没有比我更懂你的人。"

"……你还真自信。"

"对啊，我就是自信。"

纪决的脸上总是戴着一张又一张的面具，但今天的他似乎不想装了，自顾自地继续说："只要你不再抛下我，我什么都愿意为你做。"

他的声音忽然温柔下来："我就是你最乖的狗，左正谊。你喜欢什么我就给你什么，你让我别叫，我就不叫。而且你人生中的任何事——只要和抛弃我无关，我就无条件支持你，我尊重你的理想，永远做你的依靠。你只需要点一下头，除此以外什么都不用为我做——好吗？"

“……”

左正谊沉默了。

仿佛冰山裂开一条缝隙，他震惊地发现，他竟然有点动摇了。

有些坚固的事物不怕撞击，但怕裂缝。一旦它的表面出现裂痕，就再难恢复到从前的坚不可摧。

而且那条缝会越裂越宽——

酒店的工作人员来敲门送洗净烘干的衣服，他去洗了个澡，从浴室出来穿戴完毕，一声不吭，拿起手机准备走人。

“我不和你一起回基地。”左正谊说，“别跟着我。”

纪决没拦他，亲自送他到门口。

出租车停在电竞园的大门口，左正谊进门的时候，还不到九点。

队友似乎都没起床，左正谊在一楼碰见了周建康。

周建康这人颇为明察秋毫，一看表情，就察觉到了今天的左正谊似乎与往常有点不同。

“你昨晚在哪儿过夜的？”他问。

左正谊活像一个被家长抓住通宵上网的小学生，心虚地转了转眼睛，谎话信手拈来：“昨晚陪亲戚喝了点酒，然后就近住酒店了。”

好吧，其实这是实话。

周建康点了点头：“喝酒可以，别喝太多，更不要去夜店之类的地方……”

话还没说完，左正谊打断他：“放心，我有分寸。”

这一点周建康的确放心，左正谊可能会膨胀，但绝不会在场下乱来，和大部分选手相比，他属于很乖的那一类。

简单聊了几句，他们坐在一起吃早餐。

和领导一起吃饭是种折磨，周建康的“领导病”太严重了，吃饭也不耽误他讲话，他不知从谁嘴里听说左正谊给队友开小会的事，表扬道：“看来那天我说的话你都听进去了。”

左正谊还没来得及应声，他又说：“但你们私下达成统一意见没什么大用，战术上的工作，还是得靠教练来做，否则许总为什么要给郑茂开三百万的年薪？”

左正谊差点一口粥喷出来。"三百万？！就他？你们还不如把钱给我呢，反正都是我 C。"

"说什么胡话？又没少了你的钱。"周建康说，"我告诉你，正谊，你要严肃对待比赛，就从学会尊重教练开始。你得在我们队里起带头作用，你听郑茂的话，傅勇他们才会跟你一起听，你整天不把郑茂当回事儿，队友又怎么会把他放在眼里？"

左正谊听明白了："郑茂又跟你告状了？"

周建康否认："没有，还用他告状？你眼珠子一转我就知道你在打什么鬼主意——跟谁聊天呢？吃饭不许玩手机。"

左正谊："……"

是纪决的微信消息。周建康瞥过来的时候，左正谊立刻锁上手机屏幕，继续喝粥。

虽然有点心不在焉，但周建康说的话他还是听进去了。

要听教练的话、不能不重视教练的作用……这些左正谊都懂。他往楼上望了一眼，问："郑教练人呢？他也没起床？"

印象中郑茂的日常作息比较规律，不和选手一起熬夜，能早睡就早睡，还会去"败者广场"晨跑。

左正谊没见到他，随口一问，不料，周建康的表情竟然有点不自然，吞吞吐吐地说："他昨晚也出门了。"

"他干吗去了？"左正谊问。

"跟你没关系。"周建康说，"你个小孩儿，不该你知道的事就别瞎打听。"

"什么玩意儿。"左正谊放下碗筷，莫名其妙道，"谁是小孩儿啊？我不是。有什么不能见人的？"

他的声音有点大，周建康为堵住他的嘴，实话实说道："他约了许总，有应酬。"

左正谊先是一愣，很快反应过来了："哦，又做大保健去了。"

周建康道："也不是。"

左正谊追问："那是什么？"

"你管他是什么呢，反正跟你没关系。"周建康说，"我们做好自己分内的事就行了，不能对中年老男人的道德水准要求太高。"

左正谊听出他话里有话，但确实不太感兴趣，便没有再问。他难得地装乖，拍周建康的马屁："话不能这么说，我们周经理就很有道德。"

"说谁老男人呢？我才三十六！"

左正谊："……"好嘛，马屁拍到马腿上去了。

WSND 的下一场比赛在十月五日。

截至十月四日晚上 11 点，EPL 的比赛已经进行了四轮，WSND 凭借四连胜的战绩位列积分榜榜首，他们打了三场 2：0，一场 2：1，总分 11 分。积分榜第二名是同样开赛四连胜的 CQ 战队，之所以比 WSND 总分低，是因为 CQ 战队打了两场 2：1，两场 2：0，2：1 积 2 分，2：0 积 3 分，即总分 10 分。

值得一提的是，CQ 上一场遇到了 SP，从 SP 身上拿了 2 分。

最近，放眼整个 EPL，比赛状态最差的战队无疑是蝎子——两名主力选手被禁赛，开赛四连败，排名垫底。

除了蝎子，知名强队里另一个状态比较差的就是 SP。

竞技行业似乎有一种卫冕魔咒，上一届荣获冠军的团队，到了下一届很容易出现各种各样的问题，导致卫冕失败。可能因为登顶之后，往哪个方向走都是下坡路。

更何况 SP 有重大人员变动——场上指挥退役了，新辅助和 ADC 磨合不好，下路发挥不稳。上单选手也因为年纪大了状态下滑，打野担任新指挥，本来打野水平很好，但指挥要分心，他一心二用，导致状态也下滑了。

只有中单还算正常，但 SP 的中单非核心选手，下路不能 Carry 的话，他就独木难支。

乍一看，SP 好像千疮百孔，处处都是问题，但正所谓牵一发而动全身，真正难解决的问题只有一个：指挥不行。

下路的磨合都没那么难，但没有合适的指挥是实在没办法。提升指挥才能是一件很困难的事，大部分选手的个人操作都很厉害，但不具备当"团

队大脑"的本事。

由于 WSND 的下一个对手就是 CQ，左正谊把 CQ 战胜 SP 的那场比赛翻出来看了几遍。

他看完觉得，SP 输得不冤。CQ 能赢 SP，是场上运营水平的压制，他们不怎么打架，但不知不觉 SP 就翻盘了。归根结底，这也是指挥的问题。

左正谊不太关心 SP，他的关注重点放在眼前的对手 CQ 身上。

CQ 是最近的流量战队之一，因为前阵子他们的中单选手被扒，闹得满城风雨。吃瓜群众要求中单道歉，但他本人选择了装死。CQ 俱乐部同样装死，被骂得很凶，仍然拒不承认。

但和刚出事那几天相比，最近事件热度已经降下去了，外加 CQ 四连胜，战绩很漂亮，这件事大有不了了之的趋势。

五号中午吃饭的时候，左正谊跟队友闲聊，问："你们说，我们要怎么打才能把这件事再闹起来呢？我想看渣男道歉。"

方子航出馊主意："好说，你把比赛服 ID 改成'渣男道歉'，然后单杀他几次。"

"我倒是想改。"左正谊说，"但改了联盟非得罚我不可。"

周建康没在，郑茂在他们桌上，闻言插进一句："只要我们能赢，他们就会有舆论压力。比赛之外的事最好还是别掺和了，免得惹祸上身，没必要。"

左正谊哽了一下，郑不群说话怎么这么讨厌呢？

本来他就只是吃饭的时候闲聊瞎吹水，又不是认真的，这厮竟然来教育他，把自己当成周建康二号了吗？

哦，可能不是故意教育他，只是爱做大保健人士对渣男有共情罢了，所以要帮同类说好话。

左正谊冷冷一笑，白了郑茂一眼。

郑茂察觉到他的目光，表情有点无奈："我又怎么你了，正谊？"

"没事，没怎么啊。"左正谊虚伪地说。

郑茂看着他，脸上露出几分笑："前几天我和许总聊到你了，他每次提起你都要夸半天，说你是他见过的最天才的选手，前途无量。"

"谢谢许总。"左正谊内心毫无波澜，对郑茂这种传话太监一般的自豪口吻感到无语。

怎么说呢，郑茂可能对他已经没恶意了，但这个人身上有浓重的社会气，左正谊吃不消。

他还整天穿着西装，在基地里一本正经地走来走去，特别端着，不嫌累，周建康都不会天天穿西装。

左正谊低头瞥了一眼自己身上的WSND队服，心想，虽说队服这玩意儿就跟校服一样不怎么好看，但至少穿着年轻啊，他才不要像郑茂一样二十来岁就老气横秋。

郑茂很圆滑，当众夸了他几句后，为表公正，又把傅勇他们几个夸了一遍，张口就是"许总说"，很明显，他以和老板关系好为荣，有几分炫耀的心态。

左正谊在心里翻了个白眼，顺势抛出自己的好奇，问他："你和许总好像经常见面？他有事找你？"

"嗐，应酬嘛。"郑茂假装苦恼地说，"没什么大事，只是有时候要和我们俱乐部的赞助商吃饭，他就会叫上我，我酒量还不错，能帮他挡酒。"

"哦……"左正谊不信，但知道问多了他也不会说，就不问了。

今天晚上打CQ，中午饭后还有训练，再晚一些就要出发去比赛场馆了。

出发之前，领队会把所有选手的手机收走，集中管理，让他们安心打比赛。

左正谊在最后时刻和纪决聊了几句。

那天那顿饭后，可能是"亲人"的滤镜，也可能是"魔法药水"的作用，他们的关系缓和了不少，这两天刚开启了友好模式，昨天纪决就缠着他聊了半宿。

纪决大部分时间发文字消息，偶尔发几条语音。

决："哥哥以前对我可好了，还喜欢亲亲我。哪像现在动不动就冲我发脾气。"

End："……"

End："你别赖我！我什么时候亲过你？"

决："你果然不记得了，臭哥哥。"

End："说人话。"

决："唉，就是有讨债的上门，我们和他吵架的那天。"

左正谊愣了下，忽然想起来了。

但那是多少年前的事，他也说不清了，隐约记得，好像是一个冬天。

潭舟岛的冬天很冷，海风凛冽，没有雪。

当地普遍不装暖气，当时家里也没安装空调，取暖全靠暖手宝。左正谊怕冷，夜里就和纪决一起睡，抱团取暖稍微有点作用。

有一天，他们睡得正香，忽然有人疯狂敲门，纪国洋不在家，左正谊和纪决被不断的"咚咚咚"的巨大响声吓醒了，按理说他们是不敢开门的，不可能深更半夜放外人进来。

但来者是个熟人，对他们家的门窗位置都熟悉，见大门不开，就把窗户撬开，翻窗进来了。

左正谊听见客厅里的动静，吓得脸都白了，无措地抓紧被子。但还没忘记自己是哥哥，下意识把纪决往身后护。

纪决却拂开他，腾地跳下床。

那人走近了，嘴里骂骂咧咧的："人呢？出来还钱！"然后就是一顿叮叮咣咣的砸东西声。

这种事他们小时候经常遇到。

纪决的爸妈外出躲债，家里孩子是债主的出气筒，这些人都知道从小孩身上要不到钱，但每次见他家添置新物，比如必要的家电之类的东西，还是会心里不舒服，想：这不是有钱吗？有钱买家电没钱还债？

当然，大部分债主就只是想想，不会为难无辜的孩子。但有个别人品德一般，性格很差，偶尔喝点酒想起不顺心的事，或者手头紧了，就会来拿他们撒气，比如今天这个。

这个人来过好几次了。

左正谊忍无可忍又毫无办法，纪决却冲出门外，直奔厨房，拎了把菜刀出来。

那人先是一愣，然后笑出声："哎哟，小孩儿，你想干什么？你爹欠我钱，你还有理啦？"

当时纪决才十岁出头，个子不高，瘦瘦的，哪是大人的对手？拿刀也只是一时冲动，不敢下手。

　　左正谊吓坏了，连忙挡在他身前，对那人一顿好言相劝，"叔叔""伯伯"地哀求了半天，那男的终于顺过气，心满意足地走了。

　　纪决仍然原地不动，菜刀仿佛长在了手心里，左正谊怎么都拿不下来，他一边使劲拿一边忍不住哭。

　　纪决没哭，他小小年纪就散发出一身的狠劲，但毕竟太小，狠也是纸糊的，脸是白的，手是抖的。

　　左正谊摸摸他的脸，亲了亲他，说："小决，不要怕，哥哥会保护你。"

　　纪决终于抬头看了他一眼，把刀扔开了。

　　如今将近十年过去，他们的世界天翻地覆，那些不光彩的往事好像是场梦，纪决的爸妈请他们吃饭，在饭桌上笑眯眯地问左正谊"交没交女朋友"，友善又自然，仿佛十年前什么都没发生过。

　　如果纪决不提，左正谊确实也不太记得了。

　　但纪决什么都记得，一点都没忘。

　　左正谊给纪决回复：

　　End："算了，你别太记仇，和你爸妈闹矛盾没什么必要。"

　　决："？"

　　决："哥哥，你的关注点是不是有点奇怪？"

　　决："我哪里记仇？关我爸妈什么事。"

　　End："哦。"

　　决："你是不是又傲娇了？"

　　End："我没有，你闭嘴吧。"

　　决："我不，我偏要说。爱你哟，正谊。"

　　End："……"

　　左正谊迅速把手机调成静音，拉起被子蒙住头睡觉。

　　没想到，一天过去，他正准备把手机交给领队的时候，纪决又来骚扰。

　　决："要赢啊，哥哥。"

　　End："嗯。"

　　决："赢了有奖励给你。"

　　End："？"

　　决："奖励你一个爱我的机会。"

End："……"

End："滚，你这个讨厌的禁赛咖。"

"禁赛咖"是纪决最近的黑称，左正谊上网吃了几次瓜就学会了。他本来挺不喜欢，但纪决本人对此一点感觉都没有，还会拿这个称呼调侃自己，左正谊怀疑纪决的脸皮可能有喜马拉雅山那么厚。

算了，挺好的，电竞选手就应该有这种心理素质。

今天 WSND 打 CQ 是场硬仗，虽然左正谊嘴上还在和纪决嘻嘻哈哈，但他心里其实有点紧张。

并非怕 CQ，而是因为他答应了周建康，今天这场比赛听郑茂的话，他们要试新战术。

End："我比赛去了，拜拜。"

决："好的，正谊宝贝加油哦！"

End："你别模仿我女粉说话，好像有那个大病。"

左正谊伸了个懒腰，把手机交给领队，靠在车座上闭上了眼睛。

今天晚上打 CQ 这场比赛，虽然左正谊难得地有点紧张，但他不是 WSND 最紧张的人。

最紧张的是郑茂。

电竞圈好比一个江湖，门派林立，各有风格。

WSND 是最负盛名的传统"四大门派"之一，CQ 是近两年声名鹊起的武林新势力，前者靠镇派大弟子左正谊打天下，后者靠"五人合一剑阵"撑场面。换句话说，WSND 是个核心 Carry 的打架队，CQ 则是五位选手都不突出、没有明显核心的运营队。

场上没有明显的核心，不等于场下也是，实际上，CQ 真正的核心是教练。

他们的教练叫汤米，在 EPL 相当出名，人称金牌教头、铁手主帅。他履历漂亮，执教成绩好，但心狠手辣，唯结果是论，不在乎选手的个人情绪。

左正谊久闻他的大名，也交手过几次。但左正谊是选手，看问题的视角和教练不同，汤米再厉害也只是教练，不能亲自上场打游戏，不算是他的对手。

但对郑茂来说就不一样了。

战术是教练之间的斗法，Ban & Pick 是战术的一部分体现，如果 B/P 做得不好，出战英雄阵容比不过对方，即使选手逆天改命打赢了，教练本人也输了。

虽然说，在实际比赛里强势阵容输和弱势阵容赢都不稀奇，但优秀的教练就是要尽量避免己方阵容处于弱势，否则他不合格，轻则被队粉喷，重则被老板炒鱿鱼。

所以今晚对上汤米，郑茂格外认真严肃。

他这么严肃，仿佛上考场，左正谊莫名有点想笑，才冒出来的一丁点儿紧张也飞到九霄云外去了。

左正谊倒是想看郑不群吃瘪，可惜他们是同一条船上的利益共同体，他发自内心地盼着郑茂别掉链子。

汤米的执教履历金光闪闪，郑茂的也不错。

他当教练的时间不算长，只在次级联赛里教了两年 FPG 战队，把 FPG 带成了冠军杯的黑马，大大小小的奖杯拿了好几个，算是次级联赛里的知名主帅。

所以郑茂被挖来 EPL 大家都不奇怪，进入 WSND 也不奇怪，毕竟他就是从 WSND 走出去的。

值得一提的是，汤米也曾执教过 FPG，他们两个勉强算是有点渊源。

这是今日对战的看点之一，另一个看点是，左正谊是否会继续玩伽蓝。

上场 WSND 打 XYZ，左正谊的伽蓝凶残 Carry，第二局却被替补换下，这一操作在电竞圈子里引发了广泛讨论。WSND 是本赛季的夺冠热门，对手和观众都热衷于分析他们，"如何针对左正谊"成了当下最大难题。

在这个问题上，汤米显然比任何人都领悟得透彻——第一局刚开始，Ban & Pick 倒计时才跳了一秒，他就毫不犹豫地把伽蓝 Ban 了。

比赛场馆的主舞台上，数块屏幕同时切画面，播放出左正谊的高清特写面容。

他神色冷淡，微微蹙眉，糟糕的表情也不减好容颜，台下响起一阵尖叫。

解说盯着 B/P 画面，在台上尖叫："一 Ban 伽蓝！二 Ban 劳拉！三 Ban 神奥大君！"

"起手三 Ban 全给法师，太夸张了吧？法师时代上个月就结束了。"

"你不懂，这是对左神的敬意。法师时代结束了，但左正谊的时代还没结束。"

"好吧，合情合理。"

两个解说刚开局就吹了起来，但由于左正谊最近的表现 Carry 得离谱，因此没多少观众觉得他们是在尬吹，反而都觉得确实合情合理。

CQ 在左边蓝色方，三 Ban 结束，轮到 WSND 进行 B/P。

就算 CQ 不禁伽蓝，左正谊今天也不会玩。

新版本得益于刺客和战士的加强，打野和上单都变得更强势了，这意味着法师更容易被切死，法核体系风险增大了。虽然 WSND 仍然主打法核，但不能再像以前那样肆意妄为。

训练的时候，周建康说："我们不是把伽蓝永久 Ban 了，而是要根据临场情况来决定能不能玩，好吧？"

左正谊敷衍地点头："嗯嗯嗯，好好好，对对对。"

周建康气得翻白眼。

左正谊却很伤心，他和他心爱的伽蓝天人永隔，将不复相见，这种苦谁懂？

反正周建康和郑茂不懂，汤米也不懂。

左正谊摆出一张死人脸——他突然理解纪决为什么一上赛场就这副表情了，不能玩自己想玩的英雄就是这么难受。

但左正谊说话算话，在训练里很配合，教练让玩什么就玩什么，让怎么打就怎么打。今天也是，B/P 都听郑茂的，他一言不发。

郑茂对汤米三 Ban 法师的操作有点不屑，在他看来，针对左正谊固然重要，但这种无脑针对的 Ban 法无疑会把强势的刺客和战士放给WSND。

既然汤米敢放，他就敢选。

WSND 飞快 Ban 掉了一个团队解控型辅助和一个现版本很强势的能

打能抗的战士，选了一个打野优先级最高的刺客。

轮到 CQ 的时候，CQ 的反应仍然很快，又是毫不犹豫，几乎一秒就锁定了他们 Pick 的两个英雄，是一个肉辅，一个半肉战士，都属于万金油，适应于多种阵容，不好反制。

WSND 想打控制流阵容，叫左正谊控场，金至秀负责主要输出。

但双 C 不适合露太早，他也选了一手辅助和上单。

紧接着，CQ 选了个法师丹顶鹤，然后反手又 Ban 了两个法师，是幽灵诗人和路加索。

丹顶鹤是团控型法师，路加索是法核控制流阵容的最优选。

这俩英雄一个被 CQ 抢了，一个被 CQ 禁了。再次轮到 WSND 的时候，郑茂终于有点冒汗了。

"哎呀。"解说也在台上叹气，"爹队完全被看穿了。"

"他不应该第一手 Ban 解控辅助，你这么一 Ban，对面肯定知道你想玩什么了啊——你就想打控制流，才会 Ban 解控嘛。"

"其实 Ban 解控不是不行，但至少得在第二轮禁用开始之前把想要的核心控制点选出来吧？"

"对，现在路加索和丹顶鹤都没了。"

"留给 WSND 的选择不多了。"

不是不多，是根本已经没有好的选择了，CQ 用五个 Ban 位砍断了左正谊的一只手。

这个版本法师本就弱势，好用的没几个，能上赛场的屈指可数。

郑茂在犹豫。

倒计时一秒一秒地跳，解说在解读两队的 B/P：

"爹队没先选法师，应该是不敢先手露双 C，怕被针对。现在 C 位太好切了，打野和上单都贼凶。"

"可能是吧，但这不应该啊，爹队的 C 什么时候怕过？左正谊可是敢玩雪灯的男人。"

"嗯……不知道，今天从 B/P 看就感觉爹队不太自信，轻而易举地被 CQ 拿捏了。"

"我也觉得。"

"可能是因为他们新版本想换打法吧。"

台上聊得火热，选手玻璃房里，WSND 队内的气氛却不太好。

郑茂半天不出声，左正谊忍不住道："没控制法师就别打控制了，Counter（反制）丹顶鹤吧。"

Counter 丹顶鹤的最优英雄是雾法，一个手长又不怕控的法师。但雾法没有位移技能，极怕近身，被刺客粘上根本甩不脱。

郑茂道："雾法太难活了，你打雾法，打野辅助都得保护你，下路又难了，拿什么 AD？"

"鹿女呗。"左正谊说，"我们就打 Poke 流，双 C 都是长手哪那么容易死？清线也快。"

"但我们打野选了阿诺斯，吃经济的点太多了。"

左正谊灵机一动："我玩祭司怎么样？有控又能打中。"

郑茂微微一顿，神月祭司确实很合适，但这个英雄的定位是辅助，之前常年住在 Ban 位里，左正谊这赛季一次都没练过。

"先选 AD 吧。"郑茂不太放心，"等等看 CQ 选什么。"

聊到这里，WSND 的 B/P 倒计时已经接近尾声。

左正谊听郑茂的指挥，禁了两个刺客，选了一个射手，是赤焰王，比较灵活，可以配合阿诺斯打前期。

这个选择也算不错，左正谊稍稍舒了口气，但这口气还没出完，就见CQ 的倒计时亮起来，然后他们光速锁定了神月祭司，又给祭司配了一个拉斐尔打 AD。

至此，CQ 的阵容已经确定，半肉战士打野，肉辅走上，丹顶鹤走中，祭司和拉斐尔走下路，是一个控制、肉、输出都拉满的阵容，几近完美。

反观 WSND，先手抢了版本最强打野，但吃经济，不能给双 C 分钱；前排英雄很肉，但没有解控，无法反制对面的群控技能；AD 只能打前期，意味着越往后拖越没输出。而中单……根本没有能 C 的法师了。

左正谊差点吐血，郑茂这个弱智被汤米玩死了都不知道自己怎么死的。

最让他生气的是，郑茂最后还是给他选了雾法，因为除了雾法已经没有输出又不怕控的法师了，这是最优选，早知如此，AD 还不如选鹿女来打 Poke 流呢。

现在弄了一个不伦不类的阵容，被对面压得死死的。

但选都选了，左正谊不想当事后诸葛亮，只好忍住脾气，试图在对局中打得好点，凭操作和指挥来弥补阵容劣势。

想法是好的，执行起来却很困难，这局比赛比左正谊预计的更加难打。

在程肃年退役后，SP 的运营就大不如前了，放眼整个 EPL，现在运营能力最强的战队非 CQ 莫属。

WSND 的运营水平也不差，但和 CQ 一比，差距就显现出来了。

CQ 的弱点是不太擅长打架，没有能 Carry 的选手，但他们在阵容上弥补了自己的不足。当左正谊操作着雾法，被压在塔下不敢出去的时候，感到了前所未有的憋屈。

他的雾法很厉害，技能放得准，一下都不歪。但站在防御塔下丢几个技能，和保证自己别被轻易抓死，就是他能做的全部努力了。

CQ 的前排超级肉，不要命地往前冲，控制也仿佛不要钱地放，WSND 野区失守，三线劣势——主要是中路最劣势，汤米对左正谊的针对从 B/P 持续到局内，让 CQ 的选手盯死中路，非要把左正谊的心态搞爆炸不可。

左正谊没爆炸，但每被杀一次，他就在心里多骂郑茂一句。如果当时郑茂听了他的话，把祭司给他玩，局面绝不会成为现在这样。

水晶爆炸的时候，左正谊骂不动了。

WSND 的队内语音里一片沉寂，方子航也打得很不顺手，阿诺斯适合野核玩法，方子航从未打过野核，他服务左正谊习惯了，短时间内适应不了。

WSND 暂时 0∶1 落后，下场的时候，他拉住左正谊的胳膊，低声抱怨："能赢不就行了吗？非要改打法，好烦。"

左正谊没吭声，低头往休息室走，垂下的发丝盖住半张脸，他脸色阴沉。

傅勇也说："唉，上个赛季初期就是法师弱势版本，我们也打得挺好的。"

段日默默听着。

金至秀说："上个赛季，AD 强。现在，法师，和 AD，都被切。"

"那又怎么啦？"傅勇没听懂。

金至秀虽然中文不好但努力表达："意思是，AD 强，无所谓，法师

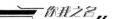

不怕。现在，刺客强，法师和 AD，都难活。"

金至秀的脑子很好，左正谊不禁感慨，他这种顶级 AD，自从来 WSND 就没争过什么，明明能 Carry 却甘心当绿叶，脾气真是够好的。

正因如此，左正谊输比赛更不开心。

他的责任心和掌控欲强到离谱，赢了会觉得"这当然是我的功劳"，输了也会觉得"是我还不够强，不能在任何情况下 Carry 队友"。

这种心态让他一直到第二局开始都闷闷不乐。

第二局的 Ban & Pick 两队位置互换，WSND 在蓝色方，CQ 在红色方。CQ 坚持贯彻上一局的方针：五 Ban 都给法师，继续针对左正谊。

郑茂也很坚持，上一局 B/P 失误，他没能选出合适的控制阵容。WSND 最近的训练重点就是打控制，成绩很好，他说什么也要在赛场上实践一次，以证明自己的战术并非无用。

由于这局在红色方，CQ 只能先 Ban 两个，第一 Ban 伽蓝，第二 Ban 神奥大君，在选择的时候，他们依旧选择了丹顶鹤，似乎是想复制上一局的阵容。

轮到 WSND，郑茂立刻说："路加索。"

左正谊提出反对："先手出路加索太容易被针对了，我要玩祭司。"

"你太久没练祭司了。"而且祭司必搭 AD 拉斐尔，郑茂说，"金至秀也没练过拉斐尔，不合适吧。"

左正谊却说："我相信他，拉斐尔又不难玩。"

郑茂仍然坚持："祭司难玩，你手生了。"

左正谊一口气郁结于胸："我的手是我的，不是你的，你说生就生了？"

"你又在盲目自信，正谊。"郑茂叹了口气，"不是说好不冒险吗？路加索切拉斐尔跟切菜一样，把祭司放给他们又怎样？我们有自己的战术和节奏——"

话没说完，左正谊就锁定了神月祭司。

郑茂哽住，半天没说话。

第二局的 B/P 在他的沉默里做完，进入对局，他依旧沉默着。

不管怎么说，任何人都得承认，左正谊就是天才，而且似乎是那种不应该被管教的天才。

管教是锁链，让他束手束脚。只要让他拿到自己想玩的英雄，不论多大的逆风，他都能找到机会去翻盘。

第二局起初打得很胶着，左正谊玩祭司确实有点手生了，但熬过三十分钟逆风之后，他就迅速找到手感，开始 Carry。

CQ 强在运营，打架实在不行。

左正谊拿祭司带着金至秀的拉斐尔来 Carry，从某种意义上来说，也符合他们这几天训练的思路——他控场，金至秀输出。

因此到了后期，左正谊越来越能掌控节奏，和金至秀的配合也打了出来，最终他们逆风翻盘，和 CQ1∶1 战平。

有了第二局的胜利做支撑，左正谊更有底气了。

他觉得，周建康那些话没有错，但这不意味着他必须乖乖听郑茂的安排，不能有一点个人意见——郑茂配吗？一个被汤米按在地上摩擦的菜狗教练罢了。

天知道他以前那些冠军是怎么赢来的，次级联赛那么水吗？还三百万年薪，这是大保健友情价吧？

左正谊一肚子火——要知道，EPL 开赛一个月，他亲自上场的比赛一局都没输过，今天竟然被人 0∶1。

虽然已经扳平了，但左正谊的目标不是扳平，是让一追二。

他要赢，他永远不想输。

左正谊带着火气打比赛，第三局的 B/P 郑茂也没能插手。

他从头独裁到结尾，根本不 Care 汤米的战术，也不管先手、后手和所谓的 Counter，完全按照自己顺手的阵容来选，依旧是全队服务于他的思路，简单粗暴。

但他就是能 Carry，他就是能赢。

水晶爆炸的声音震耳欲聋，WSND2∶1 获胜的时候，左正谊从电脑前站起来，往台下观众席望了一眼。虽然因为距离远看不太清，但他隐隐能感觉到，周建康似乎正沉着一张脸盯着他。

左正谊知道会有这么一出，他既然敢做就不怕背锅。

他绕过队友走在前面，和 CQ 的选手一一握手之后，躲过赛后采访，让金至秀替他上。

他跟在周建康身后，走出比赛场馆，回到战队大巴车上。

还没来得及坐下，周建康就劈头盖脸开始骂了："左正谊，你把我说的话和我们这几天的训练都当屁放了？！"

左正谊站在第二排的座位旁，腰背笔直，不屈也不服，他竟然反问："凭什么不行呢？"

周建康没想到这兔崽子竟然还敢顶嘴，正要再加大力度骂两句杀杀他的威风，左正谊却先开口了，说："我知道应该听教练的话，但教练错了怎么办？我要无脑服从然后等输吗？"

"我不要输。"左正谊一字一顿地说，"废物教练别来指导我，我有废物恐惧症。"

左正谊虽然经常跟周建康顶嘴，但玩笑居多，真吵架很少。

他冷不丁大发脾气，周建康被怼得愣住了，愣怔半天，话还没说出来，左正谊就已经转身走开，到后排坐着去了。

周建康后知后觉地要追上去，被刚上车的傅勇一把拉住："哎哎哎，算了吧周总，咱们先冷静冷静，有事回基地再说，别吵架啊！"

"谁想吵架？是他跟我吵！"周建康毕竟是领导，即便对左正谊再好，他也是领导，在讲道理之前要先讲态度。

他盯着最后一排半边身子没入阴影里的左正谊说："看他那副臭脾气，整天没大没小，都说不得了，谁给他惯出一身臭毛病？"

"不就是您惯的吗？"傅勇缺大德，一边拉架一边起哄架秧子，"现在他成了咱们全队的祖宗，胆敢骑在您的头上拉屎，您可不能怨别人啊，自己受着吧。"

周建康哽了下："放屁！"

傅勇嘿嘿一笑，不再多说，也跑后排待着去了。

话没说几句，全队陆续上车，人一多就不便再吵了，左正谊往前排瞥了一眼，只能看见周建康露出椅背的后脑勺。

郑茂也上车了，他的目光在各排座位上逡巡一周，寻找到左正谊，又飞快移开。他没说什么，随便找了个位子落座。

车内一片安静，没人聊天，气氛显得有点尴尬。司机很有眼色地打开音乐，开始放歌。

是 EPL 今年的宣传曲，歌词逃不开"梦想""励志""热血""逆袭"之类的主题。

左正谊本就一肚子火，被激燃的音乐一煽动，更加觉得"天上地下唯我独尊，你们凭什么教训我"，然后把自己气成了一个气球。

他从领队那里取回手机，上网搜今晚的赛事讨论。

算上今天这场，WSND 五连胜了。EPL 赛事联盟买了包年热搜，稍微有点风波就会被热议。左正谊刚打开微博，就看见"WSND B/P"高高挂在热搜榜前排。

点开词条，广场上闪耀着"正谊不怕乌云"的身影。

她不愧是左粉头子，剪了左正谊今晚的高光集锦视频，还暗暗内涵了一下教练水平不行：

> WSND 今晚的 B/P 有点奇怪，尤其是第一局，是在试验新战术吗？虽然我没看懂这是什么战术，但教练一定比我懂吧。我很放心，毕竟我队有左神，战术差劲也不怕。但出于安全考虑，我劝你最好支棱起来 @WSND 电子竞技俱乐部，只靠左正谊不行，你想累死他吗？

评论里充满附和之声。

但目前还没输比赛，所以大家的口吻比较温和，没多少骂的，只是针对今晚的离谱 B/P 展开讨论，整体态度倾向于"防患于未然"的劝诫。

左正谊的目光落在那句"只靠左正谊不行"上，显然，粉丝们也觉得团队游戏就要有专业的团队打法，教练和队友必须给他提供支持。

这与周建康的理念十分相似，但有微妙的不同。主要差别在于，粉丝们觉得他没错，是教练和队友给的支持不够。但周建康觉得他有错，他应该收敛一点，别太挤占教练和队友的话语权与生存空间。

所谓兼听则明，左正谊并非听不进别人的劝告，但现实往往不遂人愿，

如果郑茂的 B/P 做得好，他又何苦非要坚持自我，下台跟周建康吵架？

真是烦死了。

左正谊纤细白皙的手指在屏幕上乱划，翻了半天，心情更烦躁了。

他顺手点进乌云的主页，看她最近发的微博。

乌云虽然喜欢追电竞比赛，但从她的日常活动照片判断，她似乎很"现充"（现实生活很充实），年纪不大，顶多二十出头。

左正谊正在翻看，微信忽然响了，是纪决的消息。

决："在干什么？"

End："上网。"

决："上网看什么？不许看女粉。"

End："？"

End："你怎么知道？"

决："我不知道，诈你的：）"

End："……"

决："左正谊，不能骗粉啊。"

左正谊心烦意乱，无视了这条。

见他半天不回复，纪决似乎意识到了什么，换了一副口吻。

决："你不开心吗？因为 B/P？"

决："你们队是不是吵架了？"

End："嗯。"

决："和谁吵？教练？"

End："现在我不想说话，你退下吧。"

决："我哄哄你。"

End："不需要。"

纪决发来一个 520 元的转账红包，并附言：给我的宝贝哥哥买好心情。"

End："……"

End："你好烦。"

决："我宁可你为我烦，也不要为智障烦。"

决："又不回我了？"

决："你怎么不说话？"

决："左正谊？"

决："End 哥哥？"

决："不要生气了好不好？问题都是能解决的，你消消气。"

End："知道了。"

决发了个"亲亲"表情包。

End 回了个"嫌弃"表情包。

决又发了个"黑化"表情包。

End："……"

End："你好弱智。"

决："为博哥哥一笑，当弱智又何妨：)"

左正谊："……"

被纪决这么一搅和，他还真的有点消气了。

但消气不等于要让步，而且很明显，周建康和郑茂也不可能会让步，等会儿回到基地，他们一定会联合起来对他进行新一轮的教育。

左正谊预判了敌人的行动，不禁开始琢磨应对策略。周建康会说什么他完全猜得到，那郑茂呢？估计是卖惨吧，装可怜，声称自己没地位，是一个被架空的无用教练。

左正谊冷哼一声，打好腹稿，准备全力以赴以一敌二，把他们杀个片甲不留。

半个小时后，WSND 的大巴车停在基地别墅门口。战队人员陆续下车，左正谊走在最后，门前的台阶旁，周建康正在等他。

果然，该吵的架躲不过。

但出乎意料，郑茂竟然不打算参与，他直接上三楼休息去了，看起来复盘也不想做了，罢工了？

呵，他竟然好意思耍脾气？

左正谊嗤笑一声，跟在周建康身后走进二楼的休息室。

左正谊活像个刺猬，嚣张地竖起一身刺，仿佛一定要抢在周建康之前开口才有气势。他说："你要打就打，要骂就骂，有话快说，我还想上楼睡觉呢。"

周建康坐到沙发上，给自己点了根烟，喊左正谊："坐。"

"不用了。"左正谊摆出疏离的态度。

"你以为我要骂你？"周建康道，"我是想骂，但骂了也没用。我又不瞎，当然看得出今晚 B/P 有问题，但——"

"但什么但？既然能看出问题你就去找郑茂啊。"左正谊打断他，"跟我叽叽歪歪没完没了有什么用？我好欺负是吗？我做错了什么？他给我垃圾阵容，我上场拿命 C，赢了之后还要挨你的骂？"

"你什么态度？"周建康沉声喝道，"怎么跟我说话呢？"

"我说的是实话！"

"实话也没必要这么冲，你能不能懂点事？非要我把话挑明了说吗？"周建康抬头瞪左正谊一眼，"把门关严。"

左正谊微微一顿，从周建康复杂的表情里嗅到了几分不同寻常的味道。

他回手关紧门，走近了些。

周建康猛抽了两口烟，低声说："郑茂是许总签进来的，他们两个关系怎么样我了解不多，但你应该也有感觉。他今天的 B/P 的确做得不好，但我们训练那么久了，除了今晚，他平时的工作做得不错，论执教水平是比不上汤米，但不算太差。"

"你想说什么？我听不懂。"

"我是想说，你稍微收敛点，别跟他抬杠。"

又是这句，收敛，收敛，他总是让左正谊收敛，不知道的还以为左正谊已经上天了。

眼看着左正谊的脸色变了，又要发火，周建康叹了口气："我不是护着他，我是在护着你！说得这么明显了你怎么还是不懂？郑茂是许宗平的狗！你天天跟他作对，不怕他咬你？！"

"他怎么咬我？"

"你的合同只剩不到一年了，还没续约，你不怕续约的时候他给你使绊子？"

合同。

这两个字仿佛平地一声惊雷，左正谊愣了下："什么意思？许宗平还能卖了我不成？"

"那不至于，他又没疯。"周建康看了他一眼，"但如果队内关系闹僵，什么事都有可能发生。"

左正谊简直无法理解自己究竟听到了什么，"被 WSND 卖掉"这个选项从来不曾出现在他的未来规划里，即便要离开 WSND，也只能是他因故走人，俱乐部没有资格抛弃他。

他是最强的中单，他是无可取代的核心，许宗平凭什么？

左正谊心潮起伏，警惕地盯着周建康："你是不是在故意吓我？"

"我吓你干什么？"周建康立刻反驳。

"因为我不听话，你要镇住我。"面对他最在乎的问题，左正谊拿出了自己前所未有的机敏，"你拿郑茂没办法，就变着法恐吓我，让我去配合他——我告诉你，没门儿！我同意过一次，被他坑成 0：1，还要我再同意第二次？"

左正谊充分诠释了什么叫年少轻狂，当他意识到周建康确实是在拿他的软肋故意吓他的时候，他就被完全激怒了。

他几乎是指着周建康的鼻子说："团队打法当然行，但你只能让他们来配合我！我再也不会让步了——有本事你就把我卖了！"

左正谊摔门而走，巨大的响声震掉了周建康指间的烟灰。

片刻后，二楼重归寂静。

左正谊跑出基地大门，给纪决发消息。

End："老地方。"

第十章 利益

没有哪个正常家庭的孩子需要担心自己做错事被父母抛弃，但他必须当心，WSND 不是他的家，他要小心谨慎，他没有任意妄为的资格。

可能是因为蝎子正在训练，纪决没看见消息，左正谊等了半天也不见人来。

他独自站在"老地方"的围墙下，一腔怒火化成了寒风，凉飕飕地穿胸而过，一时间觉得全世界都跟他作对，包括纪决。

这种滋味太难受，但左正谊是一个极其逆反的人，越是被人拿捏软肋，越要梗着脖子说"我不在乎"。不在乎当然是假的，但他不肯低头。

凭什么呢？他本来就什么都没做错，是他带 WSND 走到今天，WSND 竟然会有抛弃他的可能——尽管只有很小的可能性，他也无法接受。

他对周建康发火，话语脱口而出的时候还不明白自己为什么那么生气、为什么一点也不能容忍，像个棒槌似的顶撞周建康。

现在后知后觉地明白了，因为他害怕了，他被周建康当头一棒打醒——WSND 不是他的家。

没有哪个正常家庭的孩子需要担心自己做错事被父母抛弃，但他必须当心，WSND 不是他的家，他要小心谨慎，他没有任意妄为的资格。

　　不管是因为什么，不管是谁在为难他，不管是好心还是恶意，总之，他们都在试图教会他：要想继续留在 WSND，就要做正确的事。

　　好比学校要求成绩，公司要求业绩，WSND 也不过是一个类似的机构罢了，不是他永远的港湾。

　　这个认知让左正谊恐惧又委屈，他甚至预料到，即使没有队内矛盾，几年后——可能是三年，也可能是五年，等他巅峰不再，状态下滑，俱乐部也会卖掉他。

　　这当然是可能的，电竞俱乐部都很现实，他签的也不是终身制合同，怎么能一厢情愿待一生？

　　左正谊越想越委屈，越想越心凉，可他又觉得不应该，凭什么？凭什么？至少 WSND 现在没资格抛弃他。

　　他们必须来哄他，必须顺着他，他才是最有资本当家做主的人。如果 WSND 敢把他挂牌出售，多的是俱乐部要买，他才不稀罕留在一个不在乎他的地方。

　　左正谊靠在冰冷的墙上，双眼通红，眼泪沿着脸颊流到脖子上，浸湿了队服。

　　他一抬手就摸到了胸前的"W"字母，刺绣有点硌手。他不知道自己已经哭了，默默地发着呆，心里不知在想什么，思绪飘出很远，可能是想未来，也可能是想曾经。

　　他有过太多辉煌时刻，尽管在 EPL 才打了一年多。这一年里他的高光操作比大部分选手的整个职业生涯还多，可他依然要为未来担忧。

　　终于，左正谊什么都不想了，只是眼泪还没停。

　　他无声地哭，几乎忘我，直到纪决收到消息匆匆赶来，被他的模样吓了一跳。

　　"你怎么了？"纪决走到左正谊面前，"怎么哭得这么可怜？出什么事了？"

　　左正谊呆愣了下，下意识反驳："谁哭了？我才没有。"

　　纪决很佩服他嘴硬的本事，黑的也能说成白的："嗯，你没哭。"他擦了擦左正谊的脸，可那眼泪竟然擦不干，开闸似的不停外涌，将左正谊乌黑的眼珠冲洗得更像宝石，但是是碎裂的宝石，他伤心了。

"到底怎么了？"纪决沉下脸。

左正谊道："都怪你。"

"……我怎么了？"

"我半个小时前给你发消息，你怎么才来？"左正谊冷冷的，但嗓音被眼泪干扰，一开口竟然是哭腔，让他很没面子。

纪决不揭穿，顺从地说："对不起，刚才我们战队有点事，我没看手机。"

"一句对不起就算了？"左正谊借题发挥，得理不饶人，瞪着一双通红的眼睛看纪决，凶凶的，昂着头，事已至此也不肯开口求安慰。

"谁欺负你了？"

"没谁。"

"没谁是谁？"纪决忽然伸出手臂虚虚拢住左正谊，看过去的目光里带着近乎祈求的意味，正如纪决曾说过的，他就是全世界最懂怎么哄左正谊的人。

左正谊喜欢被捧，喜欢被顺从，喜欢被哀求胜过被控制。他是全天下最有脾气的猫，只能他挠你，你不能吓唬他，否则他就再也不肯回到你身边了。

但他自己并不这样认为。他总是有道理的，尽管那些"道理"是他自己不和任何人商量一意孤行制订的规则，但每一个想靠近他的人，都必须遵守。

比如，纪决。

"我错了，下次一定随叫随到。"纪决说，"你别哭了，哥哥。"

"我又不是为你哭。"

"那是为谁？"

左正谊终于肯袒露心声，他垂下被眼泪浸湿的睫毛，叹了口气，问纪决："你说，我会离开 WSND 吗？"

纪决愣了下："为什么这么问？"

"我不知道。"左正谊说，"我不知道怎么办，好像容不得我来选择，我只是一个普通选手，不是 WSND 的主人，也不是 WSND 的儿子……我什么都不是。"

夜静静的，左正谊的眼泪停了的一刹那，他在昏暗的路灯下和婆娑摇曳的树影里跟纪决对视。

他的话说得不明不白，纪决听懂了，又好像没懂，反问他："你害怕离开 WSND？"

左正谊点了点头。

纪决皱起眉："为什么？不过是个俱乐部而已。"

"你懂什么。"

左正谊顿时不高兴了，推开他。纪决不肯撒手，说："我是不懂。我只知道你在哪儿都是左正谊，你就是左正谊，不需要当谁的主人，也不需要当谁的儿子。"

左正谊不肯说究竟发生了什么，只让人猜。其实也不难猜，哪个大俱乐部没有过宫斗？只是他太在意罢了。一帆风顺的天之骄子就是这样，受不了一丁点磋磨。

纪决没法对他的伤心感同身受，但很怕他的眼泪。不得不从正面角度安慰他："别胡思乱想了，你不会离开 WSND，他们求你留下还来不及呢，怎么会让你走？"

"真的吗？"

"真的。"纪决肯定地说，"队内矛盾在所难免，大家都一样，我们战队今天也吵架了，每天都吵。我觉得我和 Gang 迟早要走一个，而且走的肯定是菜的那个。"

"……"

"但你是 WSND 最厉害的人啊。"纪决说，"谁走你都不会走，放心吧，哥哥。"

左正谊不吭声，垂头趴在纪决的肩膀上，一动不动。

他很少这样直白地表现出依赖。他身上有一股淡淡的香，好像是沐浴露的味道，也可能是洗发水的味道。

纪决嗅了嗅，逗他："香香的可怜小猫。"

"你好烦。"

"你只会这句。"纪决忍不住嘲笑。

左正谊气得一哽："你烦死了！"

纪决："嗯嗯，还会变句式。"

"……"

左正谊在他后背上捶了一拳，用力不小却不再说话。他知道是他小题大做，什么都还没发生，他却感觉天塌了，自己已经被砸在底下。

怎么会呢？区区一个郑茂，有什么本事捅破天？不管许宗平和郑茂是什么关系，电竞俱乐部最看重的永远是成绩，郑茂也怕输，没人不怕输。

"我要回去了。"

"不哭了？"

"嗯。"

"不哭了就甩掉我，我真是你的工具人，哥哥。"纪决佯装伤心，然后刚要开口说点什么，手机忽然响了，是俱乐部打来的电话。

"喂？"纪决换了副态度，他对外人总是冷漠的，"我在外面吹吹风，等会儿就回去。"

他们靠得近，左正谊能听见他的通话。

对面那个人似乎是蝎子的领导，说的是："官博发了，你转发一下吧。"

纪决应了一声，挂断电话。

左正谊问："什么事？"

"没大事。"纪决说，"下一场禁赛就结束了，我得上场。但最近舆论不好，蝎子想澄清点东西，总不能一直挨骂。"

"澄清什么？你走后门的事？"

"嗯。"

"这个怎么澄清？"纪国源确实是纪决的亲爹，总不能说他们不是一家人吧？

左正谊不解，掏出手机准备上微博看一眼。

纪决却按住他的手，神色有点尴尬："你别看好不好？"

"为什么？"左正谊面露狐疑之色，当着纪决的面打开手机，搜蝎子的官博，"我偏要看。"

"好吧，那你不许笑我。"纪决露出了几乎从未有过的窘迫神色。

左正谊点开蝎子发的长图，映入眼帘的是一排整整齐齐的游戏ID，都是纪决在最近四年里曾经用过的，四个赛季，二十多个账号，十几个登

上过国服前十。

"这是什么？"左正谊有点头晕，没太看懂。

纪决被揭了老底，只好对他坦白："是我打不上职业的四年里，努力追赶你的证据。"

左正谊："……"

左正谊仿佛被金至秀附体了，纪决措辞简单，他却好像听不懂中国话，眼睛里露出茫然的神色。

"四年吗？"

"是啊，哥哥。"

夜风吹起左正谊的发丝，露出光洁的额头，他还发着呆，纪决的手忽然覆上来，摸了摸说："有点烫，你不会着凉了吧？"话音未落又顺势抽走了他的手机。

左正谊手里一空，十分恼火，一巴掌抽过去，打在纪决的肩膀上，没造成什么伤害，纪决反而更来劲了，一边抓住他的肩，一边分开腿。左正谊挣扎不得，幸亏这地方偏僻，有茂密的树枝遮挡，否则被传出去左神和蝎子太子打架，他们两个迟早得身败名裂。

左正谊才反应过来，这是纪决转移话题的手段——不想让他仔细看那条微博，也不让他开口问。

为什么？难道这是不光彩的事？那四年发生了什么？

"你放开我。"左正谊拼命挣了下，威胁道，"再乱来我不客气了。"

"来吧。"纪决竟然说，"我愿意死在哥哥手上。"

左正谊瞪他一眼，不悦道："我不喜欢你这样，油腔滑调，回避重点，转移话题，什么都不让我问，你在糊弄我呢？"

纪决微微一顿，没说话。

不说话等于默认，他果然是想转移话题。越是这样，左正谊越要追问缘由："快说，你有什么事瞒着我？赶紧坦白。"

他一副你不坦白我要生气了的模样，纪决拗不过他，只好放开他，却把脸一偏，不让左正谊看到自己的表情。

这真是稀奇，纪决鲜少有脸皮这么薄的时候，说一句话要斟酌三秒，他好像不是在对左正谊袒露心声，而是在放血——就有这么痛苦。

"四年前，你走之后，"他说，"我想追到上海去，但我没钱，也没本事。以前我骗你说不会打游戏，其实不算说谎，我只会玩一点，没多厉害。"

"没多厉害"，这是实话还是自谦，要看以什么标准来衡量"厉害"，如果是跟左正谊比，整个电竞圈也没几个厉害的人。

但能当上职业选手的，都已经是顶尖高手了，各方面素质极高。

再下一级是各大平台的游戏主播，这批人也厉害，但不见得能打职业，娱乐性大于竞技性——也有个别人拥有打职业的水平，但仅仅是个别。

再往下呢？是游戏中的路人王、无名高手。他们擅长的英雄不多，也不在乎什么团队，只凭一手绝活英雄打排名，在路人局疯狂 Carry，乍一看也挺厉害，但如果上了赛场，遇到汤米那种教练，随便一 Ban 就被治服了。

想玩绝活？门都没有，毕竟左正谊被"五 Ban 法师"都难受，何况绝活哥？

四年前的纪决就处于这个等级。不能说不厉害，但也厉害不到哪儿去。如果他肯开摄像头卖脸，当个知名游戏主播不难。

"当时我想，要不去当主播算了。"纪决说，"但直播圈和电竞圈虽然有密切联系，却不一样，那儿离你有点远。而且我知道，你也不会喜欢游戏主播，就算我红遍大江南北，赚得盆满钵满，在你眼里也不值一钱。我只有亲自打败你，或是有资格和你并肩战斗，你才会高看我一眼，不再把我当没用的弟弟。"

"什么乱七八糟的……"左正谊不认为自己这么想。

"我需要你。"纪决抬起头，"你觉得我为什么要追着你跑？第一年，我为了扩充英雄池，把主流打野英雄全练了一遍，冷门的也练了，冲排名找俱乐部试训，却因为单英雄胜率不够高被拒绝；第二年，我开始开小号从头打胜率，把我会的英雄都打到了百分之八十以上，再去试训的时候却被告知打野被削弱，大部分战队都不招打野了……"

纪决紧紧抓着他的手臂："这个理由是不是很离谱？但我当时信了，后来才知道他们不是不招打野，只是不招我。我不明白为什么，是我

不够强？还是打法有问题？总之，我跑了几家俱乐部，都被拒了，包括WSND。"

左正谊瞪大眼睛："你来过 WSND？"

"嗯。"纪决轻笑了下，"你们队每年夏天有一段时间固定招人，我混在报名的人群里，心里想着会不会碰到你，结果没发挥好，第一轮就被刷了。"

左正谊也想笑，但笑不出来。

"第三年我有点消沉，状态大不如前。恰好我爸妈回来了，他们搞得我每天都很烦……"纪决长舒一口气，似乎直到现在提起父母仍然觉得烦，不得不暂歇几秒压下心底那股火。

"他们不赞同我打职业，对我指手画脚。我每天熬夜反向冲分，白天和他们吵架。到了第四年——也就是去年，我打野的状态糟糕透了，刚好是 AD 强势版本，我就改练 AD，没想到效果还不错。

"当时听说蝎子在招 AD，我就把冲分记录和胜率信息打包发了过去，他们邀请我试训，我这才有机会走上职业赛场，光鲜亮丽地来到你面前。"纪决不自觉地加大手劲，狠狠抓着左正谊的手臂，"但其实我一点也不光鲜，我是从泥里爬出来的，哥哥。"

他嗓音发抖，带几分羞耻的颤音——比自称要当左正谊的狗的时候还要羞耻。

准确地说，那时候他不羞耻，趴在左正谊脚边当狗是他故意而为的，上面覆盖了一层厚厚的伪装。

他游刃有余，想高就高，想低就低。

直到今晚被揭了老底，纪决才不得不露出伪装下的本色，装相不好用了，藏不住那些年的狼狈，那些不是值得炫耀的过往，是丢脸的窝囊历史。

每一年，每一年，他多失败一次，就多一次无能的证明，那些证明齐声嘲笑他：你不配。

"左正谊是天才，你是什么东西？"

"都怪你，为什么要站得那么高？"纪决看着左正谊，明明在低头，却有仰视的味道，"我做梦都想把你拉下来，然后——"

左正谊今夜的泪早已干透，眼睛被风吹得发涩。他没法开口，昏沉沉的大脑也没能把纪决的话消化干净。

人与人之间确实有差别，有些人看似玩世不恭，实则情绪丰富，心思深沉复杂，比如纪决；有些人看似多愁善感，动辄哭个不停，连绰号都叫黛玉，内心却澄澈简单，脑回路单纯，感应力迟钝。

纪决痛苦地剖心放血，他听完的最直观感受是：不至于吧，这有什么难以启齿的呢？

左正谊有点无语，他想，纪决的脸皮在该薄的时候不薄，不该薄的时候反倒薄起来了，难道这就是他上次说的"假惨才值得卖，真惨是丢脸"？

原来如此。

"我又不会笑你。"左正谊挣脱他，好心安慰道，"那些经历哪能算丢脸？照你的逻辑，我也有很多丢脸的事呢，我想想……呃，好像没有，不好意思。"

纪决："……"

左正谊灿烂一笑——这是他今晚的第一个笑容，纪决的坦白无疑讨好了他。

他奖赏似的主动夸他："谢谢你，纪决，你让我的心情变好了。"

"你可真有礼貌呢，哥哥。"纪决说。

"哦。"左正谊不以为意，把自己的手机从纪决兜里捞出来，解锁之后，界面仍停留在微博上。

蝎子的官博没发任何煽情内容，只用几张图和一些数据客观地展示出纪决不为人知的四年，以此来证明他很努力，是靠自己的双手走上职业赛场，与所谓的后台没有任何关系。

左正谊用大号点了个赞，半晌后才打了个哈欠，问："你爸妈为什么会注资蝎子？"

"闲的呗。"纪决嗤笑一声，"想用经济手段干涉我，除了给我招黑，还有什么用？"

"你不花他们的钱？"

"嗯，但我妈有时会给我买东西，我扔出去她就闹，只能收着。"

左正谊闻言想起小时候的事，失笑道："以前我把我爸的钱扔出去，你可不赞同呢，非要拿他的臭钱去吃火锅。"

纪决哽了下："现在我跟你感同身受了。"

"怎么说？"

"很简单，收了钱就要听他们的话，再没有自由，也没资格恨了。"纪决冷冰冰道，"我还没恨够呢，凭什么让他们花钱买心安？"

左正谊点了点头，没应声，他似乎又不着急回基地了。

纪决问他："你呢？后来和你爸那边还有联系吗？"

"没有。"左正谊撇了撇嘴，"别提了，晦气，我也不需要他。"

他站直身体，转头朝 WSND 基地的方向看了一眼，唉声叹气："哎，我还是得回去，希望周建康已经睡了，好烦。"

"我送你？"

"别。"他按住纪决，叫他站在原地不要动，"我先走，回头给你发微信噢，拜拜。"

左正谊做贼似的，蹑手蹑脚溜回了 WSND 基地。

基地别墅是玻璃门，门内灯光明亮，他悄悄走近，透过玻璃往里面瞄了一眼——好消息，周建康没在一楼堵他。

左正谊松了口气。

他心里已经没气了，像一个冲动之下离家出走的叛逆儿童哭够后冷静下来回想起父母的好，他想起了周建康的好，懊悔自己竟然那么没礼貌地顶撞他，真是狗咬吕洞宾，不识好人心。

哎，但愿周经理大人有大量，别气坏了身子。

但是——左正谊轻咳一声，心想：就算我做错了 99%，难道你就没有 1% 的错吗？谁让你突然提合同，威胁人很烦知不知道？

他蹑脚穿过一楼，迈上楼梯。

奇怪的是，二楼训练室里竟然也没人。队友们呢？才十一点多，今天怎么都歇得这么早？

左正谊满心疑惑地上了三楼，去敲傅勇的门。

傅勇就住他隔壁，他敲两声，门开了，傅勇穿着浴袍叼着牙刷竟然不耽误嘲讽他："哟，祖宗回来了？"

"你爹回来了。"左正谊一脚踹过去。

傅勇扭腰闪开，问："你去哪儿鬼混了？溜出去一晚上不见人影，刚才周建康大发雷霆，我们几个都跟着遭殃了，你可真是个大恶人。"

他说话的时候牙膏沫乱喷，左正谊一退三步远，嫌弃道："等会儿微信聊吧，我先去洗澡。"

回到自己的房间，左正谊还没脱完衣服，微信就响了。

但不是傅勇的消息，是纪决的。他发的是一张小狗从远处飞奔而来的表情包，左正谊看了几秒，从自己收藏的表情里精挑细选出一张作为回复。

决："……"

End："斗图是吧？"

决："[你斗不过我 .jpg]"

End："[我打不死你 .jpg]"

End："你好无聊，我洗澡去了。"

这句刚发过去，微信忽然开始响铃，是纪决发来的视频接通邀请。

左正谊挂断了。

End："？"

决："想看看你是真洗澡，还是不想聊了：)"

End："……"

左正谊放下手机，进了浴室。

他洗澡的时候很容易犯困，洗到一半就想睡觉。今天还格外困，可能是因为哭得太久消耗了太多体力，被热气一蒸，全身的骨头都软了下来，只想躺着。

左正谊坚持洗完，打着哈欠把自己擦干，出来的时候手机躺在床头，正不停地震动。

是微信群消息，WSND 选手内部群"守护全世界最好的蓝 Buff"。

傅勇："@ 左正谊，你人呢？"

傅勇："@ 左正谊，你洗澡要洗一个小时？"

金至秀："怎么，了？"

傅勇："他刚才说要找我聊天，我等了半天也不见人影，我睡了。"

方子航："睡什么睡，来吃瓜。"然后发来一个链接。

傅勇："什么东西？"

方子航："《Righting 的十四个国服账号 ID 清一色和方向有关，出现最多的字是'左'》"

傅勇："哦豁。"

金至秀："哦豁。"

段日："哦豁。"

左正谊："……"

左正谊："什么鬼东西？"

傅勇："你洗完了？"

左正谊："@ 方子航，他是我弟弟，懂？"

方子航："有血缘关系吗？"

傅勇："没有。"

左正谊："关你什么事。"

左正谊躺到床上，把灯关了，摸黑看手机。他无视队友的调侃，打听今天晚上的事。

左正谊："周建康都说什么了？"

左正谊："郑茂呢，他在干什么？"

傅勇："周建康没说什么，就骂街呗，把我们几个挨个数落了一遍，'打得不好啦''状态差''不认真''迟早要栽跟头'……"

傅勇："哦，糟了，他让我提醒你回来之后去找他谢罪，我给忘了。"

左正谊："忘得好。"

左正谊："郑茂呢？"

方子航："不知道，一晚上没见人影。"

段日："不会又出门了吧？他总往外跑。"

金至秀："没有，他在，我看见了。"

聊到这儿，不断新增的群消息忽然停了，左正谊微妙地察觉到了气氛的不对——没人再往下说了。

顺应话题，再往下说的话就应该是讲郑茂的错处，比如他今晚 B/P 做得不好、他生气了罢工不复盘、他经常出门疑似是和许宗平一起做大保健……

平时这种尺度的话题大家没少聊，在背后骂领导和教练实属常事，今天他们突然都不说了，不约而同学会了"分寸"。

左正谊当然明白缘由——这几个队友都不傻，他们知道他今天和郑茂，甚至和周建康闹了个大的，不宜再拱火，否则会出大事。

左正谊叹了口气，心想能出什么大事呢？他是真心实意不想离开WSND，无论如何。

其实他并非不能受委屈，他只是脾气不好，反应过激了。消气之后静下心一想，周建康的难处和苦衷他都理解。

郑茂虽然不是东西，又 low 又废物，但废物也有人权，他应该态度稍微温和点，不应该在比赛时让郑茂下不来台，这样怎么可能不闹矛盾呢？

归根结底，他是想解决矛盾，而不是故意制造矛盾。

"唉。"左正谊在床上滚了两圈，钻到枕头底下，捂住了自己的脑袋。

他不想为这些场外因素烦心，他只想练剑，只想练剑。

他曾经说，他想像程肃年在 SP 那样，成为 WSND 的旗帜性人物。但程肃年是 SP 的 Leader，做的事远远超出了选手的范围，这一点圈内皆知。

可左正谊不一样。

他忽然意识到，他似乎天生不适合当 Leader，虽然他喜欢被服从，但他讨厌处理人际关系。他只要被追随，不想去管理。

当然，也不喜欢被管理，他只是一个想当天下第一的平平无奇的小剑客罢了。

"唉。"左正谊又滚了两圈，把被子当成出气筒，掀得乱七八糟。

将近凌晨一点的时候，他才睡着。可能因为睡前在心里练了剑，梦里的他也在练剑，一宿下来，把自己累得腰酸背痛。

周建康来敲门的时候，他还没醒。

门外的人说："出来，有事找你。"

左正谊翻了个身："什么事啊？晚点再说行不？才——"他看了一眼手机，"才十一点！"

"'才'十一点？我打断你的腿！"周建康喝了一声，然后忽然压低声音，悄悄地说，"刚才我给许总打了个电话，聊你续约的事，他同意了，

你出来谈谈合同吧。"

左正谊腾地坐起来："续约？！"

"是啊，你不就是想续约吗？还想涨薪吧？我给你涨。"周建康的笑声从门缝里钻进来，他跟老板聊得顺利，心情不错，"兔崽子，我是不是你的亲爹？"

这叫什么？打一棒子给个甜枣？昨晚刚说他的合同只剩不到一年了，今天就续约？

左正谊几乎有点难以置信，没想到他大闹一场，竟然还能换来这种好事。

"你不会在骗我玩吧？"他穿上衣服下床，去开门。

周建康走进来，回手把门一关，说："骗你干什么？跟你续约是迟早的事，赶早不赶晚，晚了怕有变故。"

"哦……"左正谊光脚走在地板上，竟然走出了踩棉花的感觉，轻飘飘的。

他心里高兴，看周建康都觉得比平时英俊多了——这确实是他的亲爹。

周建康担心发生什么变故？无非是怕郑不群利用私人关系，去许宗平那里挑拨离间，阻碍他续约，所以不如趁早签了，什么关系都不如一纸合约坚固。

周建康拉开椅子坐下，看左正谊一眼："我们先聊聊，你想续几年？"

四 »»»

左正谊刚睡醒，人有点迷糊，听到的所有话还没在脑中排列出正常的逻辑顺序以供思考，他先提取出了一个重点：WSND主动提续约，想留下他。

这让他很高兴。

周建康问："你想续几年？"

"不知道。"左正谊穿着睡衣，抱着枕头坐在床边，和椅子上的周建康对视，明显心里没概念，竟然反问，"你觉得呢？"

周建康说："我和许总粗略谈过了，他觉得，具体条款可以参照你现在的合同，把年薪往上提一提就好。但我想问问你自己的意见。"

左正谊能有什么意见？他根本不在乎这些东西。

他现在的合同是去年夏天签的，1+1 模式，即一年合约加一年自动续约——如果签约满一年后选手想离开，或者俱乐部想卖，他就进入转会市场。如果双方都无意见，就自动续一年。

左正谊已经签满一年，几个月前才触发自动续约，截至今日，合同剩余时间不足一年。所以，即使今天不谈，最晚到本赛季末，他也得和WSND 谈新合同了。

合同的重点无非两个：一，时间；二，钱。

左正谊现在的年薪是四百万，以他的技术和名气来说这不高，甚至有点低。

但高还是低，要看怎么比、跟谁比。

去年签 1+1 的时候他刚出青训营，还算新人。从新人的角度来说，四百万已经是天文数字了，WSND 对他很好，殊不知多少选手一辈子也混不到四百万年薪。

但今时不同往日，短短一年，左正谊就在中路大放异彩，现在他是EPL 数一数二的明星选手，再拿四百万打发他，就显得有点寒酸了。

所以续约的第一件事就是涨薪。

周建康盯着左正谊，见他一脸茫然，无奈道："你真是心里没数，连钱也不喜欢？"

"喜欢啊。"左正谊道，"但多少算多呢？差不多就行了，我也花不完。"

周建康用看傻子一样的眼神看着他，诧异道："你知道上海的房价是多少吗？区区四百万年薪就敢大言不惭'花不完'？"

左正谊："……"

好吧，可他又没打算在上海买房。他想退役后回潭舟岛生活，四百万简直够花一辈子了。

不过他才十九岁，现在就考虑退役之后的事未免太早。

"你们准备给我涨到多少？"左正谊为表现出对钱的热爱，主动问，"还有直播合同呢？有没有变化？"

这个问题问的，周建康终于觉得他还不算太傻，会抓重点。

左正谊当然不傻，他只是不太在乎罢了。

他知道，在谈续约这件事上周建康和他不算是同一立场。俱乐部不是慈善组织，不可能让他随便开价。

即使周建康想给他争取更好的待遇，也得考虑俱乐部的利益，况且WSND 的一把手是许宗平，周建康顶多算个中间人，权力说大也大，说小也小。

到底是大还是小，他在其中都说了什么、做了什么、起到了什么作用，左正谊不知道。

但他相信周建康。

"哎呀，你来决定算了。"左正谊有点不耐烦了，"我好饿，想去吃饭。"

周建康一哽，怒道："才聊两句你就想跑，不行——给我坐下！"

"好吧。"左正谊不情不愿地重新坐回床边。

周建康长话短说："直播合同暂时没变动，还是俱乐部抽成百分之二十，你要有想法可以提，我们再商量。年薪给你涨到八百万，期限的话……许总的意思是续三年，你觉得呢？"

"唔，我没意见。"

在左正谊看来，续三年和续三十年没有本质区别，他不打算离开WSND。这中间无非是涉及一个新合同可以涨薪的问题，但他觉得八百万不算少了。

周建康点了点头："那我去叫法务拟一份草书，回头给你看，没问题的话就去联盟申报。"

"好，你去吧。"左正谊饿得肚子咕咕叫，连忙把人往外推。

周建康走后，他第一时间去洗漱换了衣服，准备下楼吃饭。就在这个时候，手机震动了一下，有新的微信消息。

决："起了吗？早安。"

左正谊打了个哈欠，边下楼边回复。

End："都中午了，你是猪还是把我当猪？"

决："我是猪。"

这时，左正谊走到二楼，几个队友都已经在电脑前坐好了，他是最晚的一个。

他去一楼拿了点吃的上来，在一二三楼穿梭的过程中，他将整个基地扫视了一遍，主要搜寻郑茂的身影。

找到了，郑茂今天没罢工。这厮在一楼的教练办公室里忙碌，隔着玻璃墙，察觉到左正谊的注视，他抬起头，和左正谊对视了一眼，竟然还笑了一下。

不愧是郑不群，不论心里怎么想，表面功夫一点不少。

左正谊学不来他的虚伪功夫，但也不好给他甩脸子，只好僵硬地笑一下，勉强当作一笑泯恩仇吧——泯不泯得掉另说。

左正谊回到二楼训练室，坐到自己的座位前吃饭，继续和纪决聊天。

他一手拿吃的，一手戳屏幕打字，动作慢吞吞的，有点滑稽。

傅勇瞥来一眼，欠欠地道："哟，这不是今天续约的世界第一中单End哥哥吗？几分钟不见，怎么残疾啦？"

左正谊头也不抬："你这菜狗消息还挺灵通。"

傅勇跟他互骂惯了，已经对他的攻击免疫，笑嘻嘻地凑过来，压低声音问："哥们儿打听下，周建康给你涨了多少年薪？"

"关你什么事？"

"我也想涨啊。"傅勇拉住他的袖子，撒娇似的摇了摇，"人家得多赚钱，攒老婆本，End哥哥帮我说几句好话，告诉周总，我也想涨薪，好不好嘛？好不好嘛！"

"呕！"左正谊差点把早饭吐出来，"求求你说人话。"

方子航在一旁狂笑，挖苦道："最近猪肉都掉价了，你还想涨？"

傅勇顿时恼怒，随手抄起一个东西就朝方子航砸了过去。

左正谊瞪大眼睛："我的鼠标！"

"呸，都已经是年薪几千万的人了，还在乎一个鼠标？"傅勇酸溜溜地道，"格局小了。"

左正谊白他一眼："你梦到的几千万？"

"没有吗？那周建康给你涨到了多少啊？"

左正谊没正面回答："你猜。"

微信里，纪决也正在问。

决："为什么突然续约？"

决："年薪怎么说？"

End："八百万。"

决："？"

决："只有八百万？"

End："什么叫只有？"

决："哥哥，你怎么傻乎乎的？EPL 一线选手有好几个千万年薪了，你不知道自己是什么级别？"

End："……"

End："我又不差这点钱。"

决："这不是差不差钱的问题，是 WSND 怎么对待你的问题。"

End："你别挑拨离间。"

纪决说的话左正谊不爱听，他没回复，注意力收回到队友身上。

傅勇和方子航也在聊。年薪是个热门话题，选手私下都喜欢交流，信息互相传播，有不少小道消息，只有左正谊平时不太关注这方面。

"至少也有一千万吧？"傅勇的猜测和纪决不谋而合，"我听说千万是一道坎，过千万才算大牌选手，我们 End 哥哥肯定算。"

方子航道："说到这个，你们知道吗？SP 今年也给改皇续了一份新合同，据说年薪两千多万，直播合同还是单算的，SP 不抽成。"

"改皇"是封灿的绰号。封灿当年是知名游戏主播出身，直播合同能卖出天价，比他打职业赚得多多了，SP 不干涉他的直播合同，意味着让渡了大部分利益。

左正谊听得愣了一下。虽然他不在乎钱，但纪决说得对，这好像不是钱不钱的问题，而是 WSND 怎么对待他的问题。

左正谊的心情忽然有点低落，宛如被浇了一盆冷水，浑身湿凉，喉咙却干涩，说不出话。

以前他真的从来没在乎过这些乱七八糟的东西。WSND 是他的家，像一个温暖的美梦。而现在不知怎么回事，也不知从什么时候开始，他被人从梦境里强行唤醒，睁开眼睛，进入了一个有人际冲突和利益计较的现实世界。

最糟的是，他没办法，只能学会适应。

怎么适应？要么就别在意，按流程正常续约。要么就……难道还能不续？

左正谊叹了口气，不管纪决上一句消息是什么，他放弃上下文互动，单方面把纪决当成出气筒。

End："好烦好烦好烦，你烦死了！我想打你。"

第十一章　WSND

人的一生只有一段青春，他想，也许他眷恋的不是 WSND，而是自己在
这里成长的四年时光。

左正谊给纪决发完消息就没再看手机，直到晚上训练结束。

今天训练的气氛稍显沉闷，不如往常，主要是因为左正谊忽然变得沉
默了。

他脸色不好，是从听到 SP 给封灿的待遇时开始的。傅勇和方子航对
此有所察觉，对视一眼，同时回过味来，住嘴了。

他们俩不说话，整个二楼就没什么人声了，只剩下键盘和鼠标的敲击
声，以及偶尔有人发出的一两声咳嗽。

郑茂上楼来做复盘时，气氛也没变好。

但左正谊这个人有点另类，他有一种神奇的能力，一般选手打游戏会
受情绪影响发挥不好，他正相反，心情越差出手越狠，状态好得令人无语。

不过也可能不是因为心情差才出手狠，回想前几场比赛，他每一场的
状态都好得夸张。以前有人说他出道即巅峰，现在看来，他的巅峰期可能
才刚刚开始。

晚上十一点，左正谊在训练赛里获得大胜。

打完之后，队友作鸟兽散，上厕所的上厕所，吃夜宵的吃夜宵。左正谊一言不发，拿起手机上楼，回到自己的房间把门一关，给纪决打电话。

在这种情况下，纪决是他唯一能卸下心防坦诚倾诉的亲人或至交。

"我好累啊。"左正谊趴到床上，把鞋蹬掉，嗓音闷闷的，"今天训练很烦，但我的手感很好，好到有点……"

"有点什么？"

纪决似乎刚训练完，背景略吵。左正谊听见一阵脚步声，紧接着是关门声，吵闹的杂音消失了，纪决的声音清晰起来，对他抱怨："手感好得想打我？还打完就跑，不回消息。"

"对不起。"左正谊道了声歉，声音很轻，带点委屈，不像他平时趾高气扬的样子。

他憋闷了一天，终于能够在纪决面前释放，忍着哭腔说："我心情好差，可手感是真的好，越好我就越觉得我好像没法融入团队。你知道吗？我好厉害啊，纪决，我这么厉害，怎么就不能得到自己想要的呢？"

左正谊简直是个奇才，别人伤心失意会自我贬低，怀疑是不是自己做错了什么，可他一本正经地夸自己，还一边夸一边哭。

"我只是想在 WSND 退役，我不在乎年薪多一点还是少一点，差不多就行了。"他抽泣了一下，"可为什么要差那么多啊？是我不配吗？封灿是冠军 AD 没错，可我迟早会是冠军中单啊……国内还有比我更能 C 的中单吗？外国也没有。"

他逼问纪决："所以为什么？你告诉我，为什么？"

"是你的错。"纪决竟然不安慰他，"你要的太少，他们当然不会给你太多。"

"你胡说。"

"我是不是胡说你一点感觉没有？续约谈合同，他们不跟你商量吗？"

"商量了。"

"然后呢？"

左正谊顿住，半晌才抽噎着说："然后我……我对周建康说'你来决定算了，我没意见'……好了好了，我知道你要说什么了，闭嘴，不许骂我。我给你打电话不是为了让你骂我的，你敢骂我就挂了。"

"我还没骂呢。"纪决叹气，"是你在骂我，祖宗。"

左正谊不说话了，只哭。

他哭的声音不大，只是因为抽泣影响了正常喘气，让他的呼吸声断断续续，时高时低。

纪决问："那你现在怎么想？"

左正谊侧躺在枕头上，手机放到眼皮底下，闷声问："什么怎么想？"

纪决说："续约啊，既然对续约条件不满意，你还要续吗？"

左正谊怔了下，这个问题好比是在问"你要离开 WSND 吗？"

答案当然是不。

左正谊在 WSND 待了四年多，度过了四个夏天、四个春节，除非特殊情况，他没有离开过俱乐部基地一天。

这里不仅是他精神上的家，也是他现实意义上的家。

逢年过节，队友能放假回家和父母团聚，他不能，他没有父母，也没有自己的房子。他从十五岁开始在 WSND 吃年夜饭，煮阿姨放假之前为他冻好的饺子。

偶尔也有回不了家的工作人员和他一起过节，他是小孩，虽然薪水比他们高，但他们还是会给他发压岁钱，金额不大，图个吉利。

后来工作人员换了几茬，给左正谊发压岁钱的人已经辞职走了，但左正谊还留在 WSND，那些记忆融入基地的一砖一瓦里，挥之不去，历久弥新。

人的一生只有一段青春，他想，也许他眷恋的不是 WSND，而是自己在这里成长的四年时光。

但 WSND 就是这四年时光的具象化，是组成左正谊的一部分。没人能割舍自己的一部分，也许能吧，只是很难不痛苦，和左正谊当初离开潭舟岛时的痛苦相差无几。

如果真有这么一天，无疑是他的第二次死亡。

左正谊陷入了漫长的呆愣中，纪决在电话里叫："喂？"

"嗯。"他回过神来应了一声，哭得越发克制。

哭腔对纪决而言是天大的痛苦折磨，但也无可奈何，只能尽量冷静地为他考虑和分析。

"我知道你不想离开。"纪决说，"别哭，事情还没那么糟，你再和他们谈谈，反正还没签呢，去联盟上报审批也要一段时间，再等等，好不好？"

左正谊想说好，又改口："我不想谈，我觉得好烦。"

他说话拐弯抹角，但纪决听得懂："我明白你的意思，你想让他们主动对你好，不想自己去争取、去谈判，你觉得强行要来的东西没有意义，对吧？"

"也不全是。"

"那是什么？"

"我也不知道。"左正谊语无伦次地说，"我以为周建康会给我很好的条件，可他没有，是因为他只能争取到这种程度吗？我知道不该责怪他，可我忍不住有点失望，还……有点伤心。"

纪决顿了顿："哥哥，人际关系是很复杂的。"

"我知道。"左正谊说，"可他一直对我很好。"

"他对你好和 WSND 不想给你开高薪冲突吗？不冲突。也许正是因为你不在乎钱，他才更喜欢你，认为你不慕名利，是个纯粹的好孩子。你很好打发，他一边搞定老板一边搞定你，周旋在你们之间，花最小的力气，得到两全其美的结局，你和老板都满意了——这不就是战队经理的职责所在吗？"

纪决三言两语就分析清楚了左正谊和周建康之间的关系，把左正谊心里的温情全部捏碎。

左正谊能明白，能听懂，人与人之间的交情不是非黑即白，周建康在乎他，也为他做事，只是做不到他想要的那么多，这不意味着他们的关系一文不值，而是——

"是我太自以为是。"左正谊擦了擦眼睛，"我以为地球围着我转，所有人都该无条件对我好，我不用开口去要。"

他哭得嗓音都变了，语气里带几分忽然醒悟的自暴自弃，却听纪决的声音从手机里清晰传来："不要再哭了，左正谊。地球不围着你转，我围着你转，别人不对你好，我对你好，行吗？"

左正谊不说话，趴在枕头上点了点头，意识到纪决看不见之后，他才开口，轻声细气地说了声"好"。

至此，他终于不哭了，但仍然情绪低落。

纪决哄他："你应该想开点儿，哥哥。你爱的是 WSND，不是周建康，也不是许宗平。WSND 是什么？你想想。"

左正谊愣了下。

WSND 是什么？

他最先想到的是队徽，挂在一楼大厅的墙上，进门第一眼就看得到。然后是队旗。基地大门口竖着一旗杆，在有风的天气里，蓝白色队旗随风飘扬，"W"字母跃动在每一个春夏秋冬。

还有，每一场比赛都在台下为他呐喊的粉丝，男女老少皆有，他们穿统一的 WSND 文化衫，举灯牌、手幅，高声呼喊他的名字。

左正谊眼眶一热，枕头又湿了。

"你得把管理层和俱乐部分开来看，管理层可能不做人，但 WSND 不会伤害你。"纪决温声说，"想要高薪就去争取，那是你应得的，WSND 的所有粉丝都会支持你，别为无关人等伤心。"

"我知道了。"左正谊应了一声。

纪决的声音更低："别再哭了好不好？"

"嗯。"左正谊点了点头，竟然说，"谢谢你。"

纪决噎了一下："你故意的吧，还有吗？"

左正谊一哽："你要求还挺多，好吧。"

他清了清嗓子，用机械化诗朗诵一般的口吻说："纪决，你真好，真的非常感谢你噢。"

纪决："……"

"满意了吧？"左正谊说，"那我去洗澡了，挂了。"

至此，左正谊的心情终于畅快多了。

他是在为 WSND 的战队精神和所有支持 WSND 的人而战斗，不是为经理和老板。他决定去跟周建康重新谈一下条件。

左正谊好不容易打好腹稿，没想到第二天周建康出差了，不在基地，

第三天下午才回来。

这时左正谊已经把那些礼貌客气讲道理的台词忘干净了，他走进周建康的办公室，简单粗暴地说："合同重新谈一下吧，我要加薪。"

像左正谊这样没出过社会的人，一般脸皮薄，不大好意思直接谈钱，为说这句话他鼓足了勇气——明明他不理亏，可他竟然心虚。

他站在周建康的办公桌前，一只手背在身后，下意识地揪住自己的衣摆，眼睛倒不闪躲，盯紧周建康，想看后者会给什么反应，他很在乎。

周建康的反应不太明显，只微微愣了一下，很快恢复如常，指着椅子让他坐。

左正谊不坐。

周建康问："加多少？"

加多少左正谊没想好，他心里没有确切的数字，因为那不是他的期盼。他只是不想比别人低，否则显得他不值钱、不被重视。

"一千五百万？两千万？"左正谊试探地说，"直播合同也重新谈一下吧——你那是什么表情？"

周建康叹了口气，眉毛拧在一起："有人跟你说了什么吗？"

"是啊，你猜到了。"左正谊不隐瞒，周建康的问话反而激起了他心底的委屈，他郁闷道，"你应该比我更懂行吧，还用我多说吗？"

周建康又叹了口气，说："正谊，每个俱乐部的财政状况不一样，不好直接比较。我——"

左正谊打断他："我不想听这种话，你只说同不同意就好了。"

"同不同意不是我说了算。"周建康低头避开他的视线，整理了一下办公桌上的文件，叹口气道，"我云和许总谈谈，你等我的消息吧。"

左正谊答了声"好"，转身要走。

周建康叫住他，可能心里有点愧疚，放轻声音说："正谊，你别想太多，有心事就来找我说吧，我们之间没什么是不能商量的。"

他话里有话，似乎是不希望左正谊听信别人的谗言，疏远了他们之间的关系。

左正谊含糊地应了一声，推门走了。

在此之后，左正谊不知道周建康和许宗平到底谈没谈成，他等了很久，也没等到周建康的回话。

但时间不等人，比赛还得照常打。

十月九号，WSND 对战 KI 战队。

十月十四号，WSND 对战 MX 腾云战队。

十月十九号，WSND 对战 UG 战队。

十月二十四号，WSND 对战 TT 战队。

……

左正谊一直等不到续约的消息，心里憋着股火，在场上打得格外凶，为证明什么似的——尽管有眼睛的人都看得到，他就是无价之宝，是 WSND 上辈子拯救了银河系、积了大德才捡到的天才。

天才带领 WSND 在十月获得全胜，一路赢进十一月，贡献了让 EPL 官方剪辑师剪到手软的无数高光名场面。

不止 EPL，几乎全世界的目光都望向了他。每个人都很好奇，左正谊的状态为什么那么疯狂，又那么稳定？他的巅峰究竟有多高？

不知不觉已经十连胜了，他会刷新自己上个赛季十五连胜的最高纪录吗？

左正谊也不知道。

虽然战绩很漂亮，但 WSND 在打法上存在的问题并没有解决。这段时间，左正谊气势如虹，根本无人能挡，场上场下皆如此。

当一个人强到某种程度，他身边的人会不自觉地服从他，不会对他产生任何异议，即便心里有微妙的想法，也没资格提出来。

那些"想法"在左正谊近乎非人类的操作下显得非常可笑，连 WSND 的数据分析师都有点动摇：左正谊还需要战术上的辅助吗？

数据告诉他，左正谊 1v1 无敌，1v2 大概率能双杀，1v3 几乎不会死，1v4 有机会换一个，1v5……当敌人倾尽全队之力来抓左正谊的时候，WSND 另外四人随便做点什么都好，怎么打都不会输。

但左正谊并不高兴。

他逐渐意识到，许宗平好像是在拿捏他。他的价值已经无须证明，但他带着脾气打比赛，有意想证明自己，越这么做越说明他不想离开WSND。

这是他的弱点。

但许宗平拿捏了他的弱点，似乎也不是为了省钱。WSND真的缺钱吗？左正谊不信。

他们每年不算比赛转播费，光赞助商给的钱就是天文数字了。况且许宗平本人就是一个不差钱的土老板，上个赛季花重金买下金至秀，没见他有过一丝手软。

可除了钱，还能是因为什么？

左正谊思来想去，隐约猜测可能是领导嫌他"功高盖主"吧，想挫一挫他的锐气，让他听话，除此以外再没别的原因了。

他的确越来越像个队霸，和上个赛季一样，教练组再次沦为他的陪衬。

郑茂完全失去话语权，一开始还跟他争辩几句，后来可能意识到争辩无用，能赢的就是爹，从此放弃对他的管教，连每一场的复盘都不深入做了。

WSND的复盘很没意思，他们的弱点始终如一，优势也从来不减，复不复盘都改变不了什么。

左正谊心情不好，脸色就不好，他演不来卑微的戏码，没人来哄他，他也懒得去搭理别人。他甚至想，大不了就不续了，没关系，就算离开WSND有死亡那么痛苦，他又不是没"死"过，怕什么呢？

每当这个想法从脑海里冒出来时，他确实就体会到了濒死般的感觉。然后忍不住打开微博，看看WSND官博的评论区里粉丝们在说什么。

"正谊不怕乌云"依旧活跃在每一条微博的热评里，除了她，还有其他左正谊觉得眼熟的粉丝。

虽然最近WSND的队内气氛不好，但外界对此一无所知。超话里和论坛上，队粉都在庆祝十连胜，有人转发抽奖攒人品，也有人写长文分析战术，给战队提意见，希望他们能走得更远。

除了这些有正经内容的评论，还有很多重复的、完全是情绪抒发的消息闯入左正谊的视线里，比如"End要加油，我好喜欢你，WSND是冠军"之类的话，左正谊顺着私信列表往下拉，一天能刷出无数句。

被人喜欢着的感觉很好，但左正谊越看越委屈，渐渐就不想看了。

他们不知道他的委屈，只一股脑地祝福他、夸奖他，他很想把粉丝当成朋友去诉苦，得到一些安慰，但不行，他不可能开口，只能忍着。

这种忍让左正谊越发难受，他把微博评论提醒关了，私信设置改成"只接收我关注的人的私信"，世界一下子清静了。

唯一能安慰他的人是纪决。

纪决最近的处境跟他相似也不相似。相似的是，蝎子终于赢了，并且也开始连胜了。相反的是，纪决在队内竞争中成功上位，开始玩打野，心情好了起来。

蝎子的 AD 位由之前的替补 AD 选手担任，Gang 被挤下场，坐上了冷板凳。

十一月上海的气温逐渐降了下来，今天晚上，蝎子刚刚大胜一场。左正谊坐在基地二楼的窗边吹冷风，拿手机看完比赛直播，给纪决发微信。

End："你打得很好哦。"

纪决刚下场可能在忙，半天才回复。

决："你在看我的比赛？"

End："闲得无聊罢了。"

End："刚打完训练赛，休息呢。"

决："好几天没见面了，今晚有空吗？"

End："明天吧，可以见个十分钟。"

决："明天几点？"

End："到时候再约。"

左正谊靠在窗边，打了个哈欠。

WSND 二楼训练室准确地说应该叫训练大厅，走出大厅，往休息室的方向走，会路过一面贴满照片的墙壁。

这些照片有一部分是左正谊亲手贴上去的，包括他的正面照、侧面照、捧着奖杯大笑照、穿队服的背影照……

他看了一眼，移开视线。左正谊也不知道自己是怎么想的，心里忽然升起一股难言的情绪，可能是愤怒，也可能是别的什么，这股情绪促使他给周建康发了条微信——

End："你告诉许宗平，他赢了。"

End："我不续约了，赛季末就滚。"

今晚周建康不在基地，左正谊的消息刚发过去，他的电话就立刻打了过来。

左正谊没接，把手机设置成静音模式，继续在窗边吹冷风。

说不难过是假的，但难过也无可奈何。就像 EPL 的赛程雷打不动地推进，时间奔流不息，不为任何人停留。

再过两个月，左正谊就二十岁了。他想，二十岁也该有点大人的样子了。

他在 WSND 待的这几年，不仅没成长，还越活越回去了，十岁的时候都比现在坚强。

是因为过得太顺利了吗？温室使人变得脆弱。

左正谊盯着不停闪动来电的手机屏幕，终于接了。

周建康的声音有点意外："正谊，你怎么了？突然说这个？"

"突然吗？"左正谊握手机的手指微微发抖，"拖了一个月你们都快忘了，当然觉得突然。但这一个月里的每一天对我来说都是煎熬，一点也不突然。"

周建康沉默了一下："你别说气话，我还在给许总做工作，他最近太忙不好约，我想和他当面谈谈……"

"算了吧。"左正谊打断他，声音不高，说的话却刺人，"我现在明白了，你和他就是一伙的。他唱黑脸你唱白脸，不把我治服不算完，对吧？"

"没有，你别胡思乱想。"

"我说的是实话。不过你们放心，就算决定不续约了，剩下的时间我也会好好打，无论如何我都不会在场上摆烂，你们也尽早物色新中单吧。"

说完，左正谊不想再听周建康的辩解，把电话挂了。

他吹够了风，关上窗户回训练室。

队友们大多休息了，只有傅勇在电脑前坐着，听见他的脚步声，转过头来看了一眼，欲言又止。

要在平时，左正谊一定会缺德地损傅勇几句，但今天他张了张口，竟然词穷了。

傅勇得到了一个主动出击的机会："哟，你哑巴了？"

"弱智。"左正谊随口回了一句，走到自己的位子，拔下键盘，准备拿到休息室里去洗。

傅勇叫住他："最近到底怎么回事？别装哑巴了，大哥，跟我们说说行不行？"

"就是你们猜的那样呗，续约合同谈崩了。"左正谊说，"这种瓜你们不是经常吃吗？又不新鲜，还问个什么。"

傅勇噎了一下："别人战队的瓜和我们自己的瓜能一样吗？你别吓我啊。"

左正谊没吭声。

傅勇盯着他问："不会吧？你不可能不续约吧？"

"你猜。"

"我觉得会续。"傅勇肯定地说，"建康哥和许老狗就是在搞事儿，他们怎么可能放你走？"

这句话踩到了左正谊神鬼莫测的雷点上，他冷冰冰道："他们想怎么样就怎么样是吧？我是狗吗？任他们摆布？"

"没、没！我没这个意思！"

"我不和你生气。"

左正谊拿着键盘转身就走，走到一半突然又退回来，把键盘重新插回电脑上："去他的，不洗了。"

整整一夜，WSND全队无人能眠，基地寂静无声。

这种寂静犹如暴风雨来临之前的宁静，乌云从左正谊忽然闭紧的房门开始布满天空，大雨迟迟不落。

左正谊躺在床上跟纪决打电话。

他刚洗完澡，头发没擦干，潮湿地铺在枕头上，浸出一片湿痕。身体也没擦干，裸露在被子外的肩膀沾着水珠，水珠滑过锁骨，倏地不见了。

有点冷，左正谊打了个寒战。

他整个人湿漉漉的，唯独眼睛很干，不哭了。

电话那头，纪决几乎是在哀求他："你睡觉好不好？既然已经决定了，就别再折磨自己，熬夜伤身，哥哥。"

"你困了？"左正谊说，"那你睡吧，不用陪我。"

纪决哽了一下："我不困，我是想让你睡觉。"

"我也不困啊。"左正谊侧躺着，盯着手机屏幕，眼里却空无一物，"我就是想发会儿呆，没别的意思。我没叫你陪我，你不想陪就算了，别催我睡觉行不行？烦死了。"

纪决："……"

他刚骂完纪决，对方还来不及反应，他又换了个语气，可怜兮兮地说："我好冷。"

纪决在电话那头直叹气，沉默片刻，忽然说："你能出来吗？"

"不能。"左正谊拒绝，"我好冷，不想动。"

纪决放轻嗓音，哄他："穿上大衣，我在老地方等你。"

"不要。"左正谊仍然拒绝，"想见我就自己来，你想想办法吧。"

"什么办法？你们基地又不让我进。"

"我不管。"

"要不我去敲门？但被人知道的话，可能会影响你的名声。"

左正谊不吭声了。

他不说话，纪决也不说话，两人听着彼此的呼吸声，同时陷入沉默。

不知过了多久，当纪决以为左正谊睡着了的时候，他终于又开口了。

"纪决，你说我离开 WSND 之后能去哪儿？"他的声音如一潭死水般平静，"应该会有很多战队愿意要我吧？可我怎么没有一点期待呢？哪都不想去。"

纪决顿了顿："蝎子怎么样？采不？"

左正谊道："你说了算吗？"

"我说了不算。但只要你想来，没有俱乐部不想要你。"纪决躺在床上，受姿势的影响，声音比平时更低沉几分，他说，"我打职业，练了几年打野，就是为了当你的野王。左正谊，我希望你能和我当队友，但如果你觉得蝎子不合适，我也不会利用感情绑架你。转会是很重要的事，你应该选一个最好的战队。"

左正谊没答话。

他的情感状态还没进入"选下家"的阶段，之所以会开始思考"以后去哪儿"，是因为心里有了关于未来的恐惧。

就在不久前，铺在他面前的路仍然光辉璀璨，他是全世界最前途无量的中单选手，没人不羡慕。但短短一个月过去，今天他竟然开始为不知道以后睡在哪个俱乐部的床上而忧心忡忡。

新东家的管理层会更好吗？新队友怎么样？教练如何？能相处好吗？

到时如果在赛场遇到 WSND，可就是敌人了啊。以前那些为他疯狂呐喊过的 WSND 粉丝，还会再喊他的名字吗？他们会不会觉得左正谊是为了钱而背叛 WSND？会不会对他失望、讨厌他，甚至恨他？

他曾经奉为信仰并为之奋斗的一切，以后再也不会和他站在一起。

他拼命去攀登的那座山，究竟是什么山？他怎么爬到一半，突然连抬头远望的力气都没有了呢？

左正谊心如刀割，只觉前途灰暗，未来没有任何一点值得期待。

他挨着枕头的半边脸颊不知何时已经被泪水打湿，察觉的时候他愣了一下，伸手胡乱抹了把脸，语气倒很平静，听不出异样。

"我睡了。"他对手机说，"明天如果有时间就去见你，我觉得周建康可能会奉命来找我谈话，就算是虚情假意，从利益角度考虑，许宗平也得挽留我一下吧？"

"嗯。"纪决应了一声，忽然说，"我和蝎子的合同也签得不长。"

左正谊没明白他什么意思。

纪决说："我是想告诉你，不管你以后去哪个俱乐部，我都会想方设法去同一个，不会让你孤单一个人。你放心做选择就好，什么都别怕，我永远站在你这边。"

左正谊抬手捂住眼睛，眼泪从指缝往外流，他哭得头晕，含糊地应了声"好"，然后挂断了电话。

这可能是自左正谊进 WSND 的大门以来，最煎熬的一夜。

天亮之前，他终于睡着了。

但没睡多久就被噩梦惊醒，出现在他梦里的人是"正谊不怕乌云"。这个一贯最爱他的粉丝头子，得知他要离开 WSND，忽然换了副面孔，把从前写的那些夸他的小作文都删掉了，然后重新写了一篇痛骂他的长文。

左正谊在梦里读到一半就醒了，然后一直睁眼盯着天花板，几乎麻木地沉默到了十点，不想起床。

十点二十多分，周建康来敲他的门。

他猜得没错，周建康果然是要来挽留他一下的。但他没想到来的不止周建康一个人，许宗平竟然一起来了。

"你先洗漱一下，许总在楼下等你。"左正谊下床开门的时候，周建康压低声音说，"他想跟你好好谈谈，你冷静点，正谊，咱们有话好好说。"

这话说的，好像左正谊会吃人似的。

左正谊心里冷笑一声，很配合地刷牙洗脸换了衣服，又仔细照了照镜子。很好，他的脸上看不出哭过的痕迹，只有冷漠无情。

周建康仍然在门口等，拿出了前所未有的耐心。

左正谊的脚刚迈出门，他忽然靠近几寸，为拉近关系似的，提前透露："昨晚我和许总聊了半宿，他同意给你加薪了。"

周建康用手指比画数字，一个"二"，一个"五"。

左正谊有点意外："两千五百万？"

周建康点了点头，又比了一个"四"。

左正谊道："什么意思？"

"四年。"周建康说，"一年两千五百万，签四年，你愿意吗？"

▶▶▶ 游戏相关术语一览

游戏相关设定：

水晶：游戏一般有上、中、下三条线路，每条线路都有防御塔和一个主水晶，任意一方通过一条线路或者多条线路摧毁对方的防御塔及水晶即为获胜。水晶是游戏的最后保障，它可以给玩家回复生命值，决定着输赢。

输出：游戏中负责对敌方玩家造成伤害的分工，根据战斗距离分为近战输出和远程输出，根据输出性质不同又分为物理输出和法术输出等。MOBA 游戏一般也有治疗类角色和技能，称为治疗输出。

伤害：玩家之间互相对战造成的伤害，一般分为物理伤害（普通攻击造成的伤害）、魔法伤害（技能或者法术攻击造成的伤害）、真实伤害（无视护甲或护盾造成的实际伤害）。

技能：英雄一共拥有五个技能，一个专属的被动技能，四个普通技能。

兵线：双方小兵交战的位置，通过控线把兵线控制在己方范围内从而干扰对方补兵、打钱，有利于帮助己方取得胜利。

角色分工：

中单：又叫 AP（角色英雄的法术伤害值，也称 AP 伤害），走在地图中路的法师英雄，主要职责是控制游戏节奏、发挥输出和控制技能，同时又有游走支援的能力，主要承担队伍中的核心输出。

上单：单独走在地图上路的玩家，一般在队伍中承担抗伤害的重任。

打野：游走在野区的玩家，打野的英雄大多时候都是由刺客担当，主要承担带节奏、gank 的重任。

辅助：在游戏前期辅助 AD 安全快速地累积资源，提供视野，时刻提醒队友；中后期辅助团队、保护队友，甚至给队友回血。

AD：又叫 ADC，本意是 Attack Damage，即物理伤害，所有角色英雄的普通攻击几乎都是物理伤害。延伸到玩家所处的位置，即和辅助一起走在地图下路，一般是射手担任此位置，保证队伍里持续输出物理伤害。

你我之名 下

娜可露露 著

中国致公出版社　知音动漫

Illustrated by 西苔

Illustrated by 刀刀

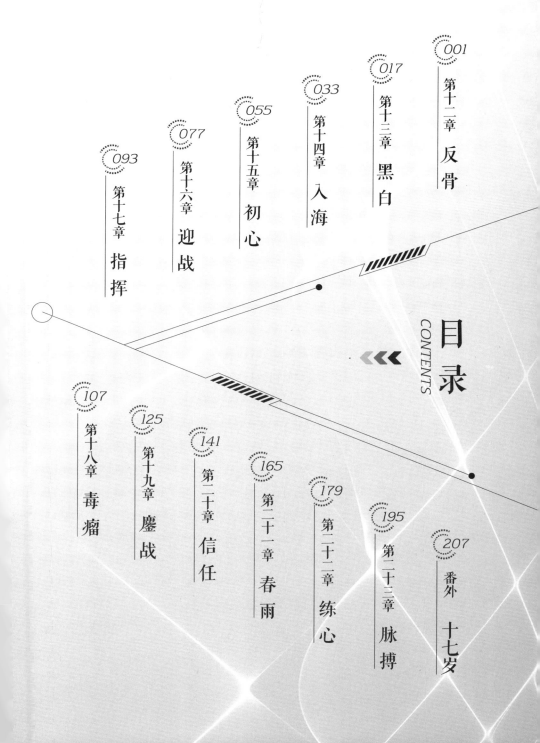

目录 CONTENTS

第十二章 反骨

门外是不可预知的未来，他要走向不知该归往何处的二十岁。也许漂泊才是他的命运，他不应奢望有一个家。

年薪两千五百万，签四年，愿意吗？

面对这个问题，左正谊的第一反应不是愿不愿意，而是有点想笑。笑他自己，滑稽得像个小丑。

事到如今，他已经明白了，选手和俱乐部之间的关系和谈恋爱差不多，爱得更深的那一方是输家。

但恋人也难保不会有分手的那一天，一旦感情出现裂缝，他再看周建康和许宗平，信任一丝不剩，满心都是怀疑。

从八百万到两千五百万，翻了三倍还不止，在他们眼里，他到底是值钱还是不值钱？玩儿似的，从始至终对他有过一丝诚意吗？

从三年到四年，多增加一年又是为了什么？

三年的合约已经够长了，像他这种正处于巅峰期的年轻选手，谁会愿意签一年以上的合约？谁不为未来考虑？

签短约是为自己留后路，也能争取更多的话语权，有一种威慑力：如果在这里待得不顺心，下个赛季我就离开。反之，签长约不仅意味着没有

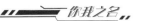

后路，也会丧失话语权和自由：不管顺不顺心，反正走不了，遇到什么委屈都只能忍着，忍到死。

以前左正谊不在乎这一点，是因为对 WSND 抱有绝对的信赖。

现在摘掉那些一厢情愿的情感滤镜，从谈判的角度考虑，许宗平为什么要在三年的基础上再加一年？无非是想告诉他：加薪可以，但你要让渡更多话语权，你要更听话。

如果左正谊在乎钱，这是一个可以考虑的条件。两千五百万实在不低了，世界冠军在 EPL 也就这个价。

但许宗平糖里掺砒霜，要买断他的整个巅峰期，把他牢牢捏在自己手里。

这不是让步，是另一种威胁，左正谊听了之后怒火中烧，霎时间心痛得几乎有点恍惚。

直到昨晚，他还抱有一丝侥幸，正如傅勇所说，周建康和许宗平绝对不肯放他走，他也清楚这一点，所以他期待着，他们会怎么做？只要稍微拿出一点点诚意，左正谊就愿意化干戈为玉帛，继续为 WSND 卖命。

可惜资本家心里没有真情，对待他不是利诱就是威逼，他好像不是人，是 WSND 麾下的一条狗，不听话就饿着，饿没用就踹两脚，踹也没用就喂点肉包子。但肉包子也不能白喂，它得趴在主人脚边，发誓从今以后不乱叫，当一条乖狗，给主人好好看家护院。

简而言之，狗是拿来调教的，不需要尊重。

左正谊的确是叫不出来了，他心灰意冷。

两千五百万买不了他的真心，更买不了他的自尊，他宁可饿死街头，也不愿意跪下当狗。

左正谊看了周建康一眼。

周建康也在看他。

说来奇怪，人和人建立感情要花几年，产生隔阂却只需一夜。其实周建康对他的态度仍然是很温和的，目光饱含关切，但左正谊吃不消了，他没回答愿不愿意的问题，沉着脸，径直往楼下走。

这个脸色已经能说明一切。

周建康意识到了，跟在他身后半步远的距离，低声劝："正谊，你别意气用事，还有什么不满意啊？你应该好好为自己的未来考虑考虑。"

三楼的走廊很长，穿过一个个房间，下楼梯，到二楼。

这一路左正谊的眼睛像摄像机，走动着拍摄他所看见的一切，一扇扇闭紧的房门，墙壁挂画，瓷砖细纹，楼梯扶手上带着岁月痕迹的刮蹭，台阶反光映出的他的模糊的脸……

"事到如今我不跟你隐瞒，可能是郑茂挑拨吧，也可能是许总自己对你的作风有所不满，他觉得纵容你的脾气发展下去对 WSND 有害而无益，这才想利用续约挫挫你的锐气。我不赞同，我是站在你这边的。"

左正谊脚步不停，置若罔闻。

"虽然我站在你这边，但许总的意思我违抗不了。你别担心签四年会出事，这是他打压下属的手段，大老板难免有点傲慢。但是你想啊，天高皇帝远，他又不可能天天盯着你，咱们基地管事的人是我，我会为难你吗？你根本不用担心。咱们一起做做样子，把他糊弄过去就算了。你加了薪，以后一切照常。"

二楼训练室里，戴耳机打游戏的四个队友纷纷抬头望了过来，他们连表情都很统一，茫然中带着忧虑。

傅勇和方子航给左正谊使眼色，试图用眼神和他交流一下，但左正谊的目光只分给他们一秒，"摄像机"持续推进，从二楼走向一楼。

周建康喋喋不休："退一步说，离开 WSND 你要去哪儿？天下资本家一般黑。抛开管理层不说，队友能合适吗？正谊，不是我指责你，你的打法什么样你心里有数，一般人可真不好配合。万一你去了新战队磨合不好，就像去年金至秀在 Lion 时一样，跌进生涯低谷，你怎么办？"

一楼的地板瓷砖和二楼的颜色不一样，更浅更亮，反射了大片阳光，刺得左正谊不由自主地眯起了眼睛。

"许宗平在哪儿？"他问。

周建康得不到回应微微一哽，指了指自己的办公室。

左正谊继续往前走。

在去周建康办公室的路上，经过 WSND 的荣誉展览室。展览室三面玻璃墙，里面奖杯无数，刻左正谊名字的不多，其中相对来说最有含金量的是上个赛季他带队获得的神月冠军杯冠军。

当时 WSND 从小组赛开始，一路杀穿对手打进决赛，斩获冠军。这是左正谊在 WSND 的第一个大赛冠军，也是他职业生涯的第一个大赛冠军。

奖杯镶钻镀金，光芒四射，落在左正谊眼底却是灰的。

一切都是灰的，包括墙边装饰环境的植物，和天花板上原本五颜六色的吊灯。它们忽然变得陌生极了，没有一丝温度。

左正谊经过展览室，走到周建康办公室门前，只礼节性敲了一下，便推门而入。

许宗平坐在办公桌后面的转椅上，西装革履，长相普普通通，人到中年略有些发福，领导的气势却越发沉淀了，浑身散发着一种要给眼前的人当爹的气质。

虽然他还没开口，但可以预见，他要说的肯定是类似老子教训儿子的话。

左正谊这辈子最恨的就是爹，一身反骨立刻被激活，不经许宗平允许，径自拉开他对面的椅子，直接坐下。

许宗平微感不悦，目光越过左正谊看向他背后的人。

左正谊没回头，不知道周建康是什么表情，他只盯着许宗平，说："许总，两千五百万，四年，我不可能签。您有什么要对我说的？我洗耳恭听。"

"为什么不签？嫌钱少还是嫌时间长？"许宗平明知故问。

左正谊想做一个皮笑肉不笑的表情，但他的表情管理能力实在不行，没法在给人摆臭脸的同时笑出来，只好保持冰冷，不客气地说："年薪太高了，我不配，您另请高明吧。"

许宗平噎了一下。

他作为大领导还没发火，左正谊先给他甩脸子，这让他怎么能忍？

"你爸爸没教过你，在长辈面前要有礼貌吗？！"许宗平敲了敲桌子，"你现在立马换个态度跟我道歉，我就当你是小孩子不懂事，否则——"

"否则什么？"左正谊站起来，打断他，"我已经决定不续约了，我不续约了，您能听懂吗？"

许宗平诧异的双眼里映出左正谊近乎嚣张的身影，他模仿许宗平的动作，屈起手指敲了敲桌子，一字一顿道："我爸是死人，我从小就没教养。

我就这样了，不是个东西。您呢？您和 WSND 好自为之吧。"

左正谊一脚踢开座椅，转身往外走。

身后传来周建康的呼唤和摔东西的声音，他没回头。迈出这一步，也没有回头的机会了。

门外是一片不可预知的未来，他要走向不知该归往何处的二十岁。也许漂泊才是他的命运，他不应奢望有一个家。

算了，没有又能怎样？他不在乎，反正死不了。

左正谊咬紧牙关，面上带着几分隐忍和痛恨。不该哭的时候他才不会哭，否则煞了威风，叫他在人前直不起腰。

左正谊踏着一楼光亮的地砖往二楼走，楼梯口附近，郑茂竟然在等他。

"End。"郑茂轻声叫，"你不续约了？"

左正谊脚步一顿，没应声。

郑茂可能是不相信他真的会离开 WSND，口吻仍然有规劝的意味。

"你别用这种眼神看我，最近的事跟我没关系。你以为我有多大能量啊？许宗平不把你当回事，难道会把我当回事吗？"

可能是看左正谊在资本家那里碰了壁，郑茂作为"前辈"忍不住要教他点人生道理，其中也难排除微妙的得意和幸灾乐祸：看吧，你瞧不起我，但我的做法才对，你那种性格混不下去。

郑茂说："大丈夫能屈能伸，受点委屈有什么大不了的？跟许总服个软，不影响你追求理想。做人应该学会见机行事，主动去适应环境，别傻了吧唧不撞南墙不回头。你才十九岁，弟弟，你不知道这个社会是怎么运转的。"

"算了，不说这些复杂的，就说你和我。"郑茂拍了拍他的肩膀，"我真没想跟你作对，跟你作对对我有什么好处啊？现在我们站在一边，我想当冠军教练，你想当冠军中单，我们就应该好好合作，你说对不？"

郑茂身上散发出的圆滑和唯利是图气息扑了左正谊一脸，简直令他作呕。原来曲意逢迎也能被美化成"大丈夫能屈能伸"，郑茂眼里的自己可真够高尚的。

左正谊也没多高尚，但无论如何，他不想跪下。

"你说得对。"他点了点头，认可郑茂的观点，紧接着又道，"但留

着吧，别跟我说，下个赛季去跟新中单说。"

左正谊不看郑茂是什么反应，抬脚上楼，回到二楼的训练室。

他才走上楼梯，队友们又齐刷刷地看了过来。

左正谊今天厌倦了和人打交道，一个字都不想再多说，但队友们的目光是真挚的关心和担忧，直看得他心酸眼热，差点当场掉泪。

"朋友们。"左正谊勉强挤出一个笑，故作洒脱地说，"我可能'冬窗'就要被卖了，最多再陪你们三个月。"

傅勇当场跳起来："真的假的？"

"真的啊。'冬窗'不卖，难不成等我合同到期自由身离开？那许宗平就亏大了。"左正谊掰着手指头数了数，"你们说我能卖多少钱？就算是半年合同，应该也不便宜吧？"

这个玩笑一点都不好笑。

EPL 赛事联盟一年设有两次休赛期：一是夏天赛季结束后的长假，开夏季转会窗口；二是冬天春节时期，有一个短假，开冬季转会窗口。

由于"冬窗"开放的时间短，不适合进行大型转会运作，大部分俱乐部不会在这时更换主力。但左正谊现在属于特殊情况，如果 WSND 不在"冬窗"卖掉他，他合同到期变成自由人离开，WSND 就一毛钱都赚不到了。

"你能不能不走？"

"再谈谈吧。"

"对啊，再谈谈，有什么问题咱们好好解决。"

"End，别走，好不？"

"我还想继续抱大腿呢，求你了，End 哥哥。"

"不要，走。"

"老金你是让他走还是不走啊？"

"不要，走，我想，和你，一起，夺冠。"

"……"

队友们七嘴八舌叽叽喳喳，左正谊站在楼梯边上望着他们，听他们说，思绪却忽然有点抽离。

如果他的人生是一部电影，今天他用双眼记录下的一切，就是一个他一生也不会忘却的长镜头。但摄像机一推到底，一个场景里的人与物皆有尽时，该转场时不得不转场。

　　就这样吧，左正谊想，不要再留恋了，至少现在他心目中的"WSND"还没碎得太彻底，他还留有一些美好回忆。

　　就这样吧。

　　有一句话叫凡事不应高兴太早，没过多久，左正谊就对这句话有了深切的体会——资本家一点美好回忆都不打算给他留。

　　就在他对许宗平宣布不续约的第二天，微博上突然有电竞圈的KOL（意见领袖）开始发"内部爆料"，声称左正谊可能要离开WSND了，因为新合同没谈妥。

　　这些KOL统一口径，把原因往"左正谊索要高薪"上引导，明里暗里带他贪财的节奏。还说左正谊恃才放旷，嫉妒封灿的高薪，要求WSND给他安排比世界冠军AD更好的待遇，WSND不答应，这才谈崩了。

　　起初没人信，吃瓜群众把这当个乐子来讲。直到某个WSND的官方工作人员"手滑"点赞了左正谊的"黑料"微博，被左粉骂了，他不仅不道歉，还在评论里跟左粉对线，话里话外带着对左正谊的不满，一副很懂内情的样子。

　　这无疑是火上浇油，把假的也烧成了真的。

　　电竞圈掀起轩然大波，但跟左正谊贪财相比，大家更震惊的是左正谊竟然真的要离开WSND了？这是现实会发生的事吗？还以为他会跟母队绑定到死呢，毕竟他是一个百分之百纯血的"WSND人"，曾经公开发表过"我会为WSND战斗到职业生涯最后一秒"的言论。

　　可现在才第二年，他甚至还没来得及为WSND拿一个EPL冠军，一切就破灭了，终究是情义和信仰敌不过钱财的诱惑吗？

　　网上争议不断，各种猜测不绝于耳。

　　支持左正谊的不在少数，但网友爱跟风，还有对家战队的粉丝凑热闹瞎搅和，对他充满恶意的揣测时不时就会冒出来，然后他的支持者们进行反驳，双方打成一团，每一个讨论他的帖子都会被撕成"热帖"。

左正谊打职业以来几乎没怎么被骂过，乍然被迫接受网络舆论的"洗礼"，虽然不是没有心理准备，但还是有点不好受。尤其是当他发现质疑自己的人不只是黑粉，还有 WSND 队粉的时候。

起初他冲动之下想反驳，为自己澄清。可仔细一想，他发微博就能澄清吗？没有白纸黑字的证据，他什么都证明不了，不相信他的人还是不会相信。

况且许宗平不是吃素的，不会放任他澄清不反驳。你反驳两句，我再反驳两句，来来回回，又是一场血雨腥风。

左正谊不想在还没离开 WSND 的时候，就跟对自己有养育之恩的俱乐部反目成仇。公开闹得难堪，把所有美好都碾碎成泥，他得不到快感。

网上闹了一个星期，中途没耽误 WSND 打比赛。左正谊以为自己会被按在冷板凳上以示惩罚，结果竟然没有，看来许宗平还是在乎成绩，要他上场。

这场比赛是 WSND 打 UM 战队。

UM 战队是一支保级队——EPL 采取升降级制度，即每赛季排在末尾的两支战队有可能会降级（视具体情况而定），降级意味着失去 EPL 参赛资格，沦为次级联赛战队。换句话说，UM 是 EPL 里的吊车尾战队，实力不强，WSND 打 UM 纯属虐菜。

就是这样一场虐菜局，WSND 竟然和对手打得有来有回，场面几乎五五开，最后 2：1 险胜。

造成这种局面，不是单独某个人的错。受最近续约风波影响，WSND 队员的状态都很不好，傅勇梦游，方子航和段日隐身，金至秀时而上头时而尿，左正谊——左正谊以为自己不会被场外因素影响到场上发挥，没想到高估自己了。

他贡献出了本赛季最差劲的一场比赛，这件事比被网友骂更让左正谊接受不了。

他无法忍受自己发挥失常，又不得不承认他的精神状态有点飘忽，导致在比赛时无法集中注意力，指挥水平大幅下降，操作也受影响，技能都丢不准了，如果 UM 再强一点，WSND 就会翻车。

雪上加霜的是，WSND 的下一个对手是上届冠军 SP。虽然 SP 最近的状态也不太好，但 WSND 显然更加低迷，怎么打？送菜吗？

这引起了 WSND 粉丝的焦虑——不管是战队粉还是选手个人粉，都很怕输。

他们无须组织，自发来到 WSND 官方微博的评论区里"逼宫"，要求俱乐部尽早解决队内矛盾，不管发生了什么，赶紧给左正谊续约，还声称如果今年依然拿不到冠军，就拿周建康问罪。

前几天左正谊把之前关掉的私信又打开了，因为他心情抑郁，想靠粉丝的爱意来治愈一下自己。虽然偶尔有骂他的，但大部分人都在安慰他。

打完 UM，俱乐部遭到痛骂之后，也有粉丝来他这边哀求。

"End，你不会真的要离开 WSND 吧？留下好不好？我不希望你走。"

"求你别走，求你求你求你。"

"我不知道发生了什么，但我相信你不是他们说的那种人。如果是管理层对不起你，我一定骂死他们。你说句话好不好？别走好不好？不要离开 WSND，我们还没赢够……"

"正谊，钱没有那么重要啊。等你以后当了世界冠军，接两个代言就赚够了，对不对？不要为了钱和母队闹掰，虽然我不知道是不是真的。"

"你眼里只有钱吗？我给你打钱行不行？快续约啊！"

"别走，别走，我爱你，我爱 WSND，你是我最喜欢的选手，你是我最喜欢的人。"

"Friend，我从你在青训营的时候就看好你了，你别忘了自己说过的话，别让我失望。"

……

十一月十六号，左正谊病了一场，可能是因为上海突然降温，他着凉了。

上午的时候还好好的，他被傅勇拉进房间里说悄悄话。最近基地里气压低沉，大家都有点寝食难安，傅勇这个"高大壮"竟然瘦了一圈，但和方子航一样爱八卦的性格一点没变。

他关紧门，神秘兮兮地对左正谊说："你猜我刚才听见了啥？"

左正谊没什么兴趣，但顺着他问："啥？"

傅勇道："我刚才在二楼上厕所，不小心听见郑茂和许老狗打电话，原来他俩以前总是约，不是一起去做大保健。"

"那是什么？"

"是比大保健还恶心的东西。我都不好意思说出口，他们怎么好意思干的啊？"

左正谊有点诧异。他思考了一下，可惜社会阅历太浅，想不出有什么东西能比大保健还恶心。

傅勇想了想说："就是那个、那个……拉皮条！"

"啊？"

眼看左正谊还是一脸茫然，傅勇无语了："你怎么跟小学生一样？哎呀，就是郑茂给许宗平拉皮条，许宗平说他喜欢没经验的女生，郑茂就负责帮他寻找目标。"

左正谊愣了一下："怎么寻找目标？"

"那谁知道，可能是砸钱吧。"

傅勇撇了撇嘴，指向基地大门的方向，说："今晚郑茂又要夜不归宿了。"

左正谊着实被恶心到了，中午饭都没吃下去。

下午的时候，他就感觉自己有点发热，晚饭勉强吃了一点，饭后跟纪决打电话时说话都提不起劲来。

纪决不知道他是心情不好还是身体不舒服，喊他晚上去老地方见面。左正谊答应了，穿了件挡风的大衣，趁着夜色出门。

最近他和纪决不常见面，电话也打得少。因为左正谊心情压抑，说没力气应付他，想暂时歇歇。

这句话把纪决气个半死，问他："什么叫'暂时歇歇'？你觉得是上班吗？累了还能请假的？"

左正谊认真地想了想，反问："难道不能吗？"

纪决："……"

话虽这么说，左正谊觉得自己还是很需要纪决的。尤其是在半夜被噩梦惊醒，手脚冰凉，无比需要人安慰的时候，纪决被他深夜吵醒也不会生气，耐着性子听他哭。

但哭了几次左正谊就不哭了，他的情绪逐渐麻木，慢慢地没有眼泪了。

左正谊还不许纪决在网上帮他说话，一是因为不想把他们的关系卷进风暴中心，二是考虑到他以后可能会去蝎子，身在蝎子的纪决掺和进来的话，无疑会帮倒忙，多了一个他"通敌卖国"的证据。

纪决听完问："你真的会来蝎子吗？"

"可能吧。"左正谊也不确定。

他唯一确定的是，他在 WSND 的路真的走到尽头了。

今夜天阴，左正谊低着头走路，脑袋昏昏沉沉的，不知什么时候走到了目的地，人还是呆呆的，撞到纪决身上也不知道停。

纪决顺势抬手摸向他的额头："你发烧了？"

"没事，我吃药了。"左正谊低声应了句，抵着纪决的手掌不肯再抬头，像只撒娇的鸵鸟。

纪决道："早知道发烧就不叫你出来了，小心吹风。"

说罢脱掉大衣，披在左正谊身上，然后将大衣上自带的装饰性腰带扯到左正谊背后，系了个结。

他的衣服宽大，但左正谊被紧紧地裹着，呆了下问："你干吗啊？"

"暖和。"纪决说。

人在生病的时候比平时更脆弱，从左正谊的声音就听得出来，嗓音轻而模糊，不好意思太大声似的，悄悄地说："纪决，我好像只有你了。"

纪决微微愣了下。

左正谊说："要不我就去蝎子吧，怎么样？"

"好是好，"纪决望着他的脸，"但如果你是为了我才这样选，我怕万一以后蝎子达不到你的期望，你会后悔。"

左正谊却说："我没有期望了，去哪儿不一样？"

纪决似乎对这句话不认同，但知道他是被WSND伤透了心才会这样说，便没有反驳。

左正谊的身体像个火炉，心里想着最近的事，趁着发烧心事也藏不住，一股脑倒给纪决。

他说："现在这些支持我的人，等我离开 WSND 的那天，会恨死我吧……我一直以为我是电竞圈最幸运的选手，连骂都没挨过几句，原来是时候还没到。"

不等纪决开口，他又抢先说："但我不在乎，无所谓，爱怎么样就怎么样吧。"

好的坏的都让他说了，纪决还能说什么？

事到如今，左正谊确实不再需要任何开导了，他已经下定决心，知道自己该往哪个方向走。

只是这条路太崎岖，走累了的时候，他也需要一个肩膀，成为他不会倒塌的依靠，陪他熬过不知要持续多久的漫长黑夜。

左正谊每次和纪决见面，要分别都有点困难。纪决仿佛精神分裂，一边催他早点回去睡觉把病养好，一边又想跟他多待会儿。

虽然他们之间的关系缓和了很多，几乎可以说是回到了小时候，但大部分交流依靠语音和文字，不方便经常见面，也没时间出门聚会，再多的接触也没有了。

今天又如往常，他被纪决拉着不让走，末了对方又说："你来蝎子也挺好，我们可以天天在一起了。"

"……"

他和纪决道别，在回去的路上拐弯去了趟超市，给方子航捎了包烟——出门之前他为隐瞒真相，跟队友说云吹风买东西。

WSND 有规定禁烟，但管得不严，选手和工作人员一起偷偷抽，大家都睁一只眼闭一只眼。

左正谊进门上楼，脱下大衣，把烟扔到方子航桌上。

现在是训练结束后的自由时间，他知道自己躺上床也睡不着，不如开一局游戏打打。游戏排队的时候，他抬头扫了眼四周，发现郑茂果然不在，傅勇说得对，这厮又去拉皮条了。

左正谊闲来无事思绪乱飘，忍不住拖着椅子滑到傅勇桌前，给他使了个眼色："喂，那个……"

"哪个？"傅勇在打游戏，没抬头。

左正谊道："你说我报警有用吗？"

傅勇愣了一下，反应过来了："怎么报警？你都不知道他去哪儿了，也没别的证据。再说了……"

傅勇顿了顿，压低声音道："这种事不都是你情我愿吗？就算警察捉奸在床，人家说是男女朋友，没有金钱交易，你有什么办法？"

左正谊哽了下，脑子里闪过无数个类似的社会新闻。说句难听的，即使被抓到有金钱交易，又能怎么样？顶多是罚点款，拘留几天。越想越恶心，左正谊头晕想吐，起身去给自己倒了杯热水。

可能是发烧加重了，他的意识不太清醒，脾气倒是烧出来了，这局游戏打得很凶，路人队友认出他的 ID，出言不逊道："你是 End 本人吗？哥，要多少钱才肯续约啊？报个数听听呗。"

左正谊忍了两秒，忍不下去，敲字回复："我是你爹，你先给我磕个头再问！"

然后把全体消息屏蔽了，摆着一张死人脸 Carry 了一整局。

这件事当天晚上就上了热搜。

左正谊的账号是有官方认证标志的，他的游戏对局会出现在观赛大厅里，换言之，除了被他喷的队友，所有在游戏内观看他比赛的玩家都看得到。他喷人的录像被剪辑成短视频，一夜之间传遍各大平台。

但左正谊是第二天早上才知道的。他打完那局就吃药睡觉，感冒药有催眠效果，一觉睡了十几个小时，醒来后发现电竞圈又沸腾了，骂他的人比昨天更多。

骂就骂吧，能怎么着？左正谊破罐子破摔，已经练出免疫力了。

他照常下楼吃东西。

由于休息得好，他基本已经退烧了，身体舒服了很多。

正是午饭时间，周建康也在一楼餐厅里。最近左正谊一直避着他走，不想见，见了闹心。

但周建康似乎一点不觉得他们的关系变得尴尬了，一如既往像亲爹一样关心他，主动嘘寒问暖："正谊，你感冒好点了没？"

"嗯。"左正谊应了一声，埋头吃饭，不想和他对视。

"最近网上舆论不太好。"周建康拐弯抹角地说，"你看见我们官博下面的评论了吗？"

"看见了。"

"粉丝都很焦虑啊。"

"有话直说。"

左正谊不吃他这套,周建康只好坦言:"该说的话之前我已经说过了,你不应该离开 WSND。你转会,我们是双输,正谊。但你留下,我们就是双赢。粉丝都不希望你走,他们是比我们更爱你的人,都希望你能做出正确的决定。"

"我的决定不正确吗?"左正谊的脸色一点不变,边吃东西边道,"你们软硬兼施,冷暴力拿捏我不成,又玩舆论施压这套,当我看不出来吗?"

周建康顿了顿,避过这个话题,说:"我们都明白你的价值,许总无论如何都想留下你。"

"谢谢,但我觉得不行。"

左正谊站起身,平静地道:"除非他死,否则我不会跟 WSND 续约,要不你让他先死一个?"

周建康的脸色活像发霉的酱猪肝,被堵得半天没说出话。

他难看的表情让左正谊的心情稍微好了一点,但也没好太久。

下午打训练赛,WSND 为下一场 EPL 比赛而备战。

下一个对手是 SP,按理说,即将迎战强敌,全队都应该紧张起来,拿出斗志好好训练。但现在的 WSND 就像一盘散沙,所有人各怀心思,都在为自己的未来而忧愁。

大家已经默认,这赛季没戏了。

左正谊一走,什么冠军都泡汤了,新队友是谁还不知道,水平如何也未可知。虽然他们都没明说,但这种悲观的情绪弥漫在基地上下,也成了左正谊压力的一部分。

他对队友们抱有深深的愧疚。

这种愧疚和粉丝们的爱与责备纷纷化成枷锁,捆在左正谊的双脚上,让他向前的每一步都变得无比沉重。

左正谊觉得自己似乎成熟了一点。他开始能够接受"被人讨厌"这件事了,不再期望所有人都喜欢他,甚至无师自通学会了那句经典的自我安慰:"我又不是人民币,他们不喜欢我很正常。"

左正谊尽量不去想这些东西,该训练就好好训练。

但这个时候他突然体会到团队的重要性了，他竟然是 WSND 全队唯一一个训练状态稳定的人。受他续约影响，队友们也开始琢磨续约或转会的事了，而据他所知，其中最焦虑的是金至秀，其次是傅勇。

金至秀是去年"冬窗"转会来 WSND 的。当时他的处境很差，连续半个赛季发挥不好，被骂水货，又因名声在外，很不便宜，没几个俱乐部愿意买，WSND 是其中条件最好的一个。

当时 WSND 给金至秀开了一份什么合同左正谊不知道，现在才听他说，竟然是三年。金至秀说，他知道三年合同有风险，但当时他没有更好的选择。WSND 是一家大俱乐部，又有左正谊坐镇，谁能拒绝呢？

哪料到世事无常。

但如果重来一次，他还是会选择签 WSND，不然呢？要去更不靠谱的俱乐部吗？可能这就是命吧。

金至秀的中文不流利，一句悲壮的"这就是命"，被他用奇怪的发音念出来显得十分搞笑。

左正谊笑着笑着却感到了心酸，安慰的话卡在喉咙里出不了口，心里的愧疚成倍增长。尽管左正谊知道这不是他的错，他没必要对所有人负责，但他对 WSND 抱有的从来都不只是爱，还有责任感。

至于傅勇，他的合同剩余时间不长，今年冬天就要到期了，比左正谊还早。但周建康没来找他谈续约。

他自己也有点茫然，要主动提续约吗？主动开口难免要被拿捏，可能会被压薪水。他想加薪，他的旧合同太便宜了，跟新人差不多，但他已经不是新人了啊。

抛开这些客观条件，单从是否要续约的主观意愿来说，傅勇也有点犹豫。如果左正谊不走，他肯定要续。但如果左正谊走了，他就得重新考虑一下自己的未来了。

看，场外因素这么多，这么复杂，除了他还有队友的。

纵然左正谊一心练剑，可这些东西怎么避免？他无法从凡尘俗事里抽身，只好告诉自己，这些都是暂时的，只要离开 WSND，他就彻底自由了。

他从未像现在这样渴望过离开，带着近乎窒息的期待，又熬过一天。

WSND 和 SP 的对战在十一月二十号，还有两天。

十八号这天晚上，正如黎明到来之前的黑夜最黑，网上对左正谊的质疑也上升到了一个新的高度。

最近圈内盛传他贪财索要高薪，身价对比对象就是 SP 的封灿。现在两队碰上，将要一决胜负，左正谊能赢还好说，如果赢不了，那些等着看他笑话的人抬起的脚就会立刻落下，狠狠地踩碎他。

左正谊本人没什么感觉，他不怕被这些人骂，事已至此，唯一能伤害他的，只有他自己的粉丝了。

虽然理智上知道不应该再上网，但每天晚上训练完，他还是会忍不住看一看微博评论和私信。随着舆论发酵，他私信里咒骂的声音越发多了，和粉丝的安慰基本对半开。

让左正谊失望的是，"正谊不怕乌云"没给他发过私信，甚至最近都没怎么发微博。他不知道她是因为个人生活太忙，还是因为受续约风波影响，不再喜欢他了。

如果是这样的话，她真是一个很有素质的粉丝，即使不喜欢了也不回踩，只保持沉默。

但这种沉默也是刀，精准地插进左正谊心里，让他愈加心灰意冷。

晚上训练结束，左正谊心情麻木地刷手机。

私信消息一如往常多，新的不停冲上来，旧的被压到下面，他随手翻了一会儿，对那些骂和爱都逐渐失去了感知力，正想要不要早点去睡觉的时候，忽然有一个熟悉的关键词闯入了他的视线：乌云。

"End，乌云在你身边吗？"

"你别不回我，我知道她去见你了！"

"你最好识相点，别对她做什么！让她回我消息！"

"左正谊，你别装死。"

"我有你们的聊天记录，你要是敢伤害她，我就曝光你。"

"左正谊！你回我啊。"

"？"

左正谊脑中冒出一个问号，他感觉莫名其妙，打字问："什么乱七八糟的，你是谁啊？"

第十三章 黑白 ▲

他心里明明黑白分明，一路朝着白前进，可是却走进了一片灰色里。

互联网奇奇怪怪的人太多，作为半个公众人物，左正谊的私信里经常有不该发给他的内容。比如有人谈恋爱被甩了，找他诉苦；有人父母吵架，找他求助；有人老板不发工资，找他借钱……

以前粉丝少的时候，私信也少，他看见这类内容不好意思直接无视，虽然不至于蠢到真的借钱给网友，但他总是忍不住安慰对方，傻乎乎地给陌生人的生活出谋划策。

后来粉丝多了，他就不回私信了，但还是喜欢看。

正所谓林子大了什么鸟都有，私信里的奇怪内容变得更多了。左正谊的双眼练出了"自动过滤"的功能，要不是因为"乌云"两个字太显眼，吸引了他的注意力，他根本不会理这个莫名其妙的网友。

对方的 ID 叫"草莓冰冻"，性别女，头像是一个左正谊眼熟但叫不出名字的男明星的照片。左正谊点进她的主页往下翻了翻，没看见电竞相关内容，只有追星微博。

就在左正谊查看她资料的几秒里，她又发来了一连串消息。

草莓冰冻："我是乌云的朋友，@ 正谊不怕乌云。"

草莓冰冻："你和她在一起吗？"

草莓冰冻："她是不是手机没电了？为什么不回消息也不接电话？"

WSND、End："？"

WSND、End："她怎么可能跟我在一起？我看不懂你在说什么。"

草莓冰冻："？？？"

草莓冰冻："她告诉我今天晚上你约了她，她本来不想去，但正好有些话想对你说，就答应赴约了。难道约她的人不是你？"

WSND、End："……"

WSND、End："不好意思，不是我。"

WSND、End："她是不是遇到骗子了？"

草莓冰冻："怎么可能是骗子啊！你别不承认，我都看到照片了！"

WSND、End："什么照片？"

草莓冰冻："你在基地里的私人照啊，难道还能作假？"

WSND、End："？"

左正谊愣了一下，对方态度糟糕，话说得不清不楚，但他看明白了。

如果她不是在恶作剧，那就说明她们被骗了——有人假扮成他，打着左正谊的旗号，拿他的私人照做身份证明，骗了乌云。

这年头网上冒充名人、明星的骗子不少，上当者也不在少数。但乌云应该不至于那么容易被骗吧？她看起来不傻，什么照片这么有说服力，竟然能骗得她亲自去赴约？

左正谊心里刚冒出疑问，对方就把照片发过来了，左正谊点开一看，竟然真的是他的"私人照"。

照片里，他穿着队服，靠在 WSND 基地二楼的楼梯边上，回头冲傅勇笑。傅勇背后是训练室通往休息室的照片墙，墙上贴满了 WSND 选手的生活照和荣誉照。

照片里的人和背景都太真实，一看就知道不是 PS 的，怪不得乌云会信。

可问题是，这张照片哪来的？什么时候拍的？他自己怎么不知道？这个拍摄角度……看起来像偷拍——谁会偷拍他？

左正谊心里咯噔一下，茫然间忽然有了一个离谱的猜测。

他的手指微微发僵，抬头朝四周望了望，没看见他想找的那个人。

"郑茂不在？"

"啊？不知道啊，可能又出门了吧。"

左正谊噌地一下站起身，起得太急，他头晕了两秒。

傅勇不明所以，从游戏里抬头看了他一眼："你怎么了？搞啥？"

私信消息还在跳，草莓冰冻发完照片，又发来几张她和乌云的微信聊天截图。

她是乌云的闺密，两人看起来无话不谈。

乌云在接到"左正谊"的私下联系后，既惊讶又心情复杂，找闺密抱怨，说自己对左正谊有点失望，没想到他跟其他选手学坏了，竟然也私联粉丝，难道是别有所图吗？草莓冰冻不关注电竞赛事，对左正谊不熟悉，回了她一句："也许是想和你谈恋爱呢？"

乌云说："谈恋爱也不行，他必须给我好好打比赛！"

草莓冰冻："那你打算怎么办？"

乌云："我想揍他，给他一顿爱的教育！"

左正谊："……"

聊天记录有点好笑，但一想到乌云现在被骗走失联了，左正谊就笑不出来了，有点心慌。

草莓冰冻后知后觉地反应过来，比他更慌，不停地给他发消息，惊慌失措地问他怎么办，乌云不会出事吧？

左正谊盯着手机屏幕，大脑有一瞬间的空白。

他基本已经可以确定，这件事就是郑茂干的。除了郑茂，基地里没有谁会这么下作，竟然偷拍他。而且别人也没动机骗年轻女孩，郑茂不一样，他一直都在给许宗平拉皮条，他要的就是年轻女孩。

左正谊仿佛被一股冷风吹透，整个人都僵硬了。他简直不敢想乌云会遭遇什么，也无法想象这件事会造成什么后果，他的手开始发抖，手机差点掉到地上。

他强迫自己冷静下来，给草莓冰冻发消息。

WSND、End："你知道约会地点在哪儿吗？"

草莓冰冻："不知道，她没说。"

草莓冰冻："好像离你们那个电竞园不远，她说坐地铁过去要很

久……"

左正谊没再回消息，他抬起自己僵硬的双脚，大衣都没穿，匆匆下楼。

身后傅勇喊了一声："你干吗去？"

左正谊没回头，大步跑出基地，往园区的大门口走，边赶路边给郑茂打电话。

第一遍郑茂接了，他显然不知道左正谊发现了什么，有点意外："End？你怎么突然给我打电话？"

左正谊开门见山："你他妈在哪儿？"

郑茂是个人精，似乎反应过来了，立刻把电话挂了。左正谊打第二遍，他不接了，打第三遍，他还是不接。

左正谊不停地打，打到自己的号码被拉黑，他转而去打微信语音，郑茂仍然不接。

左正谊放弃从他这里打探消息，郑茂不仅不会透露，估计都不会承认这件事。

怎么办？左正谊不知道该去哪里找人，他才不到二十岁，年纪比乌云还小，稀里糊涂被卷进来，手是颤抖的，脑袋是麻木的，一瞬间东南西北都分不清了，站在园区大门口发愣。

愣了两分钟，一阵夜风冷冷刮过，吹醒了他，左正谊低头看手机，私信里有新消息。

草莓冰冻："我想起来了！"

草莓冰冻："她可能去一个叫啥啥佳苑的地方了，今天下午她跟我聊了几句，说这个小区周边环境不好，不理解你为什么要在这买房……"

草莓冰冻："当时我在看综艺没认真听，唉。"

草莓冰冻："靖明佳苑！你知道这个地方吗？"

靖明佳苑？左正谊知道，不仅知道，还很熟悉——这是郑茂的家。

左正谊在心里骂了句脏话，冷汗浸透后背。他从濒死般的僵硬中回过魂，在路边拦了辆车，往靖明佳苑赶。

他到底还是太年轻了，没有任何社会经验，脑袋不灵光，做事不妥当，只在下车时后知后觉地给纪决发了一个定位消息，让纪决来找他，然后就冲进了小区大门。

这个小区是封闭的，他没有门卡，但他下车的时候刚好有人开门，他反应极快，推开那人侧身蹭了进去。

对方被他推得差点摔倒，在背后骂骂咧咧。门卫也在他身后呼喊阻拦，左正谊全当没听到，大步往里面跑。

他之所以知道郑茂住在这里，是因为曾经来过一趟。

那是很久很久以前的事了，久到左正谊想不起究竟是哪一年，只记得当时他和郑茂的关系还很好，郑茂喜欢在他面前装大哥，什么都要炫耀，买房这等大事自然要说给他听。

不仅让他听，还要带他来逛逛。因为郑茂喜欢看左正谊露出艳羡的目光，仿佛就能证明左正谊比不上他，他终于找回了一点自信。

陈年往事散发着腐烂的臭味，熏得左正谊既愤怒又想哭。

他不明白，郑茂为什么会盯上乌云？是许宗平看上她了吗？不见得，许宗平怎么会有时间上网关注左正谊的粉丝？虽然不是完全没可能，但还是郑茂故意针对他的可能性更大。

若真如此，乌云岂不是被他牵连了……左正谊心慌意乱，拼命往前跑。

他根据脑海里模糊的记忆寻找郑茂家的位置，正在琢磨怎么才能进门，前方忽然冲过来一个人影，长发，脚步踉跄，跑得很急，眼看要撞上他了。

左正谊下意识地让路，但在身体还没做出动作的一瞬间猛地反应过来，他一把拉住这个人，在昏黄的路灯下看清了对方的脸。

是个年轻女生，两眼通红，正在哭，妆已经花了，抬头看他的时候愣愣的，似乎认出他了，又好像已经被吓傻了，没反应过来他是谁。

"乌云，是你吗？"左正谊只见过她发在微博的自拍，没见过本人，有点不确定。

女生呆呆地点头，张了张口，但没能说出话，仿佛失语了。

左正谊见到她就松了口气，鼓起勇气打量她的穿着。

衣服是完好的，似乎没有发生什么，只是长发在奔跑中被风吹乱了，让她看起来有点狼狈。左正谊这回才是真正松了口气，正想开口问点什么，前面忽然有人追了上来，左正谊一眼就认出了那个微胖的身影，是许宗平。

他还好意思追？虽然是晚上，但不至于公然强抢民女吧？这个狗男人眼里还有没有王法了？！

左正谊心里怒火猛蹿，把已经被吓蒙的女粉丝挡在自己背后，拦住许宗平，在对方还没来得及认出他的一瞬间，他一拳打了过去！

左正谊没怎么打过架，全凭怒火支配，倾尽全身力气，一拳不够解气又踹了一脚。许宗平痛呼出声，捂着肚子蹲下，左正谊第二脚踢在他肩膀上，简直把他踢翻了过去。

这时许宗平已经认出了左正谊，怒目盯着他，骂了一句脏话。

然而，新仇旧恨一起发酵，连带近日来无处宣泄的压抑，将左正谊心里的大火烧成了熊熊烈焰。在这一刻，他愤怒到几乎失控。他的家，他的精神港湾，他的追求和信仰，他最看重、拼命为之奋斗的一切都跌进泥里，成了许宗平身上丑陋的肚腩，是一个笑话。

他们要名利，要女人，要用金钱权势把一切天真碾碎，亲手教他见识社会的阴暗面。

有人在乎 WSND 吗？没人在乎。

有人能理解十五岁少年背井离乡时的心慌和希冀吗？没人理解。

"你怎么不去死呢？"左正谊对准许宗平的肚子，狠狠地踹下不知道第几脚，"要不你就死在这儿吧，人渣。"

有些事情既已发生，就有其因由。这种因由未必符合大众眼里的情理，但从当事人的角度看，它有必然会发生的主观逻辑。

左正谊暴打许宗平便是如此。

事情发生得太突然，他们才刚照面，左正谊就动手了。在一旁围观的女粉丝惊慌失措，过了好几分钟才反应过来要拉架——不是担心姓许的，而是怕左正谊下手太重会出事。

可她哪里拉得住？文明社会有文明的规则，但规则是人定的，其明确的上限与下限是行为的边界，不是情绪的边界。左正谊的情绪已经失控，导致理智丧失，行为也失控，他的手脚都打出了惯性，不知道要停了。

许宗平竟然不肯求饶，愤怒地威胁他，满口什么"禁赛""坐牢""明天要你好看"之类的话，左正谊根本听不进去，反而更凶狠了。

他满心痛恨，但恨的绝不仅仅是一个许宗平，也不是郑茂，而是由他们二人为镜映照出的世界。包括自以为好心，实际助纣为虐和稀泥的周建康，包括明明不知道发生了什么却跟风嘲讽他的网友，还包括打着爱的旗号"求"他留下的粉丝……

原来世界是这样的。

他究竟做错了什么？他究竟做错了什么？为什么他留恋的都失去了，想守护的都碎裂了，想打倒的却死不了——为什么？

如果这就是长大以后的世界，这个世界有存在的必要吗？地球快点爆炸吧。

左正谊打红了眼，有眼泪掉到地上，被黑夜吞没。

他不知道自己手脚并用打了许宗平多久，如果他们在正常情况下交手，他不可能像现在这样占据绝对上风。但他动手太突然，许宗平一摔倒就再没有机会站起来。

夜色里有风声、哭声、小区保安跑来的脚步声、不远处业主围观的指指点点的声音……

似乎有人想报警，但被另一个人拦了下来。

谁？

左正谊心神恍惚中听见了他们的对话，其中一个声音很耳熟，但他的大脑还没来得及辨认出声音主人的身份，对方就忽然走近他，一把抓住了他的手臂。

这时地上的许宗平已经发不出声音了，蛆似的扭了一会儿就不动了，不知是因为昏迷还是因为痛得不敢动。

左正谊被人拉住，对方力气极大，他被拽得跟跄栽倒，径直摔进一个怀抱里。熟悉的气息扑面而来，有大衣盖上来，裹住了他，四面八方袭来的风霎时止住，左正谊这才后知后觉地感觉到冷。

他回过神来，认出了纪决。

"你终于来了。"

左正谊不知道自己为什么要说"终于"，明明除了下车时给纪决发过定位消息，之后在小区里他一秒都没想起过纪决。他没想要人帮忙，实际上他什么都没想，脑子里是一团糨糊。

直到有人来了，他才好像忽然被拉回了正常的世界里，稍微冷静了一点，一种名为后怕的情绪随之蔓延至四肢百骸，令他开始浑身发抖。

纪决感觉到他的颤抖，手臂收紧，说："别慌，我在呢。"

纪决不知道发生了什么，只看到他失控打人，第一反应是先安抚他。

左正谊被裹在纪决的大衣里，眼前一片漆黑，看不见周围的情况。他抬手抓住纪决的衣衫，忍不住问："他死了吗？"

"没有，哪那么容易死？"纪决回答完，声音忽然冷了几度，不知是对谁说，"你发什么呆？救人啊，这不是你老板吗？"

左正谊愣了一下，想抬头看，但没有抬头的力气，紧接着，他听见了郑茂的声音。

郑茂似乎是听见吵闹声才赶过来的，他看见许宗平躺在地上无比震惊，罕见地吐了个脏字："我就去买了包烟，一回头……许总？许总？你还好吗？要不要叫救护车？"

许宗平不出声，他想伸手去扶，但不知道对方有没有骨折，不敢轻易下手。

冷不丁一抬头，发现小区保安围了上来，郑茂立马起身解释："没事，真没事，我们自己家亲戚喝多了，闹了点矛盾。唉，不用报警，没那么严重……对，我是业主，我住 206 栋，就是前面那个……"

他都这么说了，深更半夜，别人也懒得管闲事。围观人群散了，现场只剩五人。

左正谊的情绪还没恢复稳定，但他记得乌云，想挣脱出来看看她的情况。然而纪决不准他动，牢牢按着他不松手，代替他和郑茂对话。

"怎么回事？"纪决问。

郑茂有点尴尬，但时刻不忘撇清关系，竟然说："我也不太清楚，怎么打起来了？"后一句是问左正谊的。

左正谊当即恼了，扒开纪决的大衣，下一个动作就是冲向郑茂，想踹他两脚。纪决没拦，但郑茂比许宗平反应快，立刻躲出三米远。

他简直是无耻小人的典型代表，左正谊怒火中烧，眼前一阵发昏，低声骂了句："卑鄙！强奸犯！"

纪决闻言愣了下，眼神飘向旁边一直存在感很低的女孩，一下子明白过来了。

左正谊也在看她，郑茂的目光同时望了过去。

乌云在几个人的注视下，抬手抹了把脸。这会儿她不哭了，也终于弄懂被骗的来龙去脉——在发现被骗的第一时间，她除了害怕，还怀疑过：左正谊在这件事里扮演了一个什么样的角色？他是共犯吗？

现在她知道不是了。

"我没事。"女孩说出了她今晚的第一句话，"我没被……没被那个……"

现场静默两秒。

许宗平仍然昏迷在地上，郑茂在打电话叫车来接，他没叫救护车，因为不想把事情闹大。

郑茂不想闹大是因为心虚，但左正谊一点都不心虚。他不管郑茂，也没询问纪决的意见，只问乌云："我来报警，好不？"

左正谊虽然气势汹汹，眼睛却是潮湿泛红的，看着她时专注的目光中带有几分愧疚和小心翼翼，像一把柔软的刷子扫过她刚刚哭过的脸，给予无声的安慰。

这是他们第一次见面，但在互联网上，她喜欢他很久了。那种由网络数据组成的联系并不虚假，她不是左正谊的陌生人。

她接收到了左正谊说不出口的关切和担忧，也忽然明白他眼神中的谨慎意味着什么了，明明他的年龄还没她大，竟然能想到这一层——是怕她万一不幸遇害，受"名节"拖累不愿意报警吗？所以叫她自己来决定？

乌云不知道她理解得对不对，左正谊似乎就是这个意思。

她忽然又想哭了，一面为自己没有喜欢错人而高兴，一面又为喜欢错了俱乐部而伤心。

她冲左正谊点了点头，示意随他处置。

左正谊立刻掏出手机开始拨号，却被纪决按住了手。

"你俩是法盲吗？"纪决叹了口气，"他强奸未遂能关几天我不知道，但我不想你因为故意伤害也被关进去，哥哥。传出去还得禁赛，少说半年，上不封顶，你还想不想打比赛了？"

左正谊手指一僵，脸色顿时变得不大好看。

纪决抽走他的手机，看了一眼乌云，又看了一眼郑茂。

郑茂简直要举双手赞同纪决，他恨不得大事化小小事化了，就当什么都没发生过。不过话说回来，他说了不算，得听许宗平的。

现在许宗平昏迷了，等他醒来，还不一定会怎么做。

纪决也明白这一点，他盯着郑茂，眼神充满警告，近乎威胁地说："你要送他去医院检查吧？我陪你啊。"

"那多麻烦，不用不用。"郑茂立刻摆手。

"不麻烦，就这么决定了。"

纪决是在场所有人中最冷静的一个，他明白是非对错，但面对如此恶事，似乎也生不出太明显的愤怒之情，他身上带着一种"见怪不怪"或是"跟我无关"的抽离式冷漠。

但这种冷漠只有外人能感受得到，他的目光投向左正谊，突然脱下大衣，递给左正谊。

"你穿，别着凉。"他说，"我陪郑教练去医院，你们先回去休息，等我消息。"

"我也去。"如果说情绪是有限能量，左正谊这一晚上已经把它消耗光了，他现在心里空落落的，只剩不安。

纪决却摇头："我一个人去就好，你回去睡觉。"

他推了左正谊一把，转头对乌云道："你带他走，好吗？"

乌云怔了怔，下意识说"好"。

她当然认出了纪决，毕竟是她在微博上亲口骂过的人。乌云的脸色略微尴尬，又对纪决和左正谊的关系有点好奇，但现在不是问这些的好时机。

眼看左正谊不想走，纪决只好用他的手机替他叫了个车，目的地是电竞产业园，然后将手机重新塞回左正谊的手里，附在他耳边，用郑茂和乌云听不见的声音说："不要担心，你要相信我，哥哥。"

左正谊点了点头，终于肯离开了。

鸡飞狗跳的一夜就此结束。

左正谊和乌云并肩往小区门口走，她也叫好了车，两辆网约车同时赶来，沿着手机地图曲折的路线缓慢行驶。

他们一同站在路口，相对沉默。

今晚左正谊的心情起伏太大了，一开始他无比畅快，打许宗平很解气，现在他也不后悔动手。

但解气只有一时，如何收场是个难题。他的一腔意气被困死在法制的条框里，走投无路。但他的正义也并非毫无瑕疵，乌云刚才险些遭受侮辱，现在却要为他的冲动行事买单，被迫选择忍气吞声，不能报警了。

这是他的错，他不是完美受害者。

他甚至已经料想到纪决会怎么解决这件事了，无须多问，只能是各退一步的和解。否则如果闹大了，许宗平撑死只是一个"强奸未遂"，还不知是否证据确凿。

而他除了必须负的法律责任，至少还要禁赛半年，这意味着他会错过转会期，没有俱乐部会在"冬窗"买他，他将变成自由人无处可去，日常训练都难以维持，再上赛场就不知道是哪年的事了。

用自己的职业生涯和许宗平闹得鱼死网破，值得吗？

不值得。

但"和解"的另一重含义是妥协，左正谊就是因为不肯妥协才会对许宗平动手，结果他得到了一个不得不妥协的结果，世上还有比这更好笑的事吗？

他心里明明黑白分明，一路朝着白前进，可是却走进了一片灰色里。

要接受这种结果吗？

也许应该想开点，这不是他的错：是人在江湖，身不由己；是理想主义者也活在现实社会里，即便不为名利，也得为理想低头；是他还年轻，分不清幼稚和意气用事，美化了自己的冲动——也许吧，都对。

但左正谊不能接受，低过一次头，就会有第二次，从此永远活在灰色世界里，面对他的剑，他都抬不起头来。

既已想通，他转头看了乌云一眼，郑重地说："你报警哦，现在就报警。"

"啊？"女粉丝微微一愣，"刚才不是说怕传出去禁赛什么的……"

"禁就禁吧，听我的，不要错过最佳时机。"

左正谊丢下这句，转身往回跑："我去找纪决！"

十一月十八日，一个对大多数人来说没什么特别的日子，但左正谊在这天晚上，做了一个足以影响他一生的决定。

他不想妥协，不想退缩，他要迎着风雨往前走，就像很久以前，他刚进入 WSND 的时候前辈们教他的那样。

他们说，WSND 的战队精神是一往无前、永不后退。就像你在游戏中按住"W"键，只要你的手按下去，你的英雄就不会回头了。

"WSND 永不后退。"

可惜，喊口号容易做人难，大家都会有各种各样的无奈，不后退也不意味着会得到想要的好结果。

一眨眼，四五年匆匆过去了，过客般路过 WSND 的选手不知有多少，他们来了又走，留下一张张被岁月模糊的脸，不出意外，左正谊也要成为其中一分子了。

那个天真、嚣张、不谙世事的 W 队天才中单，跨过十一月十八日的夜晚，将半个自己抛在午夜十二点之前，另一半迈向十九日，获得了连他自己都暂时不知道的新生。

左正谊没时间想太多。

报警之后，他和纪决配合警察工作，忙了一整夜没回基地。

同时被扣住的还有郑茂，本来左正谊以为也不能把许宗平和郑茂怎么样，强奸是大罪，但如果在罪名后面加上个"未遂"，结果就不好说了。他没法一举扳倒许宗平，即使这人被关进局子里，也关不了太久，事情结束后该怎么样还是怎么样。

但他没想到，他低估了许宗平的恶劣程度，也低估了郑茂的心机和龌龊——郑茂手机里存了大量许宗平嫖娼和强奸年轻女孩的监控视频。

视频画面之恶心，简直挑战每一个有良知的人的道德底线。左正谊只看一眼就心梗了，没法想象视频中被强迫的女孩是什么心情，他根本不敢细看。

发现这些视频纯属意外。左正谊回去找纪决的时候，已经决定要报警了，报警就得搜查证据，他在脑海里复盘了一遍乌云被骗的经过，不用问也知道，冒充他的人肯定是郑茂。

但郑茂坚决不承认，左正谊忍住暴打他的冲动，在纪决的帮助下，把他的手机抢了。

本来他只是想看一眼郑茂的微信，找出郑茂和乌云的聊天记录。但手机一离手，郑茂反抗得无比激烈，好像他手机里存了什么不可告人的秘密。

左正谊觉得奇怪，让纪决按住他，顺手翻了翻相册，就翻到了那些视频。不仅左正谊和纪决震惊，事后赶到的警察也震惊了。这件事一下子从强奸未遂升级成了连环犯罪，严重程度翻了几倍。

左正谊被带进派出所的时候，人还有点蒙。

他后知后觉地明白过来，原来以前郑茂每次出门陪许宗平做大保健都是幌子，实际上做的事类似今晚，是有计划的犯罪。

但也不全是犯罪，有个别人是自愿的。郑茂的手机里除了视频证据，还有银行转账记录。

郑茂虽然心机深，但本质只是一个为了巴结领导不择手段的普通人，不是专业罪犯。他一走进派出所的大门就腿软了，警察再一盘问，就全都交代了。

据他说，这些女孩有的要钱，有的不要钱。遇到不要钱的，他就利用自己的外貌骗她们谈恋爱，然后把"女朋友"带到自己家里。他也有女粉丝，但不会碰她们，无关道德，只是因为在圈内太容易被曝光，不安全。

至于那些"女朋友"为什么没报警，原因很简单：不敢，怕以后没脸见人。

许宗平出手大方，郑茂一边转钱安抚她们，一边出言恐吓，声称如果敢闹出去，就让她们的亲朋好友都知道，帮她们在亲戚和同学里"出名"。

这回如果不是郑茂私心太重，故意搞到左正谊女粉丝的头上，这件事恐怕还能一直瞒下去。

而他瞒着许宗平在家里装监控，同时保留转账证据，是给自己留后手，以防将来和许宗平闹掰，被丢出来当替罪羊。

左正谊听得毛骨悚然，他觉得他不是被迫走进社会——正常的社会有黑暗面，但也不至于处处都这么黑暗。郑茂和许宗平这种只应该出现在法制新闻里的人，竟然活在他身边。

他们平时还表现得这么自然，仿佛一切再正常不过，只是有权有势的男人玩弄几个漂亮女孩罢了，"大家不都是这样吗？""这就是社会规则。"……

左正谊哭了一场，哭到一半睡着了，又在天亮时被叫醒。

在这场巨大的不幸里，唯一的好消息是，醒来之后的许宗平得知自己罪行败露，被立案侦查，自身难保，无暇顾及左正谊了。他不起诉，左正谊打人的事就不了了之，事情暂时结束后，他和纪决一起离开了派出所。

乌云作为当事人，和他们一起离开了。但她不是单独一人，那位朋友也赶了过来。

四人站在路边，准备打车离开。

等车的时候，乌云的目光不知第几次落到纪决的身上，欲言又止。左正谊浑然不觉，也可能是察觉了但懒得解释，他没长骨头似的，靠在纪决的身上刷微博。

他又上热搜了。

昨天晚上他在居民区打许宗平，围观的人不少，有人拍视频发到了社交平台上。

视频的拍摄者不认识左正谊，只当是一场"新鲜事"随手发布，没想到被传开了。电竞圈大受震动，许多人彻夜不眠，为左正谊撕了一宿。

这个视频拍得很清晰，左正谊本来就长得好看，五官辨识度高，认错的可能性非常小。而许宗平虽然不常露面，大部分人不认识他，但资深电竞迷不可能不认识，他也被认了出来。甚至包括站在一旁的乌云，也没能逃过网友的法眼。

但纪决和郑茂来得晚，没被拍到。

热搜的标题是"疑似 End 暴打 WSND 老板"。

没人知道事情的原委，只看到左正谊行凶。最近他风评不好，又被拍到"恶劣"行径，舆情简直是雪上加霜。

虽然有理智的人提出"看起来似乎有内情，别太早下结论"，但大部分人不管这个，他们变着花样嘲讽左正谊，不理解他为什么嚣张到敢打老板的地步，怕不是疯了吧？难道不续约就破罐子破摔，连人都不当了？

这些人还把乌云写进剧情里，编了一堆离谱的段子，说他冲冠一怒为红颜，说他私联女粉无心打比赛……各种猜测层出不穷，全部恶意满满，刷遍每一条微博的热评，到处流传。

左正谊麻木地翻了一会儿，心想：他没疯，但这些网友恐怕疯得不轻。

这就是这个世界，这就是他曾经在意的"别人的眼光"。

现在网友不知内情，等过两天警方出调查结果，事情一公开，骂他的人应该会改口吧？可能还会反过来夸他。

"反转"。

舆论就是这样，是一种由墙头草们的口水组成的东西。这些墙头草总是特别着急，仿佛活不到他解释澄清的那一天，赶紧先骂了再说，"人生苦短，及时行乐"，然后踩着他的伤口狂欢，不在乎他是一个活人，被污蔑也会伤心。

不过，左正谊现在确实不伤心了，他看开了。

他站直了些，跟乌云道别，说："路上注意安全。"又说，"以后不要轻易受骗了，你要保护好自己哦。"

乌云点了点头，红着眼睛看他，忍了半天，实在没忍住问："你要离开 WSND 了，是真的吗？"

左正谊苦笑，反问道："你也不希望我离开吗？"

"没有没有。"乌云连连摆手，"我相信做出这种决定一定有你的苦衷，是许狗的错，他欺负你了吧？以后你去哪儿都行，我会支持你，我会一直支持你的，正谊！"

"谢谢，再见。"左正谊朝她挥了挥手，拉着纪决上车。

在回基地的途中，他哭了一路。左正谊怀疑自己的眼睛生病了，否则为什么哭起来没完，不受控制？

他都不知道他在为谁哭，可能是为那些素不相识的女孩，也可能是为WSND。

事情比他预想的严重，许宗平会被判刑，判几年暂时不确定，要等结果。但已经可以确定的是——WSND 完了。

老板进监狱，俱乐部怎么办？要么解散，要么易主。

这么大一家俱乐部，应该会有别的资本来接手吧，不会轻易解散，但逃不了易主的命运。

昨晚做出决定的那一刻，左正谊想，宁为玉碎不为瓦全，他做好了被禁赛的心理准备。可没想到，因为许宗平的案子太大、牵涉太多，联盟得到消息，暂时没有对他做出处罚，似乎在观望——他这块"玉"没碎，WSND却碎了。

如果换了老板，WSND会有一个新的名字，会换新队徽、新队服和一批新的管理层，也会有新的选手……左正谊想到这儿就没法再往下想了。

他的青春仿佛陡然中断，成了坍塌的悬崖。他站在悬崖边，亲眼看着土石纷纷掉落，那是WSND楼塌时落下的残瓦，砸得他血肉模糊。

他不知道以后还会不会有人再喊"W队永不后退"的口号，也许不会了吧……

左正谊在纪决的陪同下，走到WSND基地门前。

今天是个晴天，有风，风吹干了他的眼泪，也吹扬起了门口高悬的队旗。左正谊仰头看旗面，被苍白的阳光刺痛了眼睛。

纪决看他一眼："要我陪你进去吗？"

"不用了。"左正谊摇了摇头，逆光倒退着进门。

"别担心，我不难过。"他说，"我还是会……好好训练的，会不会禁赛、能不能转会，都随缘吧。"

无论如何，他问心无愧了。

他曾经把WSND当成家一样的存在，最大的愿望是把自己的名字刻在"家门"上，以身做旗，成为WSND不灭的标志。

现在愿望破灭，W队不能再往前走了，但他依然要往前走。

也许以后不会有第二家俱乐部让他爱到想将自己的名字亲手刻上，但没关系，名都是浮名，不必刻给谁看。

从今往后，左正谊只为自己而战，他依然要爬最高的山，练最强的剑，当他的天下第一。

第十四章 入海

人人皆知，名满天下的 EPL 第一中单像一把稀世利剑，如果利剑能为己所用，自然是美事一桩，但他们又怕剑锋伤手，控制不住，所以想把他磨平一些，磨成自己想要的形状。

互联网时代，世界像一片沸腾的汪洋大海。时事纷杂，热点频出，各领域轮番掀凶浪，短暂地成为焦点，牵动数亿网民的喜怒悲欢，然后再悄然退场，被人们淡忘。

今年冬天，电竞圈就经历了这样一件大事。

不同于以往那种不出圈的小打小闹，这次是真正的大事，上了社会新闻——WSND 俱乐部老板许宗平及教练郑茂犯下连环强奸大案被判刑，主犯十年，从犯两年。期间有关部门还查出了许宗平名下公司有严重的税务问题，偷税漏税将近三个亿。

这件事不可谓不震撼人心，各大媒体报道一遍，热搜上了好几回。

WSND 俱乐部是风暴的中心，选手左正谊在其中起到的作用也被网友知晓，他的打人事件顷刻间发生反转，骂声消失不见，全网一片赞誉，然后大家又开始为他的前途忧心了。

WSND 换老板了，他会转会吗？他要转去哪儿？人人都在关心他，但

左正谊不想看这些。

最近很长一段时间他都不刷社交平台，他和队友们都保持沉默。他们的生活发生了巨变，但又好像什么都没变，仍然是在基地和比赛场馆之间两点一线地奔波，最大的变化可能是大家都不开心了。

因为"WSND"没了。

许宗平进监狱，谁都没有心理准备，EPL联盟官方也深感震惊，当时他们刚写好处罚左正谊的禁赛公告，还没来得及发布，就收到通知，把公告草稿删了。在这样的大事面前，是否处罚左正谊反而成了最微不足道的事。

联盟最头痛的是，怎样才能尽快给WSND找好接盘的下家，让新老板和新管理层上任，选手继续打比赛，一切恢复到正轨，否则不仅赞助商们要暴动了，也影响联赛的公平性。

由于联盟介入，这件事解决得很快。

WSND毕竟是一家规模很大的知名俱乐部，近几年电竞行业也算热门，有资本愿意接手。

接手WSND的老板姓柯，叫柯志飞，做影视公司起家的，他买下WSND的第一件事就是给俱乐部改名。

并非所有换老板的俱乐部都会改名，去年的Lion就没改。但WSND的名字上了太久法制新闻，人人都知道他家前老板是强奸犯，柯老板唯恐有人误解，影响自身声誉，就把俱乐部的名字改成了自己影视公司的名字，叫"星辉"。

也就是说，如今的EPL再没有WSND，只有XH（星辉）电子竞技俱乐部。左正谊及傅勇等人都成了XH战队的选手，换了一身紫色的新队服。

更换的当然不只是队服，基地从里到外、从上到下能换的都换了。柯志飞甚至还搞了一个剪彩仪式，庆祝XH俱乐部的成立，在总部大门口放了好几挂鞭炮。

噼里啪啦的鞭炮声把左正谊对WSND的最后一丝留恋炸碎，他打开久违的微博，发了一条新动态。

没有文字，只有一张图，是十一月十九日那天，他和纪决一起从派出所回来，站在WSND基地门外的队旗下，纪决帮他拍的照片。

照片里，左正谊逆光而立，抬头仰望"W"字旗，衣摆和头发被风吹起，飘向与旗帜相同的方向。

这是左正谊在 WSND 的最后一张照片，如今"W"字旗已经被撤下了。现实残酷，鲜艳的画面色彩也掩饰不了他浑身散发的伤感。

微博一经发出，WSND 队粉在评论里哭成一团。事到如今，终于没人再问左正谊走不走，好多队粉自己都忍不下去，选择了脱粉。

"WSND"确实是没了。

一月二十三日，XH 战队打完了春节休赛期之前的最后一场比赛。左正谊不知不觉跨了个公历年，马上要过生日了。

其实在跨年之前的十二月份，EOH 国内赛区还有一项盛事，即神月冠军杯分组抽签仪式。

抽签仪式办得盛大，XH 战队当然参加了，新老板带着新教练和全体队员一齐到场，左正谊还上台打了个全明星表演赛。

全明星表演赛的参赛名单是通过粉丝投票确定的，说白了就是选十个人气最高的选手，给大家打一场娱乐赛高兴一下。

上个赛季左正谊也参加了，他一直是高人气选手。

当时他意气风发，很乐意跟其他选手交朋友，主动得很。这回他却打得发困，结束后甚至都不记得自己选了什么英雄，也不记得队友都有谁了，稀里糊涂地打完，心里在想还不如早点回去睡觉。

XH 战队的分组结果是什么，他都没看，因为这跟他关系不大了。

柯志飞比许宗平更商业更坦诚，跟他沟通一番，确认他不愿意续约之后，就同意在"冬窗"转会期把他卖掉。他们无仇无怨，柯志飞没必要卡他的合同，还不如放他离开，换一笔钱。

就此，左正谊离开 WSND——不，离开 XH 俱乐部终成定局。

但即使确定会离开，左正谊也没有敷衍过任何一场比赛，哪怕受许宗平事件影响状态不好，他也认真去打了。

从十二月至今，XH 战队有赢有输，连胜当然早就断了，但他们没有摆烂过。

一月二十四日，联盟官方宣布冬季休赛期开始，同一天，转会窗口开放，左正谊被挂牌，正式进入转会市场。

当终于走到这一步的时候，左正谊心里反而没什么感觉了。

他和纪决事先商量过，不出意外就去蝎子。蝎子的管理层昨晚跟他通了电话，旁敲侧击地打探他想要什么条件。

左正谊是个直接的人，在这方面学不会委婉，他不想降薪去蝎子——可以，但没必要。他坦白了自己的心理期望：只签一年，年薪两千万打底，不捆绑直播。

蝎子的管理层说考虑一下再给他答复。

这可以理解，想买他的俱乐部应该不止蝎子一家，在转会市场拍卖，转会费就是一笔天文数字，蝎子当然得考虑自己能否负担得起。

详细说来，转会费和年薪是两码事。前者是买卖双方的交易费用，无论价格多高，都跟左正谊本人无关，这部分钱归 XH 俱乐部所有，是他们卖出选手的收入。蝎子开的年薪才是选手工资，进左正谊的口袋。

和蝎子的管理层沟通完之后，左正谊又跟纪决通了个电话，把自己的想法如实说了。纪决的态度一如往常，还是说听他的，不想影响他的决定。

最近左正谊觉得，纪决似乎有点聪明过头了，虽然他早就知道纪决聪明。

这种感慨来源于他们越来越深入的交流，左正谊发现，纪决特别擅长处理人际关系，或者可以说，他特别擅长经营他们之间的关系。

比如，纪决知道左正谊人生最重要的事情就是打比赛，转会是头等大事，他可以给建议，但绝不能代替左正谊做决定，否则左正谊一定会不开心。

这是纪决理性的一面，但实际上他不是一个理性的人。

他私心极重，巴不得早点跟左正谊同队，所以他不亲口说让左正谊来蝎子，只变着花样地缠着左正谊——这是在表达他的需求。

可惜左正谊在这方面很迟钝，迟迟接收不到他的信号，只觉得他最近变本加厉，有点令人烦，甚至还要来一个反向理解，阴阳怪气地说："你差不多得了，再这么没完没了天天烦我，我都不想去蝎子了，受罪。"

纪决："……"

左正谊不知道怎么处理和纪决之间似亲人而又非亲人的关系，但他牛就牛在，自己意识不到这一点。

他觉得他和纪决的关系处得非常好——每天不停地聊天通电话，经常见面，不就是这样吗？这种事又没难度，谁不会啊？

所以当纪决说"哥哥对我好冷淡哦"的时候，左正谊回："别没事找事。"

说完这句，不管纪决是什么反应，左正谊转开话题："我的生日快到了，给你一个表现的机会噢，表现得好我就原谅你。"

纪决还没反应过来自己做错了什么，他就已经快进到"我原谅你"那一步了。

但尽管如此，纪决仍然觉得快乐。

左正谊除了阴晴不定、脾气差、公主病、永远要人哄、永远不会有错（如果有，那就是你看错）之外，没有任何缺点。

今天是假期的第一天，没有缺点的他八点就起床了。起床第一件事是收拾行李，他和纪决一起买好了票，准备回潭舟岛过生日，顺便在休赛期把年过了。

左正谊知道，今天踏出基地的大门，他就再不会回来了。

和他一起收拾行李的还有傅勇，傅勇选择了不续约，以自由人身份离开。方子航、段日和金至秀聚到门口来送他们。

大家沉默着，没什么话好说。可能是因为在之前充满折磨的两个月里，都已经接受了要分开的事实，提前把话说完了。

"我走了。"傅勇先出门，回头挥挥手说，"以后赛场见，是兄弟就来砍我。"

左正谊的一腔愁绪被他的冷笑话给堵了回去，无语地白了他一眼，本来酝酿好的道别词也忘光了，只好叹气道："我也走了，以后再联系，微信群还在呢。"

方子航、段日和金至秀都点头说好，然后道："走吧走吧。"

"嗯，再见。"左正谊拖着行李箱，头也不回地去找纪决了。

左正谊还没走出园区大门，就接到了周建康的电话。

俱乐部换老板之后，周建康留任在 XH 基地，依然担任战队经理。柯志飞似乎对他的工作能力相当认可，还给他涨了薪。左正谊敬佩周建康玩转职场的本事，人都说一朝天子一朝臣，他这是两朝元老了。

左正谊不知道在许宗平的劣行曝光之前，周建康了解几分内幕，他没去问，没有问的意义。他觉得，也许周建康隐约有所察觉，但不了解真相，成熟的人都懂得趋利避害，不会主动去掺和对自己没好处的事。

就像周建康曾经警告他："不该你知道的事就别瞎打听。"一句话道出了周建康的为人处世原则，可惜当时左正谊听不懂，现在才后知后觉地明白。

不过，一切都结束了。

WSND 埋葬了左正谊心里很多很多爱，也教会他一个道理，以后不管去哪儿，都别对电竞俱乐部期待太多，职场而已，本质和外面那些公司没区别。

左正谊心平气和地接起电话，问："有事吗？"

周建康的声音也很平静，但太过平静就显得情绪不够高昂，有低落的嫌疑。他说："End，你是不是落东西了？门口有个大纸箱，是你的吗？"

"是我的。"左正谊道，"那些我不要了，叫清洁阿姨帮我丢出去吧，谢谢。"

"这样啊……我知道了。祝你一路顺风，加油。"

"嗯，我会的。"

左正谊挂了电话。

这个小插曲让他心里有种说不上来的滋味，直到和纪决碰头，他的脸色才稍微好转了一些。

纪决提前在园区门口等他，叫好了车，帮他把行李箱放进后备箱，又拉开车门，冲他笑笑："饿不饿？要不要先吃点东西再去机场？"

他们回潭舟岛，先坐飞机再转高铁，下午就能抵达。

左正谊摇头："不想吃。"

"那吃点零食吧，我买了。"纪决剥开一颗糖直接塞进了他嘴里。

左正谊瞪了纪决一眼，眼含警告。他一生气，表情就生动了，比刚才丧着一张脸的模样漂亮太多。

纪决忍不住想戳戳他的脸，可手指刚戳上去就被抓住，左正谊不悦地嘟囔了一句："你好烦啊，多动症是吧？"

纪决笑出了声。

左正谊又不高兴了："你笑什么笑？不许笑。"

"为什么？"纪决佯装委屈，"我心情好还不能笑吗？"

左正谊蛮不讲理地道："谁允许你心情好的？你不知道我不开心吗？"

"好吧，那我也不开心。"纪决乖乖应了，然后问，"谁胆子这么大，敢惹 End 哥哥生气？"

左正谊长叹一声："没谁，是我自己的问题。"

他忽然坐直，盯着纪决道："你说我要不要买个房？今天从基地搬出来，我感觉自己好像被人扫地出门，无家可归了，尤其是整理行李的时候……"

左正谊的脾气来得快去得也快，眨眼间就忘了自己刚凶完纪决的事，眼眶溢出泪水，两手拽住纪决的袖子，郁闷道："我在 WSND 住了四五年，攒了好多东西，好多……虽然都不是什么值钱玩意儿，但如果我有一个自己的房子，我就能把它们搬过去，不用丢掉了。"

纪决微微一愣："这确实是个问题。"

"对吧。"左正谊道，"过完年回来你就陪我去买房吧。但上海的房价太贵了，我的存款不会不够用吧？"

"没事，还有我呢。"

"你要干吗？"

"我和你一起买。"纪决把袖子从左正谊的手里抽出来，"到时候房产证上写我们两个的名字，我们本来就是一家人，怎么样？"

左正谊虽然觉得有点怪，但也没有抵触心理，因为他们从小一起长大，关系太好，他有"我们不会分开"的潜意识。即便有短暂的分离，他们仍然是彼此生命里最特殊的人，左正谊觉得一起买房也未尝不可。

"好吧，那我想想我们应该买个什么样的……"左正谊一口答应下来，打开手机开始上网搜楼盘信息。

他懒洋洋地靠着纪决，打着哈欠，在手机上慢悠悠地看楼盘，从上海一路看到潭舟岛。

途中纪决也在摆弄手机，似乎是在看八卦，时不时就给他讲两句圈内

笑话，左正谊听得一愣一愣的，Get 不到是什么梗。

纪决叹气："你像个假的电竞人，怎么什么都不知道？"

"我最近没上网。"左正谊撇了撇嘴，"再说也不好笑啊，你的笑点可真低。"

他们一起走出车站，潭舟岛虽然位于东南地区，但冬天并不温暖，海风猛烈，冷得要命。左正谊才走出几步就被纪决扯住围巾，然后帮他把大衣的纽扣一直扣到下巴才松开手，让他走在前面。

"我四年半没回来了。"左正谊张开双臂，任海风拂过他的身躯。

太阳在头顶高挂，天空呈现一种灰扑扑的蓝，那是曾经无数次充满他梦境的颜色。左正谊眼眶一热，感慨道："真好啊，纪决。"

"什么真好？"

"回家的感觉真好。"

左正谊在路边原地转了两圈，被大风吹得摇摇晃晃的。他高兴极了，忽然转身回到纪决身边，给了纪决一个大大的拥抱。

可惜纪决两只手都拖着行李箱，不能回抱他。

左正谊并不在意，这是他近段时间以来最高兴的一天，心里的阴霾被家乡的海风一扫而空，他感觉就像是……重新活了过来。

"快走快走。"左正谊仿佛回到了十四五岁的时候，那时放学铃声一响，他就冲到纪决班级门口，喊纪决快点出来，他要抢在别人之前跑出教学楼。

虽然跑得快似乎没什么意义，但大家都傻乎乎地盲目往外冲，那种久违的、无处挥洒的活力重新涌进了左正谊的身体。

他脚步轻飘飘的，哼着歌，左摇右晃地走在人行道上。

与他擦肩而过的行人操着一口熟悉的乡音，他下意识换成方言，对纪决说了几句话。

潭舟岛方言属于闽南语系，但方言的特色就在于同一语系在不同地区也会有较大差异。左正谊从小学普通话，不会讲标准的潭舟话，只是耳濡目染久了，能跟着学几句。

"我们今晚住哪里呀？"

"什么？"他的半吊子发音纪决竟然没听懂。

左正谊只好换成普通话，重新问："我们晚上住哪里？要直接去叔叔家吗？你给他打过电话没？"

纪决摇了摇头："住酒店吧，好不好？明天再去看他。"

"可以。"左正谊心情好的时候特别好说话，什么都不挑剔，他甚至好心地帮纪决分担了一个旅行箱——虽然这是他自己的箱子。

左正谊满面笑容，继续哼刚才没哼完的走调的歌，过了会儿问："哪家酒店来着？"

"不远。"纪决指了指对面那条街，"我订好房间了。"

纪决订的酒店是潭舟岛唯一一家五星级酒店，高层可以远眺海景，将大半个岛屿尽收眼底。

五年前，这家酒店还未开业，施工期间便轰动全城。当时左正谊和纪决还没分开，听同学们讲起这座即将建好的未来地标，同周围人一样，露出了没见过世面的兴奋之色。

潭舟岛是个小县城，若不是旅游业发达，根本没可能开这么大的酒店。

那时左正谊和纪决都好奇极了，想知道酒店内部是什么样的，它的价格一定很昂贵吧？不知他们长大后能不能赚够钱，进去住一住……

他们心里充满了渴望，但不是对高档酒店的渴望，也不是对金钱的渴望，而是对未来的渴望。他们幻想着迟迟不来的未来，迫不及待想长大，想用"长大"来解决生活里的一切难题。

现在的确长大了，但情况好像和当初期待的不太一样，至少五年前的左正谊死都想不到，他竟然没再回来过。

可能是为了庆祝愿望的实现，纪决订了一间总统套房。

酒店的服务管家带他们进门，还未介绍就被纪决赶走了。纪决接住左正谊脱下的大衣和围巾，帮他挂好，这时左正谊已经走进客厅了。

客厅的左手边是厨房，右边是娱乐厅，还有健身房。左正谊去娱乐厅里转了转，发现有好几台游戏机和电脑，觉得非常好，回头对纪决道："我们就住这儿吧，不住叔叔家了，顺便还能直播。"

"你真敬业，放假也不忘工作。"纪决由衷地赞叹。

左正谊哼了声，继续去探索卧室。

"有两间卧室哦。"他从主卧的门口探出脑袋，对客厅里的纪决说，"我们一人一间正好，不用挤一张床了。"

"我不嫌挤。"

"我嫌。"

虽然这两间卧室的床都足够大，睡三个人也不可能挤。但 End 哥哥说一不二，他说挤就是挤，纪决没资格反驳。

纪决不跟他争辩，正在客厅里打开他们的旅行箱。

左正谊瞥了一眼，说："你帮我把电脑拿出来就好，我先去洗个澡哦。"

纪决点头："洗完你休息一下，晚上我做饭给你吃。"

左正谊惊讶："你会做饭？"

"我会的多着呢，你不知道罢了。"纪决的心情也很好，嗓音听起来和平时不大一样，不是在外人面前那种跩得二五八万似的冷漠腔调，也不是在左正谊面前惯有的故意压低声音装深沉的腔调。

那是什么？左正谊盯着他略品了品，没品出来，只觉得有点熟悉。

直到进了浴室，在花洒下冲了半天，左正谊才猛地反应过来：这是纪决以前的样子啊——以前他们没闹掰的时候，纪决就这么说话。

但十五岁那年离开潭舟岛时，左正谊认为纪决是骗子，否定了他的一切。四年后再见面，纪决就开始装模作样地骗他了，成了一个货真价实的"骗子"，一直到现在。

虽然说他那些做法严格说来不能叫骗，只是在有意讨好他罢了，是"投其所好"，左正谊隐隐能感觉到。

但他突然有点好奇，纪决私下是什么模样？

这个问题怪怪的，左正谊脑子里冒出一句话：最熟悉的陌生人。

他并非不了解纪决本性如何，经过重逢后这么久的相处，他已经了解得差不多了。

但他不知道纪决在生活中有什么喜好，比如有的人喜欢雨天，有的人喜欢晴天，有的人爱听歌看电影，有的人不爱……这些微不足道的小爱好，才能展现一个人的本色。

在这方面，左正谊了解傅勇都比了解纪决多，是因为他平时太不关注纪决了吗？

左正谊不承认，他心想，这明明是纪决的错，这人什么都不说，怎么能怪他呢？

抱着这样的想法，左正谊洗完澡，穿着浴袍走进客厅。

纪决已经整理好他们的随身物品了，正在厨房里查看厨具，似乎是在确认能不能用。

"喂，纪决。"左正谊倚在门口叫了一声。

纪决回头："你洗好了？不去睡一会儿吗？"

左正谊没回答，他罕见地用"凝视"的目光打量纪决。

纪决在他洗澡时换了一身衣服，棕色长裤、白 T 恤，脚底踩着拖鞋，回头看他时脸上虽然没有太明显的表情，但眼睛亮了一下，好像看见他就会很高兴。

呃，怎么说呢？感觉有点……左正谊形容不上来。

"怎么了？"反而是纪决察觉到了他的异样，径直朝他走了过来，"你看我干吗？"

"不干吗。"左正谊随口应付，转身走了。

左正谊第二天醒来的时候，已经是下午了。他匆匆洗完澡，穿着浴袍回到客厅，往沙发上一靠，又不想动了。

纪决正在厨房里做饭，左正谊打了个哈欠，出声叫他："纪决，我想吃草莓，你把厨房那盘端来给我吧。"

"那是做蛋糕用的。"纪决的声音远远传来。

左正谊不高兴："你为什么不多买点？你就是不想让我吃。"

纪决没回答，但左正谊耳朵尖，隐约听见了他压低的笑声，更不爽了："我自己买行了吧，要你有什么用。"

左正谊拿起手机，准备在外卖软件里翻一翻，但他还没打开外卖软件，微信就响了。

左正谊的微信消息很多，时不时就要响一声，他一般都懒得看，反正没什么要紧的。

刚刚这声震动是好友申请，左正谊点开看，对方的昵称是 Tommy……汤米？

左正谊微微一愣，只见验证消息里写着："嗨，End，我是 CQ 的汤米，从朋友那儿要了你的微信，我们聊聊？"

左正谊点了通过验证，加了汤米为好友，对方的消息很快发了过来。

Tommy："下午好啊，兄弟。"

真自来熟……左正谊也回了句"下午好"。

这时，纪决端着草莓从厨房走了出来，挑了一颗大的递给他，低头打量道："跟谁聊天呢？"

左正谊没抬头，咬着草莓说："CQ 的教练。"

纪决刚拿起第二颗草莓的手一顿："CQ 想买你？"

"应该是吧，看他怎么说。"左正谊推开纪决，往沙发的角落里靠，"快去做饭，我都要饿死了。"

纪决却不走："你和他聊了什么？"

"客套话呗，他问我职业规划，对未来有什么想法。"左正谊坐直了些，突然对纪决笑了一下，"我问你个问题哦，如果我不去蝎子，你会生气吗？"

纪决没有第一时间回答，只盯着左正谊。

左正谊知道答案是什么，纪决当然会顺着他。但他也不知道自己为什么非要明知故问，手欠似的，偏要在纪决的痛点上戳几下，惹他难受自己才高兴。

"你说话啊。"左正谊放下手机，"生气你就直说哦，别装大尾巴狼，我才不吃这套。"

纪决无奈地一笑："你不就是想听我哭着说不生气吗？"

左正谊否认："我才没有。"

纪决很沉得住气："菜还没炒完呢，你先和他聊着，我们晚点再商量。"

"好吧，你去。"左正谊继续回微信消息。

他正在与 Tommy 的聊天框里打字，屏幕上方忽然跳出一个新消息悬浮窗，是傅勇发来的。

傅勇："黛玉黛玉！"

End："叫你爹干吗？"

傅勇："你这两天通网了吗？"

End："？"

傅勇："我就知道你躲山沟里去了，你也关注一下转会资讯吧。"

End："怎么了？"

傅勇："一个通知：SP 的中单挂牌了。"

End："？"

傅勇："剩下的自己想。"

End："……"

End："这有什么好想的，关我什么事？"

傅勇："SP 缺指挥啊，他们都说程肃年想要你，论坛上一下午开了几十帖了。"

End："……不至于吧？"

傅勇："你不想去 SP 吗？"

End："。"

End："你要真为我着想就问不出这种问题。"

谁不知道 SP 是"君主专制"？程肃年说一不二，况且他们是围绕下路建队，左正谊去干吗？一点话语权都没有，当花瓶吗？

他心里暗骂一句菜勇弱智，回完那句就懒得再看手机，去厨房找纪决吃饭了。

转会是大事，选择下家至关重要。

比如说 CQ，左正谊是否接受汤米的邀请，当然不能只看对方开多少年薪，还得看队友水平如何、教练组如何、战队打法风格、管理层作风等，这些因素都不可小视。

然而现实往往是，一般选手没有太多选择空间，左正谊的优势在于他可以尽可能地挑选适合自己的战队，主动权在他手里。

但坦白说，左正谊理智上知道应该慎重选择，实际却根本紧张不起来。

一是因为自信，他有信心能 Carry 任何团队，因此不在乎队友和教练的水平，只要别太离谱就行；二是因为他对 WSND 多少有点"曾经沧海难为水"的情结，导致他无法在如今的 XH 俱乐部待下去，也不期待另一个俱乐部能成为他的新家。

换句话说，他也不在乎管理层了，公事公办即可。

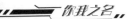

　　既然什么都不在乎，去哪家不一样？所以他才会答应纪决，不出意外就去蝎子。

　　但选择蝎子也并非随便之举。

　　想要左正谊的俱乐部很多，能买得起他的却不多。小俱乐部统统没戏，大俱乐部比如 SP，不适合左正谊；Lion，新中单是从国外刚回来的，打得好好的，没可能换；CQ 条件也好，但 CQ 和 SP 差不多，也是教练集权，所有选手必须执行他的战术，不能有异议……

　　这样一看，大俱乐部只剩蝎子了，除此以外还有哪家能支付得起他的巨额转会费和高年薪？

　　吃饭的时候，左正谊和纪决聊起这件事，撇了撇嘴："原来我的选择也不多。"

　　他的脸上沾了奶油，是刚刚切蛋糕时蹭上的。纪决烤了一个草莓蛋糕，祝他二十岁生日快乐，还做了几道家乡菜，开了瓶酒。

　　左正谊去年的生日在 WSND 过得很隆重，今年相比之下略显冷清，但他们餐桌上的食物都是纪决亲手做的，忙活了大半天，这让左正谊很高兴。

　　刚刚吹蜡烛许愿，左正谊说："我的愿望太多了，许什么好呢？"

　　纪决期待地看着他，他也看了纪决几秒。

　　在这短暂的几秒里，左正谊聪明绝顶地理解了纪决的期待。他微微一顿，故弄玄虚地说："生日愿望说出来就不灵了，你别问，我才不告诉你。"

　　纪决没有办法，眼睁睁看着他许完愿、吹熄蜡烛，把蛋糕切了。

　　这一顿饭吃了将近两个小时，左正谊只喝了一口酒，稍微意思了一下。

　　纪决喝了好几杯，但仿佛是喝白开水，脸上不见一点醉意。他不评价左正谊对转会的想法，反而问："我能问你个问题吗？"

　　他的语气严肃得很罕见，左正谊的注意力被引起，抬头道："什么问题？"

　　纪决想了想说："假如你不认识我，我只是打野选手 Righting，你会希望我成为你的打野吗？"

　　左正谊被问得一愣："我没想过。"

　　"我明白了。"纪决叹了口气，"那我换个问题，你有喜欢的打野吗？

你觉得 EPL 第一打野是谁？"

左正谊瞄了纪决一眼："你是不是想让我说是你呀？"

"没，我只是想知道你喜欢什么风格。"

"我没有喜欢的风格啊，打野差不多就行了，反正都是给我'洗脚'的。"

纪决笑出了声。

但左正谊不是在开玩笑，他在 WSND 这些年，身边的每一个打野都是他的"洗脚婢"，客观事实罢了。

可惜 WSND 的日子已经结束了，左正谊不知道下家俱乐部能不能给他那么高的自由度和话语权，也许他会被要求改变打法，他愿意配合，这合情合理，但不愿意配合到失去自我。

这样一想，去蝎子可能真是最好的选择，至少蝎子有纪决可以和他配合。

左正谊心里几乎已经下定了决心，然而，他还没收到蝎子管理层的回复，那边正在考虑他的签约条件。

竟然要考虑这么久，左正谊有点不高兴。

一餐结束，天已经黑了。

左正谊和纪决闲着没事做，一起窝在沙发上用笔记本电脑放电影看。主要是纪决在看，左正谊微信消息太多，大忙人一个，他的目光粘在手机屏幕上就没离开过。

纪决时不时拿余光瞟他。

他们本来是想去纪国洋家走亲戚的，但左正谊身体不舒服，不想出门，打算过几天再去，到时候买点年货当新年礼物，顺便蹭个年夜饭。

纪决瞟了半天，终于忍不住把电影关了，叫左正谊："打游戏吗？双排。"

左正谊仍然盯着微信，说："要不三排？带傅勇一个。"

"也行。"纪决很乐意和左正谊的朋友们一起玩，这是他打入左正谊现在生活的机会。

左正谊没想那么多，他只觉得纪决还挺积极，听自己说完，立刻去娱乐厅里调试电脑，把两台设备都弄好了，更新了一下游戏客户端，问他："你要开直播吗？"

"我想开，但我们两住在一起的事会被发现吧？这个敏感时期……"
左正谊犹豫了一下，"算了，我就说你是我弟弟，你本来就是。"

"好的，哥哥。"纪决乖乖应了，和左正谊一起坐到电脑前。

这家酒店的电脑配置相当不错，两张电脑桌并排摆在一起，键盘和鼠标是他们自带的。左正谊的宝贝键盘走到哪儿带到哪儿，可谓是"剑"不离手。

可能因为他太久没开直播，也很少在社交平台更新动态，直播间才刚打开，弹幕就沸腾了。

各种表情、文字和礼物消息刷得太快，让人几乎看不清。左正谊没仔细看，他正在调试摄像头，弄了半天没弄好，下意识道："纪决，你帮我弄一下。"

正在刷"主播诈尸了"的水友们有一瞬间的停滞，紧接着满屏刷问号：
"？？？"

"纪决？ Righting 吗？"

"Righting 在你旁边？"

"Righting 也开播了。"

"什么意思，是要去蝎子吗？"

"该不会已经在蝎子基地了吧？"

"没啊。"左正谊扫了一眼弹幕，"我回老家了，你们不要乱说。"

他说话的腔调漫不经心，带着椅子往后退了一步，让纪决帮他调摄像头。纪决很快就弄好了，和他有短暂的同框，然后又回到自己的座位。

左正谊登录游戏，拉傅勇和纪决进队，开始三排。

他今天很累，打游戏的状态不算好，开直播只是为了混点时长。所以游戏一开始，左正谊没玩法师，选了个混子英雄给纪决的 AD 打辅助，让傅勇去玩中单。

他这么混，如果是以前，弹幕全要嘲讽"主播摆烂"，但今天大家的关注点不在游戏，都在聊转会。

"黛玉，悄悄告诉我，哪家联系你了？"

"论坛说年神给你打电话了，是真的吗？"

"别去蝎子好不好？"

"留在 WSND 吧，别走了。"

"大哥，WSND 都没了，XH 粉自重。"

"我的建议是蝎子好于 SP。"

"我的建议是 SP 好于蝎子。"

"我的建议是你们都别建议了，好烦，论坛微博不够你们闹？还来这闹。"

"房管干活了，把建议哥都封了吧。"

"房管也是建议哥，主播自己封。"

"……"

左正谊被弹幕气笑了，但他不方便说什么，这种情况下说得越多越容易带起不好的节奏。

主要是还没定下来，他自己也不知道能不能去成蝎子。至于 SP，纯属无稽之谈，程肃年根本没给他打电话，不知道哪来的谣言。

左正谊试图用跟纪决聊天来转移话题，但还没开口，放在电脑桌的手机忽然又震动了一下，有新的微信消息。

说曹操曹操到——竟然是程肃年的好友申请。

四 ▶▶▶

左正谊的直播摄像头正对着他的上半身，面部表情很清晰。他拿起手机看消息的那一刻，略显意外的情绪传递给了直播间里的每一位观众。

但其实没必要太过意外，转会期，哪家俱乐部联系他都很正常。左正谊的表情很快恢复，加了程肃年为好友。

程肃年的微信昵称叫"AGE"，是他退役之前的职业 ID。

AGE："左神，好久不见。"

好久不见？左正谊回想了一下上次见他是什么时候，应该是这赛季的某场比赛，但赛场上匆匆擦肩而过留不下太深的印象。左正谊想起了上个赛季的全明星表演赛，当时他和程肃年当队友，并排坐在一起。

果然，程肃年也记得这个。

AGE："那年表演赛合作很愉快，可惜当时忘记加你为好友了。"

这就纯属客套话了，左正谊今天一直在跟人客套，有点麻了，但也只能硬着头皮回复。

End："现在也不晚，年神找我有事吗？"

AGE："嗯，我才发现你在直播，要不下播后再聊？"

End："没事，你说。"

左正谊空出一只手按键盘，让他的英雄跟着纪决走。

这局游戏已经打到后期，快结束了。队内语音里，纪决不打扰他，专注地和傅勇聊天。傅勇一直大呼小叫，发出的噪声充满了左正谊的直播间。

观众们旗帜鲜明地分成四派：一派在聊转会；一派在给左正谊庆生刷礼物；一派在骂傅勇，让左正谊把他的麦的音量调低一点；还有一派不看游戏，全程盯着主播的脸，实时评价左正谊的各种表情和动作，不停地发流口水的表情，像一群痴汉。

以至于今天直播间的气氛很混乱，什么内容的弹幕都有，各聊各的。房管也放飞自我，加入转会话题的争吵里，连黑粉都不封了。

左正谊不管这些，他的英雄像个小尾巴，迷迷瞪瞪地跟在纪决屁股后面。他本人边打游戏边看微信。

AGE："那我就不兜圈子了。"

AGE："SP 有意向邀请你加入，我们能开最好的条件，年薪等都不是问题。但我觉得你在乎的应该不是这个，我也一样。"

AGE："明人不说暗话，End，你是我最喜欢的选手之一。我对 SP 有一个明确的长期规划，需要战队所有人一起来配合执行，如果你肯来，这将成为其中很重要的一环。"

AGE："你在 WSND 的比赛我全部都看过，你的风格我很了解。"

AGE："也许你会觉得不合适，但我认为世上没有天生的'合适'，可以磨合，只要你愿意。"

AGE："但丑话说在前头，磨合的过程可能不太美妙。"

AGE："具体涉及战术的不便多说，我的意思你应该了解了，考虑一下吗？"

左正谊看完沉默了。程肃年说得有够委婉，翻译一下就是：钱不是问题，但你来了要听话。

换位思考的话，左正谊能理解，他早猜到 SP 是这种态度。

这世上每个人都有自己的立场，立场不同，顾虑就不同。他担心自己受教练和管理层的限制不便发挥，教练和管理层也担心他一意孤行不执行战术，破坏团队的规划。

最理想的状态当然是各退一步，这是个团队游戏，左正谊明白。

但团队也需要有人来 C，SP 的问题在于，他们已经有一个不可撼动的核心了，程肃年想签他，是为了补上 SP 指挥缺失的弱点，不可能把他当第一核心来培养。说白了，SP 签他能得利，但他签 SP 真的好吗？

左正谊的脸拉得老长，绞尽脑汁想了一句客气的回复。

End："多谢厚爱，SP 很好噢，但我觉得跟我不太合适。"

AGE："OK，我明白了。"

AGE："祝顺利，加油。"

End："谢谢。"

程肃年是意料之外的痛快，没有再多说什么。

联系起 SP 已经把中单挂牌的操作，左正谊懂了——还没联系他就先挂牌，说明程肃年有不止一个计划，他只是选择之一。

左正谊的心情有点一言难尽，不仅因为 SP，也因为 CQ。

今天他跟汤米聊了不少，汤米的意思和程肃年差不多，只是汤米为人更圆滑老到一些，没程肃年这么干脆。他和左正谊拖拖拉拉聊了一下午，最后才坦白，CQ 想签左正谊，但也不是非签不可——因为他真的太贵了。

主要是 CQ 现阶段的成绩很好，如果签左正谊，等于锦上添花。可现在已经是"锦"了，再花大几千万——加上转会费可能会破亿——来添这朵"花"，有必要吗？

因此 CQ 的诚意很不足，他们给左正谊开了两个条件，叫他二选一。一是年薪稍低，合约时间短；二是年薪很高，但合约时间翻倍。算盘打得很好，还要他保证听教练的话。

左正谊忍着没拉黑汤米，告诉自己：现实如此，社会如此，算了吧。

从他被挂牌、进入转会市场的那一刻起，他就成了商品，不可避免地要被审视评估。

人人皆知，名满天下的 EPL 第一中单像一把稀世利剑，如果利剑能

为己所用，自然是美事一桩，但他们又怕剑锋伤手，控制不住，所以想把他磨平一些，磨成自己想要的形状。

如果磨不了，那只能放弃。

左正谊突然有点茫然，明明应该很抢手的他，竟然"滞销"了。

而这种茫然很快就在他收到蝎子的回复时变成了愤怒，就在他直播了三个多小时、准备下播的时候，蝎子的管理层突然给他发来消息，委婉地表示他之前提的要求略高，蝎子财政紧张，拿不出那么多钱，问他能不能把年薪降低些，或者把直播合同改一改，并且多签一年。

左正谊攥着手机，手背上青筋直跳，他没说出口的预感成了真：蝎子看准他想去投奔纪决，故意压价。

这都是什么事啊！他到底在经历些什么？是每个选手在转会时都不得不面临这些现实性问题吗？还是只有他命不好，比别人倒霉些？

左正谊没回消息，双手发抖，忍了半天没忍住，把手机摔了出去。

发泄的一瞬间，他忘了自己在直播，弹幕上冒出满屏问号，左正谊反应过来后把直播关了，推开椅子往外走。

纪决愣了一下，立刻跟上去："怎么了？出什么事了？"

左正谊脚步不停，走到阳台。

已经是深夜了，阳台的玻璃门一拉开，冷风直灌进来。左正谊衣着单薄，被吹得晃了晃，还没站稳，身后一股大力传来，把他重新拽回了门内。

左正谊顺势用额头抵住对方，不肯抬起头来。

纪决拍了拍他："怎么了？你说话。"

左正谊委委屈屈道："我就那么不讨人喜欢吗？"

纪决愕然："谁不喜欢你了？"

"他们都不肯签我。"左正谊气得肩膀发抖，说话语无伦次，"我不知道我究竟怎么了，我哪里不好？我有今天的名气和地位都是自己一场场打出来的，我 Carry 过的比赛比别的中单一辈子都多，我才二十岁，还在巅峰期。我想找一家重视我的俱乐部好好打比赛，这个要求很过分吗？我不配吗？"

他说着说着就有了哭腔："SP 让我去当老二，CQ 觉得我可有可无想捡便宜，蝎子知道他们是我的第一选择就故意压价——他们都把我当什么啊？我就那么不值钱？！"

　　纪决沉默了片刻："不是不值钱，是你太贵了，哥哥。"

　　左正谊猛地抬头瞪纪决："你什么意思啊，是我的错喽？"

　　他两眼通红，眼泪在眼眶里打转，虽然看起来凶，但又很可怜。

　　纪决默然与他对视，左正谊先败下阵。他的凶是纸糊的，一眨眼就散掉了，只剩下伤心。

　　伤心夹着恨意，来得莫名，就像一个在外流浪的孩子突然想家了，左正谊念起了 WSND 的好。当初在 WSND，他才不会这样受欺负，他想怎么打就怎么打，他就是独一无二的核心。

　　可现在已经没有如果了，没有了，没有了。

　　这是周建康的错，是郑茂的错，是许宗平的错。他们毁了他的象牙塔，他再也回不去了。

　　外面的世界全是算计，没人爱他，他们只在乎他值不值钱。

　　纵然这没什么不对，这是社会的运转逻辑，这就是郑茂嘴里的社会，没人会无条件迁就另一个人，他必须学会能屈能伸。

　　明明他已经这么强了，还是不行，还是不对，还是要低头忍受。

　　"我不想。"左正谊回到客厅，坐到沙发上，埋头趴在自己膝盖上哭。

　　他哭得发抖，想不通，为什么这个世界是这样的？他们争先恐后地涌到他面前，目标一致，要磨平他的棱角。为什么？他有那么尖锐吗？他究竟刺到谁了？

　　他在 WSND 的那些年难道不是劳苦功高吗？换一家俱乐部他就会成为毒瘤吗？不至于吧。

　　可大俱乐部都这么强势，不肯把他摆得太高；小俱乐部即使有心，也无力去买。左正谊莫名其妙走进了死胡同，他本该比任何人都光辉灿烂的前途，卡在了转会上。

　　怎么办？好像没有更好的办法。

　　他活在现实里，必须要向现实低头吗？可他不想。

　　"我好难受。"左正谊头也不抬，伸手去捞纪决不知道放在哪儿的手，"你安慰我一下好不好？"

　　纪决坐到他身边，可依然沉默着。

纪决沉默了太久，不知在想什么，久到左正谊都哭累了，窝在沙发上快要睡着时，他才缓缓开口，说的是："不要哭了，明天我来解决。"

　　左正谊没听清，他已经睡了过去。

第十五章 初心 ▲

当 WSND 的旧梦破碎，他满心只剩下要往前走，要为自己而战。但要走去哪里？怎么为自己而战？

左正谊这一夜没睡好。

他不知道自己是什么时候回到卧室里的，被扶到床上时他惊醒了，看了纪决一眼，但马上又闭上了眼睛。

他做了一些梦，梦境内容极其混乱，白天发生的事和他幻想出的画面交织在一起，虚实难辨，哀乐颠倒。

其中有傅勇，傅勇说，他这两天也在为转会发愁，自己拿不定主意，和女朋友商量了一下，感觉不靠谱，又回家跟爸妈商量。

傅勇还说："黛玉，你怎么不问一下你爸妈呢？"

梦里的左正谊冷冷地回答："他们死了。"

傅勇露出同情的表情："真的吗？你好可怜啊。"

左正谊大发雷霆，一拳打歪了傅勇的鼻子，怒道："谁可怜了？！"

傅勇被打出他的梦，周建康出现了。

周建康一脸慈父模样，唉声叹气道："哎，正谊，你现在知道错了吧？都怪你当初不听我的话，我早就说了，做人就该学会适当地装傻，别像个刺猬，会吃亏的。"又说，"人是为自己活的，冷暖自知。你给自己戴那么多高帽子有什么用？别人夸你两句，你还当真啦？他们夸完走了，你接下来的日子怎么过？学聪明点，傻孩子。快回到 WSND 来，只有我能把你培养成世界第一中单。"

左正谊攥紧拳头，额角青筋直跳，但打周建康比打傅勇更需要勇气，他酝酿了半天，终于挥出这一拳。

只一拳，梦里的周建康就消失了，画面转到潭舟岛。

年幼的左正谊在海边奔跑，海面辽阔无边，无数海鸥在半空鸣叫。左正谊追着它们投下的影子一路狂奔，累极了才停下来，回头挥手道："奶奶，奶奶，你跟不上我啦！"

没有回答。

老人遥远的身影在蔚蓝的海边化成一个黑点，越来越小，直至消失。

从始至终没有一个"近景镜头"，左正谊看不清她的脸。他茫然地站在原地，忽然反应过来，看不清是因为他记不清她长什么模样了。

记不清正常，左正谊没和奶奶长久地生活过，短暂出现的老人是他生命里的一片掠影，是上天垂怜，让他也成为一个被长辈宠爱过的孩子，不至于度过一个十足可怜的童年。

可当时身在其中的左正谊不这么想，他觉得可怜的不是他，是奶奶。

他想成为她的依靠，给她养老。他才十一岁，就敢说自己坚强无敌什么都不怕，要当他身边每一个人的靠山。

可实际上，是他在依靠他们，他需要那种稳定的、不会发生变动的生活，他要当"一家之主"，这意味着不会被甩掉，他才有权力甩掉别人。

他没有安全感，他恋家。可他离开了潭舟岛的第一个家，也离开了 WSND 的第二个家。

稳定的生活如此难求，连记忆里的美好都开始变得模糊不清，他拼命地回想奶奶的脸，拼命地回想，越想不起越焦虑，但焦虑也没用，还是想不起来。

左正谊猛地一激灵，把自己急醒了。他惊慌地坐起来，看清室内的景象后，好几秒才回过神来。

已经是第二天中午了，床头的小摆钟嘀嗒作响，手机在震动，左正谊浑身酸软，稍微活动了一下筋骨才拿起来看。昨晚手机屏幕被他摔裂了，但还能用。

消息竟然是蝎子的管理层发来的。

蝎子的战队经理姓杜，叫杜宇成，纪决说他在蝎子基地里的绰号叫鱼肠，左正谊给他的备注就是鱼肠。

鱼肠："End，是这样的，今天我们开了个会，重新讨论了一下有关你的问题。"

鱼肠："教练组一致认为，如果你来，我们的建队思路要有所改变，否则对你的发展不好，对我们也不好。这个变动太大，管理层持谨慎态度，所以昨天我给你发了那种回复……"

左正谊不知道是自己刚睡醒脑子不好，还是杜宇成在胡言乱语，什么叫"变动太大"？

蝎子在上半个赛季已经被纪决折腾碎了，Gang坐替补，纪决上位打野，原本的下路核心改成了野核打法，但还没有完全定型。说白了，蝎子本来就打得乱七八糟的，战绩也不怎么样。

左正谊继续往下看。

杜经理给他发了好长一串消息，中间客套话太多，他懒得仔细看，直接拉到最后。

鱼肠："我们最终认为，蝎子很需要你。暂时签一年的话，年薪可以开到两千五百万，直播合同全队统一，抽百分之十，其他条件到时当面详谈，你看怎么样？"

End："？"

鱼肠："你是有不满意的地方吗？"

End："呃，不是……"

左正谊茫然了，一夜过去，蝎子为什么突然变了口风？他们今天开了什么会啊，开得这么好？

左正谊坐在床上呆了片刻，忽然意识到什么似的，冲门外道："纪决，纪决！你人呢？"

"我在，你醒了？"纪决推门走进来，手上端着一盘煎蛋，是给他的早餐。

左正谊接过餐盘和筷子，满足地咬了一口，咽下去之后空落落的肚子舒服了一点，才开口道："蝎子刚才给我发消息了。"

"嗯，发什么了？"纪决似乎并不知情，只站在床边看着他。

"他们把签约条件改了，好奇怪啊。"左正谊眼皮一掀，打量纪决，"是不是你找他们说什么了？"

纪决笑了下，轻声道："我是说了，但没想到有用。"

"啊？你说了什么？"

"一些诚恳的诉求罢了。"纪决道，"现在的版本打野强势，我告诉管理层，我需要一个强力中单，如果能有，我保证带蝎子起飞。"

左正谊呆了一下："就这？"

"对啊，就这。"纪决回道。

左正谊还是一脸不相信："我不理解哦，如果这么轻易就被劝动，你们蝎子的管理层好像脑子不大好……"

"也许他们有别的想法吧，他们本来就不是不想要你，是抠门。"

纪决夹起最后一块鸡蛋，塞进左正谊嘴里，笑道："现在他们醒悟过来，舍得花钱了，说明脑子还有救。"

左正谊的嘴巴被塞满，脸颊都鼓了起来，一时说不出话。

"渴吗？"纪决相当贴心地说，"白开水、豆浆、牛奶和果汁都有，你要喝什么？"

"水吧，谢谢。"左正谊被转移了话题。

纪决冲他一笑："别客气，这是弟弟应该做的。"

左正谊差点噎住。

他旋即下床换衣服洗漱，顺便清理自己混沌的大脑。昨晚痛哭一场，心感走投无路。不料今天一觉醒来，忽然柳暗花明，事情有了转机。

蝎子给他开出了优厚的条件，也表现得颇有诚意，要答应吗？

当然要答应，没有拒绝的理由。

可奇怪的是，左正谊发现自己没有想象中那么高兴，他的心态似乎出了点问题，但他不知道问题是什么。

左正谊皱起眉头，疑惑地走出洗手间，随手拿起手机，到客厅的沙发里窝着。

茶几上的水杯里的水冒着热气，他盯着水杯，纪决坐在对面盯着他。两人相对沉默片刻，纪决先开口："你怎么了？"

左正谊没吭声。

"你不高兴？"纪决换了位置，坐到他身边，问，"你回复鱼肠了吗？"

左正谊点点头："回了，我让他去跟 W……跟 XH 谈。我们年后回上海，到时候差不多就可以把合同签了。"

"这不挺好吗？你怎么还是愁眉苦脸的？"纪决双手按住左正谊的脸，使劲揉了两把，"你是不是不想来蝎子啊？怎么感觉你毫不期待，一点也不兴奋呢？"

左正谊愣了一下，被戳中心事："期待？"

期待啊……好像是没什么期待。

左正谊眼里露出茫然，忽然想不通，他应该期待什么来着？

是不是对蝎子没期待？是。

但左正谊觉得这不是蝎子的问题，想一想换成其他战队，去 SP、去 CQ 他也没期待。

当 WSND 的旧梦破碎，他满心只剩下要往前走，要为自己而战。但要走去哪里？怎么为自己而战？ EOH 是一个五人团队游戏，而且实际参与的远远不止五人。

不论是做 Leader 还是听从别人的安排，首先，他要融入一个团队里。

左正谊明白，他都懂，可就是提不起劲儿来。

他最近几个月实在太压抑，从和 WSND 谈续约开始，就陷入了深深的不安定感里，精神状态时好时坏，仿佛一个人深陷在波涛之中奋力挣扎，唯恐自己被淹没。

直到忽然有一天，风平浪静了，他安稳地漂浮在海面上，却问自己：我该往哪个方向游？

茫茫大海，目之所及，没有一处令他向往。

但这是精神上的茫然，现实中他前进的步伐没有停止。他已经答应了

蝎子，转会程序第一时间就开始推进。

由于蝎子突然变得很大方，似乎一点也不计较钱，他们和 XH 俱乐部的谈判进行得非常顺利。

过程怎样左正谊不清楚，毕竟转会费跟他没关系，是多是少也进不了他的口袋，他只得到一个通知：谈妥了。

这个通知是三天后收到的，也就是一月二十九日。

这三天左正谊和纪决依然待在酒店，他们的日常很无聊，吃了睡，睡了吃，还有直播。

由于在三天前的直播里左正谊气得当众摔了手机，这一举动简直像冷水入油锅，搞得电竞圈油水炸溅，群情沸腾，吵得更激烈了。

某知名电竞论坛上出现了一个热帖，标题是《我知道 End 公主为什么摔手机》，楼主的昵称叫"W 队最后的忠臣"。

帖子链接是傅勇发给左正谊的，他打开一看，分析得头头是道。

楼主自称是 WSND 三十年老粉丝，先对不明群众讲了一遍左正谊那天的直播过程：打游戏、微信聊天、聊到心态崩了摔手机。

然后他从聊天对象的身份开始推理，说左正谊是孤儿，也没女朋友，大概率不是因为家庭和私人情感问题生气，而是因为转会洽谈。

他把除 XH 之外的 EPL 十五支战队挨个分析了一遍，猜测哪家有可能会接触左正谊，并且有哪家是左正谊愿意接受的。

其中有一段说：

"老粉都知道，End 是资深公主病，他的打法就是管你天崩地裂世界爆炸就是要当大 C，所以绝对不想去 SP，除非改皇让位。CQ 同理，汤米哥铁腕独裁，公主不喜欢。"

这种发言让人看不出究竟是粉是黑，后面就更夸张了：

"Lion 老板有钱，但 L 队的澳洲 MVP 中单才打了半个赛季，几乎不可能换。而且 Record 得罪过公主，公主迁怒于 Lion，也不喜欢了。

"KI 嘛，去年夏天才重金重建新基地，钱都投房地产了，拿不出迎娶公主的彩礼。

"蝎子勉强还行，虽然两年无冠，有点配不上公主。但只要他们愿意改变建队思路，不再执着于下路，让 Righting 给中路洗脚，公主来赐蝎子一个冠军不是没可能。"

左正谊看完哽住，知道这帖为什么会火了。

楼主以一己之力踩遍 EPL 各大战队，把节奏带得飞起。虽然他最后没得出结论，End 为什么摔手机？但结果已经不重要了，没人在乎。

这个帖子一夜之间撕了几千楼。

按理说不该这样，楼主的语气明显是黑粉反串，大家一开始只是笑笑。可他的回帖发言又很认真，由于太过真情实感，而且特别为左正谊考虑，似乎真如他的 ID，就是"W 队最后的忠臣"，搞得吃瓜群众不确定他是不是在开玩笑，被带得也认真起来。

到最后，各大战队的粉丝和各人气选手的粉丝战成一团，撕得你中有我、我中有你，金句频出，笑料不断。还被人整理成合集，转载到其他平台，做成金句表情包，传播得到处都是。

左正谊无比心塞。

傅勇却人设不崩，把那些表情包全都发给了他，比如"迎娶公主的彩礼""公主赐蝎子一个冠军""得罪公主的人有难了"等等发个不停。

End："……"

End："我杀了你。"

End："再发拉黑。"

傅勇："切，娱乐一下兄弟怎么了？"

End："滚。"

这是左正谊的第二个手机，他有好几个备用机，都是在 WSND 时赞助商送的。眼看备用机也要被摔，纪决在一旁按住他的手："End 哥哥，算了算了。"

左正谊放下手，手机仍在震动。

傅勇："哎，我不懂，你生什么气啊？以前也没这么玻璃心。"

傅勇："啊，我懂了。"

傅勇："你是不是被蝎粉骂得不高兴了？"

End："……"

傅勇知道他要去蝎子的事，这几天，左正谊和傅勇几乎每天都要聊好几个小时。

以前当队友的时候，傅勇就很喜欢找他分享八卦，方子航也是。

当时左正谊和他们每个人的关系差不多好，但现在不一样，他和傅勇一起离开 XH 战队寻找下家，命运相似，共同话题更多，关系不知不觉地更近了一步。

傅勇："真的啊？被我说中了？"

傅勇："没必要啊哥，队粉不都那样嘛，骂来骂去，转变如风，官宣之后他们就不骂你了。"

End："随便，我又不怕被骂。"

傅勇："我懂，你是介意他们不欢迎你。"

End："我不介意。"

傅勇："嗯嗯嗯，对对对。"

因为那个摔手机帖太热门，带起的节奏太多，给左正谊招了一群黑。

楼主应该真的是左正谊的粉丝，不是反串。虽然他说话难听，但抛开那些浮夸的用词，他的脑回路其实和左正谊本人一样，也认为蝎子是比较好的选择。

因此，他的回帖大部分是针对蝎子的，表现出了一种"既看不起蝎子又要求蝎子对公主好礼相迎"的姿态，把蝎子的队粉气了个半死。

粉丝们打起架来，不可能不上升到"正主"。蝎子队粉声称不稀罕左正谊，谁爱买谁买，谁买谁冤大头，还贬低他的技术，说他是被 WSND 的畸形战术养起来的"数据刷子"，不值一提。

左正谊明知道他们是在说气话，但还是看得很不爽。

傅勇是个大条的人，随口安慰了几句，就转向了下一话题。

傅勇："好消息，我的下家也差不多定了。"

End："哪家？"

傅勇："CQ，没想到吧？"

傅勇："顺便给你透露一个小道消息，我要和 Fire 当队友了。"

End："？"

Fire 是指高心思，也就是 SP 的中单，前阵子被挂牌的那个。

End："他竟然要去 CQ 了？"

傅勇："对，我觉得挺合适。Fire 的战术执行能力强，适合汤米。"

End："确实。"

End："但他为什么离开SP？ SP不就是要他这种吗？"

傅勇："我不知道真假啊，据说啊，据说原因有两个，一是Fire想当核心了，二是他不会指挥。刚好SP二队的小中单有指挥才能，程肃年想提拔上来，所以和Fire和平分手了。SP为了给他找个好下家，还特意压低了转会费。"

End："……"

End："@柯志飞，来学学。"

傅勇："呵呵，柯总不卡你合同的前提就是你值钱啊，半年合同也敢要价五千万，我看他是穷疯了。"

以目前的市价，半年合同不值五千万，所以左正谊和蝎子谈的签约年限最低是一年。

按照EPL的转会流程，买方俱乐部要先和卖方洽谈，谈妥后拟出合同，上报联盟审核，审核通过才能完成签约。

联盟审核的时候会看选手薪资，要求不能过低也不能过高。设下限是为了给选手生存保障，设上限则是为了联赛健康发展，保证公平，避免豪门俱乐部和小俱乐部越来越两极分化。

左正谊被XH卖给蝎子，卖的是他在XH剩余的半年合同。也就是，蝎子继承这半年内左正谊的比赛权、直播权以及肖像使用权等部分商业权利。半年后，合同结束，蝎子无权额外增加年限。

所以，左正谊答应蝎子签一年，从程序上来说，他要签除转会合同之外的第二份合同，用以增加蝎子拥有他的年限，也可以理解为续约合同。

这都不是重点，左正谊并不在意。他只要下定决心去签字就好了，手续再烦琐也有相关人员来办，不用他亲自动手。

可他还是很难高兴起来。

这不是犹豫，他已经不再犹豫，但他心里仍然缺少一份期待，没有期待就没有被满足的感觉，不被满足就始终失落。

左正谊陷入了奇怪的状态里，不知道怎么开解自己。

一月三十日，他的转会合同已经上报给了联盟。

三十一日，左正谊和纪决离开酒店，去纪国洋家过年。

纪国洋现在和再婚妻子生活在一起，还有她女儿，他们组成了一个新的家庭。

左正谊和纪决进门后感觉不是回家，而是拜访。他们曾经住过的房间已被翻新，找不到任何旧日的痕迹了。

为此左正谊有点怅然，但也不至于太难过。生活本如此，推着人往前走，变动永不会停，活着就只能前进。

二月初，他和纪决回到了上海。

在酒店暂歇几天后，蝎子打来电话，和左正谊约时间，叫他去基地签字。联盟审核已经通过，签字要三方到场，XH 俱乐部的负责人也会出席。

时间定的是二月十二日的上午。

当天，上海罕见地下了一场雪。明明出门时还不见下雪的苗头，左正谊和纪决到了电竞园门口，才下车，就被雪花覆了一身。

雪花极薄，碰到物体就融化了，根本没有雪的样子，更像一场冰冻的雨。

左正谊穿着厚风衣，下巴藏在围脖里，半露的脸颊被冷风吹得通红。他呵出一口寒气，伸手接了几片雪花，它们顷刻间化成一摊水，掌心只剩冰凉。

纪决帮他紧了紧围脖："又发呆，想什么呢？"

左正谊摇头："走吧，进去吧。"

尘埃，要在今日落定了。

左正谊叫纪决走在前面，他低着头跟在后面。

纪决最近也不太开心，左正谊有所察觉但不知道原因是什么。他怀疑是因为他太丧气，影响了纪决的好心情。

但纪决一口否认，只说没什么，叫他别乱想。

左正谊盯着潮湿的地面，试图找到一点没融化的雪，无果。他发着呆往前走，很快就到了蝎子的基地。

他在电竞园生活了好几年，今天还是第一次进蝎子的大门。

蝎子和曾经的 WSND 一样，这栋别墅只住 EOH 分部，其他游戏分部在别的地方。

但 WSND 的一楼是办公区，三楼是生活区。蝎子正相反，选手住宿区和餐厅都在一楼，办公区要往上走。

可能是今天来得不巧，左正谊和纪决刚进门，就听到有人在说话。

声音是从右手边一个门没关严的房间里传出来的，那人似乎正在和谁打电话，聊到了不开心的事，骂街骂到忘我。

左正谊听见他说："我下星期搬啊，到时候应该和 UM 签好了。我着急？我着什么急啊？我又不想去 UM，但被卖了有什么办法？还能不去吗？"

左正谊愣了下，纪决低声道："是 Lie。"

Lie 是蝎子的现任中单。

纪决带左正谊往前走，穿过走廊，那声音更清晰了。

不知电话那头的人说了什么，Lie 听完又骂了几句，骂着骂着腔调一变，哽咽道："当然是怪我咯！菜是原罪呗。蝎子的战绩好不容易好了点，我以为终于稳定了，熬出头了，这个赛季就算 EPL 没戏，能争取个冠军杯也行吧？要不是为了捧杯，我何必差点被我爸打死。可是练了这么多年，还是这么菜，我是废物行了吧！只配去降级队。"

左正谊脚步一顿。

"是啊，我哪能比得了人家？你知不知道什么是天才啊？电竞圈天龙人懂不懂？高贵的公主殿下，蝎子是什么东西？人家都不稀罕来。也就我这种废物把它当个宝……行了，别说了，还能怎么办？在 UM 将就打呗，实在不行就降级，去 EDL 拿个次级联赛冠军也挺好，总比啥都没有强，对吧？"

纪决回头看，发现左正谊低着头，脸色有点难看——不是撞见有人在背后骂他的恼怒，而是有点惊讶，和一点点微妙的惭愧。

惊讶的是，他在同行眼里竟然是这种形象，惭愧的是，那句"不稀罕来"似乎戳中了他内心深处最真实的想法。

左正谊手指僵硬，半天才动了动，牵住纪决的袖子，示意他不要闹事，当作没听见算了。

他推纪决道："走吧，上去签字。"

每个俱乐部基地的室内装修都有自己的风格，蝎子的主色调是黑与紫，墙壁上有队徽的涂鸦，是一只巨大的毒蝎子，画得栩栩如生，占了半壁走廊。

在去三楼会议室的时候，左正谊路过这面墙，看了它好几眼。

他看队徽，纪决看他，在走上楼梯时，纪决忽然叫了他一声："哥哥。"

"嗯？"左正谊转过头。

纪决道："我知道你这些天心神不宁，不想签。"

"没有啊。"左正谊否认，"我没不想签，只是有点……"

他说不出来。

纪决替他说："你还挂念 WSND，它就像你的初恋，死了也阴魂不散。"

左正谊："……"

可能是"初恋"这个意象让纪决心里不太舒服，他的语气带着几分刻意的贬低："我想不明白，WSND 就那么好？你忘了管理层是怎么折磨你的了？忘了队粉是怎么发私信骂你的了？就因为它现在没了，就洗去所有污点，成了你心里念念不忘的白月光，从此以后哪家俱乐部都比不上它，对不对？"

左正谊脸一僵，不悦地看了纪决一眼："我再说一遍，我没有不想签。如果不想签蝎子，我为什么要来这里？"

像故意要证明自己很积极似的，左正谊甩开纪决大步往楼上走。纪决紧跟上来，抓住他的手腕，压低声音道："你生气了？"

"我没生气。"

"你生气了。"

"我没有！"

左正谊用力甩了下手，挣脱纪决的钳制，脚步不停，穿过二楼继续往上。

现在正是冬季假期，蝎子基地里大部分工作人员都放假了，留队的选手全在一楼。整个二楼空荡荡的，只有他们的脚步声。

左正谊走到一半忽然停下，回头瞪了纪决一眼，恶狠狠地道："我也是放下一切来打电竞的！"

他没头没脑地突然冒出这么一句，纪决被怼得愣了下。

左正谊道："我输在没有爸妈打我一顿是吧？还输在我强，不会被下放到次级联赛，你们都比我辛苦，我最高贵！行了吧？"

他扭头上了三楼，左右两个方向都通往一些办公室，他不知道哪个才是签约用的会议室，本能地往左边走，却被纪决拽回来，带他往右。

纪决一声不吭，捏得他手腕疼。脚下地板光可鉴人，两道模糊的影子纠缠在一起，左正谊的视线有点模糊，直到纪决脚步停住，按着他的肩膀在一道门前站定。

门牌上写着"会议室（A）"。

还没来得及敲门，里面的人听见他们的脚步声就先一步把门打开了。

开门的是蝎子的领队，越过他往里看，蝎子的战队经理和法务都在。XH 的人还没到，约定的时间是十一点，现在十点四十六分。

左正谊收拾好自己的表情，跟在纪决身后进门。

领队引座请他们坐，态度是公事公办的和善，左正谊挤出笑容，尽量让自己看起来友好一些。

他是今天的主角，在座几个人的注意力都放在他身上。经理杜宇成话多一些，主动跟左正谊聊天，无非就是一些客套闲话，间或插几句和比赛相关，以及一些对游戏改版的看法。

杜宇成的年纪似乎比周建康大，看起来更稳重，也可能是他比周建康还胖一圈的缘故。

聊了几句后，法务把合同推给左正谊，让他阅读。

那是一摞厚厚的纸，条款多且详细，左正谊才翻了几页，刚才在心里激烈翻腾的情绪就凝固了。

说不上悲喜，也谈不出好坏，这白纸黑字好似咒文，一行行飘上半空，再钻进他的身体里、烙在他心上。然后咒力生效，他被控制住，失声了。

他想起几年前和 WSND 签约的场景，当时他的处境和今天类似，可心境大不相同。

那时是怎么签的来着？

印象中，因为年龄不足，他签的第一份甚至不是正规比赛合同，只是一个类似保证书的东西，严格来说不具备法律效力，所以相当简单，总共

只有两页，除了写明 WSND 青训营的规定和薪资以外，没几句其他内容。

但左正谊签字时极具仪式感，他想"我就是世界第一中单，不信你们等着瞧吧"。

明明当时的他背井离乡，前途不明，可怜极了，可竟然没被吓住。虽然的确有点害怕，怕自己没机会上场，因此心里每天都充满期待。

先是期待签一份正式合同，然后期待进入一队的机会，如愿进入一队之后，他又开始期待得到一座刻着他名字的奖杯。

怎么可能不期待？他要当世界冠军。

世界冠军——每一个电竞选手的梦想。

左正谊走在追逐它的路上，将攀登的过程比为练剑。

可他练久了，不知怎么莫名练出心魔来了，不知不觉地忘了自己最应该在意的是什么，过分为私情所困，局限于外物，心境走偏了。

今天摆在他眼前的这份合同，无论从哪方面看都比当年那份简单的保证书要好，而摆在他眼前的前途，也比当年更光明。

他不用为打不上比赛而发愁，他有太多机会——可能正是因为机会太多，反而显得每个都不珍贵了。

可他应该学会珍惜，珍惜蝎子给他的优渥条件，也珍惜自己为数不多的青春。

左正谊的手指压在白纸上，默然翻到了最后一页。

在临近签约的前几分钟，他终于发自内心地接受了这一切。

或许不该用"接受"这么平淡甚至有负面色彩的词，而是"得到"，他得到了一个极好的机会，从今以后又能走上赛场，又能朝冠军进发，又能拔出他的剑了。

左正谊长长地舒出一口气，心旦阴霾渐散，只是有点鼻酸。

他的手指微微发抖，在桌下摸索了片刻，找到纪决的手，握住。

纪决无疑给了他极重要的力量，虽然他难以说清这种情绪是什么，总之，纪决的存在让他沉重的心情变得轻松了不少。

他抬头看向不知何时已经到来的 XH 负责人，后者也在看他，所有人都在看他，等他点头，亲手为签约的最后一步画上句号。

在众目睽睽之下，左正谊终于拿起笔，写下了他的名字。

签完之后，左正谊借口上卫生间，迅速逃离了现场。

他说不清是紧张还是什么，从会议室出来的时候汗已经浸透了后背衣衫，幸好风衣足够厚，能掩饰住他的失态。

纪决紧跟着他的脚步，进了卫生间。

门一关，左正谊先把风衣纽扣解开，让自己透口气。

他靠在墙上，脸色白里泛红，像是发烧了，纪决皱起眉，伸手摸他的额头："你还好吗？"

"没事。"左正谊轻轻点了点头，"我有点恍惚，做梦似的，你掐我一下好不？"

纪决微微一哽，叹了口气："签蝎子对你的刺激这么大吗？你不会刚签完就后悔了吧？"

"没啊，我不后悔。"左正谊说，"不知道怎么跟你解释，算了。"

他眼珠乌黑湿润，可怜巴巴地盯着纪决。纪决没办法，只得不再追问。

左正谊又忽然说："纪决，我刚刚做了个决定。"

"什么决定？"

"我要带你拿世界冠军。"

左正谊一本正经地说："我知道你一直都想成为我的打野，最近因为我犹犹豫豫不想签蝎子，你很不开心。对不起噢，是我的问题，我不嫌弃你的。"

他竟然给纪决道歉，又说："我想通了。我感觉前阵子有点……可能是因为走得太远，路上乱七八糟的破事太多，我被搞得头晕，忘记自己为什么要上路了。"

他的话还没说完，忽然被纪决打断。

"End 哥哥。"纪决扳过他的肩膀，让他注视自己，一字一顿地道，"你忘记的可不只是这个。"

左正谊有点莫名："还有什么？"

纪决的表情十分郁闷，正如他最近每次不高兴时露出的神情，他似乎不太想说，可又忍不住，终于还是选择说了。

"我的生日，你忘了。"

四 ▶▶▶

左正谊人生中很少有这么心虚的时刻，他竟然把纪决的生日给忘了。

他的生日是一月二十五日，纪决比他小半个月，也就是二月九日出生的。由于日期挨得近，他们以前从来不会忘记对方的生日。哪怕是在分开的几年里，左正谊也会在自己过完生日之后，一不留神就想到"纪决的生日快到了"。

今年竟然忘了……

虽然情有可原，最近他被转会折磨得寝食难安，"心魔"极重，什么都顾不上。

可纪决刚给他过完生日，还亲手做了一桌子菜，亲手烤蛋糕，对比之下，他连一句"生日快乐"都没说，好像是有点忘恩负义。

呃，"忘恩负义"不是这么用的。

那是什么来着？薄情寡义？好像也不太对……

左正谊心念百转，尴尬一笑："对不起啊，我不是故意的。"

今天都十二号了，他脸色讪讪的，面上的红多过了白，眼神闪躲，不大好意思直视纪决，憋了几秒说："我给你补个礼物吧，你想要什么？"

"什么都行？"纪决反问。

左正谊不假思索，立即点头："当然，你随便挑。"

"好，那我们出去说。"

卫生间不宜久留，纪决拉着他往外走。

左正谊后知后觉地想起件事："杜鱼肠不是说等会儿一起吃饭吗？"

"我找借口推掉了，陪他吃饭哪有陪我过生日重要？"

"好吧，那倒是。"左正谊自觉理亏，颇有点顺着纪决的意思，态度比平时好了不少。

然而，这良好态度只从蝎子基地维持到他们暂住的酒店房间，当纪决讲明他想要什么礼物的时候，左正谊的表情就绷不住了。

时间大约是中午十二点半。

上午那阵小雪不知几时停的，阴云一散，路面就被太阳晒干，一点雪的痕迹都寻不见了。

左正谊和纪决一起出了园区的大门，打车，回酒店，上楼，出电梯，进房间……

左正谊边走边问："你到底想要什么礼物啊？别卖关子了好不好？"

纪决不回答，反而问他："End哥哥，你还记得你生日那天我做了几道菜吗？"

"六道。"左正谊肯定地回答，"说到这个，我忘了问你，你什么时候练的厨艺？有两把刷子哦。"

"前两年学的，你喜欢就好。"纪决说，"虽然六道菜不算多，但我做的都是比较复杂的菜，很耗时耗力。那天早上你还没睡醒，我就出门去买菜了，亲手挑的新鲜食材。"

"……"

左正谊领悟了他的意思，郁闷道："哎呀，我知道了！你费心费力地帮我庆祝生日，我却连你的生日都不记得，我没有良心，行了吧？"

左正谊不喜欢站在道德洼地里，很豪迈地说："我今天就好好补偿你，不许指责我。"

"好。"纪决很满意，"记住你的话哦。"

说着，纪决掏出房卡，打开门，先一步走进酒店房间里，直奔自己放在衣柜里的旅行箱。

纪决的箱子和左正谊的箱子摆在一起，但日常需要用的物品都是纪决收拾的，左正谊从来不动他的东西，不知道他箱子里都装了些什么。

眼见纪决把旅行箱从衣柜里拖了出来，左正谊不解："你要找什么？"

话音未落，东西已经找到了。

只见纪决双手提起了一套衣服，是粉白色的裙装，款式有点特别，像围裙，但不是普通的围裙，有几分欧美风格，胸口上有一个大蝴蝶结。

——是女仆装。

左正谊愣了下，这时他还没明白纪决想干什么，下意识地问："这是什么？好眼熟……"

纪决看向他，缓缓回答："伽蓝有一套'贵族女仆'皮肤，你不记得了吗？这是cos服。"

左正谊心里隐隐冒出了不好的预感："所以？"

纪决道："我的生日愿望就是看伽蓝之神 cos 伽蓝。"

左正谊："……"

左正谊沉默了。

他说不出话，做不出好看的表情，眼神僵直地盯住纪决手里的女仆裙，一时间不知道该问纪决"你什么时候买的这玩意儿"还是该骂他"你怎么这么变态"。

他简直呆住，本能地有点想溜。

"哥哥，你刚才说要补偿我，不会这么快就反悔了吧？"

"……"

左正谊站在卧室门边，他后背贴墙无处可躲，眼前是纪决忧郁的脸。这位是资深影帝，但今天的伤心应该不是假的，他的生日已经过去好几天了，左正谊一点印象都没有，完完全全地忽视了他。

"只是一套衣服而已啊，哥哥。"纪决愁苦地说，"你都把我的生日忘了，没有礼物，没有祝福，狠狠地伤害了我的心。"

"……"

纪决忽然睨了他一眼，说："哥哥，你还记不记得我们小时候一起过生日的事？"

"嗯，哪次生日？"

"第一次啊。"纪决说，"六岁那年。"

左正谊想起来了。

这可真是非常、非常遥远的第一次生日，那时左正谊和纪决一起在纪国洋家生活，但他们都不是纪国洋的儿子，进门有先后顺序。

左正谊是后进门的那个，当时他三岁，妈妈刚去世。

以前和妈妈在一起生活时过的是什么样的日子左正谊早就记不清了，印象中应该不太好。到了纪国洋家也没好到哪儿去，但他枯燥的生活里突然有了一个玩伴——纪决。

纪国洋是个粗心的大人，能给左正谊一口饭吃就不错了，哪里会记得他的生日？对纪决也是这样，他不偏爱他们中的任何一个。

所以在纪国洋家生活的最初几年，左正谊和纪决都没有庆祝过生日。

他们一起过的第一个生日，是在六岁那年。

如果没有记错，当时好像是邻居家的小孩过生日摆宴席了，纪国洋被邀请去坐席，左正谊和纪决跟着去蹭了顿饭。

回来之后，纪国洋终于后知后觉地意识到，自己家的两个小娃娃也该过生日。

但生日该怎么过呢？

买蛋糕和做好菜都要花钱，他们生活拮据，两个生日就是两笔开销，纪国洋不舍得，便想了个馊主意。他决定把左正谊和纪决的生日合在一起过，这样既能省钱，又有仪式感，正好他们生日日期挨得近，只差半个月，没大碍的。

所以，到了一月二十五日那天，纪国洋罕见地弄了几个好菜，买了一个大蛋糕，摆在桌子中间。

他招呼左正谊和纪决过来吃饭，给他们一人头上扣了一个寿星帽。生怕两个孩子不理解，他还专门解释说："今天是小正谊的生日，小决的生日还有半个月，虽然差几天，但我觉得提前过也挺好，热闹。来来，你们一起来许愿，祝两个宝贝生日快乐。"

左正谊听懂了，他觉得纪决应该也听懂了，偷偷瞄了纪决一眼。

果然，纪决并不开心。六岁的小朋友不懂大道理，但能感觉到自己被敷衍。

纪决当场就垮下一张脸，但没被父母溺爱过的孩子不会对家长发脾气，发脾气本质上是骄纵过头之后的变相撒娇、索要福利。

纪决不会撒娇，他只是闷闷不乐，什么都不说。

纪国洋应该察觉到了，但他不在乎，所以当作没看见。

左正谊却不能当作没看见，他不安极了，感觉好像是自己占了弟弟的便宜，虽然这不是他的决定。

当时他们的关系说不上好，也不算坏，小朋友而已，脑子里没有好坏的概念。

他们每天一起玩，因为抢玩具打过架，也一起打过别的小孩。深刻的感情尚未建立，只当彼此是玩伴。

这次生日就是一个转折点。

一月二十五日之后，小纪决生了好几天的气，甚至迁怒于左正谊，认为他抢走了自己的东西。虽然他嘴上没说出来，但脸上写满了"我不想跟你玩了"。

左正谊看得一清二楚，他没去找纪决和解，而是瞒着所有人，悄悄给纪决准备了一份生日礼物。

那可能都算不上礼物，只是几颗奶糖而已，小正谊不舍得吃，悄悄攒下来的。同时攒下的还有他生日那天戴过的寿星帽，纸质的，蛋糕店给的赠品。

左正谊把那几颗奶糖用硬纸壳包好，像模像样地叠成一个礼盒的形状，藏在自己枕头后面。

二月九日一到，他就把准备好的东西都拿出来，先把寿星帽往纪决头上一扣，然后自己给自己配音"锵锵锵锵"，他双手捧着奶糖"礼盒"，递给纪决，奶声奶气道："小决，祝你生日快乐！哥哥记得你的生日噢！不要生我的气啦！"

当时的左正谊不能说是懂事，他只是本能地感觉到，他一无所有，只有纪决这个"玩伴"陪在身边，他不想失去。

当时的纪决也不懂事，孤僻带刺，情绪都写在脸上，无差别地讨厌所有人。但左正谊用几颗奶糖、一个二手寿星帽，打破了他的心防。

当然，六岁的纪决还不明白"心防"是什么东西，他吃了左正谊的糖，被那奶味和甜味淹没了大脑、淹没了灵魂，恍惚地说了声"谢谢哥哥"。

那是他第一次心甘情愿叫左正谊"哥哥"，从此一发不可收拾，叫到长大。

虽然长大后也有波折，但总体来说，他们走到今天，结果还算不错。

纪决回忆起这件事，当成一个乐子讲，他说："你小时候对我那么好，真是天下第一好哥哥，可惜现在不稀罕我了。"

左正谊哽了下。

纪决偏要在他愧疚的时候继续跟他"算账"，叫道："左正谊。"

"干什么？"

纪决道："从我们和好到现在，我们几乎天天见面，可你怎么一直都不正眼看我？"

"什么啊，我哪有不正眼看你？"左正谊哼哼唧唧，"明明每天都在看你，烦都烦死了……"

"你就是没看。"纪决让他的眼正对自己的脸，问，"你觉得我长得帅吗？"

左正谊扑哧一声笑了："干吗啊你？臭不要脸。"

纪决却道："我认真的，你回答我。"

左正谊盯着他，目光从他的额头扫过鼻梁与下巴，最终与他对视。

纪决的眼睛是浅棕色，是好看的，此时望着他，眼睛里仿佛藏了一个宇宙，让人有深入探索的欲望。

这样一看，左正谊意识到，他好像确实没有认真看过纪决。

这不是左正谊的错，但也不能说他完全没在乎过纪决长什么样。

左正谊顺了顺气，低声道："你……你怎么突然计较这个？是不是有容貌焦虑？"

纪决哽了下："你根本没明白我在说什么。"

左正谊微微一怔，只听纪决轻声道："我知道你逐渐开始需要我了，对我越来越依赖，又像小时候那样了……但你知不知道人都是得寸进尺的？我希望能真正成为你的依靠。我已经长大了，不再是以前那个跟在你后面的小孩子。"

他静静地望着左正谊，仿佛在诉说自己的愿望。

左正谊下意识想骂他几句，他在说什么乱七八糟的？可纪决的表情那么认真，左正谊骂不出来。

他发现自己心里有个地方忽然动了一下，似乎是心脏被刺开一道口子，流出酸涩，混着微妙的甜与苦，使他心情复杂，更加难言。

第十六章 迎战

伽蓝缓缓走近，走着走着，忽然化身为一柄长剑，飞入他手里。

剑说："你还握得住我吗？"

后来，纪决又跟左正谊倾诉了很多心事。

他讲自己少年时，又讲为了来到左正谊身边，怎样熬过一个又一个日夜。

这种话不特别，纪决没少说。但以前类似的话从他嘴里说出来，是为了哄左正谊开心。抛开这一点，纪决自己不是个喜欢煽情的人。

但今天的他不知怎么回事，左正谊听着纪决喋喋不休的"倾诉"，直到天黑。

第二天，左正谊一觉睡到了太阳高照。

纪决正坐在沙发上低头玩手机，斜眼看了看他，欲言又止。

左正谊醒来后觉察到了，起床走过去夺过纪决的手机坐下自己看。

"官宣了？蝎子的动作还挺快。"

手机屏幕上显示的是微博界面，蝎子电子竞技俱乐部发了一条微博。

"冬窗"转会公告：经过一番友好沟通后，原 XH 俱乐部英

魂之歌分部中单选手左正谊（End）转入蝎子电子竞技俱乐部。

欢迎 End 加入蝎子大家庭！让我们一起为热爱拼搏，向冠军进发，联手创造新的辉煌。

微博配图是一张左正谊穿蝎子队服的照片，左正谊暂时还没拿到他的队服，这张是 PS 的。

他点开评论区。微博才发十分钟，评论数量已经过万，但热评的气氛不太和谐，简直是群魔乱舞。

"？？？"

"恭迎公主殿下！！！"

"End 哥哥会赐小蝎子一个冠军吗？"

"Lie 真的被卖了？ Gang 呢？"

"我懂了，意思是 AD 被废之后打野也要废，以后改头换面玩法核是吧？"

"听说转会费破 EPL 历史纪录了？真的假的？"

"管他什么核，能赢就是好核。"

"公主你来啦，我的公主，End 公主，嘿嘿公主，公主嘿嘿……"

……

左正谊看得直皱眉，忍不住点进那个人的主页查看，果不其然，这是个男的，他的黑粉。

上回摔手机的帖子火了，"W 队最后的忠臣"给左正谊带了一波大节奏。自那以后，电竞圈就出现了一大批"公主黑粉"，他们到处刷"竞圈公主"的梗，以黑左正谊为乐。

很早以前就有人管左正谊叫"黛玉公主"，但没形成大势，现在"公主"两个字已经完全成了他的代称，连"黛玉"都没人叫了。

但黑粉们玩梗过头，就显得很搞笑，让人生不起气来。乍一看还有点像是粉丝反串，所谓的"大黑似粉"可能就是指这种。

左正谊懒得搭理这群人，沿着热评继续往下翻，试图找几个正常人的发言看。结果翻着翻着，他发现评论区里吵起来了。

"这什么啊……"左正谊不自觉换了个更舒服的坐姿，眼睛却被一条评论惊得睁大了。

这条评论是在他翻看的过程中刚发出来的，点赞不少，反驳的回复也不少，一下子就冲上了热评前排。

由于太长，超过了评论字数限制，那位网友用图片的形式发了出来，他说：

"我猜 End 要来蝎子，没想到还真来了。大家都挺开心啊。那我来说点晦气话吧，你们爱听不听。

"一，End 是全 EPL 最吃资源的中单，不会打团队配合，有他在的地方，队友就会变菜。他的粉丝因此喷队友，殊不知是因为发展空间被他挤占了，换你当队友你也菜。

"二，看完第一条估计有人要说，他能 C 就行。我笑了，全队资源堆一个人身上，随便来个有手的中单，谁不能 C？C 不了还能骂队友没跟上，反正是不粘锅。

"三，纵览 End 公主一年半的 EPL 职业生涯，我认为，他早期水平比现在高。早期指 S11 上半赛季，诸葛出山，伽蓝降世，那时候我短暂地喜欢过他，然后眼睁睁看着他越来越迷失，从一个优秀的 APC 变成队霸，打法越来越畸形，指挥水平也每况愈下，当初配得上'诸葛'名头的指挥决策 S12 还有过吗？无。

"四，现在他的打法就是在挥霍天赋，消耗青春。我敢断言，他的续航能力是全球各大赛区所有中单里最差的那一档，巅峰期最多还有一年，不能再多了。听说蝎子只签了他一年？真聪明。

"五，路线迷失可以回头，技术菜可以提高，但如果人不行就没救了。我不认为他到蝎子能听话，你们队要想不宫斗就得顺着他，参考末期 WSND 的打法，全队给他'洗脚'。可凭什么啊？我喜欢的蝎子不是四舔一洗脚队，这种队伍就算拿了冠军又有什么意义？团队精神呢？电竞精神呢？简直不择手段。

"六，杜鱼肠，蝎子上半赛季好不容易磨合好，成绩稳定了，你转头就把稳定班子拆了，换大 C。如果今年仍然无冠，我建议你一头撞死以谢队粉。

"七，没了，就说这么多。"

这条评论简直是引战的极限，瞬间引爆了评论区：

"楼主几岁了？小升初加油。"

"夺冠还有不择手段一说？笑死，我队也想不择手段。"

"蝎狗这么看不起大 C 打法，我还以为以前四保一打射核的不是蝎子呢。"

"点进主页看了眼，原来是徐襄粉啊，那没事了。"

"徐襄菜狗一只给 End 提鞋都不配，有点数吧，哪来的脸嫌弃 End？"

"只有我觉得层主说得很有道理吗？"

"层主又没说错，WSND 粉来蝎子官博底下撒什么泼？互联网不是法外之地，闲得没事你们可以进去陪许宗平踩缝纫机。"

"襄神是蝎子名宿，End 哥哥是什么？阴间战队名宿吗？"

"公告：WSND 倒闭了！End 是蝎子选手望周知，WSND 粉少来管别人的家务事！"

……

评论区里吵得相当激烈，内容越来越不堪入目。左正谊刚发现这条评论的时候，它的楼层里只有三十多条回复，点一下刷新，回复数量就变成五百多了。

他关掉图片，又打开重新看了一遍，表情活像吞了只苍蝇，半天没说出话。

这毕竟是蝎子的官博，大部分粉丝是蝎子的粉丝，他们和 WSND 的粉丝互骂了一会儿，很快占据上风，把 WSND 和左正谊都贬进了泥里，左正谊预想的自己被欢迎的一幕没有出现。

后来实在是吵得太凶，官博管理人员被迫开启"精选评论"，把污言秽语都隐藏了。

左正谊本来好好的心情，一瞬间跌入谷底。

那条评论被隐藏之前，点赞数已经好几千了。他知道，两家俱乐部粉丝因为立场不同发生争吵很正常，电竞圈的整体环境就是不好，天天吵，日日闹。

但左正谊一直以为，在官宣之前蝎子队粉不希望他来只是因为"粉丝恩怨"，无关技术，没想到，他们竟然在技术方面也不认可他。

左正谊心塞了。

这些人会看比赛吗？懂电竞吗？云玩家吧？难道他比不上那个战绩平平的中单 Lie 吗？他们竟然想要 Lie，不想要他。

真是见鬼了。

左正谊气得简直七窍生烟，而最气的是，他在蝎子的职业生涯才刚刚开始，还一场比赛都没打呢。诚然，他以前的打法有瑕疵，有需要改进的地方，可他们没必要就因此否定他的全部吧？凭什么现在就断言他在蝎子不行？

左正谊把手机丢还给纪决，拿起自己的。

纪决看着他的动作，脑中警报一闪，感觉不太妙："你要发什么，哥哥？"

"放心，我不和他们吵架。"左正谊的声音里透出一种咬牙切齿的冷静，他转发了蝎子官宣的微博，只发了一句话。

"十天后赛场见，不服我的人记得来看。"

从一月二十四日到二月二十三日，EPL 的冬歇期有一个月，期间转会窗口全程开放。

虽然官方假期长达一个月，但一般战队都会提前收假，召集队员回来训练，备战下半赛季。

和其他战队相比，蝎子的假期算长的，二月十八日才结束。但左正谊提前搬去基地了，他发完那条微博的当天下午，就在酒店收拾好行李，打包去了蝎子。

纪决对此没异议，还很配合，和他一起回基地提前开始训练。

十三号的中午，他亲眼看着，左正谊冷脸发完微博，立刻去换衣服洗漱，收拾东西，中途吃了个饭，吃饭时皱了四次眉，回了两条微信，说了三遍"好烦"，然后去了一趟卫生间，出来后用纸巾擦了擦刚洗过的手，抬起头来问他："纪决，杜宇成说我冲动了，不该发那条微博，你也觉得我冲动吗？"

左正谊的目光直直地望过来，二月苍白的阳光穿透玻璃洒落在他鼻翼上，投下一小块阴影。

他双唇紧抿，下颌绷着，眉眼间有郁色，是积而不发的脾气。

纪决摇了摇头："你想发就发吧，没什么大不了。"

这个回答让左正谊很舒心，大多数时候，左正谊不需要别人给他意见，只需要肯定。

他转身进卧室收拾行李，把自己的衣服一件件叠好装进旅行箱里，还没叠完，忽然想起件事，回头问："对了，蝎子有微信群吗？"

"有一个 EOH 分部大群，人挺多，你要加进来吗？"纪决说，"天天发通知，没什么意思。"

"没有小群吗？"

"什么小群？"

纪决一脸不解，左正谊道："选手小群，不加管理层的那种，没有吗？"

纪决思考了一下，深沉地答："应该有吧，但他们没加我。"

左正谊顿时同情地看了他一眼。

按理说，纪决这种高情商人士想融入什么团体都应该不难，但他的情商一点没用在这上面，左正谊简直不知道他在蝎子这半年是怎么过的。回忆起来，印象最深的是他在赛场摆冷脸和队友吵架，以及在场下打队友被禁赛等"光荣"事迹。

这么一看，假如蝎子选手有私人小群，不加他实属正常。

下午，他们收拾好全部物品，打车去基地。

在路上，左正谊还在琢磨这件事，他问纪决："那你平时怎么和他们联系？不会连微信好友都没有吧？"

纪决无所谓地道："哥哥真聪明，确实没有。"

左正谊："……"

"我没必要和他们联系啊。"纪决说，"训练时间是固定的，其他活动由领队统一安排，战术复盘开会之类的是教练组负责，我只要参加就行，不用管别的。"

纪决一脸"公事公办"的样子，左正谊有点惊讶。

他之所以忽然开始关心蝎子队友的问题，是因为马上要开赛了，不论他的打法有多独，都肯定要先了解一下队友。

蝎子目前没有大牌明星选手，排除纪决、即将转会的中单 Lie 以及被纪决挤掉位置也要转会的打野 Gang，主力队员剩下三个，其中两个在圈内也能叫得上名号。

一个是辅助 Rain，本名朱玉宏，他在 S9 赛季辅佐徐襄上位，打到今年 S12，风格稳，资历深，很受队粉拥戴。

另一个是上单 Enter，本名宋先锋，他在蝎子待了两年，有过高光时刻，也经常有失误操作，评价比较两极分化，但据说性格不错，是蝎子的现任队长。

蝎子的 AD 左正谊就不太熟悉了，只知道他的 ID 叫 Zili，本名张自立，蝎粉叫他"自立哥"。他是在纪决转打野之后才从替补转为主力的，有了更多出场机会，表现却很平平，给人的印象不深。

左正谊在脑内检索了一遍三个新队友的比赛相关信息，想起的却都是自己曾经狙杀他们的画面，这让他对他们有点提不起信心来。

接下来的一路，左正谊没有再开口，显然还沉浸在上午发微博时的情绪里，周身气息十分紧绷，已经进入备战状态。

纪决觉得他绷过头了，看上去有点紧张。但这话不方便直说，左正谊听了不仅不会承认，还会不高兴。

纪决太了解他了，他眼里的自己是强大镇定的，在他看来，在不该紧张的时候紧张约等于胆怯畏战，这是应该摒除的负面情绪，出现在他身上会有损世界第一中单的威严。

几个月前，在纪决和左正谊见不着面、每天只能聊微信的时候，他们曾经玩过一个很无聊的互动小游戏。

这个游戏有一个环节，大意是系统给了他们一个词库，让他们从中挑选出符合自己个性的关键词，然后再挑选符合对方个性的关键词，选完后交换答案。

当时纪决给左正谊选的是"可爱""黏人""需要陪伴""口是心非""嘴硬心软"。

但左正谊给自己选的却是"强势""自信""独立""冷静""坚韧

不拔"。

交换答案之后，左正谊不高兴了，骂纪决："你根本不了解我，我们一点默契都没有！"

纪决立马把答案改了，换了几个让左正谊高兴的词，这才哄好他。

不能说左正谊对自己的理解完全错误，但的确和现实略有偏差。不过，与其说上述几个词语是他对自己的理解，不如说这是他对自己的要求，他希望他是这样的人。

但人非圣贤，纪决巴不得他别变得那么完美，想哭的时候就哭，哭够了再继续努力打比赛，这不很好吗？

纪决盯着左正谊，却被左正谊一把推开了："你又干吗？别突然发神经好不好，吓我一跳……"

纪决低低地笑了声，胡扯道："我在想当你的打野应该注意什么，End 哥哥那么厉害，我得拼尽全力才能跟上吧，有点紧张呢。"

"倒也不必。"左正谊识破了他的"彩虹屁"，瞪了他一眼，还挥起拳头威胁似的比画了一下，作势要揍他。

可惜这一拳没挥出去，出租车抵达目的地，停住了。

左正谊这次搬家，可谓简而又简。

他的大部分家当在搬离 XH 基地时丢掉了，旧衣服也扔了不少。在潭舟岛的酒店住了一阵子，又丢掉一些，回上海继续住酒店，继续丢，以至于他搬进蝎子的东西少到看起来有点寒碜，连被子和枕头都没有，是基地里负责安置新队员的领队给提供的。

左正谊分到了一个单人房间，在一楼的最里侧，隔壁住的就是纪决。

纪决的隔壁暂时空着，队友还没归队，只有 Lie 在，但据领队说他明天就要搬走了。

左正谊没见着想见的三个队友，只好自己上网搜他们的比赛视频看。他整理了行李，摆放好生活用品，接下来的一整个下午和晚上都在干这件事，顺便还回顾了一下自己以前的比赛视频。

有句话叫"好汉不提当年勇"，可左正谊今天不知怎么回事，专门挑自己当年的高光集锦来看。

他用笔记本电脑播放视频，时不时用鼠标点暂停，指着屏幕里的自己说着。

"这场比赛你看过吗？去年冠军杯，WSND 打 FPG，我拿不到伽蓝，受 B/P 限制，被迫选了一个不热门的葵火。那天我有点感冒，状态不好，前半局劣势，后半局咬牙强撑逆势翻盘，最后一场团战打完我手都抖了，可赛后他们都夸我赢得轻松，说我有天赋，冷门法师也能随便玩。其实葵火我私下练过几百局，一点也不随便。"

"这场。"左正谊继续播视频，在下一个高光镜头点暂停。

"上个赛季 EPL 第二轮，WSND 打 CQ，我们被对方抢了节奏，他们掐着我的脖子打运营，WSND 节节败退，防御塔一座座被拔掉。后来我受不了了，放弃运营思路，四打五也要先手开团，还拿了五杀。开团是正确的决策吗？赢了就是，输了就不是。因为我赢了，所以赛后他们夸我大局观超强，'在最合适的时机开了最正确的团'，当时我也信了，以为自己妙计无双。现在回头一看，决策是最重要的吗？明明是我的操作救了我。"

视频继续播放。

左正谊说："这局是我打友谊赛时拿的五杀，商业赛，对方放水，没必要把这也剪进集锦吧？不过这局我走位还挺不错的……唔，这局，去年冠军杯决赛，我没拿到五杀，人头被傅勇抢了，这个傻缺……"

他忽然转向纪决，脸色微微发红，不同于害羞的红，现在是激动的红，心率过快，导致气血上涌。

他确实紧张，紧张到连自己都不能再假装和忽视了，他按住纪决的手，咬紧牙关，声音却轻飘飘的，说："我需要赢一场，纪决。"

左正谊太久没有酣畅淋漓地赢过了，以至于谁都可以质疑他，以至于他自己竟然也有点不自信了，仿佛被人骂到痛处，忍不住发微博故作冷静地"跳脚"。

这怎么可以？这绝对不行！

"我不仅要赢，还要风光大胜。"他说，"不是要向他们证明什么，而是向自己证明——我还是左正谊。"

接下来的十天，左正谊开始了闷头训练。

蝎子在下半赛季的第一场比赛是神月冠军杯小组赛。年前冠军杯抽签分组的时候，左正谊正在经历 WSND 的风波动荡，对分组情况印象不深，现在才翻出来细看。

冠军杯的赛程大体分为两个阶段，第一阶段是预选赛，第二阶段是正赛。

预选赛相当于一场全国范围内的海选，无论什么等级的战队都可报名参赛。因此每年冠军杯的参赛战队都非常多，水平也参差不齐。

他们当中最强的八支战队进入正赛，与 EPL 的十六支顶级战队展开角逐。

在正赛阶段，预选赛上来的八支战队经过第一轮抽签率先进入 ABCD 四个小组，每组两队。

EPL 的十六支战队经过第二轮抽签，随后进入 ABCD 四个小组，每组四队，即每组总共有六支战队。

这六支战队在组内进行单循环对打，最终积分前两名者方可出线，晋级八强淘汰赛。

今年蝎子分在 B 组，同组的五支战队是 UG、TT、FYG、SFIVE 和 Lion，这个分组不能说好，但也不算最差，最差的"死亡之组"是 A 组。

A 组有 SP、XH、FPG、CQ、SXD 和 MX 腾云，曾经的四大豪门占了两个，还有目前 EPL 积分排名第一的 CQ 以及预选赛排名第二的 FPG，可以预见厮杀将会有多激烈。

B 组除了蝎子，唯一一个传统强队是 Lion，但这不意味着另外四支战队可以小觑，比如，蝎子接下来的第一个对手 SFIVE 就是一匹黑马。

这是一支新战队，不知从哪冒出来的，力压 FPG，以预选赛第一名的好成绩晋级了正赛，可谓黑马中的黑马。

但冠军杯每年都有黑马，一个赛一个的厉害。

他们在预选赛阶段虐遍各路小战队，大杀四方，进入正赛后遇到真正的强队，大多会现出原形。能从预选赛一路杀进决赛的新战队少之又少，杀进决赛并夺冠的就更少了。

左正谊不知道 SFIVE 的真实水平如何，但他不敢轻敌，要拿出最好的状态来迎战新对手。

二月十八日之前，他主要和纪决打双排，从二月十八日起，蝎子的队友和教练就归队了，战队开始进行系统性训练，备战冠军杯小组赛。

左正谊最先见到的队友是 Enter，也就是蝎子的上单以及现任队长宋先锋。

大家虽然不熟，但毕竟是 EPL 里的老同行，还在电竞园当了这么久的邻居，不至于见面还需要互相自我介绍。

左正谊只象征性地打了个招呼，他最近精神紧绷，心情不大好，态度便热情不起来。

宋先锋也不热情，他跟纪决差不多，满脸写着"公事公办""不想和同事交朋友"。

左正谊记得宋先锋的圈内评价是"性格好"，在采访时经常笑的，若非性格好，也不会当选蝎子的队长。

既然如此，左正谊心想，他对自己这么冷淡，八成是因为纪决。

左正谊和纪决关系好已经全圈皆知了，这意味着，即使左正谊刚来蝎子，还什么都没做，也天然携带立场，被划分为"纪派"，和宋先锋等人为敌。

果不其然，左正谊没猜错，辅助 Rain 和 AD 自立哥归队的时候，见了他也是不冷不热的态度。虽然他们不至于找理由刁难他，但显然都不想主动和他交往。

左正谊没见过这样的队友，以前在 WSND 的时候，他身边的人大多率真耿直，其中的典型就是傅勇，会因为莫名其妙的事情和他吵架，但通常是刚刚吵完，一转脸就高兴起来，兴冲冲地跑过来跟他分享八卦，像个傻子。

相比之下，蝎子的几个队友似乎过于"聪明"了。

左正谊忍不住想和他们掰扯掰扯，但下一场比赛就在二十四号，没几天了，磨合训练的时间都不够，他分不出精力来搞人际关系。

左正谊连觉都睡不好。

　　就在二十三号的晚上，他做了一个噩梦。人说日有所思夜有所梦，左正谊白天想得太多，晚上果然梦到了他最害怕的事：输比赛。

　　梦里，他被 SFIVE 的中单单杀，对方踩着他的尸体，把 SFIVE 的队旗插在了他头上。

　　网上舆论沸腾，咒骂之声不绝，身边的队友也投来轻蔑的眼神，无数个声音在他耳边同时发出嘲笑："看！我早就说了，End 是爹队畸形战术喂出来的！他根本不行！换个战队就原形毕露了！"

　　这些声音从四面八方涌来，包围了他，又逐渐远离他。

　　然后，伽蓝忽然出现了。她缓缓走近，走着走着，忽然化身为一柄长剑，飞入他手里。

　　剑说："你还握得住我吗？"

　　左正谊双手颤抖，骤然惊醒。

　　正是凌晨两点，左正谊一身冷汗，伸手打开床头灯。

　　他刚住进蝎子不到半个月，还没习惯，每次醒来都会有点恍惚，觉得周围环境陌生，有一刹那分不清东南西北。

　　他顺过这口气，拿起手机，发现有微信留言。

　　乌云："End，你在忙吗？"

　　是"正谊不怕乌云"，之前为许宗平案件奔波的时候，左正谊加了她为好友，但这位女粉太有分寸感，除非必要，几乎从不打扰他。他们最后一次聊天是春节时乌云给他发了一句"过年好"，左正谊也礼貌地回了一句。

　　乌云："如果忙就不用回我，我只是有几句话想跟你说。"

　　乌云："最近网上的风波我都看见了，转会期那些事我也关注了，那时候就想安慰你，但我不了解内情，怕说错话反而影响你的心情……"

　　乌云："明天蝎子要打 SFIVE 啦，我猜你压力很大，毕竟是到新战队的第一场比赛。但其实没什么大不了，比这更重要的比赛你打过很多。去年冠军杯决赛的赛前采访你还记得吗？主持人问你紧不紧张，你说'不紧张，胜利能争取但不可控，全力以赴就行了'。"

　　乌云："明天的比赛加油啊，记住你自己的话，全力以赴就好，其他都不要想。"

　　乌云："加油，End！"

左正谊盯着手机屏幕，发了几秒呆，迟钝地回了一句"谢谢"。

发送之后，他觉得只说"谢谢"分量太轻，又加了一句"我不会让你们失望"，然后放下手机，重新躺回枕头上，强迫自己接着睡。

虽然了无睡意，但时间久了，也睡着了。

神奇的是，后半夜的睡眠质量竟然还不错，第二天上午他起床的时候，脸色都比前几天好看了很多。

比赛日与平时不同，蝎子基地里的气氛略显沉重。

左正谊和纪决一起吃了早餐，进训练室遇到那三个队友时，照旧互相把对方当背景板，交流不超过三句，嘴角都懒得弯一下。

这两天他们有一个矛盾，是关于指挥权的。

上半赛季初期，蝎子的场上指挥是 Rain，也就是辅助朱玉宏。当时纪决在下路打 AD，后来经过一番变革，转到打野，战队重心也从下路逐渐偏向野区。

从那时开始，朱玉宏就不是唯一的指挥了，纪决没跟他抢指挥权，但经常对他的指挥提出异议。

由于比赛途中没时间慢慢商量，纪决"提出异议"的方式就是不听指挥，导致朱玉宏对纪决相当不满，可偏偏纪决表现很好，蝎子的成绩也变好了，他没理由发作。

不发作不代表问题不存在，蝎子现在明面上是纪决和朱玉宏双指挥，实际上就是后者的指挥权不稳定。

EPL 里有双指挥的战队不少，但这种队伍一般是两个指挥互相配合，而不是互相挑刺、互不服从。

蝎子这种状态是典型的表面风平浪静，实则暗潮汹涌，迟早有一天矛盾会爆发。

左正谊的到来，无疑加快了矛盾爆发的速度。

十八号那天，当所有选手归队，他们打第一场训练赛的时候，左正谊就主动提出："我来指挥怎么样？"

当时训练室里一片寂静。

上单宋先锋没吭声，AD 张自立低着头，辅助朱玉宏仿佛聋哑了，用

沉默代替了回答。

教练站在左正谊身后，竟然也不表态。

这位教练本名叫孙春雨，圈内花名是"阿春"，他的年龄不大，个子也不高，面相有些憨厚，至于执教水平，只能说不好不坏，和 EPL 里大部分战队的教练差不多。

如今电竞圈名帅难求，比天才选手还罕见。

左正谊瞅了他一眼，从他略有些躲闪的表情看出，他在蝎子威信不足，没多少话语权。

怪不得上半赛季蝎子内斗不断，到现在也没彻底解决，敢情是因为没有镇场的。

他们都不说话，只有纪决说了句"我同意"。

三个字一落地，朱玉宏的脸色就变得不太好看了。

左正谊不想在第一天就和队友闹矛盾——主要是担心影响比赛，他不情不愿地退后一步，说了句"先打打看吧"，将这件事含糊带过。

然后一直"看"到二十四号，指挥权该给谁也没定下来，还隐隐有从"双指挥"变成"三指挥"的趋势。

左正谊觉得有点离谱，但他初来乍到不好闹事，所以决定把一切意见留到打完 SFIVE 再说。

二十四号的下午，蝎子全队驱车赶往比赛场馆。

受左正谊相关舆论的影响，今天蝎子对战 SFIVE 的这场比赛相当热门，受关注程度不亚于冠军杯决赛。

场馆内早早就坐满了观众，舞台上的工作人员仔细调试好设备，两队选手还未上场，直播已经开始了。

一男一女两个解说出现在镜头前，先是配合着说了一番套话，然后从冠军杯分组情况介绍到蝎子和 SFIVE 的首发阵容。

当他们讲到"End 作为蝎子新任中单今日即将首秀"时，刚好选手登台露面，左正谊走上台阶，出现在了直播大屏幕里。

WSND 的蓝白色队服从他身上褪去，蝎子的黑色队服成了新衣，将他面无表情的面孔衬托得出奇的冰冷。

左正谊没变，但似乎有哪里和以前不一样了。

他走向玻璃房，台下响起山呼海啸般的呐喊。

"End 加油！"

"左正谊，全力以赴！"

"你不会输！！"

声音太响，震得舞台几乎摇晃，让人怀疑是不是全世界所有支持 End 选手的人都聚在这里了。虽然这不可能，现场没那么多座位。

但那些未能到场的声音仿佛也汇聚到此刻，遥遥传进了左正谊心里。

他眼眶微热，脚步略一停顿，冲台下做了个 "OK" 的手势，然后跟随队友，走进了隔音的玻璃房。

比赛开始。

第十七章 指挥

左正谊像一棵缺水的植物，长期干旱得不到滋养，可什么水都灌溉不了他，唯有胜利可以。

二月二十四日，下午六点。

冠军杯小组赛，B 组焦点战，蝎子对阵 SFIVE，BO3（三局两胜制）第一场准时开始。

主舞台上的透明玻璃房里，左正谊戴着耳机，坐在电竞椅上，目不转睛地盯着电脑屏幕，听队友和教练在队内语音里交谈。

虽然刚来蝎子，还没和队友磨合好，但左正谊已经从训练赛中摸透了教练阿春的 B/P 习惯。

孙春雨喜欢选稳妥的阵容，说好听点叫中规中矩、安全的选择，说难听点就是"不粘锅"——即使这局游戏输了，也怪不到 B/P 上。

这样的教练能保下限，一般不会选出太离谱的阵容，但不能提高上限，在战术上没新意。

不过，左正谊不奢望他创新，至少在今天，他只要不拖后腿就行了。

左正谊主要担心的是队友，不到一个星期的磨合训练实在太短了。

但既然已经上场，担心也是徒劳。他强迫自己放空大脑，盯着屏幕上

的英雄选择界面。B/P 倒计时一秒秒地跳，选到中路法师的时候，孙春雨在一旁问："劳拉怎么样？"

左正谊点了点头，拖动鼠标选中了劳拉。

他点下确定，直播大屏幕画面一转，播放劳拉的出战动画。

金发女法师由远走近，高举法杖，冲屏幕外一笑，轻声却傲慢地说："是谁？是我来了呀，小废物们。"

劳拉的配音温柔但不失气场，一句嘲讽的台词被她念得让人欲罢不能。

场馆内顿时爆发出一阵欢呼，台下的左正谊粉丝不知是早就计划好了，还是临场形成的默契，齐声喊："是 End 来了呀！"

"是 End ！！"

两个解说被音浪一冲，脸上露出了"颜艺"（表情夸张的意思），为配合气氛，故意夸张地往后仰，仿佛被震得要栽倒。

"End 的粉丝太热情了！"

"最近舆论压力大嘛，需要支持，可以理解。"

"End 转会到蝎子，无疑是蝎队的重大补强。我看出他们冲冠的决心了，不过，磨合时间太短，不知新阵容的化学反应如何。"

"我个人很看好，这是可以说的吗？"女解说笑了一下，"不是'毒奶'啊。从上半赛季末期 Righting 转打野开始，蝎队的节奏就好了起来，他们比较明显的弱点是缺一个强力输出核心，End 来了正好能补上这一点。"

"嗯，我也觉得。不过就今天的比赛来看，SFIVE 也非常强。"

"对，看了预选赛的观众应该都知道，SFIVE 是北京城市赛冠军，在预选赛打出了九连胜的好成绩。"

"SFIVE 的中野天秀 Carry。"

"那可不就巧了，End 和 Righting 关系这么好，能联动一下吧？"

"中野对中野，蝎队选了红蜘蛛加劳拉，SFIVE 是阿诺斯加风皇。"

解说简单介绍了一下两队阵容，大屏幕上游戏已经开始了。

左正谊操作着劳拉往中路走，纪决的红蜘蛛跟在他身后，从中路拐进红 Buff 野区。

开局指挥是朱玉宏，他今天玩的辅助是黑魔，这个英雄很擅长保 C，但不太灵活。左正谊盯着小地图，看着他去下路河道附近开视野。

纪决也看了眼小地图，把红 Buff 拉进草丛里，没打，直接越过野区，穿过河道，去反蓝。

朱玉宏拦住他："打不过。"意思是蝎子这个阵容一级团打不过 SFIVE。

纪决却不赞同："可以试试。"

对面的打野阿诺斯前期很强，但一级的时候只能点亮一个技能，阿诺斯玩家为了提高刷野速度，一般会选择点亮 Q 技能。这个技能对刷野有加成，打架却完全不行。等阿诺斯刷完一圈野怪，点亮 E 技能之后，才正式进入强势期。

中间的间隔很短，但如果能抓住，不失为一个好机会。

场上时机瞬息万变，没有时间细细思索考量，纪决直接冲向了 SFIVE 的野区。

朱玉宏并非不懂阿诺斯的玩法，他只是比纪决保守，风险太大的事就不想去做。

可纪决已经去了，他不可能当场摆烂不配合，只好跟了上去。

左正谊看见这一幕，没吭声。他在中路清理兵线，边补刀边不动声色地往那两人的方向靠近了些。

几乎同一时刻，对面的中单风皇看见了在小地图上露头的红蜘蛛和黑魔，放下没清完的兵线转去野区，帮阿诺斯守蓝。

左正谊一个技能丢到风皇脚下，拦住了他。

蓝区打起来，中路也打了起来。

一级团大家伤害都不高，打着打着战场合并，双方的 AD 和辅助也赶到，局面变成四打四，中间夹着一个残血的蓝 Buff 小怪，仇恨不稳定，跟着碰到它的英雄乱跑。

两队都在优先打人，没人收这个蓝，直到左正谊进场。

"End 似乎想打蓝啊？"

"这时候打蓝不是个好选择。"

"黑魔残血！护盾套给自己了！"

"阿诺斯也残了，风皇放技能掩护一下撤退。End 竟然真的奔蓝去了！哎呀，被集火了！"

"要蓝不要命啊，我的左神！"

蓝区附近八人混战，拉扯半天也没死人，但大部分英雄残血了。

劳拉是其中最残的一个，眼看女法师血条见底，再也承受不住任何一点攻击。红蜘蛛冲上前，控住了靠近她的阿诺斯，为她争取了一秒钟的逃命时间。

但她偏偏不逃，而是先打掉蓝 Buff，吃掉经验和金币，头顶金光一闪，升了一级。

升级点亮第二个技能，同时亮起的还有在蓝 Buff 减 CD 效果加持下转好的第一个技能，两个技能两种特效，从劳拉高举的法杖下一并释放，落成一个叠加法阵，瞬间炸掉了离他最近的残血敌方打野和辅助！

解说目瞪口呆："双杀！"

现场"End！ End！"的欢呼声震耳欲聋，劳拉却不恋战，见好就收，转身往中路撤退。

左正谊想撤，但 SFIVE 不给他撤的机会。

两队打团时在遥远上路对线的两个上单也赶了过来，SFIVE 的上单英雄是大象，他从后方包抄而来，直接挡住劳拉的退路。

没技能也没地逃了，左正谊向队求助，问黑魔："有盾吗？"

朱玉宏在草丛里读条回城："没了，一换二不亏，撤吧。"

左正谊眼前屏幕一黑，劳拉倒地身亡。

蝎子的队内语音里有一瞬间的沉寂，左正谊什么都没说，朱玉宏却察觉到了他的不满，率先开口："我的盾有 CD 啊，早就放过了。"

纪决道："你一个辅助盾不给 C，自己吃？"

"我怎么知道他要干什么？我不保命直接送死吗？"朱玉宏嘟囔道，"都打赢了，还说这些？本来我就不想打一级团，你偏要开，一换二都血赚了还要怎样……"

"你嘴巴放干净点。"纪决脸一沉。

"我嘴巴怎么不干净了？！"朱玉宏抻着脖子。

左正谊忍无可忍："都闭嘴行吗？烦死了，打得不怎么样，话那么多。"

这是他进入蝎子以来，第一次说这么难听的话，队内语音安静了。

接下来的一整场，朱玉宏都没再开麦。左正谊乐得他当哑巴，但当哑巴没事，当聋子就不好了。

朱玉宏虽然不开麦，可显然还在心里默默指挥，他不跟着左正谊和纪决的节奏走，带着 AD 张自立走另一种节奏。

起初蝎子从一级团打出了优势，可这优势眨眼间就灰飞烟灭了。

SFIVE 的中野的确有点水平，一个切后排，一个补输出，带动其他队友，Gank 和团战都打得有模有样。

反观蝎子，只有纪决听左正谊的话，能跟他打出配合，下路的两个人属于唱反调型队友，喊他团战时他推塔，喊他推塔时他打团战。至于上单宋先锋，左正谊甚至看不出他这局是在演还是真的菜。

不知不觉打了三十多分钟，蝎子三路塔全倒了，野区失控，兵线呈劣势。

左正谊今天是奔着 2 ∶ 0 来的，现在看来，送对方一个 2 ∶ 0 的可能性比较大。

一股火从他心头蹿起，他为了这场比赛已经处处忍让了，不插手 B/P，不争指挥权，可结果呢？

"你们到底想不想打？！"左正谊冷声道，"有矛盾赛后解决，现在是在干什么？"

接他话的是朱玉宏："谁不想打了？本来就打得好好的，是谁先开始发脾气的？"

左正谊诧异："难道是我？"

"不然呢？是我吗？"

左正谊深深吸了口气，把脏话留在肚子里。

他这辈子都没如此忍辱负重过，他换了温和的腔调，几乎是用投降的语气说："我求你们了，哥哥们，稍微配合点好吗？我来指挥，能翻盘。"

朱玉宏不再说话了。

"先守高地。"左正谊说，"把下路兵线清了，别出去。

"后退，别被开了。

"中路兵。

"再拖两分钟终极龙刷新，等个机会吧。"

语音频道里只有左正谊一个人的声音。他一贯意气风发，总是参着毛，可今天嗓音沉得几乎不像他。

但就是这种"沉"，让他有了不容置疑的气势，身边所有人情不自禁地竖起耳朵，全神贯注地等他的下一个命令。

游戏进行到第四十二分钟，终极龙刷新。这是一条增益 Buff 叠满的大龙，将其击杀的队伍能获得它身上的全部增益。

SFIVE 在蝎子的高地前久攻不下，不得不转头去打龙。左正谊带队前往龙坑，准备抢夺，团战一触即发。

两个解说绷紧神经，盯着直播画面说：

"其实这条龙放了也行，但放了高地就不好守了。"

"不会放的，抢龙是蝎子目前唯一的翻盘点，再拖也一样，等下一条龙罢了。"

"SFIVE 打得很快，全队神装，大龙血条瞬间掉了一半啊。"

"蝎队来了！准备开了！"

"他们在找位置！"

"这场团战 SFIVE 想接也得接，不想接也得接。"

"在拉扯，还在拉扯，Righting 绕后了！想切后排！"

导播将团战画面拉近，屏幕里各色技能特效乱得人眼花。

左正谊语速飞快："把盾给 Righting ！"

黑魔的盾立即落到纪决身上，为他吸收了大量伤害。红蜘蛛直奔风皇而去，一个大招控住了他，劳拉的技能紧随而至，风皇被秒杀！

"风皇有复活甲，站起来了！"

"大龙残血！"

"抢到了！蝎队抢到了！但蜘蛛倒了！四打五！"

"五"字话音还未落，场上就变成了二打二。劳拉脚踩着阿诺斯的尸体取了风皇的头，几乎没人看清他是怎么操作的，他身边的队友只剩一个 AD 小精灵。

小精灵残血，左正谊沉声道："你不能死，要推塔的。"

他的腔调严肃得吓人，张自立手抖了一下，胡言乱语道："稍……稍等，我去打野吸点血。"

可左正谊竟然没阻止他。

左正谊自己只有半血，对面还有两个血量不一的敌人。天知道他是怎么鼓起勇气杀过去的，以一打多仍不露怯，也没有撤退的打算。

如果这时放弃追击，蝎子抢龙的优势无疑会被拖光，再次陷入漫长的防守，被迫等待下一个机会。

左正谊不想再等了。

他面前的两人是 SFIVE 的辅助和 AD，一个女侍，一个鹿女。他们的技能同时向劳拉招呼过来，第一个是女侍的钩子，劳拉侧身躲了。但鹿女的回旋飞镖就丢向她躲去的方向，不给她第二次走位的机会。

左正谊的劳拉硬生生扛了这一下，血条瞬间见底，但同时她的技能也一连串地丢到了鹿女脸上，完成换血。

"还要上！End 还要上！"

"现在一看，SFIVE 的阵容凶是凶，但太脆了，女侍没技能保护鹿女。"

"可他们二打一啊！"

"呃，面对左神，二打一也不安全。不是我在吹他，是历史数据证明——"解说一句话还没说完，游戏画面就跳出了击杀播报，"——鹿女倒了！"

左正谊杀完鹿女的时候，张自立吸完血回来了。

这一切发生得极快，几秒钟而已。但短暂的几秒里，左正谊做了无数个细节操作，打得手心冒汗，才达成观众眼里的"一眨眼他就杀完了"的效果。

他悬了十天的心暂时落下，和张自立一起收掉女侍的人头，抢在敌方复活前，推掉了 SFIVE 的高地水晶。

爆炸声响起的一瞬间，左正谊长长地舒了口气。

"1：0。"他说，"下一场怎么打，不用我说了吧？"

第一场比赛打完，蝎子队内的气氛发生了显而易见的变化。左正谊并未立刻受到拥戴，但原本在他耳边苍蝇一般嗡嗡乱叫的声音全部消失了。

沉默是另一种意义上的认可。

而对左正谊自己来说，自信回归只需要一场，他的手打热了，全身血

液躁动起来，迫不及待想要在第二场里的发挥更上一层楼，给他们好看。

"他们"是谁不重要，看就行了。

这是一场教科书级的中单表演。

他们说，他是全 EPL 最吃经济的中单，但他这局不吃队友经济，己方的蓝 Buff 也一个没碰，只拿对面的。

他们说，他不会打配合，但他带着打野三路游走 Gank，一整局都在路上，没有一秒隐身。

他们说，他的指挥水平下降了，做不出亮眼决策，但他控住全场运营节奏，稳稳压着对面，根本不需要做多余的决策。

他们说，他以自我为中心，强迫队友"洗脚"，会害别人变菜。但最后一场团战，他放弃人头帮队友挡刀，躺在地上送 AD 一个四杀。

……

左正谊不必用 KDA 证明自己，他的存在感笼罩全场，即便不出击杀播报，也没有任何人能忽视他。

蝎子和 SFIVE 的第二局比赛在后者的窒息中结束。

运营局就是如此，SFIVE 严格来说是一个凶猛的打架队，但左正谊有意秀自己的指挥水平，压着他们的节奏，让 SFIVE 有力发不出来，深深地体会到了 EPL 顶级战队和预选赛新小战队之间的运营差距。

蝎子也并非打得没瑕疵，但一方面是左正谊指挥得好，另一方面可能是高涨的士气对选手有加成作用，上一局表现低迷的上单 Enter 到了这一局，都有点超常发挥。

Zili 也一样，尤其是在拿完四杀之后，他似乎忘了己方派系正在和"纪派"争权，忽然转过电竞椅，握拳用力敲了一下左正谊的肩膀，兴奋道："牛哇，兄弟！"

左正谊扯了一下嘴角，算是跟他互动过了，但看他的眼神活像看一个傻子。

张自立的举动落入了朱玉宏的眼里，他什么都没说，但两人目光一对上，张自立猛然想起了自己的立场，立刻把椅子转回电脑屏幕前，当作什么都没发生过。

左正谊觉得他们有点好笑，但今晚 2：0 大胜，左正谊的心情好到被快乐的情绪溢满，这种不值一提的小插曲影响不了他。

他跟随队友一起走出玻璃房，去舞台中央和 SFIVE 的选手握手。纪决走在他身后，他听见纪决的脚步声，应和节拍似的，不自觉地哼了两句歌。

很久没有这么快活过了。

左正谊像一棵缺水的植物，长期干旱得不到滋养，可什么水都灌溉不了他，唯有胜利可以。

蝎子的赛后采访是队长宋先锋去做的，另外几人和教练一起去后台休息室收拾东西，提前离开场馆，上车等人。

左正谊一直走在纪决的前头，等身上那股兴奋劲儿稍微过去了一点之后，才终于分出几分注意力给纪决。

他后知后觉地发现，纪决从打完比赛到现在，竟然一句话都没说。

"你怎么啦？"左正谊走上蝎子的大巴车，随便挑了一个位子坐下。

纪决坐在他身侧，宽阔的肩膀绷成一条线，右手紧攥手机，依旧沉默，冲他摇了摇头。

左正谊："？"

搞什么？赢了比赛他不高兴吗？

左正谊回想了一下前几回纪决不高兴的情况，那时是因为自己忘了他的生日，这次……他又不可能一年过两个生日，还有什么原因？

反正不可能是比赛问题，蝎子大获全胜，还赢得这么完美，任谁都挑不出毛病来。

左正谊心念急转，眨了眨眼，问纪决："今天不会又是什么重要日子吧？我可记不住这种东西，你别来为难我。"

纪决愣了下，无奈一笑："你在胡说什么？"

"我在猜你为什么不高兴啊，摆张臭脸，扫我的兴，你好烦。"左正谊捏住纪决的下巴，使劲摇晃了几下。如果纪决的脑浆是鸡蛋液，这会儿已经被他摇得蛋黄和蛋清不分家了。

左正谊如此凶残，纪决也不生气。他的不高兴是一种沉闷，只伤己不伤人，更不可能伤左正谊。

但可能是相处得久了，左正谊对他的情绪感知明显，他很少有真正低落的时候。轻微的情绪低落很好掩饰，他会藏起来，嘴上没溜，依然对左

正谊笑。只有那种他非常在意的事情发生时，他才控制不住表情。

左正谊心里疑惑，还要再问，但队友和工作人员陆续上车了，人一多起来就不方便聊太私人的话题。

纪决似乎是为防止他乱想，说："我身体不舒服。"

"哦。"左正谊白他一眼，"你猜我信不信？"

纪决没吭声，掏出耳机转移话题："听歌吗？分你一只。"

"好吧。"左正谊大发慈悲地点了点头，接过纪决的蓝牙耳机，音乐响起的时候，刚好车子发动，车内灯光关闭，暗了下来。

左正谊的目光扫过一排排座位，他看见朱玉宏和宋先锋坐在一起，张自立坐在他们的后排。

前后排座位之间略有间隔，但张自立的脖子伸得老长，趴在前排的靠座上，主动凑过去和前面两个人聊天，生怕自己被落下似的。

左正谊多看了一眼。

显然，那边三人中的大哥是朱玉宏，张自立是个"弟中弟"。

左正谊以前见过这种小团体，在他刚进 WSND 青训营的时候。

青训营大部分是十几岁的小孩，小孩们凑在一起，不可能没矛盾。有矛盾就会分裂成一个两个的小团体，导致分裂的原因往往没多么严重，但他们将彼此视为仇敌，时间一久，越看对方越不顺眼，到了最后，可能连最初的原因是什么都不记得了，仍不忘"仇恨"。

左正谊没混过小团体，当时只郑茂一个垃圾就害得他很烦了，其余心思都放在训练上，不大关注队友。

后来转入一队，他是接 WSND 老中单的班，一开始就被委以重任，是真正的俱乐部太子，"满朝文武"对他寄予厚望，队友也信任他的技术，给足了支持。

当时左正谊认为一切理所应当，现在回头与现状一对比，他才意识到，当初的自己是身在福中不知福。

世上哪有那么多"理所应当"？人人都觉得自己厉害，没打好有原因，"不是我不行"，不愿意服从于另一个人。

所以他想得到更多话语权，就只能自己用行动去争取。

左正谊收回视线，压下心中波澜。

他的目光再次落到纪决身上。

"喂。"左正谊轻轻戳了戳纪决的肩膀，"你说不说？不说我要生气了哦。"

纪决转头看了他一眼。

左正谊威胁道："警告你，我生起气来后果很严重，杀伤力很强，你好自为之。"

左正谊侧身盯着纪决，面容在昏暗的车内看不清楚，眼睛却亮晶晶的，反射着不知哪一处的细碎灯光，像在平静湖面上投下了几颗星星的倒影。

纪决盯着他眼里的星星看了片刻，终于败下阵来，吐露心声。

"我觉得你不需要我。"纪决说，"我拼了四年，才和你做了队友，成为你的打野。可今晚的比赛……你那么强，把 Righting 随便换成什么张三李四，你一样能赢吧。"

可能是为了让他刚说的这番话显得不那么苦情，纪决轻轻笑了一下，但效果适得其反，笑得比哭还难看，表情可怜极了。

左正谊傻眼了，他回想了一下今晚的比赛，费解地说："不是吧？我们打了很多配合啊，第一局如果没有你帮我，我们早就输了，最后一场团战也是你给了关键性团控。第二局也是，如果没有你，我怎么能把节奏控在自己手里？指望他们三个吗？不不不，他们的操作问题太多了，还不如菜勇。"

左正谊在这时候都不忘挖苦傅勇一句，纪决又笑了一声。耳机里的音乐已经停了，为防止旁人听到，他们交谈的声音放得极轻。

左正谊轻声细语说了这么多，不知有几分真心、几分安慰。

纪决忍不住问他："我和方子航谁厉害？"

左正谊："？"

纪决道："你说的这些，方子航也能做到吧，WSND 就是这么打的。"

左正谊还真思考了一下："你俩风格不一样，不好比较。但我觉得你比他厉害，他能做的你也能做，你能做的他却不一定能做。"

这是实话，左正谊看过纪决在蝎子的全部比赛，前期打 AD，纪决的打法就很激进，喜欢到处乱跑带节奏，这是"打野型 AD"的毛病。

后来转打野，干回老本行，纪决不改本色，以一己之力摧毁蝎子的下路体系，刚好赶上刺客强势版本，他玩打野如鱼得水，强行把蝎子带成了一个半野核队伍。之所以说"半"，是因为蝎子内部不稳定，还没转型成功。

就在这时候，左正谊来了。

虽然左正谊没主动提出要求，但纪决自觉干起了方子航的活，放弃野核打法，给左正谊当绿叶，所以——

左正谊表情一凛。纪决什么意思？他忽然想起，在转会来蝎子之前，纪决曾问过他喜欢什么风格的打野。

当时他回答："我没有喜欢的风格啊，打野差不多就行了，反正都是给我'洗脚'的。"

"我明白了。"左正谊恍然大悟，斜视纪决一眼，"你不愿意给我'洗脚'了，是这个意思吗？"

左正谊带着点调侃的意思，用玩笑的语气说出这句话。可不等纪决反驳，他又认真地说："这的确是我的问题，我现在已经明白了，不应该把别人对我的付出当成理所当然。我在 WSND 过得太顺，他们把我……把我惯坏了，我还不念他们的好。现在来到一个没人愿意惯着我的地方，我才——"

他话没说完，忽然被纪决一把按住了。

因为动作太大，左正谊惊呼一声，半车的人都看了过来。

"你干吗？"左正谊被人盯得有点尴尬，用力推开纪决，直到其他人不再看他们，他才嘟囔着瞪了纪决一眼，"你别随时随地发神经好不？吓我一跳。"

纪决面沉如水，阴郁的眼神中带着受伤的表情，低声道："我什么时候说不愿意给你'洗脚'了？如果不愿意，我为什么要为你练打野？"

"那谁知道？"左正谊不高兴道，"你自己不把话说清楚，还要怪我理解错？"

"我没怪你。"

"哦。"

左正谊是真的不高兴了，他嘴上说不应该把别人对他的付出当成理所当然，可实际上……他似乎不怎么在乎别人付不付出。

不付出也没关系，他有争夺话语权的实力。他那么强，适配于任何团队，像一轮明月，光芒万丈，队友只是点缀他的星星。

星星固然美丽，能为明月增色，但也仅此而已。没了一颗还有别的，哪颗都不是绝对必要的，可以换。

纪决盯着他，目光中带上了几分恶狠狠的味道。

他不管左正谊能不能听懂，兀自省略了解释心理活动的过程，直接道："我愿意当你的星星，但我要当不能被换掉的那一颗。"

左正谊一脸"你在说什么""你有病吧"，纪决却不肯再多说了。

左正谊又无语又无奈，心烦地叹了口气。

他发现，他不仅学会了一些有关团队和做人的道理，脾气也比以前好了。如果是以前，纪决这么发神经，他真想给对方一拳，但现在，他竟然觉得自己理解纪决了。

虽然他说不出理解了些什么，但就是那种说不清道不明的情绪，无形之中扰乱心绪，让他惆怅。

不过惆怅只存在了片刻，左正谊转头看向车窗外。

夜色里，街边霓虹闪烁，一个写着"北京烤鸭"的硕大招牌突然从眼前掠过，左正谊的肚子咕咕叫了起来，他转过头，眼巴巴地道："纪决，我想吃烤鸭。"

纪决："……"

最后烤鸭当然是吃上了，纪决在基地里点了外卖。

吃烤鸭只是一件小事，小插曲罢了。但左正谊今天一整个晚上都在思考怎么处理团队的人际关系，怎么为自己争夺话语权，说白了，他在学习如何当一个 Leader。

这种思考不只针对外人，也发散到纪决身上。

他一边想着这些事，一边吃烤鸭。

纪决帮他夹起鸭肉，蘸酱卷饼，一个个地放到他的手边，然后那张摆了一晚上的臭脸，竟然就这么莫名其妙地恢复正常了。

这说明什么？说好听点，纪决想要的是"被左正谊需要"。

虽然这种需求纪决以前就表达过几次，但那时候左正谊略有所感，却没有真正往心里去，而且被别的事情打断了——左正谊总是想着比赛，生活里的其他一切与之相比都是小事，可以忽略。

纪决应该明白这一点，"比赛最重要"，所以在赛场上不被左正谊需要更加令人有挫败感。

是这样吗？

左正谊一边吃烤鸭一边想，他真的理解纪决了。

可他做错了什么吗？他已经做了一切他能做到的。尤其是在今天的第二局比赛中，他完全是团队式打法，连张自立打完都兴奋得想跟他击掌。

"你到底想怎样？"

晚上的复盘开会时间还没到，他们两个在左正谊的房间里吃饭，左正谊也夹了一块鸭肉给纪决。

"这样吧，"他说，"我觉得我们不应该把公私混在一起谈，我问你个问题哦。"

纪决差点噎住，半天才把这口咽下去："你说。"

左正谊说："假如我们不是兄弟，只是普通队友，你是蝎子的打野，正在转型打野核，我是突然转会来的中单，想抢你的核心位子。"

"我不在乎这个——"

"别插话，我还没说完。"

左正谊瞪他一眼："你不能不在乎，我不需要你为了我牺牲，搞得好像我抢了你的东西，对你有亏欠似的。你拿出自己的全部实力，来跟我比画一下吧。"

纪决愣住。

左正谊嘴上还沾着烤鸭的油，继续道："有本事就来跟我抢，Righting，我需要的队友是配得上我的。"

第十八章　毒瘤

纪决既不想当 Leader，也不想服从别人的命令，他才是真正的独狼。

左正谊对纪决说这番话，并非心血来潮一时冲动。而且他不只是说给纪决听，也说给自己听。

打比赛本就该公私分明，他要跟队友磨合，可纪决难道不是他的队友吗？

他无形中把纪决放在一个跟随自己的位置，忽视了纪决的优点和缺点。优点暂且不提，缺点绝不能忽视，否则万一哪天纪决出了什么问题，跟不上他了，他还一脸茫然，不知道问题出在哪里，这怎么能行？

了解应该是相互的，配合也是相互的，互相补足短板，才能打出更好的团队效果。

"团队"，左正谊今天晚上不知道想了多少遍这个词。

他一面讶异于自己竟然变得这么成熟，一面又很不成熟地为这种进步而暗暗得意，想夸自己两句。

他心情太好了，可能真是赢比赛解千愁，连看了十来天的蝎子基地室内装修都突然变得多彩起来，队友们像背景板一般模糊的形象也忽然变得具体起来。

他发现，朱玉宏有"少白头"，鬓上那一片白发尤其明显。之前左正谊没细看，以为是染的，现在仔细一打量，忽然明白为什么他给人的感觉那么少年老成，甚至有点"苦大仇深"。

宋先锋相比之下要"年轻"得多，他是蝎子名义上的队长，可实际上他和张自立都唯朱玉宏马首是瞻，看后者眼色行事。

但宋先锋看起来比张自立稍微聪明点。

张自立可能因为在三人中年纪最小、资历最浅，技术也不算特别出挑，自然得不到什么话语权。他又长得瘦，往那两人身前挤的时候，被当成猴似的推来搡去，笑得嘻嘻哈哈。

训练室在基地二楼，左正谊和纪决上楼的时候，正好看见张自立和宋先锋在打闹，朱玉宏站在窗前打电话，离这边有些远，但他听见脚步声，就转过身来，把电话挂了。

左正谊对队友的私事不感兴趣，他走到自己的位子前坐好，给电脑开机，问："阿春教练呢？什么时候复盘？"

他的电脑桌挨着纪决的，对面是张自立。张自立答了句："十二点。"

"还能打会儿游戏。"左正谊说完，忽然又问，"来三排吗？"

不需要解释，他说的三排自然是指他自己、纪决和张自立。

张自立愣了下："啊？叫我啊？"

"不然呢？"

左正谊笑了下，他感觉到，除张自立以外，还有几道目光落到他身上，朱玉宏的两道格外灼人。

左正谊顿时更想笑了，心里忽然冒出恶作剧般的快感。这几个人像小学生似的搞小团体，不嫌幼稚吗？没关系，从今天开始，他要亲手把他们的小团体拆散，让他们明白谁才是真大哥。

左正谊给纪决使了个眼色，纪决道："五排也行，来不？"

最后两个字是问宋先锋和朱玉宏的，两个人的反应很有意思，前者没回答，下意识看了后者一眼，后者则略微蹙了下眉，不知怎么想的，竟然答应了。

大家纷纷落座，启动游戏。

左正谊先和纪决组队，又拉那三个人进组，开始排队。

由于他们开的都是大号，段位积分奇高，又是五排，按照 EOH 的对局匹配机制，优先匹配的同样是高分五排对手。以至于游戏一开始，看见对手的 ID，张自立就开始叫唤："对面是熟人啊！"

听他一说，左正谊打开列表看了眼 ID，没认出来："这谁？"

"CQ 啊。"张自立道，"小浣熊、小青蛙、小蝌蚪……CQ 全队。"

ID 可真别致。

左正谊也有小号，但他小号的取名风格比大号还酷炫，不走这种谐星路线。

左正谊在心里稍微吐槽了几句，忽然后知后觉地意识到一件事：傅勇转会去 CQ 了。

果然，不等他打招呼，对面名为"小乌鸦"的上单就开始在公共频道里乱叫："哎呀，这不是 End 哥哥吗？晚上好呀，莫西莫西，啾咪啾咪。"

完了，更弱智了。

左正谊不想搭理愈加堕落的傅勇，回了个"闭嘴"的表情符号，就把聊天频道屏蔽了。

他看了眼对面的中单，是刚从 SP 转会去 CQ 的高心思，Fire。

今年"冬窗"并不平静，除了左正谊转会掀起一阵腥风血雨，高心思离开 SP 也很轰动。

SP 是上届冠军，冠军中单突然离队，在这之前还没传出任何风声，没闹队内矛盾，也没听说有薪水等问题，叫吃瓜群众连原因都猜不出来，盯着转会公告干瞪眼。

傅勇说，SP 和高心思是和平分手，一个想给二队的指挥型中单机会，一个想换队伍尝试当 C 位，追求更高难度的打法，所以分得很顺利。

傅勇还说，CQ 在"冬窗"补强，一个原因是原中单受丑闻影响状态下滑，惹汤米教练不满。另一个原因是，汤米早就有意更换更强的选手来为自己冲冠。去年他与 EPL 冠军仅有一步之遥，输就输在手里缺乏强力打手，无法单靠战术打遍天下，今年他要补上这个短板。

CQ 来势汹汹，志在夺冠，和他们一比，左正谊忽然觉得蝎子简直是弱爆了，要战术战术没有，要选手选手不行。

可当初转会的时候，放在他面前的几个选项里，蝎子是他认为最好的。

可能人生就是这样吧，什么是真正的"好"，眼见不为实，要亲身体会过了才知道。

话说回来，CQ 就是蝎子下一场 EPL 比赛的对手，如果几天后蝎子打赢了，或许他又会觉得，蝎子的确比 CQ 好。

重点是要赢。

再者说，加入别人的完美团队有什么挑战性？他要建设自己的团队。左正谊不怕 CQ，他现在就一个想法：早点把这几个队友摆弄明白，还有纪决。

左正谊收回思绪，专心打游戏。

可能是因为偶然排到了他们，作为下一场比赛的竞争对手，CQ 有意攒人品，也不想暴露战术，故意打得很随便，让他们二十分钟就推上高地，破了水晶。

左正谊不信攒人品那套，既然对方放水，他就照单全收。

这场游戏他没指挥，朱玉宏也不开口，是纪决指挥的，但纪决发挥得实在不能说好。

左正谊专门选了一个不太吃经济的法师，想看看纪决打野核的时候有什么操作习惯，熟悉一下。

但纪决可能有点放不开，尤其是在打蓝的时候，总是下意识地问他："你要不要？"

做其他决策时也不够果断，不仅是因为顾虑他，左正谊看出来了，还因为纪决和他一样，不喜欢打团队配合，很独，甚至比他还独，根本懒得指挥别人。

左正谊打完这局就如醍醐灌顶般，明白了一件事。

纪决那么能折腾，为了转位置玩打野，把蝎子闹得翻了天，可他怎么没把朱玉宏的指挥权抢下来呢？他是根本没打算抢吧？

纪决既不想当 Leader，也不想服从别人的命令，他才是真正的独狼。

说好听点叫独狼，说难听点就是毒瘤。

这种毒瘤型选手的显著特征就是：你越不管他，他越 Carry；管得越严，他越不会玩，也玩得不开心，像是路人局野王。

纪决的确没有过正规团队训练，跟左正谊在 WSND 青训营的漫长成长经历相比，他的职业生涯太短了，而且蝎子的训练水平在强队里也算比较差的一家。

破案了，原来比小团体更该先解决的是纪决。

他们之间的打法摩擦，根本不是抢核心位置的问题，也许实际比这严重得多。

左正谊的眼睛像探照灯，一整个晚上都在队友身上扫来扫去，给纪决的关照尤其多，但他没直说。

他不知道纪决有没有意识到自己打法上的问题，就算意识到了，也很难在短期内迅速改正。个人打法是一种长期养成的习惯，已经形成肌肉记忆了。

不过，换个角度看，纪决能在年前那几场比赛里 Carry 蝎子，至少说明个人技术是过硬的。

个人技术……左正谊在心里无意识地念叨了几遍，目光扫过所有人。

纪决的技术他放心，只是习惯需要调整，那另外三个人呢?

左正谊单手支住下巴，懒洋洋地倚在电脑桌上，打了个哈欠。

他今晚操心过多，但不仅不累，心里反而有种兴奋劲儿。他仿佛是个刚登基的皇帝，目之所及的一切充满问题，但这是他的江山，他要当团队的 Leader。尽管人家还不承认他，但他已经擅自决定要把蝎子变成自己的地盘了。

既然是自己的，问题便可以容忍。左正谊近乎慈爱地看着他的每一个队友，可惜今晚心态好的似乎只有他一个人。

纪决面无表情，不知在想什么。

朱玉宏沉着脸，显然是在为失去指挥权而不高兴，可能正在琢磨怎么抢回来。

宋先锋盯着电脑屏幕，忙碌地按键盘，不知道在和谁聊天，脸色也不大好。

张自立去接了两杯热水，给朱玉宏和宋先锋一人一杯，殷勤劲儿看得

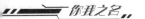

左正谊啧啧称奇。

一把路人局排位结束，大家就这样各怀心思，各忙各的。

直到十二点到了，教练孙春雨来喊他们去会议室复盘今天的比赛。

复盘是赛后的重要环节，不论今天的结果是输是赢，都要通过复盘来研究对手的打法和反省自身问题，然后纠错，争取下次不再犯。

不同战队有不同的复盘习惯，但大体上差不多。

孙春雨虽然 B/P 水平一般，性格也不够强势，但做复盘的态度相当认真。

他打开会议室里的大屏幕，先快速放了一遍比赛视频，粗略地讲了讲整体问题，然后目光落到选手身上，还没开始细讲，先做了个一言难尽的表情。

"第一局你们吵架了吗？"孙春雨指着屏幕说，"开局打得很不错，但从这开始，就变得不对味儿了。三路互相脱节，各打各的，没有配合。有人能跟我说说是怎么回事吗？"

左正谊没吭声，这个问题应该让朱玉宏来回答。

他的目光一扫过去，朱玉宏看了他一眼，说："还好吧，不算吵，就是没打好配合。"

朱玉宏顿了顿，比左正谊想得直接，毫不掩饰地把问题摆到明面上说："我觉得咱们应该把主指挥确定下来，不然太难沟通了，容易出状况。我知道 End 擅长指挥，我也不是非要抢这个位子，抢了有什么用？能赢就行呗。今天的 MVP 是 End，第一局逆势翻盘百分之八十的功劳是他的。"

左正谊正惊讶于这大哥竟然夸自己，朱玉宏就话锋一转，对教练说："但我觉得 End 暂时不适合当指挥，不是他不行，是因为他对我们几个的操作习惯还不熟悉。教练，你拉一下进度条，看第二局，第十分钟左右。"

会议室里的一群人齐刷刷抬头，看向大屏幕。

"这场小龙开团，End 喊下路来支援，但下路的兵线到了，Zili 正在清兵。End 喊了三遍，他才上去，走的时候还恋恋不舍地回头打了一枪，拖了几秒时间。"

"Zili 一直这样，有点贪。"朱玉宏说，"第十五分钟，Enter 说对面上单他可以单杀，直接拔二塔。他都上了，End 却喊他撤退。我就不说这个决策的对错了，小细节而已，没影响大局。但那一整场我明显感觉到 End 不了解 Zili 也不了解 Enter，不清楚队友的弱点也不给信任，说白了还没磨合好，节奏不一样。SFIVE 不算强队，如果遇到 CQ 呢？一个细节就能致命，我们下一场就打 CQ。"

左正谊哑然。

朱玉宏又说："这是一个原因。另一个原因是，我觉得 End 的执行能力比我们几个强，让他听指挥来配合队友，节奏反而好调整一些。前几天训练赛我们不就是这么打的吗？没出大问题，都打得挺好。今天反而问题多了，因为啥？"

因为啥？难不成因为我？

左正谊简直听傻了，他第一次见到情商这么高的人，竟然能把一句"我们都跟不上 End 的速度，不如让他慢下来跟我们"说得这么冠冕堂皇，这么理直气壮。

最离谱的是，孙春雨竟然点了点头，和稀泥似的说："我们的确没磨合好，但没事，多打打就好了。"

然后问他："End，你觉得呢？"

觉得？有什么好觉得的？如果这是在 WSND，左正谊已经掀桌子发飙了。

但发飙不能解决问题，左正谊忍住骂人的冲动，装出"白莲花"的腔调，故作茫然，轻声细语地道："我没听懂。Zili 贪兵跟我的指挥水平有什么关系？Enter 在第一局也说能单杀，结果被反杀，第二局我有心理阴影了，不敢信任他，也算我指挥失误吗？"

"我没说你失误。"朱玉宏立刻说，"是我们的问题。但团队不就是讲究一个'配合'吗？"

左正谊忍不住了："什么意思啊？你们配合不了我，就得我配合你们呗？你去黄金局'炸鱼'，也要配合黄金队友，融入段位是吧？"

这话说得不留情面，整个会议室都沉默了，只有纪决的笑声显得格外突兀。

孙春雨尴尬地咳嗽了一声："呃，那个……"

"哪个？"左正谊简直无语，心想天下废物都长一个样，最显著的特

征就是说话拐弯抹角，生怕担一点责任，还自以为聪明，"高情商""中庸之道"。

左正谊按下火不发，阴阳怪气地道："Rain 说得对，我也不是非要抢指挥位子，抢了有什么用？能赢就行呗。"

他盯着朱玉宏："下一场打 CQ，你来指挥，能赢吧？"

朱玉宏哽了一下，他哪敢答应，电子竞技根本没有稳赢一说。但如果不答应，就明显露怯了、尻了，以后他怎么服众？

"好，我来指挥。"朱玉宏看着左正谊，又看了纪决一眼，虽然没明说，但眼神已经暗示了：你们得配合点。

"我尽量。"纪决答应下来，然后指了指大屏幕，说，"不继续复盘吗？我也有几个建议想说，教练帮我往后拉一下进度条——对，就是这儿。"

屏幕中的画面停留在第二局比赛的最后一次团战上，画面中心的人是张自立，他玩的是一个偏后期的 AD，但因为蝎子节奏好，前期优势大，他发育得非常快。

这次团战蝎子打赢了，在左正谊的帮助下，张自立拿了四杀。

"看我们辅助的走位，太靠后了吧？"纪决对朱玉宏说，"AD 都冲上去了，你的保护跟不上，是他太激进还是你反应慢？竟然让中单把你该干的事干了。虽然也不是不行吧，但我看不懂，你在这次团战里的作用是什么？"

朱玉宏脸色略微发绿，紧紧盯着屏幕道："这是进场时机的问题，Zili 太急，老毛病犯了……"

纪决不予置评，目光落到张自立身上。

只见张自立讪讪地低下头，开始自我谴责："是我上得太早了，不怪宏哥。"

左正谊惊讶地看了他一眼，对他的讨好程度有了新的认识，这明明就是朱玉宏风格保守，反应迟钝，没跟上节奏。

孙春雨又出来和稀泥，说："没关系没关系，咱们赢了呀，怎么都苦着脸？嗐，明天的训练赛我已经约好队伍了，是最爱打架的 XYZ，到时候我们好好练练实战打团，把默契程度往上提一提。"

吵架告一段落，复盘继续进行。

但由于气氛实在不佳，孙春雨似乎不敢多说了，生怕他们再吵起来，讲得比较克制。

结束时，左正谊发现，阿春教练有点看人下菜碟，比如提到张自立的问题时，他就毫不避讳地多说、深说，大问题小问题都不放过。提到朱玉宏的时候，他却不说那么多了，只挑不得不说的大问题来讲，点到为止。而讲到纪决的时候，不，孙春雨根本不讲纪决的问题，他仿佛是个睁眼瞎，什么都看不见。

是因为不敢惹太子吗？左正谊觉得有点好笑，但笑着笑着又笑不出来了。他这位新任"皇帝"对他的"江山"刚建立起的信心，复盘后崩了一半。

下一场比赛打 CQ，蝎子真的能赢吗？

凌晨两点，他睡不着觉，去敲纪决的房门。

"怎么了？"纪决打开门让他进去，左正谊却站在门口不动。

他半倚着门框，忍不住问："Righting，我很好奇，在这种环境里待着，你不担心输吗？不焦虑吗？"

纪决顿了顿："你先进来再说。"

纪决的卧室和左正谊住的那间差不多大小，标配一张床、衣柜、电脑桌、独立卫浴，其他小件一般由选手自行置备。

左正谊才来不久，房间比较空，但纪决住了大半年的房间也很空，他好像不买非必需的日常用品，也懒得做多余的装饰，但东西摆放得很整齐。

左正谊进门后随意一扫，坐到床边，抬头看了眼纪决："你刚刚睡了吗？我没吵醒你吧？"

话虽这么问，他其实已经从床上平整的痕迹看出纪决没睡了。凌晨两点对普通人来说很晚，但电竞选手普遍黑白颠倒，按时睡觉的才是少数。

纪决没应声，坐到左正谊身侧。

左正谊逮住纪决的枕头不客气地躺下，懒懒地打了个哈欠，然后眼珠一转，拍了拍另一半枕头，反客为主道："分你。"

纪决笑了声，躺过去和他并肩而卧。

他们一同望着头顶的灯，左正谊叹气："我刚才问你的话呢？你怎么不回答？"

"焦虑吗？有一点。"纪决说，"我比较担心你不开心，至于队友……在你没来之前，我不大想搭理他们，可能因为我对蝎子没感情吧。"

"真的？你可是蝎子太子哦。"左正谊戳了戳他。

"什么太子。"纪决无所谓地一笑，坦诚道，"一开始可能是有点感情吧，毕竟是这家俱乐部接受了我，给了我走上职业赛场的机会。赛季初蝎子不是连败吗？当时我得到不少鼓励，他们天天在我面前喊'传承不断，太子不死'，我被洗脑了，感动过几天。"

纪决停顿了一下，继续说："但后来我和 Gang 打架被禁赛，网上传出了莫须有的谣言，他们就转过头来骂我。那件事我不能说自己完全没错，至少不应该动手打人。但我才是被污蔑的那个啊，他们否定了我的全部努力，说我是关系户，铺天盖地的都是骂声，蝎粉也在骂，所以我觉得……"

后半句似乎有点难以启齿，纪决犹豫了一下才说："他们的支持很廉价，眨眼就能变成诋毁，不值得我在乎。"

左正谊默然。

他想起自己以前和 WSND 谈续约时被说贪财，也曾被粉丝骂过，因此能理解纪决。

但理解归理解，他不完全赞同。

左正谊道："他们误解你了，难免会有几句偏激的发言。澄清之后，不还是会继续支持你吗？对不？"

纪决嗤笑了声："哥哥，你好讲道理。"

他转过身来："可我不喜欢讲道理，我就是觉得他们不喜欢我，或者说对我的喜欢有前提条件。也许不是他们的错，没谁会无条件支持另一个人。但也不是我的错啊，我又不欠他们的，无辜挨了顿网暴，还得反过来理解他们？"

左正谊有点茫然，他听懂了纪决的话，完全理解，但又觉得好像哪里不对。

纪决轻声道："不懂吗，哥哥？他们对我的支持，本质上是一种交换，如果我什么都不给他们——快乐、虚荣、激情等东西，他们也什么都不给我。

因为我和他们是陌生人，互不相识，何来感情？"

"可是，"左正谊嗫嚅道，"不都是这样的吗？"

"对啊，都这样。"纪决道，"所以不值钱，那不是爱，是'买卖'。我只在乎不需交换的感情，可世上没有，人人都只爱自己，爱别人也是为了让自己快乐。"

"啊。"左正谊又不理解了，反问，"你也是吗？"

"对呀，但我和他们不一样。我虽然希望能从你身上得到点东西，但你给不给都行，我的热情不会减少。"

"你好怪啊。"

"哪里怪？"

左正谊的声音蚊子似的，轻轻道："可你什么都不在乎，一点激情都没有，怎么能打好比赛？"

"我有在乎的啊。"纪决说，"你的梦想是当世界第一中单，我的梦想是当第一中单身边最强的打野。"

"好说。"左正谊终于有机会把话题拉回正道，"刚才我观察了一下你的打法，不过就一局，可能有点片面，咱俩交流一下吧。"

"嗯？你说。"纪决态度良好。

左正谊道："我觉得你不喜欢和队友联动，能一个人做的事绝不喊第二个人，哪怕冒着失败的风险。而且你指挥的时候话太少了，本来应该让队友做的事，你不开口，就自己去做，这是运营大忌，只有你一个人节奏好，队友都脱节了。"

纪决笑了声："哥哥对我好好，把'毒瘤'两个字说得这么委婉。"

你知道就好。

纪决无奈道："道理我都懂，但我的手不听话。可能是路人局打得太多了吧，以前的队友都太菜，我只能信任自己。"

"以后可以信任我。"

"好的，哥哥。"纪决卖了个乖，然后道，"别谈了，睡了睡了，明天训练赛再说。"

"我睡不着，你们没一个让我放心。"左正谊生气，抱怨道，"我本来就不擅长打配合，我跟方子航配合最好的时候就是他完全听我的，任我

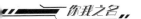

摆弄，这样打你行吗——闭嘴，不许说行，行不行你自己心里有数。"

纪决吃了他一记白眼，不得不收敛，顺着他道："这个别担心，我们之间问题再大都不算事，我举双手双脚配合你解决，明天去找教练组商量一下，搞点针对性训练。"

"那下路呢？"

"下路？没救了。"纪决说，"朱玉宏是四朝元老，徐襄的辅助。徐襄什么风格你不知道吗？稳重，不愿意冒一点风险，当时他 Carry 蝎子的比赛几乎场场拖到大后期。朱玉宏是他培养起来的，继承了他又苟又屙的特点，从此仗着自己指挥的身份，PUA 每一个新来的 AD，让我们学徐襄。这赛季 EPL 首战我和队友吵架，就是因为这个。"

左正谊讶然。

纪决说："我的 AD 水平虽然不如打野，但如果有一个正常辅助，也不至于战绩那么差。"

他笑了声，不屑道："徐襄是蝎子的建队元老，十年核心，曾经的 EPL 第一 AD。十年啊，太久了，管理层都被徐襄调教得适应了他的风格，哪怕后来他们闹过矛盾，但这支战队偏好的风格就是徐襄的风格，'稳重'是蝎子的宗旨，没人觉得朱玉宏做得不对，如果新 AD 配合不了他，就得听他的话，改。"

左正谊隐隐有点明白了。蝎子的队粉大部分也是徐襄的粉丝，所以朱玉宏的做法属于"众望所归"。

在这种情况下，蝎子的 AD 位简直就是皇位，张自立这个在纪决转打野之后捡漏上位的小替补哪敢大声反抗？乖乖听话当辅助才算识相。

"可是，"左正谊想不通，"蝎子这么打下去，成绩不好，杜宇成不着急吗？"

"急啊，但他们不觉得问题出在辅助身上。赛季初连败怪我和 Gang 闹内讧，后来成绩提高了点，赢回来了。这确实怪我，不该带他们赢，又把问题掩盖了。"

纪决道："所以说还是输少了，下场打 CQ 你就让他指挥，输了最好，不输怎么能暴露问题？"

左正谊沉默了。

"输了最好"，他相信纪决对蝎子没感情了。

EPL 是积分制联赛，蝎子上半赛季的积分拿得太少，现在排名情况不乐观，再输几场恐怕就彻底无缘联赛冠军了。

那他们"暴露问题"是为了什么？放弃联赛，冲击冠军杯和世界赛吗？可这三大杯没有哪个是容易的。

左正谊做不到这么心宽，说不出"输了最好"，无论如何他都不想输。

纪决察觉到他脸色不好看，解释道："我不是那个意思，我是让你别太焦虑，想开点。"

"嗯，我知道了。"

左正谊低低应了，他一脸不开心地抱住纪决的胳膊，仿佛这么做能让他在面对黯淡无光的前途时获得几分安全感和信心。

两人相对默然，片刻后，左正谊忽然说："我觉得还有救，我们应该多跟上单和 AD 沟通。"

"那俩人都听朱玉宏的。"

"喊。"左正谊冷笑一声，"我保证他们以后会听我的，不信你等着瞧。"

四 ▶▶▶

蝎子基地内一片水深火热，网上舆论却是形势大好。

左正谊在冠军杯小组赛里打 SFIVE 的两局比赛发挥太出色，让网上对他的批评成了笑话。

电竞圈喜欢一场论，吹捧与贬低两极反转，之前很多跟风黑他的人现在又跟风看好蝎子，认真地玩起了"End 公主赐蝎子一个冠军"的烂梗，还帮他们计算积分，数着赢几场才能夺冠。

在年前，EPL 第二轮循环已经打完三场，截至目前，蝎子的积分是 34 分，排在联赛第五名，前四名分别是 42 分的 CQ、38 分的 Lion、36 分的 XH 以及 35 分的 SP。

蝎子和暂列第一的 CQ 差 8 分。

8 分可谓一个巨大的分差，假设接下来的所有 EPL 比赛蝎子全胜，也未必能反超 CQ，因为 CQ 也有全胜的可能。

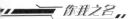

当然这是极端的情况，实际上蝎子基本不可能全胜，CQ 也很难。

而且 EPL 的积分规则复杂，2：0 胜利和 2：1 胜利获得的积分不相同，因此全胜与全胜之间也有分差。要想追上比分，就得尽可能地增加胜局，多赢一小局便多加 1 分。

下一场 EPL 蝎子对战 CQ，如果蝎子能够 2：0 获胜，剃 CQ 一个光头，他们就能立即追上 3 分，将分差拉低到 5 分。

反之，如果蝎子 0：2 战败，他们和 CQ 之间的分差就将大到 11 分。

落后 11 分的话，不能说完全无希望夺得 EPL 冠军，但基本可以说是希望渺茫了。

因此这场比赛至关重要，尽管左正谊也想让朱玉宏跌跟头，暴露一下队内现有的问题，好方便尽快解决，可他真的不想输，蝎子根本没有输的资本。

第二天下午，打完两场训练赛之后，有包括晚餐在内的两个小时休息时间。

基地的餐厅在一楼，左正谊和纪决一起下楼吃饭。他们走在张自立的身后，盯着前面那个瘦猴似的小 AD，把后者盯得脊背发凉，忍不住回头瞟他们。

"看什么看？"左正谊恶霸似的，立刻瞪了张自立一眼。

纪决低低笑着，默然看着这一幕。

张自立哽了一下，没吭声，似乎是觉得多一事不如少一事，转了回去。

他这副尿样，没点脾气，怪不得要给人家当小弟，被职场 PUA 也不自知。

左正谊上前两步，按住他的肩膀："喂，我跟你说话呢，把我当空气是不？"

"没有啊。"张自立尴尬道，"我不是故意看你们，就是听见背后有人……"

左正谊得寸进尺，没事找事："什么叫背后有人？我不是你的队友吗？见了队友都不打招呼？你是没把我们放在眼里吧？"

张自立被扣了一顶大帽子，吭哧了半天才道："咱们不是刚一起打完训练赛吗？两分钟不见，还要打招呼啊……"

"哦，好吧。"左正谊变脸如翻书，推着张自立继续往前走，"那算了，走吧，一起吃饭去。"

好一个"一起吃饭"，张自立看了看他，又看了看纪决，欲言又止。

蝎子的餐厅是开放式的，类似于自助餐。一到饭点，做饭阿姨就把今日菜品和水果、点心等摆到厨房的窗口前，工作人员和选手们想吃什么都来自取，很方便。

左正谊和纪决把张自立夹在中间，活像挟持了一个人质。

"人质"本人坐立难安，犹犹豫豫地拿起餐盘——拿了三个，准备盛菜。

左正谊瞥他一眼："你拿那么多干吗？"

张自立道："我去楼上吃，顺便帮 Rain 和 Enter 带上去。"

左正谊想起前几天见过张自立给他们端饭，有点无语："你是他们的保姆吗？"

"什么保姆啊？我好心而已！"张自立面红耳赤。

左正谊故作信以为真的模样，点了点头："既然你这么好心，以后也帮我和 Righting 端饭吧，谢谢你啊。"

"不行。"

"为什么？"

张自立看了左正谊一眼，发现后者似乎没在开玩笑，而且表情没有一点感谢之意，完全是在命令他，理直气壮的。

纪决看着这一切，也没有客气两句的打算，默不作声地纵容着左正谊。

"我跟你又不熟。"张自立小声嘟囔了一句，开始给三个餐盘挨个盛菜，面对各种不同的菜式，他下手飞快，不需要思考，似乎已经熟练地背下了朱玉宏和宋先锋喜欢吃的东西。

他越是这样，左正谊看得越来气，越想"霸凌"他。

"怎么不熟了？"左正谊冷哼了声，"你的四杀是谁送的呀？这么快就忘了？如果我没记错，这是你打职业以来的第一个四杀吧？"

"……"

"说话呀，别装哑巴。"左正谊又瞪了他一眼。

张自立简直像个拼命往壳里缩的乌龟，手都抖了："说……说什么啊？"

"说'谢谢 End 哥哥送我的四杀'。"

张自立憋得脸红脖子粗，不得不复读一遍："谢谢 End 哥哥送我的四杀。"

"不客气。"左正谊满意地道，"区区四杀而已，你 End 哥哥我早都拿到手软了，五杀也没什么了不起的啊。"

张自立："……"

纪决笑了声，搂住左正谊的肩膀，好像想起什么似的，突然说："Zili 的四杀差一点就变成五杀了，当时我让了个人头，给他凑五杀，但没想到被 Enter 抢了。"

左正谊做惊讶状："是吗？我没注意。"

纪决道："是的，抢五杀真没素质。"又看向张自立，说，"他怎么不让着你一点啊？亏你天天给他们打饭。"

他俩一唱一和，挑拨离间的手段相当低级。可关键在于，这些都是事实，不需要多高明，讲出来就行了。

张自立的脸一阵红一阵白，半天才弱弱地说："团战打得那么激烈，没注意到很正常啊，他也不是故意的。"

"好吧，有可能。"左正谊不反驳，话锋一转，"不过，我没想到你打得比我预想中的好啊。"

"啊？"张自立被夸得一愣。

左正谊像看傻子似的看着他："你不会真以为四杀是我送的吧？我只给你丢了个解控而已，你自己走位、自己打输出，又不是我帮你打的。对了，你总输出多少来着？"

"27635。"张自立条件反射般地脱口而出。

左正谊一愣："记得这么清楚？"

张自立的脸又红了，小声道："第二局我是 MVP，就多看了两眼结算面板。"

"哦，我懂了。"俗话说，揭人不揭短，左正谊偏要反其道而行之，"你不会连 MVP 都没拿过吧？拿一次高兴半天，数据都要背下来。"

张自立差点跳起来："拿过啊！这都是第三次了！"

一个 ADC，只拿过三次小局结算 MVP，还好意思跳啊？如果是他，早就羞愧得想撞墙了。

但拉拢队友要讲究策略，软硬兼施，大棒加蜜糖。

左正谊忍着骂他的冲动，和风细雨道："我看过你以前的比赛，知道你的优点和缺点是什么。"

左正谊把张自立从窗口前推开一些，一面盛菜一面故作漫不经心地道："你的对线和走位能力都很强，不弱于我的前队友金至秀，他是韩国 S10 年度 MVP 你知道吧？正儿八经的第一 AD。但你——"

左正谊故意停顿了一下，拿余光一瞥，张自立果然眼巴巴地听着，期待他的下文。

他一本正经道："你的意识太差了，稳重过头就是屄，该上的时候不上，总错过最佳时机，这怎么可能 Carry？Carry 意味着要身先士卒，当全队表率，去做队友不能做或不敢做的事，把他们带动起来，你懂不？"

"……"

"一个不敢冲的 C 不是合格的 C。"

左正谊盛好了菜，和纪决一起端离厨房窗口，到餐厅找了张桌子坐下。他没喊张自立，但后者主动跟了过来，坐到了他们对面。

"不是我不敢冲。"张自立低声说，"我要听指挥……"

"哦。"左正谊头都不抬，自顾自吃饭。

张自立不断拿眼神瞄他，被夸上瘾了似的，竟然问："我的对线和走位能力真的和金哥一样强吗？他 S10 赛季好厉害啊，每一场比赛我都看了，那时候他就是我心目中的 AD 天花板！可惜后来他……呜呜！"

张自立抹了两下眼睛。

左正谊："……"

好弱智，为什么他身边总是环绕着这么多弱智队友？

但弱智和弱智也有区别，傅勇那种是自信型弱智，张自立是自卑型弱智，仿佛这辈子从来没被人夸过，也不知道自己的真实水平究竟如何，听到左正谊的两句好话就仿佛抓到了一根救命稻草，非要他再点一次头。

左正谊偏不点头，吊着他说："我觉得还行，但得看长期表现。下场打 CQ 加油吧，期待你的发挥。"

左正谊长睫毛一扫，眨了眨眼，眼神里露出几分谨慎的信任，仿佛真的很期待张自立的表现，但又担心他发挥不佳。

这份"担心"为左正谊的情绪增加了几分真实感。他是全联盟最强的指挥、最 Carry 的中单，他的认可价值千金，他的期待是最有力的鼓励。

张自立呆了片刻，脸又涨红了，腾地站起身："我会好好表现的！"

丢下这句话，他就端着餐盘跑了。

左正谊差点笑出声，却忽然被纪决圈住了脖子。

"干吗？"左正谊被勒得喘不上气，转头看纪决一眼，"你轻点！"

纪决的语气酸溜溜的："End 哥哥怎么不鼓励我两句啊？"

"你有病吧，松手。"

"不，你夸我一句我就松开。"

第十九章　鏖战

电子竞技是单纯的，强弱分明，输赢明了。

可参加电子竞技比赛的是人，人类心思太多，情绪太乱，把单纯的竞技变得很复杂。

蝎子和 CQ 的比赛在二十七日，下半赛季赛程密集起来，留给蝎子的备战时间不长。

在训练赛以外的时间，左正谊和纪决互相当陪练，在自定义房间里练习细节操作上的配合，也拉张自立一起玩过。

张自立被他们"勾引"一番，立场已经动摇了。但他还是在不间断地给朱玉宏和宋先锋当"保姆"，端饭倒水是常事，找东西也要叫他，"Zili，你看见我的耳机了吗""Zili，我新买的鼠标垫放哪儿来着，帮我找找"……简直把他当妈。

左正谊每每看得直皱眉，恨铁不成钢。张自立察觉到他的注视，很心虚，但也不敢说什么，原因只有一个——他怂，不敢公然反抗朱玉宏，跟那两人撕破脸。

但他有意讨好左正谊，便像个奸细似的，悄悄向左正谊泄露"军情"。

他说，左正谊刚来就被排挤，除了因为纪决，还因为上单宋先锋和刚

转会的前任中单 Lie 是好朋友，宋先锋为 Lie 打抱不平，便和朱玉宏一拍即合，站到一块儿去了。

但宋先锋不是那么一根筋的人，他一开始的确对左正谊有敌对情绪，可职业比赛不是过家家，不可能因为"我不喜欢你"就"不和你玩了"，谁都不会干对自己没好处的事。

如果不是有朱玉宏，宋先锋可能已经跟左正谊和解了。他跟张自立一样，都是因为提前站了队，现在骑虎难下，不好意思也不敢跟朱玉宏闹掰。

至于朱玉宏本人，张自立是这么说的："我猜宏哥有点自卑。"

他们在微信聊天，左正谊看见这句，发了一个问号过去。

End："你还挺会以己度人。"

Zili："真的。"

Zili："我听说在很久以前，有一回管理层觉得他技术不够精，想换个辅助。但新辅助不会指挥，他会，所以最后还是留下了他。"

Zili："自那以后，他就特别看重自己的指挥才能，可能是觉得掌握了指挥权才不会被取代吧。"

End："……"

End："原来如此。"

Zili："这年头好指挥太少了。"

End："他也不是好指挥啊。"

Zili："还好吧，跟你比不算好，跟别人比算挺好了。"

End："马屁拍得不错。"

Zili："嘿嘿。"

End："嘿你个头，有本事去他面前说。"

Zili："呜呜。"

End："呜什么呜，打 CQ 如果你表现不好，我就把你头打歪，没用的弟弟。"

Zili："我会尽力的！！！"

后来，张自立又跟他聊了几次，透露了一件很有意思的事。

说的是，昨天晚上宋先锋跟张自立私下聊天，有意无意吐槽了朱玉宏几句。宋先锋觉得，朱玉宏不应该为了抢指挥权激化队内矛盾，搞得他也很尴尬，他感情上愿意继续站队朱玉宏，但很担心输比赛。

左正谊听了忍不住感慨，人际关系可真微妙。

在刚进入 EPL 的时候，左正谊曾经有一段时间特别喜欢交际，加了不少选手为好友，被调侃为"交际花"。但现在回头一想，他那时都没有深入交流过，只停留在表面熟人的阶段，他跟大部分"朋友"其实都不熟。

而且左正谊懒得亲自用行动去维持关系，太累了，他不喜欢。所以后来慢慢地都淡了，他的好友列表一片沉寂。

电子竞技是单纯的，强弱分明，输赢明了。

可参加电子竞技比赛的是人，人类心思太多，情绪太乱，把单纯的竞技变得很复杂。

左正谊无法在短短的两三天之内解决蝎子的队内矛盾，尽管他期待张自立和宋先锋给他惊喜，但也知道，不应该把希望都寄托在别人身上，最好还是靠自己。

他和纪决拼命训练，在二十六日和二十七日的交替之夜加训到凌晨，天快亮的时候，才一起关了电脑，回房间睡去。

……

二十七日的下午，赛时将至，蝎子全队前往比赛场馆。

今天的比赛安排在六点钟开始，在后台休息室里等待的时候，教练孙春雨不比选手轻松，他不断地走来走去，额上都有点冒汗了。

左正谊觉得他的紧张有一半原因是畏惧 CQ 教练汤米，另一半是担心输比赛导致赛季无缘冠军，自己会被炒鱿鱼。

左正谊被他的刻板运动步伐晃得头晕，忍不住叫停："教练。"

孙春雨停下脚步，看了过来。

左正谊道："别太紧张，我们选常规阵容就行了。我猜汤米不会玩花样，CQ 有两个新队员，也得磨合几场，他轻易不会冒险。"

孙春雨点了点头，他可能是觉得身为教练竟然要被选手安慰，有点丢脸，表情略显不自然。

左正谊说的这些道理他自己懂，但紧张是一种主观情绪，根本不讲道理。安慰到他的也不是左正谊究竟说了什么，而是左正谊镇定的态度。

在一片焦虑紧张之中，如果有一个人站出来，告诉大家"没关系,我在"，

其他人顿时就能安心些，仿佛找到靠山，自然而然地靠向他，听他的吩咐。

虽然左正谊没说那句话，但他的冷静昭示了这一点。

冷静本质是因为有底气，到了关键时刻，再装疯扮傻的人也知道蝎子队内谁的实力最强，心照不宣罢了。

朱玉宏也察觉到了这一点，表情越发难看。他坐在宋先锋和张自立的中间，双手抓握椅子把手，半天没吭声。

左正谊答应今天让他指挥，但这不是让步，是逼迫。

如果他今天拿不出比左正谊更好的成绩，导致输比赛，那么他今后就再没底气去争夺什么，他长期积累起的威信和地位正在急速往下掉。

他知道这两天张自立和左正谊在背地里干了些什么勾当，只是不便点破。

张自立是第一个，会是最后一个吗？

慕强是人的本能，他理解，但不服。他不够强吗？他只是风格没有左正谊那么吸引眼球罢了。喜欢在钢丝上跳舞的人固然风光无限，但摔下来的时候也会更惨。

他心想，只要左正谊和纪决都乖乖听指挥，好好配合他，他们的赢面很大，只怕这对中野故意给他使绊子。

想到这，朱玉宏抬头看了左正谊一眼，正巧左正谊也在看他。

"怎么了？"左正谊皮笑肉不笑地问，"你也紧张吗？"

朱玉宏不答反问："你不会故意耍我吧？"

左正谊有点无语："少污蔑我。"

"那就好。"

朱玉宏又瞥了纪决一眼。

纪决站在左正谊身边，几乎站成了一道背景板，他只关注左正谊，不怎么说话。但他偶尔也会看队友几眼，看过来的时候眼神总是带着讥讽，让人不舒服。

比起左正谊，朱玉宏更讨厌纪决。

虽然纪决暂时没干什么，但他就是给人一种什么坏事都干得出来的感觉。天知道这种明显的"会咬人的狗"为什么和左正谊关系这么好，完全听任后者摆弄。

朱玉宏瞄了他两眼，目光充满不信任。

不等纪决发作，左正谊就忍不住了："你有完没完啊？！我不想在赛前和你吵架，但你自己心里有点数行吗？我和 Righting 都不会耍你，我们很有职业道德！你指挥你的，少提前甩锅说我们俩不配合，OK？"

"OK，记住你说的。"朱玉宏站起身，按了按手指，"那就上吧。"

赛前争吵绝非好事，他们在休息室拌了几句嘴，队内气氛就变得有点压抑。

阿春教练的目光在左正谊、纪决和朱玉宏之间来来回回逡巡，想劝几句，可最终也没说出什么有用的话，只干巴巴地讲了两遍"加油"。

时间一到，选手出场，直播开始了。

EPL 比赛场场爆满，观众席如海，浮起一张张手幅和闪烁的灯牌，人声鼎沸在呐喊助威。

解说按照惯例，报菜名似的开始念赞助商名单，一口气说了无数个"感谢"，把现场气氛带动得更加热烈了。

蝎子的五位选手在玻璃房里坐好，左正谊摸了摸自己的键盘，心情稍微平静了些。

他用余光瞥向朱玉宏。

蝎子全队都很紧张，包括朱玉宏。但张自立和宋先锋的紧张很明显，朱玉宏却极力掩饰着，似乎不想让人看出来。

左正谊想起一句俗语，叫什么来着？

打肿脸充胖子。

他微微摇了摇头，收回目光，放到电脑屏幕上。

Ban & Pick 已经开始了，第一局的阵容选择，双方带着点互相试探的意思。

年前左正谊还没转会的时候，WSND 对上 CQ，汤米为了针对他，简单粗暴地五 Ban 法师，今天却没这么做。蝎子和 CQ 的 B/P 都比较常规，把目前版本最强势的刺客放在第一优先级，其次是战士，最后选的才是法

师。

但蝎子的法师位藏了一手。

解说对着双方阵容念道：

"CQ首选红蜘蛛，上路大象，下路鹿女加黑魔，中路雾法，进可攻退可守，对线、清兵、推塔都不弱，唯一的问题是控制有点少。"

"蝎子这边的控制技能也不多，上路狮子，打野阿诺斯，下路小精灵加女侍，中路……最后一手Counter位没选出来，阿春教练还在犹豫。"

直播镜头给到孙春雨，他站在左正谊身后，说话时抬起一只手挡在嘴边，遮住了口型。

"风皇？劳拉？雪灯？"游戏画面里闪过不同的法师头像，解说笑了，"把这个亮出来是在开玩笑吧。"

"我觉得可以拿丹顶鹤。"

"那输出就不够了呀。"

"路加索呢？"

"比丹顶鹤好点，但也不是最佳选择。"

"可惜伽蓝又被Ban了。"

"这不是肯定的吗？我觉得以后除了表演赛，End再也摸不到伽蓝了。"

两个解说聊了几句，Pick倒计时结束，蝎子亮出了最终的选择。

"冰霜之影？"

"这是个法刺啊。"

解说露出惊讶的表情，台下也议论纷纷。

法刺英雄，顾名思义，法术型刺客，既是法师，也是刺客。但在EOH这款游戏里，法刺和风皇、雾法、劳拉这类输出型大法师相比，更偏向于刺客的定位，能用一套连招爆发秒杀掉后排，持续输出的能力却比较弱。

而且法刺一般是近战法师，手短，难自保。伽蓝也是近战法师，但她是一个披着法刺皮的输出大法师，冰霜之影却不太一样。

"End以前在比赛中玩过冰影吗？"

"我记得没有。"

"不过这个英雄最近挺热门，这几天上场好几次了。"

"嗯，刺客版本对传统型法师不友好，中单们都在寻找新出路，法刺可以尝试一下。"

"但近期冰影出场的几场比赛，打出的效果似乎都不太好。"

"不好说，我们还是来看看左神的发挥吧。"

比赛开始，直播镜头从解说画面切入游戏，两队选手离开出生泉水，从地图的左右两极，分别赶往中线河道。

冰霜之影是孙春雨给左正谊选的。

在最近的训练赛里，各大战队兴起了一股法刺小热潮，蝎子也跟风练了一下。

左正谊没意见，他虽然有自己的偏好英雄，但"不偏好"的也能玩。他毕竟是个伽蓝玩家，不怵近战法师。在他看来，冰影的最大优点是秒人相当容易，缺点则是对线能力弱，也就是清兵太慢，会影响他去其他线上支援的速度。

针对这一点，蝎子制订的解决方案是让打野和辅助轮着来帮忙，中野、中辅、野辅均可联动游走。

这是理想打法，如果打得好，中野辅就能盘活全队节奏，把主动权掌握在蝎子手里，制住 CQ。

但打野同时要顾及野区，辅助同时要顾及下路，打不好就会手忙脚乱，适得其反。

蝎子这几天练的就是这种配合。

一开始，他们一如制订的计划行事，发挥得不错。但 CQ 比他们预想的更稳，蝎子节奏很好，CQ 也不差，往往是他们刚在某一路靠 Gank 打出点优势，对方就在另一个地方——可能是另一路，可能是偷龙，把劣势弥补了。

两队咬得很紧，经济差不大。

但蝎子的阵容只能打中前期，若无法在中前期扩大优势，就会越来越劣势，直到彻底跟着 CQ 的节奏走。

朱玉宏有点急了，指挥的声音逐渐提高，话音简短但急促：

"下路下路！

"Enter 先把上塔拔了！

"能打吗？算了，龙快刷了！稳一点。

"……"

左正谊下意识想反驳，但忍住了。

他搞不懂朱玉宏是怎么做到又急又"稳"的，以至于朝令夕改，上一秒喊他来下路开团，下一秒就让他回中路清线，他被指挥得脑子发蒙，不知道自己到底该不该上。

纪决似乎也蒙了，左正谊眼睁睁看着，他打野打到一半，小怪已经残血了，朱玉宏喊他支援，他刚要往那边赶，朱玉宏又说"不用来了"。纪决原地停顿了一下，才转头回去接着打残血小怪。

他打得暴躁，还剩一点血就自信回头，结果小怪被拉脱，又满血了。台下响起一阵笑声，解说也笑："好家伙，太子被小怪秀了一脸。"

纪决却笑不出来。

左正谊低声道："冷静点。"

在比赛现场戴耳机交流，每句话都会传进语音频道里，所有队友都听得到。

朱玉宏不知道左正谊是在说谁，但他听进去了，声音低了两度，不再胡乱发号施令。

然而，形势没有丝毫好转。

随着时间一分一秒过去，蝎子始终抓不到一个能将优势扩大的机会，甚至连优势也逐渐变得微乎其微了。

把蝎子从优势转为劣势的关键节点出现在第二十五分钟。

纪决和左正谊一起去 CQ 的野区反蓝，阿诺斯加冰影，一刺客一法刺，机动性极高，进退灵活。

他们打蓝飞快，但 CQ 的中单发现得更快，迅速叫打野过来，准备堵人。

CQ 的优势就在于所有队员在汤米的"军事化管理"下，执行能力强，极其听指挥，一喊就立刻来包围蓝区。

这是 CQ 的机会，也是蝎子的机会。

来不及交流更多，左正谊快速问了句："能打吗？"

纪决说"能"。

　　但 CQ 的上单赶过来了，是傅勇，左正谊对他的操作习惯太熟悉，看他的走位路线就知道他准备怎么切进场。

　　机不可失，左正谊喊张自立："Zili 来帮忙！快点！"

　　张自立从下路往野区靠，但有点犹豫。

　　左正谊皱起眉："我和 Righting 把他们打残，你来补输出！"

　　朱玉宏却道："你俩拖住他们，能撤就撤，我们去开大龙了。"

　　左正谊差点背过气去："打野不在你开龙？"

　　"你俩拖住他们啊。"

　　"我拿头拖？"

　　左正谊脸一沉："张自立！"

　　张自立正要开口，朱玉宏抢先道："我是指挥吧？说好的配合呢？"

　　废话说了这么多，最佳时机已经错过了。

　　左正谊眼前屏幕一黑，冰影被击杀。紧接着，阿诺斯也被击杀。他躺在地上，盯着复活倒计时看了两秒，把视野切到龙坑。

　　朱玉宏、张自立和宋先锋三个人在打龙，正打到残血，CQ 全队集合，上下包抄地赶过来，把龙抢了。

　　他们三个没跑得了，赔了夫人又折兵。

　　左正谊叹了口气，却连叹气的声音都没发出来。

　　他发现，他不喜欢玩冰影，输出不够拯救不了世界，尤其当队友不搭理他的时候。张自立真是个废货，一点用没有。

　　左正谊脸色阴沉，把键盘敲得噼里啪啦响。

　　张自立察觉到他的怒意，恨不得缩进龟壳里，连呼吸都不敢了。

　　可有什么用？任人摆布没有一点主见的废物，给他机会都不敢反抗，恐怕这辈子都只能当废物。左正谊简直想一脚踹死他，不争气的东西。

　　可惜，踹死张自立也救不了蝎子。

　　一次团灭加一条龙，彻底把 CQ 养肥了，接下来的比赛时间有一分算一分，都是酷刑。

　　他们被逼得寸寸后退，河山尽失，CQ 一路高歌推上高地。

　　左正谊不知道死了多少次，战绩极其难看。他不在乎 KDA，只想再努努力，多守一会儿算一会儿，说不定能等到翻盘的机会。

然而，CQ 的后期运营毫无瑕疵，不愧为 EPL 榜首，一点机会都不给蝎子。

左正谊躺在地上看着水晶爆炸，摘掉耳机站起身。

他看向队友的时候，张自立和朱玉宏也在看他。前者脸上是畏惧、惭愧和闪躲，后者目光隐晦，脸色略微发白，底气不足便要在嘴上找补，竟然说：“野区那波你和 Righting 不该上的。”

左正谊刚要下台的脚步一顿，冰冷的目光冰箭似的刺到朱玉宏身上："你说什么？"

"我说……"

"你再说一遍？"

朱玉宏到底是心虚，不得不住嘴，避开了他的视线。

张自立连屁都不敢放一个。

宋先锋轻咳一声，插话道："唉，我们去支援就好了，先打赢团战，再打龙，大优势就是我们的。"

"原来你知道啊。"左正谊瞟他一眼，"现在来评理，早干吗去了？隐身专家是吧？我要是你，我都不好意思活着。"

宋先锋也闭嘴了。

左边三个人缩成一排鹌鹑，右边是纪决。

左正谊终于寻到一点安慰不至于被彻底气死，他拽着纪决的袖子，头也不回地下台去了。

蝎子 0：1CQ 暂时落后。

一局打完，中间休息的时间很短，全队回后台休息室简单开了个会。

为吸取第一局的教训，孙春雨觉得，应该在第二局的 B/P 里选一套后期阵容。在他看来，他们的运营能力不如 CQ，前期很难打出优势，不如主打后期，凭选手的个人能力来定胜负。

言外之意，阿春教练觉得己方选手比敌方选手技术好，打架赢面大。他说这句话的时候，目光落到左正谊身上，但后者面色严峻，没应他的话。

孙春雨的目光转向纪决。

纪决轻嗤一声："我们是输在阵容吗？拿前期阵容，前期都打不过，拿后期阵容，还能有后期？"

孙春雨默然。

休息室里一片寂静，谁都不说话。无数道或明或暗的目光不约而同地投向朱玉宏，没人指责他，但沉默的注视比指责更令他难堪。

朱玉宏攥紧拳头，不得不担下责任："是我的问题，打龙决策失误，我……对不起。"

他竟然还想垂死挣扎一下："下把我不会重蹈覆辙。"

话都说到这个份上了，他不甘心，第二局还想指挥。

正如在休息室里商量的，蝎子在 B/P 时选了一套偏后期的阵容：上单大象、打野红蜘蛛、中单劳拉、AD 小精灵、辅助黑魔。

CQ 的对位分别是：狮子、阿诺斯、幽灵诗人、鹿女、女侍。

和上一局相比，几乎有一半英雄是双方进行了交换，解说看了忍不住感慨：

"CQ 这套阵容好脆啊。"

"但进攻性拉满了。可能是看蝎子上局状态不好，趁你病要你命，狠捅一刀再说。"

"欸，有点这个意思。"

"蝎队上中的选择还行，下路对线可能打不过。"

"他们的阵容厚度是够的，选得比较保守。看发育速度吧，能把 C 养起来就有希望。"

孙春雨也是这么想的：发育、养 C、拖后期。但他没想到，CQ 竟然比他想的还要凶。

鹿女是一个打中前期的技能型 AD，后期输出能力较弱；女侍是一个进攻型功能辅，不擅长保护队友，但招牌技能丢花枝钩人，若能钩中敌方的关键性人物，胜算就大了一半；阿诺斯，现版本打野首选，前期无比强势；幽灵诗人，配合阿诺斯游走抓人，如果再搭一个大象，上中野三叉戟几乎无敌。

CQ 没选到大象，拿了个狮子当平替。

这样一个不留后路的纯进攻型阵容，汤米敢选，是因为CQ暂时1∶0领先，他有冒险的底气。

蝎子作为落后方却不得不保守。

然而敌方的意气风发和己方的保守谨慎形成鲜明对比，在一定程度上影响了士气。

第二局开局整整五分钟，蝎子的队内语音里始终低气压。

张自立和宋先锋不敢出声，唯恐内讧的战火烧到自己身上。

左正谊和纪决是不想出声，今天朱玉宏坚持要指挥，他们说了没用，况且张自立和宋先锋也不配合，有账只能赛后算。

左正谊这辈子都没打过如此憋屈的比赛。他想赢，想尽全力，可他被低水平指挥打乱了自己的节奏，连劲儿都使不上。

按理说，朱玉宏的指挥水平不至于差到这么离谱的程度。但一个优秀的指挥除了指挥才能要强，心态也要好，必须冷静，必须视野开阔，永远不能慌。

指挥是将军，队友是士兵，临到阵前将军先手抖，士兵怎能不乱？仗还怎么打？

朱玉宏的指挥水平有几分不好说，但他的心态水平完全是负分。

从在休息室里说了那句"对不起"开始，他紧绷的嗓音就没松下来过。

他太想表现好了，为夺回权威，也为证明自身价值，由此而来的压抑与冲动缚住他的大脑、手脚、喉咙。

他想，这局绝对不能输，蝎子不能被2∶0，如果失去这3分，蝎子和CQ就有11分的分差了。

11分，天堑鸿沟，怎么追？

然而，可能是过犹不及，他越紧张，打得越不好，不仅指挥得不好，连自己的操作也频频失误。

蝎子的阵容注定前期劣势，但一开始微弱的劣势尚可接受，变故发生在游戏的第九分钟。

下半区部分区域视野缺失，朱玉宏以为没人，喊中野来抓下路。

左正谊和纪决第一时间到位，对CQ的鹿女和女侍发起攻击时，身后突遭袭击。左正谊反应极快，没被控死，但吃满一套伤害，血量掉了三分之二。

朱玉宏一面想救他，一面顾及已经冲上去和鹿女打起来的张自立，手里捏着一个盾，不知该往哪边丢，最后还是习惯性给了 AD。

左正谊的劳拉倒地身亡，他盯着黑掉的屏幕对纪决说了个字："走。"

几乎同时，分秒不差，朱玉宏的技能丢歪了，没命中张自立的小精灵。下一秒，小精灵就被女侍钩住拖进塔里，当场暴毙。

纪决听左正谊的，撤得飞快。朱玉宏仗着自己血厚，逃回了自家塔下。然而打野和辅助逃生了，双 C 却一死一送，蝎子的发育节奏大断档，现场一片哗然。

从观众的视角看，打野走得太果断，几乎相当于卖队友了。

可仔细看看队友：放技能命中不了，接技能一个顶俩，被卖也是活该。否则打野要留下来陪葬吗？下路两个害人精。

官方直播间里的蝎子队粉开始破口大骂，刷了满屏的问号和脏话。

解说想得多一点，疑惑道："蝎队今天谁指挥啊？感觉沟通出了问题，视野也没做好。"

"应该是 Rain 指挥吧，他说话比较多。"

导播适时地又把镜头切到了朱玉宏身上，他刚好在骂人。

骂的是张自立："你冲那么快干吗？我说多少遍了，稳一点！稳一点！要等入场时机！要不是你冲上去，我的盾就给 End 了，谁也不用死！"

"哈。"左正谊发出一声嗤笑。

张自立似乎快哭了，嗓音有点哽咽："我知道了。"

"废物。"左正谊接了一句，没指名道姓，不知是在骂谁。

但张自立自觉地代入自己，又说："对不起。"

左正谊无语至极，气不打一处来。

由于导播镜头切过来的时候他们刚好在吵架，直播间里的弹幕瞬间爆炸。

但场上的选手顾不上这些，比赛继续，时间来到中期。

这时蝎子的经济已经大幅落后了，CQ 把三路兵线控得死死的，每到一处就拔一座塔，竟然还分推：四人抱团打中，一人单独去推上下路。

蝎子疲于应付，遑论翻盘。

眼见败局将定，朱玉宏的声音从越来越大到越来越小，后来冷汗都下来了。

他脸色苍白，按键盘的手指都开始发抖，不只是为自己，还为"11分"，为这个即将葬送在他手上的EPL冠军。

蝎子已经几个赛季无冠了？他几乎可以想象赛后队粉会怎样指责他，他精心维护多年的功勋辅助形象毁于一旦。会有人说，离开徐襄他什么也不是，就是个只会抱大腿的废物。

朱玉宏神思恍惚，抖得厉害的手指不知按到哪个键上，眼前屏幕花了一下。左正谊刺耳的骂声从耳机里传来："你疯了？！"

朱玉宏呆了一下，这才看清，他们在中路打起来了，而他技能又放歪，白送了一个大招。

黑魔大招一交，双C失去庇护，CQ恶虎似的猛扑过来。在极度的经济碾压下，纵然左正谊和纪决都尽力了，也打不赢这次团战。

左正谊自己走不了，就喊纪决撤退："你走！快去断线！"

纪决应声而退，从野区里绕了一圈，去断CQ身后的兵线。

除了他，四个队友都死了。CQ死二活三，三人一起回身抓纪决。纪决灵活走位逃开攻击，优先把兵清了，丝血逃回基地。

左正谊松了口气。

虽然这没什么值得高兴的，苟延残喘多活几分钟罢了。

在等复活倒计时的时候，左正谊瞄了朱玉宏一眼。朱玉宏没看他，但察觉到他的目光，主动开口："你指挥吧。"

朱玉宏的声音略微发颤，队服被汗水浸透，后背洇湿一大片，生怕左正谊没听见似的，又说："你来指挥吧，End，我……我状态不太行了。"

左正谊面无表情："你确定？"

"嗯。"

离复活只剩五秒。

左正谊点头："行，接下来我指挥。"他顿了顿，"但你最好明白，这局几乎不可能翻盘了，我愿意接，是因为输了的黑锅扣我头上无所谓，指挥要有担责任的觉悟。但你，一个临阵脱逃的懦夫，以后没资格再当指挥，你懂吧？"

"我知道。"朱玉宏涩涩地应了声。

左正谊不再搭理他，清了清嗓，沉声道："集合。"

接下来的五六分钟，蝎子表演了一遍什么叫真正的垂死挣扎。

这种挣扎似乎没意义，最终也没改变败局。但萎靡了近两场的蝎队出人意料地打出了不服输的气势，看得人心潮澎湃。

现场观众席和直播屏幕前的所有观众一开始怒骂蝎子太菜，咒他们滚回家去养猪，后来却不知不觉被他们不服输的精神感染，情不自禁地祈祷他们能逆势翻盘。

可惜蝎子最终还是输了。

左正谊对团战和兵线的处理已经非常完美了，可他们的团队配合仍然不够到位，总是在有打赢希望的时候差了那么一点。

差之毫厘，失之千里，离胜利最近的时候，依然是没胜利。

全场战斗以蝎子 0 ：2CQ 结束。

回到后台休息室收拾东西准备离开的时候，朱玉宏走到了左正谊身边。

"End，我有话想跟你说。"

左正谊正在往包里装键盘，头也不抬地道："如果是道歉就不必了。"

朱玉宏沉默了。左正谊道："如果道歉能让你心里好受点，那我告诉你：你不配。你就是蝎子的罪人，自己想去吧。"

左正谊拎起包拉着纪决往外走，顺便瞥了张自立和宋先锋一眼："你俩虽然废物了点，但我给你们一个道歉的机会。今晚来找我和 Righting，两点之前，过时不候。"

第二十章 信任 ▲

失去 WSND 之后，左正谊在纪决身上重拾了安全感。这是一种不太好形容的心情，左正谊自己都有点捉摸不透，他只知道，他疲惫的时候、不开心的时候就会想到纪决，蝎子能不能成为他的第三个家不重要，有纪决在就好了。

➡ »»»

输比赛总是让人不好受，但左正谊安慰自己，他已经拿到指挥权了，下一场就会好起来，触底反弹嘛，至少不会比今天更糟糕。

回基地的路上，他照常和纪决坐在一起，把纪决的肩膀当成靠枕，发着呆。

纪决的手很大，骨节分明，掌心纹路清晰，左正谊盯着看了一会儿，心血来潮地说："我给你看手相吧。"

"你会吗？"

"会啊，在网上学过。"左正谊指指点点，"这个是生命线，这个是事业线，这个是感情线……"

话还没说完，纪决的手机忽然响了，左正谊余光瞥见，来电显示的名字是"谢兰"。

他疑惑两秒，猛地反应过来，谢兰是纪决的妈妈。

左正谊立即收声。由于挨得近，电话里的声音他听得清，谢兰道："小决，刚才我看比赛了，你们输了呀。"

"嗯。"纪决应了一声。

谢兰道："哎，妈妈看不太懂，但你爸爸说你打得好。"

纪决打断了她："有事吗？"

"你这孩子。"谢兰埋怨了一句，"我找你能有什么事呀？不就是喊你回家吃饭嘛，明晚回来吧。"

谢兰在上海待久了，口音是上海话和潭舟话结合的味道，弯来拐去，每个字都念得轻，温柔又好听。

但这种温柔里暗藏着愧疚，左正谊听见就会想起当年的事。

他都想得起，纪决当然更不会忘。

去年国庆他们一起吃饭，纪决毫不掩饰对父母的厌恶，双方险些在餐桌上吵起来。现在谢兰竟然又亲热地招呼纪决回家，左正谊觉得他不会同意。

不料，纪决竟然说："知道了。"

电话一挂，左正谊忍不住好奇："你跟你爸妈和好了？"

纪决转头看向他，微微一顿："算是吧。"

"算是？"

"比之前好点。"

"哦……"

这是好事，人太记仇会活得很累，更何况是记父母的仇。

可左正谊觉得奇怪，他们是什么时候和好的？凡事都需要契机，这段时间他一直和纪决在一起，好像没发生过什么吧？

左正谊讲出了他的疑问。

纪决却道："没什么，我妈经常给我发消息嘘寒问暖，次数多了，我不好意思总不理她。"

左正谊点点头："其实你妈也不容易。"

纪决嗤笑。

左正谊没看见他脸上的嘲弄之色，自顾自叹了口气："唉，要是奶奶还活着就好了……我要给她买一个大房子，买好多好多衣服，她说她年轻的时候没穿过好的。再请一个阿姨，给她做饭……这样我放假就有家可回了。"

左正谊离开纪决的肩膀，一脸失落地靠在车座椅上。

战队大巴匀速行驶，窗外是熟悉的街景。二月末了，天气逐渐暖了起来，春天之后是夏天，夏天之后是秋冬，眨眼又过一年。

"我有时会想，"左正谊忽然说，"如果当初奶奶把我接走，我的人生会不会和现在不一样？会更顺遂，还是更平庸？"

说这些话的时候，左正谊一直盯着窗外，声音小得连离他最近的纪决都几乎听不清。

然后，左正谊转过头来，没头没脑地冲纪决笑了一下。

失去 WSND 之后，左正谊在纪决身上重拾了安全感。这是一种不太好形容的心情，左正谊自己都有点捉摸不透，他只知道，他疲惫的时候、不开心的时候就会想到纪决，蝎子能不能成为他的第三个家不重要，有纪决在就好了。

一回基地，左正谊就跟着进了纪决的房间。

外头响起敲门声。

纪决道："谁？"

"是我。"张自立畏畏缩缩的声音隔着门板传来，"End 在你这儿吗？我是来道歉的。"

左正谊亲自打开门，放张自立进来，眼睛越过他往后一瞥，宋先锋也在。

"想通了？"左正谊趾高气扬，傲慢地说，"既然想通了，咱们长话短说，你们就一人叫我一声大哥吧。"

张自立和宋先锋面露羞愧之色，但都乖乖叫了。

左正谊很满意。

"你，以后给我打饭。你，负责倒水。"他指着面前的两个人说，"就从基础小事做起，练练怎么听指挥。好，我的话说完了，散会！"

纪决："……"

短短一天，蝎子基地的气氛大变样。

左正谊收获了两个小弟，如果算上纪决，就是三个。

除了他们，朱玉宏并非没对左正谊示好。但他的示好不像是冲着左正谊来的，更像是一种自我安慰，和昨天晚上比赛结束时一样，他主动找左正谊道歉是为了让自己心里好过点。

从昨晚到现在，他确实太不好过了。

蝎子虽然近两年成绩不好，但早年打下的粉丝基础很牢，粉丝多意味着输比赛时的骂声多。这些骂声起初很分散，大家一起分锅，分着分着发现最大的锅是指挥朱玉宏的，就开始集火攻击朱玉宏。

在此之前，朱玉宏沾徐襄的光，一直很得蝎子粉丝喜欢。

徐襄退役之前人气高　黑粉数量也相当庞大，每次输比赛，挑刺的目光都集中在他身上。朱玉宏躲在他的羽翼之下，没挨过几句骂，给人的印象是"稳重老实""本分合格""辅助本来就不能 Carry，徐襄状态下滑不怪他"。

诚然，随着年龄增长，徐襄的状态的确下滑了，但这不代表朱玉宏没有任何问题。

直到今天，蝎子粉丝才意识到这一点，后知后觉地把上个赛季的锅也分给朱玉宏一半。从昨天输 CQ 的比赛开始，倒着往前翻旧账，快把朱玉宏的老底都扒出来了。

若非 11 分的差距太大，蝎子粉丝也不会如此群情激愤。

要知道，现在蝎队暂时位列 EPL 积分榜第五名，连进入世界赛的资格都没有。如果 EPL 失利，世界赛也进不去，冠军杯有希望吗？够呛吧。

三大杯一个都摸不着，又蹉跎一年。一年一年又一年，实在令人伤心。

粉丝的伤心化为言语利刃，一刀刀插到朱玉宏身上。

他发了一条道歉微博，昨天夜里发的。

今天左正谊上线一看，评论数量惊人，热评第一条是："Rain 皇，不想打就退役回家养猪，猪脑指挥多吃点猪脑补补，对自己好点啊。"

左正谊："……"

这算是客气的了，往下一拉，毫不客气责骂朱玉宏的不在少数，还有人质问他："你是不是买了？菠菜不得好死。"

"菠菜"是博彩的谐音，责骂朱玉宏为钱打假赛。

左正谊翻了一会儿，没兴致了。

他发现他其实没那么讨厌朱玉宏，看对方被骂感觉不到解气，只觉得……那么多战队、那么多人，聚在一起争夺只有一个的冠军奖杯，谁也不敢说自己势在必得，团队游戏中的每个人都重要，稍有不慎就害了自己也害了别人。

朱玉宏痛苦吗？后悔吗？

左正谊不关心这个，他只怕这件事影响朱玉宏接下来的比赛状态，下一场还要打呢。

左正谊唉声叹气，猛拍了一下桌子。

正是下午五点半，纪决今天请了四个小时假，回家吃饭去了，左正谊身边没人，空落落的感觉不习惯，便开始没事找事，喊："小立子！"

"嗻！"张自立举手，"什么事？"

"我渴了。"左正谊道，"我要喝可乐。"

张自立瞟他一眼，低声下气道："那个……倒水不是Enter的活吗？"

左正谊一哽，他已经不记得这两个小弟分别应该干什么了，但大哥的命令怎么会有错呢？

"让你去你就去！"

"好的，呜呜。"张自立去冰箱里拿了一瓶可乐，殷勤地拧开瓶盖，递给左正谊。

左正谊被他拧瓶盖的动作惊住了，心想真自觉。

晚上七点，纪决还没回来，左正谊在自定义房间里练了会儿刀，不知怎么回事，感觉特别无聊。

他给纪决发微信。

End："你吃完饭了吗？"

End："几点回基地？"

End："？"

End："公告：不回我消息的人有难了。"

End："我打死你。"

左正谊一口气发了五条，好几分钟没得到回复。

他冷笑一声。

End："纪决，你犯罪了。"

End："限你五分钟之内回我，否则你完了。"

这句才发过去，手机忽然震动了一下，但不是纪决的消息，是傅勇的。

傅勇："晚上好啊！手下败将。"

End："？"

什么叫上赶着找骂？这就是，左正谊对着手机屏幕挥了一拳，像能打到傅勇似的。

End："呵，赢一场就装起来了？"

傅勇："嘻嘻，End 哥哥息怒。"

傅勇："看今晚的比赛吗？"

End："什么比赛？"

傅勇："XH 打 XRG，我们全队都在看呢，已经开始了。"

左正谊和傅勇转会之后，XH 补进了两个新选手，一个上单一个中单，都不太有名气，技术水平怎么样左正谊不清楚。

他只知道，现在 XH 以金至秀为核心，围绕下路重整战队，把本赛季争冠的希望都寄托在金至秀身上，两个新选手是给他当绿叶的。

左正谊和金至秀聊过几回，话题都围绕老 WSND 展开。

金至秀坦言，他在中国的发展不尽如人意，有点后悔当初转会出国了。他现在有一个愿望，希望能再转回韩国赛区，回到他的母队去。

左正谊听完有点心酸，但又不知道怎么安慰他，干巴巴地说了几句祝福。

反倒是金至秀笑眯眯地安慰他："放心，我不消沉。这赛季，我会努力，表现好，才有，转会的，资本。"

他的中文打字水平进步了不少，从两个字一个逗号变成能三四个字一个逗号了。

左正谊回想起这些，忽然十分惆怅。

他没回复傅勇一起看XH比赛的邀请，重新打开自定义房间，继续练刀。

可他心情不好，越发觉得练刀无聊。偏偏纪决还不回他的消息，让他心情更不好。

他太需要纪决来哄他了，虽然不哄也没什么关系，但纪决就应该干这个，别不知道好歹！

左正谊气得脸都鼓了，在微信里骂人。

End："我今天、明天、后天都不会理你了。"

End："886！"

决："？"

决："刚才手机被我妈没收了。"

End："哦。"

决："我上车了，八点四十左右能到基地。"

End："哦。"

决："哥哥生气了？"

End："滚。"

决："我给你带了好吃的。"

End："谁稀罕。"

决："我亲手做的。"还发了两个可怜的表情。

End："你自己吃吧。"

决："对不起，我错了。"

决："下次如果出门，我带两个手机，防止被偷、被抢、没电或进水，一定第一时间回复你。"

End："我看你脑子进水了。"

决："不要生气了。"

决："End哥哥？"

决："左哥哥？正谊谊？"

决："我叫司机开快点儿。"

End："哦。"

决："我今天一整晚都想快点回去，吃不下去的菜被我妈逼着硬吃，好烦。"

决："你在干什么？训练吗？"

决："今晚训练赛九点才开始吧，我们可以先聊一会儿。"

End："哼。"

决："等我哦。"

End："哦。"

左正谊气顺了，大发慈悲地决定暂时原谅纪决。

他伸了个懒腰，起身在训练室里转了一圈。

除纪决外的三个队友都在，张自立在打单排，宋先锋在开直播，朱玉宏在自定义房间里练刀，似乎状态不好，紧紧皱着眉，键盘和鼠标按得很用力。

左正谊避开宋先锋的直播摄像头，走出门外，往隔壁房间瞄了一眼。

隔壁训练室里待的是二队选手，也就是替补。

蝎子的一队和二队经常一起打队内训练，左正谊对替补辅助 Wawu 的印象还不错。他想让 Wawu 来代替朱玉宏，但他无权决定首发人选，只能想想。

左正谊叹了口气。

朱玉宏最好能调整好自己，别被舆论影响。

他心事重重地走下二楼，不知不觉来到门口，看了眼时间：八点二十七。

纪决父母的家在哪儿？离电竞产业园有多远的车程？左正谊忍住给纪决发消息催促的欲望，在一楼随便找了个位子坐下，想着纪决，想着朱玉宏，想着下一场比赛，忽然有点犯困，迷迷糊糊地趴在桌子上睡着了。

这是二月二十八日的夜晚，明天就将进入三月。

蝎子的下一场比赛在三月二日，冠军杯小组赛 B 组第二轮，对手是 Lion。

除了 CQ，最近表现最好的战队就是 Lion 了，位列 EPL 积分榜第二名，和榜首的 CQ 有 4 分之差。他们志在夺冠，来势汹汹。

相比之下，蝎子的处境实在不妙，刚输给 CQ，紧接着就要打 Lion。

两种赛事双线作战的坏处就在这。

冠军杯和 EPL 是完全不同的比赛，一个杯赛，一个联赛，积分独立，互不影响，但它们同期进行。

也就是说，蝎子在冠军杯的情况还算良好，即便输一场，也不怕出不了线。但 EPL 的情况十分危急，他们要顾及战队自身的状态，不论接下来打什么，都不应该再输了，否则就是二连败，打击士气。

以至于本不该紧张的冠军杯，蝎子全队都很紧张。

无形的压力笼罩在基地上空，左正谊和纪决的训练时长不减反增，每天都练到很晚。

除了训练自己，左正谊也一直在观察队友。

越观察越觉得朱玉宏的确问题很大，这个问题说来简单，就是反应不够快、技术不够精，而且他指挥水平差，说明意识不够好。

一个意识不好的辅助，即使不当指挥，也很难打好比赛。

左正谊把他和老 WSND 的辅助队友段日放在一起对比了一下。

在不懂行的人看来，段日存在感不高，少有高光时刻。但作为全局指挥，左正谊知道段日的长处就在那些"光照不到的地方"，比如做视野。

视野这个东西，说起来简单做起来难。

从指挥角度来说，辅助把视野做得好，意味着左正谊能"看到"的信息就多。信息越多，他做出的决策越正确，危险就越低。

但朱玉宏这方面的能力不太行。

话说回来，左正谊根本不知道他哪方面的能力"行"。

人皆有短板和长处，相对来说，朱玉宏的长处是保护 AD，毕竟以前和徐襄一起打四保一打多了。但他现在的技术水平和徐襄时期相比还有下滑，连技能都丢不准，被他保护的人怎么能有安全感？

这也是张自立畏畏缩缩的主要原因，如果打得激进，他的辅助就保不住他，回头还要挨一顿骂。

宋先锋的处境差不多。

所以左正谊觉得，要想彻底改变蝎子，奋起夺冠，首先要把朱玉宏换掉，扶替补上位，然后再针对性地解决张自立和宋先锋的"心理问题"。

为此，左正谊活像一个私结党羽的反贼，每天都去二队训练室逛逛，有意无意地和替补辅助 Wawu 闲聊，试探对方。

Wawu 本名叫严青云，比左正谊还小一岁，今年十九。

话不多，但人看着蛮聪明，左正谊一来接近，他就明白了左正谊的用意，主动加微信好友，暗暗表忠心。

比赛前一天，也就是三月一日的晚上，左正谊趴在纪决的床上和严青云聊微信。

这两天，左正谊每天睡前都会在纪决的房间里待一会儿，聊聊比赛的事，左正谊做的一切纪决都知道。

此刻他和严青云打字聊天，纪决就在一旁默默盯着。

End："以前轮换过吗？你上过赛场没？"

Wawu："上过两三回。"

End："紧张吗？表现怎么样？"

Wawu："让我自己说吗？那我肯定要夸自己呀，End 哥哥。"

End："那你夸啊，我听听。"

严青云发来两个害羞的表情。

Wawu："我一般不紧张，思路清晰，打法冷静，操作娴熟，走位精准，我超厉害的。"

End："……"

End："脸皮挺厚。"

Wawu："嘿嘿。"

Wawu："End 哥哥，我知道你喜欢什么样的队友，我是你的粉丝。"

End："？"

Wawu："真的，你的每一场比赛我都会看，我喜欢你很久了。"

左正谊回复的字还没打完，忽然被纪决按住脑袋，强迫他转了过来。

纪决不悦道："'End 哥哥'，叫得好亲热啊。"

"怎么了，不都这么叫吗？"左正谊拍掉他的手，"你别添乱好不好？我在聊正事呢。"

End："谢谢你噢。"

这句刚发过去，纪决忽然夺走左正谊的手机，把消息撤回了。

纪决冷笑一声："不许'噢'。"

左正谊被他三番四次的打断惹得发毛："你犯什么病？好烦，走开！"

Wawu："？"

Wawu："撤回了什么？我没看清。"

Wawu："End 哥哥，你怎么不理我了？"

Wawu："我说错话了吗？"

"啧。"纪决轻嗤一声，"好呛人的绿茶味儿，熏到我了。"

"你没事吧？"左正谊匪夷所思地看他一眼，"谁能有你熏人？以前的事忘得这么快？"

纪决道："我那是真情流露。"

左正谊哼了声："他也是真情流露，讨好我呗。这你还不懂？他太想要这个机会了，想跟我处好关系是人之常情。"

End："没啊，刚才有点事。"

End："你别紧张，大家都是队友，我很和善的。"

End："不过性格怎么样无所谓，技术过硬最重要。"

Wawu："好的。"

End："最近一队的情况你都知道。不瞒你说，我想改变现状，但有些事有心无力，所以才来找你。"

End："你知道我是什么意思吧？"

End："你光跟我聊天没用，得跟教练聊才行，去他们的眼皮底下刷存在感。你本来就不差，要学会为自己争取。"

End："尤其是在队内训练的时候，别当哑巴，要让他们注意到你的发挥。"

Wawu："好的好的，我明白了。"

Wawu："以前我表现过，但 Rain 皇不高兴，所以……"

Wawu："主要是我不会指挥，争不过他。"

End："说得好像他会指挥似的。"

End："以后我指挥，你听话就行。"

Wawu："没问题，别的优点我不敢说，但我肯定是最听你话的那个！"

然后连着发来了"竞圈第一的 End 公主殿下""公主赐蝎子一个冠

军""公主写真之什么最完美？世界第一 C"的表情包。

End："？"

End："把你的表情包给我删了。"

End："再发杀头。"

Wawu："呜呜呜，好的。"

打 Lion 左正谊自己一点都不怕，他的紧张和压力都来源于对队友的不信任。

提高自己和提高别人相比，显然后者更难。但要当好一个 Leader，就不得不在队友身上下功夫。

这两天，左正谊给张自立和宋先锋都当过陪练，虽然上单和 AD 与中单的玩法不同，但"意识"是共通的，有很多可交流之处。

左正谊还会把自己的操作习惯演示给他们看。

EOH 里的大部分技能是非指向性技能，即技能不会自动锁定玩家，需要释放到正确的地方，这就涉及一个预判走位的问题。很多时候，不仅要预判敌方的走位，也要预判队友的走位，这样才能打好配合。

所以不论是敌还是友，互相了解都非常重要。

左正谊跟张自立和宋先锋玩，不带朱玉宏，并非是他故意，而是朱玉宏摆着一张难看的脸，左正谊想找他都开不了口。他不来跟大家配合，难道还要他们主动去哄他这个废物前指挥吗？

左正谊很想丢给他一句"不想干就别干了"，可朱玉宏一个人练得起劲儿，不知道他除了训练赛之外，每天都在单独练什么。

三月二日的傍晚，蝎子全队照旧早早来到比赛后台，等待上场。

今天蝎子的首发阵容和往常一样，没任何变动，倒是 Lion 不知为什么，主力打野没上，让替补打野首发。

两队选手上台的时候，左正谊感觉有一道目光远远地落在自己身上，顺着直觉转头一看，是 Lion 的中单 Record 在看他。

赛季初，Record 从澳洲赛区回国，对上 WSND，一开口就挑衅左正谊：

"我最擅长的英雄是伽蓝，我比 End 玩得好。"然后被左正谊用弱势法师雪灯抽肿了脸。

半个赛季过去，Record 还盯着左正谊不放，之前有网友损他，说他对左正谊有瑜亮情结。

刚好左正谊有个绰号叫诸葛黛玉，Record 因此得了一个花名：Record Zhou。

但网友喜欢编派，左正谊却不觉得 Record 是恶意地针对他。即便是针对，也是一种良性竞争的针对，主要是 Record 很强，左正谊不讨厌他。

但不讨厌不代表会放着他不管，既然 Record 这么关注他，左正谊心想该给点回应。

左正谊抬起手，在 Record 收回视线之前，冲他做了个手势——食指作刀，点了下 Record，然后在自己的脖子上一划。

直播摄像机精准地捕捉到这一幕，台下响起一片起哄声，满场沸腾。

左正谊如此嚣张地嘲讽，点燃了观众的热血。解说也很激动，但表现得比较克制。

"End 哥哥真是本色不改。"

"要被罚款了，联盟不允许选手在台上做嘲讽性动作。"

"哎呀，不算嘲讽嘛，可能私下都认识，打个招呼而已。"

解说友好地给左正谊圆场，迅速切入正题，开始看第一局的 Ban & Pick。

最近法刺的风很大，Lion 是法刺阵容玩得比较好的战队之一，主打中野双刺客，负责撕裂敌方阵线，带活全场节奏，团战时法刺打不够的输出让 ADC 来补。

思路很简单，但打起来特别吃配合。

蝎子也练过，效果一般，左正谊觉得根源就在于他们的配合还是不够好，还需要继续练。

所以蝎子决定暂时不去盲目跟风，还是走自己的路，选适合自己的打法。

Ban & Pick 一开始，Lion 在蓝色方，犹豫了一下才 Ban 伽蓝。

后 Ban 方先 Pick，蝎子首抢硬辅黑魔，Lion 则拿了一手法刺冰霜之影，

搭配刺客红蜘蛛，这一手中野打控制秒杀人相当凶。

但以刺客为核心的阵容缺点也很明显，打的就是一个前期节奏，越往后拖越乏力。

蝎子的指挥权回到左正谊手上，他有自信能处理好前期劣势。孙春雨便放心地选了一套比较偏中后期的阵容，让他玩法师劳拉，打野位Counter红蜘蛛，选了个自带解控的兔人。

兔人一锁定，左正谊心里微微一动。这是最不吃经济的蓝领型打野英雄，纪决从没在比赛里玩过。

前些天他说纪决打法太"毒瘤"，擅长单打独斗，配合队友时反而束手束脚，发挥不够出色。但纪决在最近的比赛和训练赛里从不给他添乱，即便被"束手束脚"，也没拖过后腿，是全队最配合他的人。

左正谊心有所感，看了一眼纪决。但他一时说不出心里是什么滋味来，只得暂时收回思绪，不去多想与当前比赛无关的东西。

蝎子给张自立选的 AD 是小矮人，一个比较灵活的射手英雄。

张自立私下告诉左正谊，他一直都喜欢玩机动性高的射手，但这类型的英雄和朱玉宏配合不到一起，朱玉宏不喜欢他上蹿下跳，让他"老实待着，乖乖打输出"。

左正谊把这个问题向教练反映了一下，孙春雨不仅喜欢当和事佬，还惯会见风使舵，现在左正谊说什么他就听什么，不像以前那么在乎朱玉宏的想法了。

小矮人一到手，张自立压抑许久的天性终于得到解放。从出生泉水到下路防御塔的几步路，被他走得七拐八弯、蹦蹦跳跳，朱玉宏的黑魔在他身后沉默地跟着。

左正谊和纪决走在一起，上路的"孤儿"宋先锋玩的是大象，一个很肉的前排战士。

左正谊把目光从队友身上收回来，和纪决一起埋伏在野区路口的草丛里，不出几秒，Lion 的打野红蜘蛛就带着辅助女侍一起来反蓝 Buff 了。

女侍很警觉，接近草丛的时候丢了个技能探草。

左正谊和纪决藏不住，只得后退。他俩一露头，Lion 的中单冰影也过来了。

左正谊不想在前期接团，带着纪决绕远了些。蓝 Buff 小怪被红蜘蛛拉出原位，血条一点点掉下去。冰影和女侍从旁护卫，防着他俩靠近。

"你去惩戒。"左正谊盯着蓝 Buff 的血条，对纪决说，"能抢到就算，抢不到就撤。"

纪决应声而出。

兔人轻盈的脚步迈向蓝 Buff，一眨眼就到了近前。电光石火间，蓝 Buff 头顶两道惩戒的特效白光同时闪过，下一秒，一圈蓝色的光环出现在兔人脚下。

"抢到了！"

"Nice！"左正谊兴奋道，"撤撤撤，你走。"

兔人从包围中成功脱身，Lion 不甘心空手而归，回身去打蓝 Buff 对面的小野。

Lion 的开局作战能力极强，不怕打一级团，搜刮野区嚣张得很。尤其是 Record，频频往左正谊的方向丢技能，左正谊不搭理他，对下路道："他们三个人在这，Rain 去偷小怪。"

朱玉宏不知是没听见还是怎的，在下路线上待着不动，反而是张自立开始往野区的方向走。

左正谊顿了顿，嗓音沉下来："我叫 Rain 去，AD 乱走什么？"

朱玉宏终于开口："下路辅助不在，我们能拿一血。"

左正谊切到下路视角看了一眼，对面的 ADC 血条剩余一半，人已经缩回塔下了，除非他故意送，否则怎么都杀不了。

左正谊忍着骂人的冲动，忍了两秒，还是没忍住："朱玉宏，你不想赢就直说，给我演输了有用吗？"

"我没演。"

"嗯，你只是蠢。"

"……"

"又蠢又菜倚老卖老，我说得对吗？"

"你——"

"我什么我？"左正谊冷笑一声，"你要想继续打首发，就好好表现。否则我保证，今天就是你在蝎子生涯的最后一场比赛。"

队内语音里顿时沉寂下来，耳机里只能听见游戏背景音乐声和各类特效声，吵闹又安静。

蝎子原本可以顺利的开局毁在这次争吵中，经济落后了。

左正谊扫了一眼经济面板，还没来得及关上，就听一声"First Blood"在耳边炸开，宋先锋在上路被单杀，送了一血。

左正谊深吸一口气，没吭声，继续在中路清兵。

他不说话，整个语音频道里都没人敢说话，大家各对各的线，各打各的野。

"稳着点发育吧，"左正谊劝自己冷静，"都别再被抓了，我们不怕往后拖。"

他和 Record 对线，劳拉能压着冰影打，但后者凭经济优势弥补了英雄差。

Record 在赛前被左正谊"抹脖子"嘲讽，不肯在气势上输给他，打得相当激进，不断向前压。左正谊不确定 Record 身后有没有人，任由他压，一路退向防御塔。

解说道：

"End 走位好谨慎。"

"是怕被 Record 阴吧，从他的视野看，红蜘蛛从地图上消失了。"

"红蜘蛛正在下路蹲着呢。"

"Rain 皇没发现，下野区视野有漏洞啊。"

"他跟 AD 黏得太紧了，欸，导播看中路！"

"Record 在干吗？想越塔单杀吗？！"

"冰影单杀一个没发育好的劳拉不难，可劳拉是左正谊啊！！"

解说这一嗓子"左正谊"喊得震天价响，气氛瞬间拉满。网络直播间里弹幕也沸腾了，冒出一片骂骂咧咧声：

"喊什么喊，把我吓醒了。"

"Record，单杀！单杀！"

"杀了他你就是 EPL 第一中单！"

"既生瑜，何生亮！既生瑜，何生亮！"

"Zhou 粉别叫了，烦。"

156

"End 哥哥打从娘胎起就没被对线单杀过，第一中单的含金量你们懂不懂啊？"

"凡事总有第一次，马上就有啦！"

各大直播间里的弹幕流水般涌过，玩笑归玩笑，不论支持哪一方的观众，心都随着冰影手里刺向劳拉的大招特效而悬起。

数以万计的人屏住呼吸，盯着这一幕。

"大——空——了——！"解说又嚎了一嗓子，"End 走位好细啊，躲过去了！"

"Record 再不回头要被反杀了！"

"塔伤太疼了，现在想走也走不了了吧？"

冰影吃了两下塔伤，血条瞬间掉了一大截。劳拉的技能紧随而至，屏幕中央跳出击杀播报的时候，劳拉站在冰影的尸体旁边抚了抚头发，扭了下腰，脑袋上突然冒出一句系统自带语音包："哥哥，你什么段位？带带我。"

语音包是女声配音，捏着阴阳怪气的嘲讽腔调，杀伤力十足。

左正谊按了三遍，它就响了三遍。

台下爆发出一阵哄笑声，连解说都忍不住笑了，只有当事人 Record 笑不出来。

接下来的半局，Lion 打得不错，但 Record 明显心态崩了，屡屡发挥失误。

可惜，他这样送菜，蝎子都接不住，左正谊在中路打出的优势，被下路祸害没了。

Lion 今天换上的替补打野相当聪明，知道抓中路没戏，就在下路买房住下了，简直要把张自立抓穿，朱玉宏最擅长的保护就是纸糊的，被人一戳就破。

上路又频频传来宋先锋被单杀的"捷报"，左正谊和纪决一起来回奔走，心力交瘁，眼看着上下两路的防御塔所剩无几，拼死拼活地把这局游戏拖到了二十五分钟后。

终于进入了蝎子的阵容强势期，Lion 的双刺客现出乏力之态，该好好打团了。

但 Lion 的指挥不知是谁，作风相当谨慎，知道现在打团胜算不大，

就不断避战，通过分推处理兵线来牵制蝎子，同时寻找落单的人，试图把他们打散。

"别被单抓。"左正谊也很谨慎，带头清理兵线，等待一个合适的开团时机。

双方陷入了无交火的运营对峙之中。

紧张的气氛蔓延全场，解说道："现在就看谁先犯错了。"

"都三十二分钟了，蝎队不急，越拖后期优势越大。"

"对，最着急的是 Lion，他们没办法，应该主动制造机会了。"

"如果打起来，关键要看能不能秒杀 C 位。"

"两个刺客秒杀 C 位还是挺厉害的。"

"但蝎队的两个前排太硬了，End 走位又很谨慎，劳拉和小矮人都不好切。"

"不好切也得切，不然打不赢。"

"劳拉倒数第二件神装做好了！"

"物防甲！嚯！这是更不给机会了啊！"

解说为 Lion 叹了口气，暗示结果已定。

左正谊本人却不敢放松警惕，他带队游走于上中下三路之间，不断清兵带线，抱团抱得很紧，不离高地太远，不给 Lion 一丝抓单的机会。

Lion 终于忍不住了，带着中线攻了过来。但这次是佯攻，为的是拉开蝎子抱团的阵型。

不打架的时候每个队友都很听话，牢牢跟着指挥。但一旦打起来，每个人走位习惯不同，配合不好，阵型不可能不乱。

左正谊一抬头，就发现张自立的小矮人为躲避冰影的刺杀，跳到墙外，位移技能用完，被堵住了回不来。

朱玉宏虽然有情绪，但到底是想赢的，很紧张地保护着张自立，在千钧一发之际开大救他。

黑魔大招放出去的那一刻，左正谊的心凉了半截。

与此同时，红蜘蛛的控制技能丢到了劳拉脸上。左正谊硬吃一套伤害，幸好装备够硬，他还残余一点血，躲到宋先锋的大象身后，没有当场暴毙。

"反打！"不顾自己血线危急，左正谊咬牙道，"集火射手！"

"射手倒了！"

"法师！"

"Righting 切冰影！"

"在我这！"

"倒了倒了！"

"还剩一个！"

……

打起团战来每个人都很激动，蝎子的队内语音一团乱，左正谊打得都冒汗了。

"二换五！"解说道，"蝎队打赢了！"

"下路有兵线，可以一次推了吧。"

"可以推，Lion 的复活时间不够。"

"OK，让我们恭喜蝎子，1：0 暂时领先！"

水晶爆炸的那一刻，左正谊长长地松了口气。但还有一局，依旧不能掉以轻心。

他习惯性地拉着纪决往后台休息室走，孙春雨正在等候，见他们打赢了很高兴，鼓励道："我们的赛点局，放平心态，都别紧张。"

左正谊点了点头。

孙春雨又道："上一局前期打得不太顺，但后面发挥很好，你们状态不错。"

不错？左正谊想说蝎子的防线漏洞百出，自己打得累死了，但这个时候跟教练拌嘴没意义，他接过领队递来的矿泉水，拧开喝了一口。

随队的替补也在休息室里待着，左正谊感觉有一道目光落在自己身上，转头一看，是严青云。

这小子想上场了。

但现在还没有他的机会。

左正谊喝了半瓶水，刚要放下，纪决就从他手里夺走瓶子，把剩下的半瓶喝了。

左正谊："……"

全休息室的眼睛都望了过来，在他们身上停留两秒，又齐刷刷地移开。

纪决若无其事道："走吧，第二局要开始了。"

……

第二局，Lion 似乎输得不甘心，依旧玩法刺阵容，连英雄的选择都没怎么变，只把辅助从女侍换成了玛格丽特。

玛格丽特也是一个功能型辅助，招牌技能禁忌术，能释放术法阻隔，将战场一切为二，是团战的大杀器，专治嚣张的 C。

玛格丽特亮出来的一瞬间，孙春雨的 B/P 水平就被 Lion 的教练吊起来捶了。

左正谊暗暗叹了口气，但也毫无办法，他只能安慰自己，如果孙春雨的水平足够好，今天的蝎子就没他说话的份儿了，参考 CQ。

所以，要话语权就要有牺牲，只能自己努力好好打。

左正谊操控着他的劳拉，心如止水地往中路走。

这局蝎子的思路和上一局一样：拖。

有过上一局的前车之鉴，左正谊不指望能在前期反野过程中打出多少优势，他也选了稳妥的路线慢慢打。

然而，Lion 不是吃素的，第一局没控好的前期节奏，全在第二局里找补回来了。Record 可能是在休息室里被教练骂了一顿，这局稳重多了，一直跟在打野的屁股后面老老实实地打 Gank。

开局十分钟，Lion 就压了蝎子将近两千的经济。

左正谊的眉头越皱越深，他真是打够了逆势翻盘的憋屈局，但要能翻盘还好，不能翻盘可就凉了。

当敌方中野再一次从小地图消失的时候，左正谊说："Zili，他们可能下去了，小心点。"

朱玉宏在草丛里晃了一圈："下路没人，上路小心。"

"心"字还没落地，他就被控了，敌方双刺客不知从哪儿冒出来，击杀播报跳得飞快，左正谊哽了下，想说的话噎回了肚子里。

他更加确定，不换掉朱玉宏，游戏就没法玩了。

让他欣慰的是，这局张自立和宋先锋的表现比上局好多了，尤其是张自立，他今天第二次玩小矮人，手终于热了，虽然被抓死了几次，但也杀了对面的 AD 两次，发育不算太差。

蝎子在劣势中拼命拖延时间。

左正谊和纪决依旧三路疲于奔命，挽救属于蝎子的节奏。

虽然这局他们的整体表现比上局好，但 Lion 表现更好，并且优势越来越大，才二十分钟，蝎子就节节败退，三路全破，被逼到了高地上。

Lion 威压感十足，蝎子上一场冠军杯的对手 SFIVE 此时和他们一比，真像个三流小队。

明明以前在 WSND 的时候，左正谊不把 Lion 放在眼里。可现在身处的团队不同，他竟觉得，自己能使上的力不同了。

运营毕竟是个团队化的东西，左正谊的指挥能力再强，也不能一个人做所有事，得保证四个队友执行时完全不出差错才行，否则牵一发而动全身，节奏容不得一丝错乱。

输给 CQ 之后，左正谊在烦躁和郁闷中，又被 Lion 上了一课。

但这局不能输，他不想输。

当游戏进行到第三十分钟时，蝎子的高地防御全线告破了，Lion 大军压境，直逼水晶。

幸好左正谊玩的是劳拉，清兵速度比较快。为缓解 Lion 的攻势，他让纪决去外面断兵线，牵制一下。

兔人灵活，纪决一个人满地图乱窜，把三路兵线都截了，Lion 不得不回头抓他。

“小心点儿！”左正谊趁着 Lion 全队去上路围追纪决，带人从中路往前推塔。

这么做实在冒险，但这是蝎子唯一的机会。

左正谊一边快速清兵点塔，一边盯着纪决的视角：“往回跑！高地！别把人带过来！”

别说他紧张，观众和解说也紧张得不得了。

“太子好能跑啊！”

“Lion 追得都上头了，可还是抓不到！”

“哎呀，又差一点！”

“身法绝了！”

“这边都推二塔了，能趁机偷掉吗？！”

"狮队该回防了呀！"

"上头了上头了，还追！"

"正常，如果是我，追不到也难受。"

随着纪决屡次只身脱险，台下响起一阵阵惊呼。

左正谊紧张得手有点抖，这种感觉对他来说很少有。更糟的是 Lion 并没像解说说的那样完全上头，他们突然不管纪决了，回头来中路打团。

眼看中路形成四打五之势，左正谊等人从后路被包抄。

左正谊当机立断："撤！"

要撤退只能从野区绕开，一绕阵型又要散了。

"这边！"左正谊招呼队友往下野区拉扯，游击战似的，两队都走得分散，战线拉得很长。

这时，最接近他的是冰影和玛格丽特，如果他和队友被玛格丽特的大招分开，无须其他人动手，冰影一个人就能秒杀了他。

到了如此危机之时，左正谊反而冷静了下来。

眼前的一切如慢镜头般，他亲眼看着玛格丽特的禁忌术在他面前缓缓铺开，他走位微妙地一错身，让禁忌术放空了。

放空了！

左正谊精神一振："打！"

金发女法师熟练地布阵，暴雨般的杀招倾盆而下，冰影、阿诺斯、玛格丽特……接连倒在她的法杖下。

"三杀！"解说高声叫道，"劳拉三杀还在输出！太子赶过来了！"

"二打二！"

"劳拉残血了！"

"End 躲到了太子身后！"

"可兔人打不出输出啊！狮队 AD 还活着！上单还有控！"

"危了呀，兔人不该过来，不如去带线。"

"对，卖了吧，劳拉这点血还不如卖了。"

解说和大部分观众都觉得纪决应该立即"卖队友"，回头去带线才是明智之举，这一次团战已经算打赢了，不亏。

但谁都没想到，纪决不走，他直直地冲进了 Lion 上单和 AD 中间，吃满了控制和伤害。

解说目瞪口呆，一句"蝎队中野一死一送"到了嘴边，还没来得及说，就看见兔人还没倒地，劳拉同时上了。

令人眼花缭乱的技能特效铺满了河道，几乎是在兔人被击杀的第二秒，Lion 的 AD 倒了，第三秒，上单也倒了。

大屏幕跳出五杀播报，"Penta Kill"震人心魄。

解说几乎愣住了："五杀！End 五杀！这是劳拉上线以来国内赛区的第一个五杀！！"

观众席里响起一阵掌声。

另一个解说惊叹道："如果说第一功臣是 End，第二功臣就是 Righting。我刚才都怀疑看错了，他给了 End 怎样的信任，才能以送死的姿态冲上去吃伤害，万一 End 失手了，他不怕背大锅吗？"

"肯定是不怕，怕就不会上了。"

解说激动地讨论着，直播大屏幕则切成了双屏显示。

一半屏幕在回放左正谊的五杀镜头，另一半屏幕在直播他打赢团战后带线推水晶。

台下的欢呼声几乎能将解说的声音淹没，伴随着巨大的水晶爆炸声，左正谊插下了蝎子飘摇的队旗。

"恭喜蝎子，中野立功！2：0 拿下比赛！"

第二十一章 春雨

左正谊要的就是别人心服口服，喜不喜欢无所谓，他不是那个在WSND 要求所有人都爱自己的左正谊了。

2：0 的结果很风光，过程却是艰难的。赛后离开场馆，上了战队的大巴车，左正谊才真正从高度紧绷的精神状态里解脱，长长呼出一口气。

他照旧坐在最后一排，有一搭没一搭地跟纪决说："我五杀好厉害啊。"自己夸自己，毫不害羞，"你也很厉害，不愧是我的打野。"

纪决笑了声，目光却没落在他身上，在已经关灯行驶的车内略一搜寻，找到了坐在前几排的严青云。

严青云也在找人，找左正谊，他和纪决的视线一碰，友好一笑，转过了头。

"你在看什么？怎么了？"左正谊往前看了一眼。

"没怎么。"纪决说。

左正谊也没在意，慢吞吞打了个哈欠，眼睛几乎睁不开，半眯着往前一扫，看见宋先锋正在抢张自立的耳机，后者敢怒不敢言，只悄悄在宋先锋身后比画拳头。

左正谊笑了几声，忽然心血来潮，对纪决道："我拉个群吧。"

165

"什么群？"

"队友小群啊，宫斗必备。"

说干就干，左正谊打开微信，拉宋先锋、张自立和纪决一起建了个群聊，群名叫"蓝 Buff 嫡系近卫军"。

纪决："……"

建好后，左正谊犹豫了一下，问纪决："把 Wawu 拉进来怎么样？"

纪决瞥他一眼："问我干什么？"

左正谊哼哼两声："Righting 今天表现得这么好，深得朕心，朕决定参考一下你的意见。"

纪决一顿："……"

左正谊打开微信，把严青云拉进了名为"蓝 Buff 嫡系近卫军"的小群里。在他发消息之前，张自立和宋先锋冷不丁被拉进新群，已经聊半天了。

Enter："这是什么群？"

Zili："大哥的私党群？"

Enter："……"

Zili："不管怎么说，先夸大哥总没错！"

Zili："End 哥哥风华绝代，举世无双，五杀强劲，震惊世界！"

Enter："你好像宫斗剧里活不过三集的弱智马屁精。"

Zili："你就不是马屁精了？"

Zili："耳机还我。"

Enter："不还。"

Zili："@End，大哥为我做主啊！"

Enter："别叫了。"

谁知张自立开始发来一个"公主在此，尔等休得放肆"的表情包。

Enter："哪来的表情包？"

Zili："别人发我的，你要吗？"说完，他接连发来好几个，诸如"防御塔为什么倒？是为 End 公主倾倒""水晶为什么爆？是被 End 公主美爆"……

Enter："……"

左正谊翻完聊天记录，差点一口气没喘上来。

End："@张自立。"

End："你不想活了是不？"

End："再让我看见这些弱智表情包，我就把你头打歪！"

Zili："呜呜呜，我错了。"

从严青云进群的那一刻起，群里的另外四个人都明白了这到底意味着什么。

张自立和宋先锋说傻也傻，说聪明也聪明，他们自发地和严青云聊了起来，话题是寻常娱乐八卦和圈内绯闻，识相地不问"为什么 Wawu 来了 Rain 却不在"。

他们聊了很久，从路上聊到基地。

左正谊一开始有参与，后来就懒得打字了，盯着他们看。再后来看都懒得看了，一进基地大门就回到房间，洗澡，换衣服。

还没换好，严青云忽然来敲门，叫他："End 哥哥，教练通知明天复盘，今晚自由活动。"

"知道了。"左正谊应了声，却听出门外的人没走，"还有事吗？"

严青云道："我能跟你聊聊吗？"

左正谊迅速扣好衬衫纽扣，胡乱擦了擦没干的头发，打开门："进来吧。"

严青云十九岁，样貌同年龄一样青涩。虽然他在微信里表现得脸皮很厚，变着花样夸自己，但跟左正谊单独见面时却一脸的不好意思，张不开口似的。

左正谊笑了声，想起一个词：网络巨人，线下社恐。

左正谊主动问："找我什么事？"

严青云的目光在他房间里快速扫过，落到椅子上搭着的一件外套上，是纪决的，刚才在车上左正谊披过的。

"你和 Righting……"严青云一顿，似有几分羡慕，"你俩关系真好。"

左正谊熟练地说："他是我弟弟。"

"不是亲的吧？"

"干吗？"左正谊有点不高兴，"你来打听八卦？"

"没有，我不是这个意思。"严青云低下头，靠在电脑桌旁，手指在背后扣着桌沿，汇报工作似的，恭谨地说，"刚才我跟教练聊了几分钟。今晚这场比赛，Rain 犯的错太多了，我告诉教练，如果让我上，我一定比他强。"

"他怎么说？"

"他说考虑一下，但这件事不是他一个人能决定的。"

"啧。"

左正谊不屑道："你听他胡扯，他不能决定，谁能决定？杜鱼肠不怎么管事啊。"

"是吧，我也想呢。所以我猜，教练是不是觉得我不行啊？委婉地拒绝我？"

"应该不会，你再怎么也比朱玉宏强。"

"啊，我想起来了。"严青云突然说，"前几天我听他们聊八卦，说阿春教练是徐襄介绍给杜经理的，他和襄神有私交。会不会是因为这个，所以阿春顾及朱玉宏的面子？毕竟朱玉宏是襄神的辅助。"

"这都什么跟什么！"左正谊无语了，"朱玉宏是徐襄的辅助，又不是徐襄的遗孀，有什么面子？"

他想了想道："不过你说得有道理，孙春雨那人你还不知道吗？话说三分留七分，生怕粘到一点锅。他说会考虑，应该是真的会考虑。但他不愿意得罪人，所以胡乱找了个借口搪塞你吧。"

"那我应该怎么做？"严青云面色凝重，十分仰赖地望着左正谊。

左正谊被他盯着，心里有种微妙的感受一闪而过，终于看懂严青云的来意了。

这小子拐弯抹角说这么多，无非是想让左正谊替他出头。说难听点儿，把左正谊当枪使。

还挺心机，果然是个绿茶。左正谊想起纪决说的话来，心觉好笑。

但有些事即使看穿了，也不便揭穿。

左正谊想亲手打造一个属于自己的团队，就不得不周旋于众人之间，替他们铺路，成全他们，背起他们不愿意碰的黑锅。

若不这么做，这些人又怎么会心甘情愿地服从他？"大哥"只是玩笑话罢了。

"你好好训练就行，别的不用管了。"左正谊还是如往常一样，不大高兴地冷哼了声，"既然教练不愿意得罪人，得罪人的事就由我来做呗。"

"End 哥——"

严青云还欲开口，左正谊打断他："你回去吧，明天复盘开会，我会解决的。"

严青云前脚才走，纪决后脚就来了，门都没来得及关上，两人擦肩而过。

左正谊把门一关，不等纪决开口就直接开口问道："你是来取外套的吗？"

纪决摇头："陪你待一会儿。"

他指了指门外："他找你干什么？"

"宫斗呗。"左正谊撇到撇嘴，躺到床上，枕住胳膊，放松地闭上眼睛。

纪决秒懂，却不准他闭眼，作乱的手指点了点他的眼角，阴阳怪气道："看到没？只有我是真心的，那些小绿茶都是贪图哥哥有权有势，能给他们撑腰。"

左正谊："……"

左正谊不记得自己是什么时候睡着的。

他和纪决聊天到很晚，纪决说："你来蝎子之后，基地里的烦人烦事都没那么烦了，连蝎子的队标都变得可爱了。"

左正谊："我这么厉害啊？"

纪决说是，然后道："你可太厉害了。"

左正谊一本正经道："毕竟是我，倒也正常。"

纪决笑得肩膀发抖，左正谊也一起抖。笑够之后，纪决又说："前两天回家，我妈问起你了。"

"问我什么？"

"'最近好不好''为什么不一起回来坐坐'。"

"怎么不问我有没有女朋友了？你妈不是最关心这个吗？"

"不问了。"

"为什么？"

"反正就是不问了。"纪决话锋一转道，"比赛压力也别太大，我们在往好的方向发展了。"

"嗯。"

"你睡着了？"

"嗯……"

"睡吧，晚安哥哥。"

第二天，左正谊醒来时已经十点了。

他的心情不错，伸了个懒腰，懒洋洋地起床洗漱，正刷着牙呢，微信响了。

决："醒了吗？来吃早饭。"

End："五分钟。"

左正谊一边发微信一边刷完牙换好衣服，哼着歌出门去吃饭。

电竞战队基地里的生活和学生宿舍十分类似，一群年纪不大的男生同吃同住，挤在一起闹哄哄的，聊的话题也没营养，他们自己却很兴奋，时不时爆发出一阵笑声。

左正谊走过来时，一队和二队的大部分选手都在餐厅里，他远远就听见张自立说："我不是故意的！"

"怎么了？"左正谊拉开椅子，在纪决身边坐下。眼睛一扫，发现朱玉宏不在。

"大哥，你来了。"张自立看见他不知为什么更心虚了，耷拉着眉眼道，"那个啥，昨天晚上我开直播，不小心说错话了……"

"你说什么了？"

"我说……你是直男，有女朋友了。"

张自立的脑袋简直要埋进饭桌里了，羞愧得不敢抬头，只听见他说："我不是故意给你带节奏的，是弹幕带我节奏！他们问我，为什么我们的中野感情看起来那么好，还嗑 CP。我没忍住，就顺口回了一句……"

"没关系。"左正谊无所谓道，"也不是多大的事儿，说就说吧。"

他接过纪决递给他的筷子和汤勺，喝了口粥，又接过纪决亲手剥好的水煮蛋，咬了一口，不小心把自己给噎住了，猛咳一声，管纪决要纸巾。

纪决早就吃完了，坐在一旁任劳任怨地伺候他。张自立盯着这一幕，筷子差点从嘴里掉出来。

左正谊问张自立："你要来一个吗"

纪决则是看了他一眼："你又不是公主殿下。"

会议室里全员到场，准备开始复盘昨天的比赛了。

左正谊照旧和纪决坐一起，朱玉宏坐在最靠前的位子，其他人比较随意，零零散散，坐椅子的，坐沙发的，哪儿都有。

复盘这件事说大不大，说小也不小。

严格来说，每场比赛都不是绝对完美的，即使打赢了，细节上也会有错漏。但错误算不算大、会不会被抠出来严厉批评，不同教练的习惯不一样。

比如孙春雨，他就是一个不那么揪细节的人。但现在的蝎子内部生态复杂，孙春雨的想法不是最要紧的。

一队明着宫斗，二队暗中看热闹，一场复盘还未开始，气压就先低了下来。大家隐隐有种预感，今天八成又要吵架。

会议室里，一点声音也没有。

在一片近乎压抑的沉默中，不知是谁的微信消息提示音不停地响，伴着时不时冒出的两声咳嗽，和大屏幕连接的音箱里传出的孙春雨调整视频文件时的鼠标触击声，连成了一张无形的声网，笼罩在会议室上空，气压更低了。

两分钟后，比赛视频开始播放。游戏背景音乐一响起，大家不约而同地松了口气。

孙春雨照常先讲开局的处理，顺着时间线往后分析。

虽然蝎子昨天的两局比赛都赢了，但打得都不好，要想挑刺，甚至无须挑小细节，大错都数不过来。

左正谊双唇紧抿，一声不吭，盯着孙春雨，想看他要怎么复盘才能把已经浮出水面的矛盾重新压下去。

教练可以是混子，但不能是瞎子吧？和稀泥也得有限度。

左正谊盯得太紧，孙春雨也时不时抬头看他一眼。

复盘是一个交流的过程，每个人都应该表达自己的想法：哪里没打好、

队友的支持没给够或是没给上队友支持……

孙春雨问："End，你有什么想说的吗？你先说。"

左正谊很配合，指着屏幕，轻声细语地道："教练帮我暂停一下，对，就是这里。我露视野了，不该多走这一步。如果我没在上路露头，Lion 不会放心去下路抓人。"

他一开口竟然是挑自己的错。

谁都知道，蝎子能 2：0 击败 Lion，第一功臣是左正谊。功臣带头自省，其他人应该怎么办？

张自立已经明面上投靠左正谊了，立刻接话："还好啊，这次不太关键，他们下路抓人也没抓死，不是你的错。"

左正谊却道："这个不关键，那个也不关键，哪个才是关键？优势不就是这么一点点丢掉的吗？多来两次就没节奏了。"

纪决顺着他的话头说："这个算我的，我记错 Buff 刷新时间，以为他们打野在打蓝，误导你了。"

宋先锋说："他们下路抓人，我们去上路，其实没错。就错在上路没抓住，是我的问题，没跟 End 配合好。"

他们你一句我一句，把复盘开成了自我检讨大会。

只有朱玉宏没说话。他说不说都不重要了，在场哪个不是会打游戏的？太细的细节有可能看不出来，需要专业教练指点。但朱玉宏的失误太明显，谁都不是瞎子。

一个技术缺陷明显、先失指挥权又失人心的辅助，又该如何在战队自处？

一场复盘会议开下来，前面整整两个小时里，朱玉宏都没有开口说一句话。

教练在左正谊等人的自省引导下，把他们每个人的错误都挑出来细讲了一遍，唯独没挑朱玉宏的。

孙春雨不是故意针对他，而是因为会议室里气氛微妙，只需一根导火索便能引爆。

而朱玉宏就是那根导火索，孙春雨不敢碰。

可他越不碰，气氛就越微妙。

朱玉宏仿佛被所有人一起默契地孤立了，他的队友不想和他交流，也不想再和他并肩作战。

直到复盘即将结束，朱玉宏终于忍不住了。

他像一根弹簧，压久反弹似的腾地站起身，把手机拍到桌子上，目光在会议室内扫视一圈，看了左正谊和纪决，也看了张自立和宋先锋，还看了坐在角落里的严青云一眼。

然后他学着他们刚才的样子，开始讲自己在比赛中的失误。

他一口气说了很多，语气激动得几乎有些失控，最后一句说完，会议室里一片沉默，落针可闻。

左正谊抬起手，拍了两下巴掌，给他鼓掌。

"原来 Rain 皇知道自己哪里需要提高，我还以为你不知道呢。"

左正谊的声音平静，不带一丝波澜："话都说到这份上了，我也不想拐弯抹角。我来蝎子不是来搞宫斗的，我猜你们也不是。EPL 总共还剩几场比赛？我们落后 11 分，11 分！别的队都在冲分，我们呢？还停留在需要磨合的阶段。"

"……"

"但人家磨合起码能保证技术，磨的是配合。我们有技术更好的选手却上不了场，日复一日待在二队当陪练，眼睁睁看着别人霸占自己的机会，在赛场上不断犯错，凭什么？"

左正谊站起身，双手拍在桌面上："今天下午的训练赛，Wawu 来我队，我要换队友。谁不同意？"

谁不同意？没人不同意。

事到如今，蝎子基地里可能还有不喜欢左正谊的人，但已经完全没有不服他的人了。

左正谊要的就是别人心服口服，喜不喜欢无所谓，他不是那个在 WSND 要求所有人都爱自己的左正谊了。

他要赢，他们也要赢，既然立场一致，目标相同，还有什么可讨论的？

如果说电子竞技菜是原罪，那么强就是永恒的真理。什么资历和人情，统统薄得像纸，一碰就碎。

但左正谊并非故意让朱玉宏下不来台，他只是不得不这么做罢了。

如果不直接指出问题点明诉求，再继续拐弯抹角拖拖拉拉，给别人留下和稀泥打圆场的印象，这件事就没完没了了。

他要尽快把主力阵容稳定下来，全力冲冠。

让左正谊意外的是，亲眼看着严青云从替补上位成主力，另外几个替补选手也蠢蠢欲动了，尤其是二队的上单，复盘会议一结束，就约他晚上打双排。

左正谊对此没什么感觉，纪决却不高兴了，亲口把人拒绝之后，转头对他说："End 哥哥，你也太招人喜欢了。"

左正谊白了他一眼，对这种无脑话无话可说。

三月的天暖了起来，得意的春风吹进左正谊的窗，他突然间才发现，冬天已经结束了。

左正谊的好心情持续了四天。

这四天，朱玉宏退居替补位，严青云上位主力，代替他打每一场训练赛。

严青云的技术比朱玉宏好太多，辅助换了，AD 自然会受到影响。但好辅助带来的是正面影响，连张自立的表现都被带好了。

下路组合变强，中野两人稍微轻松了一些，左正谊开始重点关注上路宋先锋的表现，试图全方位提升团队默契度。

就这样练了几天，虽然大家都很累，但气氛相当不错。

新组成的主力团队简直是左正谊的"小弟团"，除了纪决端着点儿，另外三个人整天都张口闭口"End 哥哥"，一个比一个会献殷勤，几乎内卷了起来。

最卷的是严青云。

他年纪最小，脸皮最厚，又是左正谊亲手提拔上来的，虽然有几分心机，但对左正谊的仰慕似乎是真的。

他甚至殷勤到每天早上亲自跑到外面去给左正谊买早餐，说是比基地阿姨做的好吃。

左正谊劝过严青云，叫他别这样，他却不听，说什么"我要用实际行动回报 End 哥哥对我的好"。

左正谊掉了一地鸡皮疙瘩，不得不严肃地告诉他："我不是对你好，我只是想赢比赛。"

严青云"嗯嗯"地点头，照旧很殷勤。

昨天晚上，训练赛打完，严青云非要缠着左正谊打双排。

左正谊道："不打，我开直播玩一会儿娱乐局。"

严青云道："娱乐局也行，我陪你。"

"……"

纪决忍无可忍，抄起保温杯朝严青云砸过去，没砸到人，却砸到了电脑桌上。

"哐当"一声巨响，整个训练室的人都惊呆了。

张自立和宋先锋都在开直播，两个直播间里全能听到动静，从张自立摄像头的角度甚至能看见保温杯低空飞过的画面。

弹幕满屏问号，观众都在问出什么事了，张自立瞄了纪决一眼，没敢吭声。

左正谊也吓了一跳，诧异地盯着纪决："你干吗？！"

纪决脸冷冷的："我拉你了，来双排。"

"……"

严青云被晾在一旁，似乎不明白自己做错了什么。他的座位挨着张自立的，便转头问："Righting 怎么了？是我惹他生气了吗？"

张自立叹了口气，好心劝他："太子是正宫，你怎么卷都行，但千万别跟他争宠，收敛点收敛点。"

"啊？正宫是什么意思？"严青云没明白。

"正宫就是——"张自立一顿，回头看见自己直播间里爆炸式增长的弹幕量，脸色一变，悄悄冲严青云摆了摆手，示意晚点再聊，然后把脸一绷，继续直播。

他胆小怕带节奏，宋先锋却不怕，开起玩笑来肆无忌惮，他对直播间里不停打听八卦的水友说："正宫就是正房的意思啊，你们连这都不知道？"

弹幕很配合，问："意思是 End 公主还有二房咯？"

宋先锋说："二房没有，充其量算小妾，没名分的那种。"

弹幕问："真的假的？公主到底有几个驸马呀？"

宋先锋笑："房管呢？把乱提问的封了，我可什么都没说啊。"

弹幕："你说了，你说全基地都是公主的后宫。"

宋先锋："……"

弹幕节奏果然被带起来了，宋先锋挖个坑把自己给埋了，只好学张自立，三缄其口。

但逃得过网友，逃不过纪决。

纪决这人平时看着不声不响，但蝎队人人都知道他不好相与，毕竟是敢光天化日之下动手打队友的禁赛咖。

纪决的冷眼瞟过来时，宋先锋下意识地想道歉，可又觉得——大家都是口嗨，生气没必要也不至于。但他也不想得罪太子，和张自立一样，深觉闭嘴为妙，免得惹祸上身。

其实严青云也觉得太子兄控情结有点严重，但直男本来就爱开玩笑，也不是什么大事。

他告诫自己，别瞎琢磨与自己无关的事，下一场比赛才是最重要的，打得好，左正谊才会看重他，这比什么讨好都重要。

严青云又开了一局游戏，打单排去了。

这是三月六日的前夜，其实左正谊没怎么睡好。

六日的傍晚，蝎子有 EPL 比赛，对手是 XH 战队，也就是曾经的 WSND。

左正谊在梦里穿着蝎子的队服，魂游老 WSND 基地。

梦境清晰无比，那么多张熟悉的面孔都在眼前：傅勇和他打架，方子航在一旁拱火，段日唱着跑调的歌，金至秀说着蹩脚的中文……

"我要当世界冠军。"

"我的梦想是三冠王。"

"WSND，冲啊！"

"……"

左正谊猛地惊醒，天还没亮。

　　他转头一看，旁边的纪决睡得正沉，昨晚他们聊到很晚，不知不觉两个人都睡着了。此时，他发现纪决似乎也在做噩梦，眉头紧皱着，喃喃地叫了声"哥哥"。

　　左正谊揪成一团的心倏地一松，呼出口气。

　　他忽然发现，家人在身边的好处就在这了，不论生活多么令人心烦，知道纪决就在眼前，是他春夏秋冬轮转变幻里唯一不变的慰藉。

第二十二章 练心

左正谊心里铆着劲儿，要跟他灵魂里那半个活在过去的"左正谊"一较高下，亲手战胜他。

三月六日，蝎子对战 XH。

这场比赛从赔率上看，观众大多看好蝎子，可能是因为现阶段的蝎子虽然发挥不稳定，但 XH 更不稳定。

实际上，自下半赛季开赛以来，放眼整个 EPL，除了 CQ，没有哪支强队能称得上"稳定"。

XH 上至管理层下至选手，齐齐换血，新体系尚未成熟；蝎子内斗不断，外界传闻换了新辅助，效果如何有待检验；隔壁的 SP 正在经历新老更替的阵痛，从二队提拔上来的新中单有几分指挥才能，但似乎还是不够，打野位也在不断轮换，老打野老了，新打野青涩，都不太令人满意，下路磨合尚可，但默契度也不那么高；Lion 的表现仅次于 CQ，积分位列 EPL 第二名，但 Lion 在冠军杯小组赛里输给蝎子之后，昨天又在 EPL 里输了一场，惨遭二连败，令粉丝信心不足了。好在 CQ 昨天也输了，两队的积分差没有拉大，Lion 仍有夺冠的机会；至于 CQ，目前以 45 分高居 EPL 榜首，虽然勉强算稳定，但没有打出令人信服的实力。

大家都说，和去年夏天两支中国战队决战世界之巅的辉煌相比，今年简直是 EPL 赛区的低潮之年。

强队都变弱了，新豪强又不够强，就这种水平，几个月后出国去打世界赛，搞不好都没有战队能进得了八强。

但现在才三月份，操心世界赛为时尚早。

蝎子的队粉不看那么远，今早官博发布的首发阵容名单吸引了他们的全部注意力——Rain 替补，Wawu 首发。

首发轮换没什么稀奇，但天下没有不透风的墙，最近蝎子宫斗传闻甚嚣尘上，都说是左正谊在队内大搞清洗，赶走了朱玉宏。

今天的首发阵容似乎侧面印证了这一点，朱玉宏失势了。但最近几场朱玉宏的表现相当差劲，队粉骂他还来不及，没人为他打抱不平。

压力落到了严青云身上。

除了严青云，蝎子队内最紧张的人是张自立。张自立自称是金至秀的粉丝，今天是他第一次和金至秀对线。他从早上起床，一直紧张到下午抵达比赛场馆，甚至模仿孙春雨紧张时的习惯，在后台休息室里不断地走来走去，做刻板动作，把左正谊晃得头晕，想揍他。

"你能不能有点出息？"左正谊给宋先锋使了个眼色，叫后者按住他，"不管对面是谁，你都得给我好好打。如果今天下路掉链子，我就把你炖了喂小尖。"

小尖的大名叫"尾巴尖"，是蝎子基地新养的宠物猫，一只奶里奶气的小布偶，昨天上午才抱回来。

张自立哭丧着脸，郁闷道："我肯定打不过他啊，他那么强。对线比我强、意识比我好、走位也……"

左正谊噎了一下："我这辈子都没见过你这样的职业选手，这么不自信，打什么职业？你要有'我是天下第一'的信心，相信自己强，才能变得更强。"

"真的吗？"

"真的。"左正谊说，"我十五岁来上海的第一天，就知道自己是世界第一中单了。"

他的用词是"知道"，不是"认为"，张自立被小小震撼了一下。

今天蝎子出发早，到后台时离比赛开始还有一段时间。闲着也是闲着，左正谊出于鼓励队友的心态，想和他们多聊聊。

他问张自立："你为什么这么不自信？是受过什么创伤吗？"

"呃，好像没有。"张自立挠了挠头，"我一直这样，没经历过什么特别的事呀……"

左正谊问："你为什么来打职业？"

张自立想了想答："因为我打游戏很厉害——"他一顿，表情有点尴尬。

这是标准答案，每个职业选手进入这一行都是因为"打游戏很厉害"，没有游戏天赋的人，不会在无数普通人中脱颖而出，成为职业选手。

但这句话从自己的口中吐出来，张自立莫名觉得羞耻，他忍不住解释："我上学的时候成绩不好，也没啥特长，只有打游戏比较厉害，但我爸说我玩物丧志，只会干没用的事。我为了向他证明我不是没用的，就来打职业了。"

在众人面前剖白内心不是一件容易的事，张自立故作大方地笑着，难掩脸红："刚开始我觉得自己厉害，真的来打职业之后才发现，圈内一个比一个厉害，遍地都是天才，我从小到大唯一的优点和天才们一比……也就那样吧，算不上优点，不值一提了。"

他一说完，休息室内一时陷入沉寂，每个人脸上都浮现出了或无言或感慨的神色。

左正谊对这种心情不太能感同身受，但能理解。

从张自立的自白可以听出，他是一个从小没怎么被鼓励过的小孩——成绩不好不受老师喜欢，打游戏不被父母理解，唯一能给他自信的长处，放在电竞圈里一比，又变得普普通通。

"不值一提"，是他对自己的评价。

"你太低估自己了。"左正谊说，"我觉得你挺有潜力的，只是没找到适合自己的打法，实力一直没发挥出来。"

"你不用哄我开心。"张自立垮着张脸。

左正谊无语："我才懒得哄你，爱信不信。"

张自立可能也是受虐狂，左正谊一黑脸他就信了："真的吗，End 哥哥？"

左正谊还没开口，严青云在一旁接话："真的呀，我也这么觉得。今天我会好好辅助你,别怕金至秀,他最近的表现也就中规中矩吧,怕什么?"

张自立的眼睛望过来,严青云又说："我从玩这游戏的第一天起,就爱玩辅助。但打路人局总遇到蠢 AD,明明是他们自己犯错,还要怪辅助不行,死了就说我没保护好,骂我菜。"他耸了耸肩,"所以我来打职业了。我要让以前那些骂过我的 AD 都知道,我是他们高攀不起的人。"

严青云边说边笑,也有些羞赧。

左正谊看向宋先锋："你呢?"

"我?"休息室所有目光齐刷刷地落到宋先锋身上,他下意识地低头摸了摸鼻子,"为什么打职业吗? 我都不记得了。"

张自立拆台："少扯,我都知道,你是因为被女朋友甩了。她说你只会打游戏,将来没出息,劈腿篮球队队长,把你气哭了。"

宋先锋："……"

休息室内爆发出一阵大笑,宋先锋尴尬得两颊通红,一拳捶在张自立肩膀上。

张自立嗷嗷直叫,躲到左正谊身后："End 哥哥救我!"

左正谊拦住宋先锋,颇有大哥范儿地叫停："别闹,都是自己人,随便聊聊。"

"Righting,你也说两句呗。"张自立虽然不自信,但胆子比之前大了不少,竟然转头问纪决,开玩笑似的说,"我一直很好奇,你这种家庭、这种出身,为什么要来打职业? 训练多累啊,压力大,还动不动挨骂……"

纪决不甚在意地说："还好吧,做自己想做的事比较开心。"

他说得如此轻松,落到他身上的目光无不羡慕。只有左正谊暗暗翻了个白眼,心想他还挺能装。

当初是谁拼命四年熬过无数个夜晚才走上职业赛场来着? 现在开始装大尾巴狼了。

但既然纪决不想说,左正谊也不打算揭穿。他只是觉得,气氛这么好,纪决都不愿意跟大家交心,怎么这么孤僻呢? 说两句心里话能怎样? 真是讨厌。

左正谊暗中捏了捏纪决的胳膊,靠近他悄声说："你好烦。"

纪决瞥他一眼："干吗？你非让我说实话？"

"什么什么？"张自立竖起耳朵。

纪决清了清嗓，说："好吧，既然如此我就直说，我打职业是为了——"

左正谊连忙捂住他的嘴："NO！你别说了！"

生怕纪决当众叫他无地自容。

但即便纪决不说，张自立、宋先锋和严青云也都明白了，三人默契地调转开视线，不看他们。

左正谊半分钟后才缓过来，舒了口气说："轮到我了吗？我来打职业的原因有点复杂，但我的职业目标很简单，就是要往上爬，爬到最高的地方，成为最强的那个。"

左正谊的神色恢复如常，语气平静又诚恳。

在场的人里除了主力还有替补，除了教练还有领队，有他熟悉的也有不熟悉的，但他不介意对每个人掏心掏肺："刚来蝎子的时候我状态很差，以为自己融入不进来。后来……我不知道你们会不会觉得我性格差、太讨厌，但我想赢，为了赢，我要去做所有我能做的事，把阻碍我的一切都改正。"

"我也紧张过，不自信过，"左正谊说，"这再正常不过，很难排解，但自信和从容都是赢出来的，多赢几次就好了。"

众人静静地看着他，他像狼群中最有威望的狼王，用他的实力许诺："在赢之前，如果有谁调整不好心态，不如来相信我。你漏一个兵，我就多补一个兵，你死一次，我就多杀对面一次。我的队友可以犯错，我来兜底，兜不住算我的，不怪任何人。"

这种话换一个人说就会显得轻狂可笑，但从左正谊嘴里说出来，却能给人坚实的安全感，让人不由自主地更信赖他，被他的情绪感染。

"大家放下心理负担，全力以赴就好。"左正谊的目光扫过在场每一个人，充满信心地说，"今天打 XH，说不定是个开始——连胜的开始。"

左正谊这番话不仅是说给队友听的，也是说给自己听的。

他要放开手脚去打，即使对手是他最不想碰见的"WSND"。

为此，左正谊心里铆着劲儿，要跟他灵魂里那半个活在过去的"左正谊"一较高下，亲手战胜他。

这复杂的心情难以表达，他也不想向谁表达。队友都被他鼓舞得斗志昂扬，迈着大步上台，只有纪决似有所觉，握了握他的手。

左正谊面色如常，轻轻摇头，示意自己没问题。

他不仅没问题，而且状态出奇的好。

第一局比赛打得比预想中顺利得多，双方阵容都是现下比较常规的。

XH虽然以下路AD为核心，但随着版本变化，主打前期AD。金至秀玩赤焰王，配一个硬辅，搭中野双刺客，上单是先手开团的肉型战士。

蝎子也选了双刺客。法刺是当今版本毫无争议的主流选择，比赛场次越多，优势就越突出，左正谊不得不每天加强练习法刺，练得多了，手感也越来越好。

今天他又拿出了冰霜之影，跟纪决的红蜘蛛搭配，两人绑在一起了似的，在上中下三路和野区到处乱窜，节奏极快，神出鬼没。

XH的打野是方子航，左正谊对方子航的操作习惯和刷野路线都很了解，连猜带赌，十次Gank有八次能成功。

左正谊最照顾下路。张自立的表现比他预想的要好，和金至秀对线竟然没被压刀，虽然也没占到便宜，但勉强算是打得势均力敌。

当然，这种"势均力敌"有顺风局经济优势的功劳在里面。

金至秀谨慎得很，每当左正谊和纪决来下路抓他，他就敏锐地退回塔下，一点破绽也不露。

左正谊两次无功而返，到了第三次，他选择绕后，和纪决前后包抄，把金至秀赶出塔外，余下的伤害让张自立来补，左正谊丝血越塔逃生，贡献了一幕精彩镜头。

金至秀被抓死是第一局的重大节点。

自这以后，蝎子抓得更凶了。别人是优势局经济滚雪球，他们是直接雪崩碾压。并非是XH不抗打，而是因为今晚的蝎子格外凶猛，斗志是一方面，下路加强了也是一方面。

以前左正谊和纪决用同样的方式去下路抓人，朱玉宏总是慢半拍，或者犹犹豫豫不太敢打，或者打也打不好，配合得总有瑕疵，留给对面一线

184

生机，导致 Gank 失败。

但今晚没有朱玉宏压着，又得到左正谊的鼓励，张自立难得地打出了自信。

严青云也很靠谱，他不激进也不欤，左正谊喊上的时候他一定会上，该出的技能一个也不省，最重要的是，他的技能几乎从不放空，命中率极高。走位也好，良好的保护能力为 ADC 提供了更舒适的输出空间，也大大增加了中野来 Gank 的成功率。

左正谊对他很满意。

第一局大顺风，二十多分钟拿下比赛，最后一次团战打到 XH 的高地上，后者已无还手之力。

当金至秀的赤焰王倒在地上时，左正谊走神了一秒。

如今 C 位的困境就在于刺客前期节奏太凶，切 C 如切菜，不选前期比较强势的 AD 就更难活下来。但前期强势的 AD 在后期往往无力，不能力挽狂澜，翻过这局逆风。

根本没有两全其美的战术。退一步说，战术只是理论指导，实战能否获胜，还是要看节奏和运营。

XH 的弱点是节奏差。不知是不是以前蓝领型打野玩多了，方子航现在玩这种输出型"脆皮"刺客，似乎有点不适应。和他搭配的新中单水平也比较一般，不能说菜，但也挑不出什么亮点来。

中野打得不好，整局节奏就死了一半，纵然金至秀有三头六臂，也无力回天。

左正谊不自觉地为 XH 操起心来，打完第一局呆呆地往后台走时，差点撞到纪决的后背，他这才猛然醒悟：是那"半个左正谊"在无声地攻击他。

练剑也需练心，他的手不应因个人私情而动摇。

可他的前二十年人生就是由私情组成的，他对 WSND 的爱，因它的"死去"变得愈加美丽而不圆满了。

越不圆满，越让人难以遗忘。宛如一轮缺月，悬得太高，摘不下来。

左正谊被那"月光"照着，情难自已地伤感了两分钟。

最多两分钟，他不肯再给更多情绪了，他的剑只会比以前更锋利，绝不会退步。

第二局比赛开始。

可能是吸取上一局的教训，XH 这局不玩双刺客了，选了一套正经的保 C 阵容，把希望全部压在金至秀身上，让他玩黑枪。

为了给黑枪提供支持，拿到最好的辅助神月祭司，XH 在 Ban & Pick 上做足了功夫，几番套路，不惜放出伽蓝，才成功地把祭司拿到手。

这是相当大胆的行为，惹得左正谊既高兴又不高兴。

高兴的是，他和伽蓝久别重逢了。不高兴的是，竟然有人敢把伽蓝放给他，仗着自己是 "WSND"，就不把他放在眼里吗？

但不管怎么说，看点瞬间拉满了。

伽蓝的专属 BGM 响彻现场，观众席里一片沸腾。另一边是同样高人气的神月祭司，激起另一阵欢呼。

解说激动得语无伦次："伽蓝和祭司时隔七个月再度同台竞技！七个月啊！上次还是去年的全球总决赛！"

"这局对 End 来说很特别吧，不知他现在是什么心情？"另一个解说道，"他的伽蓝在 WSND 成名，今天却要对 WSND 刀剑相向。"

"是 XH。"

"嗯，XH。"

"虽然 B/P 很燃，但你看这阵容，XH 手握两个硬控，把伽蓝放出来像陷阱，我猜是故意让蝎子选，然后针对。"

"蝎子也能看出是陷阱吧？但只要有左神在，伽蓝就是非 Ban 不选，他不可能不要啊。"

"我觉得有点冒险。"

"XH 的黑枪也挺冒险。"

"我觉得要保黑枪不一定非得选祭司，祭司的保人能力也就那样吧，还不如黑魔。"

"但祭司可以打进攻，进攻、保人、控制、回血，没有比他更完美的辅助了。"

"嗯，游戏开始了，我们先来看一下开局。"

左正谊操纵伽蓝穿梭在草丛里，女英雄的黑色长发随风飘舞，她总是冷静而又昂扬的。

坦白说，左正谊最近没怎么练习伽蓝，蝎子更没练过伽蓝体系，他略感手生，队友也陌生，摸不清该怎么配合他。

刚才 B/P 时，孙春雨不建议左正谊选伽蓝，理由和解说猜测的一样，他说这是 XH 的陷阱，选伽蓝就等于主动钻进人家的套里，对面那么多控制，伽蓝怎么发挥？

他说得都对，可左正谊忍不住，更何况今天的对手是"WSND"，没有比伽蓝更合适的英雄了。

左正谊嗅到了几分难以言说的宿命感，虽然这可能是他的自作多情。

"宿命"根本不在乎他的死活，是他自己偏要往别人挖好的陷阱里跳。

XH 就是故意的，他们吃准了左正谊一定会选伽蓝，除黑枪外的四个英雄都有针对伽蓝的技能，中单手长，上野辅带强控，伽蓝要么摸不到，要么一靠近就会被控死，开局十分钟，左正谊的腿都快被打折了。

又因伽蓝是后期英雄，黑枪发育慢的劣势都不算劣势了，XH 打得一手好算盘。

左正谊双肩紧绷，面沉似水，死死地盯着屏幕。

他略有几分焦虑，但并不气馁。

"我需要帮助。"左正谊在队内语音里说，"Zili 和我换线。"

张自立和严青云立刻来到中路，左正谊一个人换到下路去，和金至秀对线。

他的意图很明显，中路快被来自四面八方的 Gank 打穿了，他需要找个安静的地方单独发育一会儿。

然而，XH 脱胎于 WSND，对他打伽蓝的套路比谁都熟悉。

正如他了解方子航，方子航也知道伽蓝此时此刻在想什么，他走到哪儿便跟到哪儿，无时无刻不给他捣乱。

左正谊无可奈何，只得找机会拼命刷钱，经济是秀操作的基础，他不能没装备。

第十三分钟，又一波兵线越塔而出，却没来到左正谊面前。金至秀不清兵，卡着兵线不让他吃钱。

画面中，伽蓝静静站在残血的塔下，往前移动两步，倏地止住脚步。

她不确定草丛里是否有人，不敢贸然出塔，只好转头去野区吃怪。纪决玩的英雄是兔人，他把几只野怪拉到一起，打成残血，让伽蓝补最后一刀，拿经济。

左正谊看了眼小地图，上路打起来了，他立刻喊纪决："来下路抓人。"

然而，金至秀滑不唧溜，难抓得很。黑枪、祭司与伽蓝、兔人二打二，蝎子没占到半点便宜，好在把兵线吃了，左正谊终于又攒出一个大件装备。

逆风局就是这么煎熬，钱一分一分地攒，等级一寸一寸地升。

左正谊忽然想起一年多以前，他的伽蓝 EPL 成名之战。

那场也是逆风局，当时他作为 WSND 的战术核心，一人吃三路，占了所有队友的经济，却在一次关键团战中零输出被秒，满场哗然。

解说都替他着急："这是在玩啥呀？"

团战打输导致 WSND 三线全破，就在所有人都以为 WSND 被这个新人小中单害惨了的时候，左正谊用他的伽蓝开始了狂轰滥炸的天秀。

很难用语言形容他在那局比赛里的操作有多犀利。

解说和观众同时放弃了复杂的形容词，用最简单的"天才"二字来概括他的一切行为。

若非天才的心理素质，不能在重大失误后仍保持冷静和勇猛；若非天才的技术能力，不能在绝境里一打五反杀四个，追杀最后一人三千里，追到死尸都复活了，第二个舞台搭好，他又一打五反杀三个，另外两个逃跑了。

那是左正谊职业生涯众多高光时刻中最为粉丝铭记的一幕。

左正谊也无法忘怀，因为在那场比赛结束之后，WSND 全队回到了基地，周建康激动地对他说："正谊，你果然没让我失望，你就是 WSND 的未来。"

WSND 的未来……没来。

左正谊咬紧牙关。

他不愿意再想这些，他已经长大了，走远了，变得更强了。

他打过无数次逆风局，区区 XH 而已，还能困住他不成？他要赢，要把所有人击败，包括"左正谊"。

"三十六分钟了，蝎子队处境不妙啊。"

直播 OB 视角在不同英雄身上来回切换。解说看着导播调出的伽蓝的装备和数据面板说："2-6 的伽蓝，战绩不大好看啊。装备还行，刷起来了，或许有翻盘的希望。"

"能翻吗？你看黑枪，都快六神装了。"

"确实有点悬。这局伽蓝被压得太狠，能发育起来全靠队友救济，尤其是野区资源都给她吃了。"

"但不得不说，蝎队的运营还是行的，这么大逆风也能分推拔塔，中路都推到二塔了。"

"XH 的兵线处理不太好。"

"他们自己应该也意识到了，不能拖，拖着容易被运营翻。"

"航神去打小龙了，估计是想拿小龙逼团。"

现场大屏幕上，导播拉了龙坑的近景。XH 开龙，蝎子果然来抢了。

"小龙一千血，八百、四百、两百——"解说飞快地说，"谁惩戒了？Righting！ Righting！抢到了！"

"抢到了但人走不了啊，XH 状态很好，要反打！"

"Zili 在输出！打残了黑枪！金哥危！"

"祭司开大，黑枪又回满了！！"

"Zili 倒了！"

"伽蓝还没进场！"

"不敢进不敢进，XH 的硬控不撒手她哪敢动？"

"兔人 A 上去吃了个控！"

"Righting 也倒了！"

"黑枪在找伽蓝的位置，伽蓝还在边缘观战，似乎想撤了。"

"我感觉蝎子队可以打出 GG 了。"

"阵容亮出来的那一刻结局就定了，逆版本等于逆天，更何况先手拿伽蓝，不是明摆着要被针对吗？"

"哎，二打五了，蝎子队只剩中辅——"

"辅助也没了。"

XH 气势如虹，从龙坑一路逼上高地。

但和众人预想中的不太一样，伽蓝并没仓皇而逃。蝎子的高地防御塔只剩一座，左正谊站在塔下，一动不动的姿势莫名给人一种必须要警惕他下一秒暴起杀人的危险直觉。

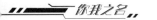

XH 全队血量不一，有满有残，但五打一自然自信。

上单先手出击，一步进塔，直取伽蓝面门。

虽然是上单先上，但其他人也不会干看着，近战全部冲了过来，远程带着兵线靠近塔下。

左正谊后退了两步，把敌人引得更近。防御塔遭受小兵攻击，不断发出红色警报。

他后退又右移，走位躲技能，无形之中拉动 XH 全队的阵型，瞅准时机在最合适的位置开了大。

"诸法归一！"解说念出技能名。

只见长发女英雄纵身一跃，在半空释放金索，先控住 AD，又缠住血最残的 XH 中单，金索断裂小技能刷新，爆出的伤害将中单一击毙命！

击杀播报还没响，伽蓝就在包围中像鱼一样滑了出去。

即便走位躲控，她的金索也没断，用小技能不断地刷新。技能特效眼花缭乱，叫人看不清。眼看全队都快被她的暴力输出打残了，她却吸满了血，XH 不得不散开阵型。

显然，XH 很清楚怎么对付伽蓝，不能硬碰硬就全部躲开，让她的大招断掉再回头打。

但左正谊捏在手里的金索仍然不断，没有落点就瞄准小兵。

他用三个小兵当过渡，一条线径直连到黑枪身上，金至秀避无可避，子弹又打不中他，在金索炸开的瞬间当场暴毙！

现场响起惊呼，解说激动得只会报数字："双杀！三杀！四杀！还有一个！"

"End 追了出去！"

XH 唯一活下来的是打野方子航，正因为他是左正谊的老队友，所以他更清楚没必要回头送死。

"我突然觉得这一幕似曾相识。"

"我也觉得……我想起来了，和上个赛季 WSND 的新人中单选手 Friend 的成名之战很像。"

"那场比赛伽蓝追敌三千里，第二个大招的 CD 都转好了。"

"那场战斗他前后总共拿了七个人头。"

"好巧，当时就是我解说的。"

"当时你是什么感受？现在呢？"

"当时当然是震撼啊，现在……"

解说顿了一下，只见大屏幕的画面里左正谊已经越过中路河道，追上了方子航。

"追上了！能杀吗？！"

"杀了就反推了！"

节奏强烈的战斗音乐令气氛更紧张，左正谊的心情也很焦灼。他的手微微发抖，不是因为慌张。

他不慌，但心跳得极快。

"要赢了，杀了他。"这个念头在脑海里浮现，和曾经的 Friend 的情绪重叠。

可当时他有一个技能放空了，导致追击失败，让敌人拖到了全队复活。

虽然这一点小瑕疵没人在意，他们都说，Friend 放空的那个小技能就像维纳斯的断臂，不完美成就了完美。

若非如此，哪还有后续的第二回一打五？

但左正谊不想复刻，他只要超越。他比 Friend 更强，不应该失误。

左正谊按住技能按键，如同利剑出鞘。方子航的身影在眼前飘忽走位，他的技能释放了出去。

"秒了！"

"五杀！！！"

解说拍桌而起："End 在五杀时间结束之前把他的前队友秒了！"

游戏内满地尸体，一个人都没复活。

峡谷的风吹起伽蓝的长发，左正谊带线独自推上 XH 高地，留给镜头一个孤独的背影。

"现在我觉得，"解说接上刚才没说完的话，"End 更像世界第一中单了。"

"吹得好。"

"哈哈，实话。"解说笑笑，"总而言之，恭喜左正谊！恭喜蝎子队！2：0 拿下 3 分！"

三 »»»

赛季期间的电竞圈天天热点不断,每晚都有架吵,但今天是自 S12 赛季开赛以来,最热闹的一天,没有之一。

热搜上挂着"End 伽蓝五杀"和"蝎子战胜 XH"的词条。

各大视频平台的热门榜榜首是伽蓝五杀的高光回放。

电竞论坛首页被左正谊相关帖屠版:

《理性讨论,两场两个五杀,End 哥哥是不是开挂了?》

《这不是天才,是天神!!!》

《之前那个喷公主的蝎粉还有话说吗?大哥,出来走两步》

《不 Ban 伽蓝?您是怎么想的呢?》

《提前恭喜蝎队喜提 S12 三冠王!!!》

《抽奖!低调攒人品,求求你们别"奶"了……》

《刺客版本?我笑死了,伽蓝才是你永远的爹》

《左神别秀了!吹不动了!!!词穷!!!》

《EOH 第一美女伽蓝绝美皮肤鉴赏大全》

……

在回基地的路上,左正谊百无聊赖地刷手机。

今晚大胜一场,但他不怎么高兴,刚才甚至还哭了一场。

他哭得静悄悄的,脸上没有伤心的情绪,眼睛也没红,只有眼泪默默地淌了片刻,但很快被他无情擦干。他打了个哈欠,像什么都没发生似的。

纪决看过来时,左正谊平静地说:"不许问。"

纪决很善解人意,不问也懂了,安慰他:"伤感是正常的,毕竟……"是 WSND。

左正谊点头:"嗯,不过以后不会了。"

他竟然不需要安慰。

纪决想起去年,左正谊跟 WSND 谈续约时,曾在电话里哭诉:"我好厉害啊,纪决,我这么厉害,怎么就不能得到自己想要的呢?"

他还说:"我只是想在 WSND 退役,我不在乎年薪多一点还是少一点,差不多就行了。"

那时左正谊以为，离开 WSND 将是他的"第二次死亡"。

但他没死，他好端端地走上赛场，打赢了 XH，云淡风轻地流了几滴泪，无所谓地说"以后不会了"。

左正谊那么强，他似乎天生就该如此，做无情剑客，不以物喜，不以己悲。

可纪决知道，他在做出今天这个表情之前，曾经有过多少次心碎。

"我可以给你个抱抱。"纪决忍不住想把他坚硬的外壳揉碎。

可左正谊不搭理他。

纪决低低笑了声，故作委屈道："End 哥哥都不理我，什么东西这么好看？"他凑到左正谊的手机屏幕前，"'提前恭喜蝎队喜提 S12 三冠王'……嚯，这是黑帖吧。"

"怪无聊的。"左正谊看了几眼就关掉，换了一个新帖。

新帖也没什么新意，都是老生常谈，也可能是因为他现在不在乎那些吹和夸了，所以才觉得无聊。

左正谊靠在车座上，抱着打发时间的心态看了一会儿，微信弹窗忽然跳出来，有新消息。

来自他们的微信群"蓝 Buff 嫡系近卫军"。

Zili："呜呜呜，End 哥哥，五杀奖金好多啊，我这辈子还有机会拿吗？`"

Enter："别想太多。"

Zili："想想还不行？"

Zili："看大群了吗？鱼肠说明天请我们出去吃饭，小小庆祝一下，方总也来。"

Zili："我估计庆祝是假，开动员大会画大饼是真。"

Enter："我只想知道吃什么。"

Zili："你去大群问。"

Enter："我才不去。"

Enter："不是说除了方总，还有大股东要来吗？"

Zili："@ 太子"

Zili 撤回了一条消息。

End："……"

左正谊抬头看了纪决一眼："你爸妈要来？"

"不知道。"纪决刚才还很高兴的表情微微一变，"我没听说。"

话音刚落，纪决的微信就响了，他划开手机一看，是他妈妈发的消息。

谢兰："小决，明天见面，我想给正谊带点礼物，你问问他喜欢什么。"

左正谊在一旁看见了这条消息，有点茫然："给我带礼物干吗？"

虽说在亲戚眼里他和纪决一起长大，交情不浅，但也不至于让长辈给他这个小辈带礼物吧，还没那么亲近。

左正谊面露狐疑之色，纪决却关掉屏幕，把手机收了起来。

"谁知道呢，我妈闲的。"纪决避开左正谊的目光，不大自然地说，"她送你就收吧，不要白不要。"

"……"

左正谊不傻："你怎么和你爸妈和好的？"

他将纪决的袖口在手心里攥紧，用力地揉搓，近距离地横了纪决一眼："你是不是有事瞒着我？"

"没有。"纪决脱口而出，"都是些鸡毛蒜皮的家庭琐事，你不爱听，我就没说。"

左正谊道："我爱听，你说说看。"

纪决面露无奈："冬歇假期我不是过生日吗，我妈给我打了个电话。她哭了一场，向我道歉，让我别再恨她，把小时候的事忘了吧。她都这么说了，我能怎么办呢？毕竟是我亲妈。"

左正谊难以相信："你这么听话？不像你哦。"

"是吗？"纪决反问，"哥哥觉得什么样才像我？"

左正谊想了想道："直接挂断才是你的作风，或者嘲讽两句，'只生不养还想捡现成的？''早知今日何必当初'这类的。"

纪决肩膀抖动，笑出了声，表情在关灯的车内不太清晰，他的眼皮微垂，视线落到左正谊脸上，他们不说话也能触碰到彼此的内心。

他抓住左正谊的手，轻声道："别担心。"

第二十三章 脉搏

"你有你的家，有人给你规划未来，等你长大。但我没有。"

　　近些年，原生家庭对人的影响是一个热门话题。

　　但这个话题放在左正谊和纪决身上其实没什么好谈的。如果让左正谊自己来说，现在的他觉得，没爹妈虽然辛苦了些，但也自由，反正这二十年都已经熬过来了，要往好处想。

　　但纪决能和爸妈和好，左正谊觉得是好事。

　　虽说他有点想不通，纪决这么倔的性子，对亲生父母只有恨没有爱，怎么能突然回心转意？因为血浓于水吗？亲情真是奇妙。

　　左正谊不禁又想起奶奶了。

　　曾经，老人用布满皱纹的手拉住他，手心温暖干燥，像夏天热烘烘的阳光，抚过他的手背和头顶。

　　她说："等我想个办法，把你接回去。"

　　左正谊承认，那是他对"家庭"最渴望的时候，他动摇了，想离开潭舟岛，和她一起走。

　　可惜后来她没来，她留下的电话号码也打不通，左正谊再也没见过她。

　　这些因家庭而牵扯出的愁绪让左正谊的心情有些低落，晚上回到基地，

他没像往常一样和张自立等人嘻哈玩闹，忙完就回房间休息了。

期间严青云来找过他一次，拐弯抹角地打探他对自己今晚比赛的表现满不满意。左正谊夸了两句，打发他走了。

纪决在他房间聊天，聊着聊着，左正谊就开始犯困，窝在沙发里，把自己蜷缩成一只虾米。

左正谊困得眼睛都睁不开。纪决看着他的样子就觉得好笑，趁他反应迟钝，伸手乱揉他的头发。

左正谊胡言乱语道："你好像我奶奶。"

头顶动作一顿，纪决问："你又想奶奶了？"

左正谊不回答，他睡着了。

这是电竞圈极为热闹的一夜，无数人因左正谊而亢奋，他本人却睡得不知今夕何夕，第二天早上醒来时头还有些昏昏沉沉的。但睡觉有疗愈的功效，他的心情好了起来，开始跟张自立他们一起聊今天聚餐的事了。

据说，聚餐是蝎子老板方凯请客，饭店已经订好了，等会儿他们坐基地的车过去。

战队经理杜宇成负责带队，正在给他们讲注意事项，语气活像带小学生春游的班主任。说是注意事项，其实也没什么，杜宇成主要叮嘱他们别在餐桌上乱说话，乖乖吃饭比较好。

张自立问："点菜呢，我能随便点吗？"

宋先锋问："我想加薪，这个是可以提的吗？"

严青云问："不用喝酒吧？我酒精过敏。"

"随便点，加薪不能提，不喝酒，下午还有训练赛呢。"杜宇成严肃地回答，目光转向纪决和左正谊。

他看了纪决两秒，欲言又止。看左正谊时说："正谊，方总想跟你聊聊。"

"啊，好。"左正谊不怎么在意，他能猜到方凯准备说什么，无非是类似周建康曾经对他说过的那些话，"你是 WSND 的未来""你要扛着WSND 往前走"……

左正谊至今不知道周建康说这些话时有几分真心、几分利用。

但当时他全部信了，没有一丝一毫的怀疑，恨不得为 WSND 抛头颅洒热血来证明自己的忠心。

现在他对人情世故略有领悟，不会再那么天真。但老板愿意哄他总不是坏事，侧面说明他有足够的价值，这种价值就是他能在蝎子掌握话语权的底气。

果然，正如左正谊所料，他们先到饭店包厢，方老板姗姗来迟，见了面，一开口就说看了他昨晚的比赛，夸他厉害，然后说了不过三句，就聊到他对蝎子的重要性上去了。

和方老板同时到场的还有纪决的父母——纪国源和谢兰。

这二位比方凯更像老板，甫一落座，桌上就安静了，在场的选手加管理人员十来个，都用鼻孔细细出气，头都不抬了。

左正谊和纪决并肩坐着，挨了无数道目光，一时也有些不自在。

纪决却是沉默的，没人跟他搭话的时候，他就不主动开口，对他爸妈也不热情。但他不开口，话题却总是绕着他转。

起初，谢兰问杜宇成："杜经理，小决在基地里表现得怎么样？"

杜宇成颇感压力，客套地说"很好"，夸纪决有天赋又肯努力，跟左正谊中野联动打得出色，能 Carry 比赛。

什么"中野联动"，什么"Carry"，谢兰女士自然是听不懂的，也不在意。她只要知道自己的儿子很优秀就开心了，笑眯眯地问："能夺冠吗？我们现在是第几名呀？"

方凯道："EPL 暂时第四名，可以冲冲分。冠军杯小组赛还没打完，但我们势头不错，也能争取。"

谢兰不懂赛事规则，听完问："EPL 和冠军杯是两个不同的赛事吗？"

"对，互不干扰。"

"那什么时候能出国去打世界赛？"她看向纪决，笑道，"小决，你得当世界冠军。"

玩笑似的一句话，很多人都笑了。

但纪决没笑。平时在基地里，几乎不会有人在纪决面前提他爸妈，因为他不喜欢，每每有人提，他就会黑脸。

但酒桌上避不开人情，方凯卖他爸妈的面子，少不了要把他拉进话题中心夸几句。这些夸奖是真是假都无所谓，表面功夫做足就行了。

左正谊起先还竖着耳朵听，后来听得心累，也学张自立，装聋作哑低头吃饭，尽量降低自己的存在感。

但他和张自立不一样，想躲也躲不开。

谢兰的目光时不时落到他身上，左正谊被盯得浑身不自在。

他略感尴尬，又吃了一会儿，包厢里闷得很，他想出去透透气，便悄悄戳了戳纪决："我去下卫生间，很快回来。"

门一关，所有目光都被阻隔，左正谊松了口气，感觉自己又活过来了。

无聊的社交惹人心烦，被纪决的爸妈盯着也很心烦，他甚至受他们感染，忽然想到了以后。

左正谊胡思乱想着，去上了个厕所，洗净手后，他没有第一时间回包厢，独自在走廊里待了一会儿。

他正在想以后的生活呢，身后忽然有人叫了他一声："正谊。"

左正谊回头，竟然是谢兰。

"你怎么不回去？"谢兰柔声道，"在这儿发什么呆？"

她的头发绾了起来，身穿一件一看就知价格不菲的旗袍，优雅非常。但精致的装扮难掩眼角细纹，身材也不似年轻时紧致，旗袍有些不合适了。

尽管如此，她仍然很好看，纪决的长相多半继承了她的。

谢兰走到左正谊面前，亲切地道："你有心事吗？脸色似乎不大好。"

左正谊对这种温柔的女性长辈有天然好感，但她是纪决的妈妈，他不自觉地站直身体，把手背到身后，礼貌地叫了声阿姨，回答："没事，我透透气，马上就回去。"

谢兰点点头，说："不急，我也觉得闷，不如你陪我待一会儿。"

"好。"左正谊作乖巧状，摸了摸鼻子。

谢兰喜欢他，从去年第一次见面起就喜欢。原因有二：一是他和纪决从小一起长大，她难免爱屋及乌；二是即便没有纪决，他本人也是讨长辈喜欢的类型，生得好看又懂事。

谢兰叹了口气："小决的嘴很紧，什么都撬不出来。但有些事情他不说，我也知道。"她看了左正谊一眼，"上次他回家，我和他爸聊到他的未来……男孩子嘛，心野，才二十岁，不懂得为以后考虑，我忍不住说了他几句，他就不高兴了。"

左正谊干巴巴地一笑，不知怎么接话。

谢兰道："打电竞挺好，但这不是能做一辈子的营生。况且家里这么多事，我和他爸每天忙得脚不沾地，就指望他长大后能为我们分担几分。否则这些家业怎么办呢？你说是不是？"

"是。"左正谊没有感情地附和道。

"我们老了，"谢兰又叹气，"人一老啊，就容易寂寞。房子越大，家里越空，我现在是真的后悔了。我和他爸奔波一辈子，到头来挣到了什么呢？人都说老来幸福是儿孙绕膝，颐养天年，我恐怕没这福气了。"

左正谊听得茫然，不确定自己理解得对不对，只好拣好听的说："阿姨脸上皱纹都没几道，还年轻呢。"

"那是医美的功劳。"谢兰道，"正谊是好孩子，一定能理解阿姨的苦处。"

左正谊更茫然了，什么意思？是想通过他来劝纪决？

他不喜欢这样藏着掖着的对话，忍不住问："您希望我做什么？"

谢兰没想到他这么直接，微微一哽，脸色有些不自然："倒也不是。我也不愿惹他不高兴，但……"

好一个"但"，左正谊微微有些讶异，只听她说："男孩子总要成家立业，传宗接代，早早打算……"

左正谊："……"

敢情是担心没人继承皇位呢。左正谊刚才的忐忑都化作了厌烦，他眼前温柔美丽的长辈也变得迂腐不可理喻，打消了他继续听她啰唆的欲望。他冷下脸，耐心消耗殆尽，但良好的教养让他在谢兰面前维持住了礼貌。

"不好意思，阿姨。这件事我觉得您应该去和纪决谈。"他转身往包厢的方向走，一抬头，就见纪决正好推门出来，似乎是要来找他，看见他和他妈妈站在一起，脸色一变："哥哥？"

左正谊没理他，绕过包厢的大门，往另一个方向走去。

他迈开步伐走得极快，纪决连忙跟上来。

"怎么了？"纪决把左正谊堵在墙角，皱眉道，"我妈跟你说什么了？"

"你妈想抱孙子，想你回家继承家业，让我劝你呢。"左正谊冷冷地

道，"纪决，你家里的问题你自己解决。我打比赛好累，没心情顾及这些没意义的东西——烦死了。"

饭局结束在下午一点，几伙要前往不同地方的人分别道别。

刚才他回到包厢，纪决五分钟后才回来。他不知道纪决是否跟谢兰说了什么，他也不想问，只在纪决进门时用余光扫了一眼。

饭桌上人多，不好说话。纪决便也没说什么，默默地给他夹菜。左正谊本就不好的胃口被纪决活生生夹没了，一口也吃不下去。

下午的训练赛是三点钟，他们不到两点就回到基地了。左正谊回自己房间，把门一关，刚趴到床上，就听见了敲门声。

"哥哥。"纪决在门外叫他，"我们谈谈。"

房门开了又合，纪决反手锁上，左正谊又趴回了床上。

他把后脑勺留给纪决，紧绷的肩背线条瘦削单薄，窄腰隐在队服 T 恤下，衣摆上滑露出两寸，皮肤白得发光。

左正谊被背后的视线盯得不舒服，忍不住转过头来，却在看清纪决的表情时微微一愣。

纪决似乎很受伤，但和他以前装可怜时的表情不同，他的五官一动不动地待在原位，鼻梁挺而直，嘴唇紧抿，没有一点弧度，眼珠锈住似的不动，眉也不皱，是个标准的"面无表情"，甚至连站姿都很随意，单手插兜，另一只手无意识地转着手机。

"不是要谈吗？你怎么不说话？"左正谊捞起枕头，丢到他身上。

纪决接住随手一放，垂眸看着左正谊，半天才说："你还生气吗？"

"你说呢？"左正谊坐起身，双腿沿床边垂下，仰头看纪决，"你有话快说，没话就走，我要午睡一会儿。"

纪决被他不耐烦的语气刺得脸一白，唇抿得更紧了，嗓音微哑："是我做错了事吗？"

左正谊道："是你。"

"我做错了什么？"

"我说你错了就是你错了。"

左正谊凶巴巴地瞪纪决一眼，却委屈得眼睛通红，强忍着不让自己哭。

可能是因为他最近忍哭的本事见长，还真没有眼泪流出来。但忍得太用力，表情就更凶了，几乎把人生前二十年的厌烦都融于这一眼，尽数送给纪决。

他们从没这样吵过架，虽然这几句幼稚的你问我答也算不上吵架。

左正谊狠狠地盯着纪决，比刚才在饭店走廊里还要狠。

纪决低下头："对不起。我不知道我妈会来找你说那些，我刚才已经跟她聊过了，以前没管过我，现在也别想对我的人生指手画脚。我保证，她以后绝对不会再来烦你。别生气了好不好？"

这道歉足够低声下气。

"不好。"左正谊再次拿起枕头往纪决身上砸，"你根本不知道你哪里错了，你在敷衍我，你走开，走开啊。"

左正谊把纪决往门外推，去抓门把手的时候，被纪决捏住了手腕。

纪决捏得用力，几乎要把他骨头扭断，沉声问："我到底怎么了？"

左正谊扭开脸不吭声。

纪决硬扳过他的脸，把他转过来："说话。"

左正谊瞪着眼，泪水顺着微红的脸庞往下流："我讨厌你！"

其实他自己也说不清究竟在生什么气，他脑内没有一个清晰的逻辑，情绪却不受控制，山崩海啸天塌地陷一般淹没他，他委屈又孤单，不知该向谁诉说。

应该是向纪决，也只能是纪决。

"我讨厌你。"左正谊哭得发抖，"你……你根本不是……"不是什么他说不出来，语无伦次地说，"我想奶奶了，只有奶奶对我好……可她不来接我，我都没见她最后一面。她也不要我。"

纪决被他哭得头痛欲裂——左正谊已经很久没这样哭过了。

他虽然胡搅蛮缠撒起娇来不爱讲道理，但每次哭都有原因。他怎么这么伤心？

左正谊抬起头，对上纪决的眼睛，说："你有你的家，有人给你规划未来，等你长大。但我没有。"

纪决愣了下。

左正谊突然把自己的逻辑理顺了，他明白了，也更伤心了："你是我唯一的家人，我只有你，可你有别的家，叔叔是你的，爸妈是你的，都是你的，我什么都没有，我只是一个外人。"

"你和他们一样。"左正谊说，"你们都是有家可归的人，只有我，是天地间孤零零的一个。"

"……"

"对不起，我失态了。"他哭了一会儿后，又低声说，"我知道不是你的错，这不怪你，只能怪我自己命不好，我不应该都发泄到你身上。"

他冲纪决笑了一下，笑得惨淡，最后的口吻甚至客气了起来。

纪决却眼眶发红了，左正谊只是看着他，脸色犹如经霜历雪，苍白得可怜。

纪决猛地抓起他的手，像是要掌控他的脉搏一般，牙齿打战："……别再说这种话，别对我那么疏远……"

"他们才是外人，我是你的家人，正谊，我就是你的家。"纪决说。

"真的吗？"

"真的。"

"……"

左正谊轻轻呼出口气，仿佛飘拂的心魂又有了落脚处，极其罕见又认真地抱住了纪决。

上一次和纪决"抱头痛哭"，左正谊已经记不清是多少年前的事了。

小时候的纪决很爱哭，但那些哭大多是装的，他的眼泪收放自如，是讨左正谊喜欢的手段。

遇到真正的困难时，纪决一般不哭，他身上从小就有一股凶狠劲儿，比如有人上门讨债时，他敢去厨房拿刀。

但年幼的左正谊看不透这一点。如果说纪决天生善于伪装，左正谊就是天生善于被骗。他被骗的主要原因不是傻，而是盲目"自大"。

纪决说："哥哥好厉害,哥哥保护我。"左正谊就真的觉得自己好厉害,纪决必须依靠他,否则就会死。

他眼里的自己无比强大,认为自己经历过无数的风霜雨雪,能抗住世间一切磨难。

然而实际上,他在潭舟岛十五年经历的那些"磨难"都是单纯的、简单的:努力就能赚到钱,饿了就和弟弟一起吃火锅,小城里的生活基调昂扬向上,周围的亲朋师友无不爱他,无人来鞭挞他的灵魂,他有光明的未来。

他人生前十五年里最痛苦的事莫过于被纪决"背叛",但被背叛的痛苦还没来得及往更深处发酵,他就被 WSND 接走了。

他进入电竞行业,犹如进入一个乐园,找到了灵魂的归宿——至少在 WSND 的那几年,左正谊是这么想的。

然而,人生像一本故事书,剧情发展到顺利而无悬念的阶段,就会出现转折。

左正谊离开 WSND,他的第二个家、他的乐园……破灭了。

从前被挡在家门外、闻所未闻见所未见的风雨终于袭到他身上,左正谊在痛苦之下,几乎分辨不出,他对家的渴望究竟是不是源于懦弱?他想被保护?想要避风港?

可家的意义不就在于此吗?恋家的人,恋的就是一个心安。

"哎,纪决。"左正谊突然说,"我有点想不起你小时候是什么样子了。"

"没现在英俊,忘了吧。"纪决臭屁地说。

左正谊笑了声,全然忘了刚才是谁眼睛还红着。

这是三月七日的下午,蝎子刚打完 XH。

下一场比赛在三月十日,冠军杯小组赛第三场,对手是 UG 战队。

UG 不算强敌,蝎子压力不大。同组对手除了 UG,还剩 FYG 和 TT 战队没打过。冠军杯小组赛是组内单循环赛制,也就是说,打完这三场就将进入淘汰赛阶段。

淘汰赛一场都不能输,否则就没有然后了。

而 EPL 这边,截至打完 XH,蝎子本赛季还剩十场比赛。

由于 EPL 是积分制,并无淘汰之说,也无决赛,这十场是无论如何

都会打满的。

但冠军未必要等到最后一场比赛打完才出，如果榜首的积分远远高于第二名，第二名的剩余场次全胜也不能反超的话，榜首就可以提前宣布夺冠，联盟也会提前为其颁发联赛冠军的奖杯。

目前 EPL 的榜首仍然是 CQ。

蝎子众人除了努力打比赛之外，每天都盼着 CQ 能多输几场，哪怕多输一小局也好。

但让他们很失望，CQ 自打上一场 0：2 负于 Ki，后面的五场比赛，包括 EPL 和冠军杯小组赛，全部获胜了。

值得一提的是，CQ 冠军杯分在 A 组，A 组除了 CQ 还有 SP、XH、FPG、SXD 和 MX 腾云五支战队，而 CQ 以小组第一名的成绩出线，另一个出线名额落到了 SP 身上，这意味着 XH 止步于小组赛，他们今年的冠军杯旅程就此结束了。

XH——前 WSND，是上个赛季的冠军杯冠军。当时左正谊亲手摘下桂冠，开启了职业生涯辉煌的第一章。

而今辉煌不再，左正谊回头只闻见一声叹息，胜败不定，世事无常。

左正谊发消息安慰了金至秀几句，金至秀倒是乐观，说没什么，冠军杯没了就在 EPL 加倍努力吧，争取一个好名次。

他们当初在 WSND 时创建的微信小群还在，但没人说话了。

不说话不是不联系，私下还是在聊，只是不知不觉冷落了五人群，谁也说不清是什么心态。

可能是因为都不想再提老 WSND 了，大家的职业生涯都在继续，怀念过去除了徒增烦恼之外没什么用处。

左正谊抛开一切杂念，全身心投入比赛中。

蝎子自打把辅助换成严青云，效果就打出来了，之后的比赛一直顺风顺水。

三月十日打赢 UG（冠军杯）。

三月十五日打赢 SXD（EPL）。

三月十八日打赢 FYG（冠军杯）。

三月二十二日打赢 KI（EPL）。

三月二十六日打赢 TT（冠军杯）。

近五场比赛，CQ 取得五连胜，蝎子同样也取得了五连胜。

虽然赢得顺利，但蝎子并非一点问题都没有。他们每一场比赛都会认真复盘，从中发现了不少问题，说大不大，说小不小，净是老毛病，主要集中在左正谊和纪决身上。

正如左正谊很早之前就发现的，纪决只有在"毒瘤打法"下才能打出自己的技术上限，他不擅长给人打下手。

虽然他很乐意配合左正谊，也配合得不错，但这么打总是束手束脚的，差点意思。

左正谊为此很苦恼，也尝试过自己给纪决打下手，但最终是束手束脚的人从纪决换成了他，结果没什么改变。

纪决说，他们之所以犯冲，可能是因为在他打不上职业的四年里，练习时喜欢模仿左正谊的风格，导致他们打法相似，一山难容二虎。

但这种"相似"是弊也是利，如果能把那股劲儿拧过来，就能双剑合璧，天下无敌。

左正谊说到"天下无敌"四个字的时候，手舞足蹈，仿佛真的在练剑。

纪决在一旁抱着猫，笑得胃疼。

猫是三月初被抱回基地的布偶猫，名字叫小尖，是只小母猫，猫如其名，"尖"得很。它刚来的时候还很怕生，见到人就喵呜两声躲起来，不准人摸。

但没多久，它似乎摸清了蝎子基地的"形势"，知道谁是老大，每天嗲声嗲气地黏着左正谊，在他脚边喵喵喵个不停。

它还很擅长"猫假人威"，仗势欺人，左正谊抱它的时候，它就扬着脑袋，不准任何人接近，如果这时候张自立等人胆敢来撸它，它就会一巴掌呼上去，挠他一个大花脸。

不料，张自立的本性深入骨髓，不仅甘于被人欺负，被猫欺负也不恼。小尖抓了他两三次，他还上赶着来摸它的肉垫，还在它面前扭来扭去逗它玩，给猫表演耍猴戏。

左正谊看得无语。

但左正谊也没好到哪儿去。

自从小尖黏上他，他就多了一个兴趣爱好，上网混"猫圈"，学习养

猫的相关知识，比养娃还认真，薪水也多了一个用途：买猫罐头。

偶尔闲下来，他还会跟猫聊天，试图教它说人话。

左正谊说："小尖，叫哥哥。"

小尖："喵。"

左正谊："不对，哥哥。"

小尖："喵喵。"

左正谊："哎，你好笨蛋，是哥哥。"

小尖："喵喵喵，喵！"

纪决："……"

基地里充满了弱智的气息。

但同样的行为放在张自立身上，纪决觉得是弱智。放在左正谊身上，他就觉得好可爱。人很难不双标。

说回正题，左正谊想跟纪决双剑合璧，打出"一加一大于二"的效果，没有捷径可走，唯一的方法就是练，多练，不停地练。

只练不学相当于闭门造车，不行。

教练组为了帮他们提高，把 EPL 里擅长中野联动的战队挑出来，研究打法，整理资料，叫他们学。

研究完国内的，又研究国外的。据说韩国联赛今年有一支队伍势头很猛，优势就是中野无敌，把韩国赛区各大战队虐了个遍。

孙春雨把他们的视频找出来给蝎子队员看，说是师夷长技以制夷。虽然暂时还没走到"制夷"的环节，但学学人家的优点有利而无害，就当取长补短了。

左正谊看得认真，难得地生出几分紧张来，下一场 EPL 比赛在三月三十日，蝎子要打 SP。

SP 最近战况不良，但强队偶有失误，仍不减威力。

蝎子全队备战这场比赛铆足了劲儿，不为别的，如果能打赢这场，蝎子的 EPL 排名就能立刻反超 SP，变成第三。

截至今日，EPL 只剩八场比赛，蝎子要想夺冠，一场都不能再输了。

（未完待续）

番外 十七岁

早上六点，下雨了。

一局游戏打完，纪决刚准备关电脑休息，不经意间转头，发现玻璃窗上挂了一层细密的水珠。

雨下得不大，但天阴透了。

晦暗的光从窗外照进来，打在纪决熬夜后疲惫的脸上——明明才十七岁，在最好的年纪，他的气质却和天空一样阴沉，好像从来没笑过。

这是他和左正谊分开的第二年。

准确地说，两年快过完了，即将步入第三个年头。

纪决为了追逐左正谊，独自来到人生地不熟的上海。

房子是租的，卧室面积不大，除去一张床、一个电脑桌，就没多少摆放其他物品的空间了。厨房、卫生间等都是跟合租的陌生室友共用的，条件只能说一般，不过纪决不挑剔，一个暂时的落脚点罢了。

唯一的优点是卧室的窗户很大，没事的时候他就盯着窗外出神，想家乡，也想两年前离开家乡的那个人。

今天和往常一样，纪决想了几分钟，克制地收回思绪，准备睡觉——别人的一天刚刚开始，但他又过完了一天。

他去洗了个澡，回来时发现手机在振动，消息来自一个游戏代打微信群。

"明天下午 WSND 青训营选拔赛，老哥们有报名的吗？"

"没，不感兴趣。"

"爹队很严格吧，难进。"

"我报了，哈哈，玩一下呗，进不去拉倒。"

纪决扫了一眼，打字回复："我也报了。"

他性格孤僻，不常在群里说话。但游戏玩家最"慕强"，谁技术厉害谁的存在感就高，孤僻不是缺点，反而更具"高手"风范。

群里三十多人都挺服他的，不过他们对他不了解，不知道他多大、长什么模样、来自哪里。

纪决的消息一发出，立刻有人问："你也想打职业吗？"

"嗯。"

做游戏代打的人普遍年龄不大，从十六七岁到二十出头，都网瘾很重，有一些是单纯爱玩游戏，也有一些怀揣电竞梦想，想凭一手好技术打进职业圈子。

纪决勉强算后者，但他想打职业的原因跟梦想无关。

他只是为了左正谊。

纪决不跟半熟不熟的网友们讲私事，随意聊了两句就放下手机，拉上窗帘睡觉了。

小雨淅淅沥沥地下了一整天，他醒来时还没停。

纪决起床洗漱，给自己煮了碗面。

最近他学会做饭了，煮的不是方便面，是正儿八经的挂面，自己调汤汁，弄好后香气扑鼻。可惜纪决食欲寡淡，好好吃饭只为填饱肚子、维持身体机能。

他打游戏的时候会想，左正谊也在玩吧，在玩什么英雄？吃饭的时候也会想，左正谊是不是也该吃饭了，在吃什么呢？进入 WSND 青训营之后，生活还顺利吗？有没有……想起过他？

每每想到这里就中断了。

纪决不爱煽情，即使一人独处也要装平静给自己看，以免意志消沉。

他匆匆吃完面，趁着天还没黑，撑伞出门，去理发。

两年不见，从十五岁到十七岁，纪决已经长高一大截、突破一米八了。

真好奇左正谊现在的身高，是比他高还是比他矮？

明天就要去 WSND 基地试训，说不定能见到……

终于，终于又有机会见面了。

纪决坐在理发店里，一下子紧张起来，心神不宁。

理发师连问三遍"帅哥，你想剪什么发型"他才回神，答了句"清爽点就好"。

不仅理了发，他还买了一身新衣服、新鞋，花掉大半个月的代打报酬。

直到在镜子前照了又照，纪决确保已经把自己收拾得光鲜亮丽，一点落魄也看不出来，才稍微安心些——他有颜面去见左正谊了。

试训在第二天下午，纪决不是一个人去的。

群里另一位报名的网友喊他搭伴，他原本没兴趣，但转念一想，自己心情不平静，有群友陪着聊天吹水能冲淡一部分紧张的情绪，就答应同行了。

他们约好时间，在电竞园附近会合。WSND 基地大楼就在电竞园里。

天公作美，今天放晴了。七月的太阳毒辣，热气扑面而来，纪决不知道自己是被太阳晒得还是因为心焦，浑身火烤般煎熬。

他一言不发，和那位群友一起走进电竞园。后者是个自来熟，一路上不停地给他讲八卦。

都是些不知道从哪儿听来的"料"，对方讲着讲着忽然叹了口气，说："唉，我中单，你打野，咱俩今天恐怕都不好过。"

纪决问："为什么？"

"你不知道吗？爹队青训养了一个天才中单，特牛，俱乐部上下都把他当宝贝呢，钦定太子，下一代围绕他建队，所以一般的中单他们看不上眼啊。"

"哦。"

"而且为了养中路，挑打野特严格。你今天要加油，兄弟。"

"随缘吧。"纪决答得心不在焉。

他注意到"天才中单"这几个字，心想，是说左正谊吧？

除了左正谊还能有谁？纪决不相信世上还有比他更天才的中单选手。

这样一想，焦虑减轻不少，隐隐有点兴奋。

像是一个在黑夜中前行的旅人，跋涉两年终于快见黎明，纪决突然对未来有了明确的期望——如果这次试训通过，他就能名正言顺地和左正谊重逢，当他的队友，一起打比赛。

他们的轨迹再次相交，以前犯过的错，没来得及说出口的解释……还有机会弥补，可以重新来过。

纪决心里翻江倒海，面上堪堪藏住，揣在裤兜里的手指却不受控制地发抖。

纪决忍了又忍，不愿当众失态。

来参加选拔的人很多，粗略数一下，二十多个。他和群友混在人群里，跟着相关负责人走进 WSND 基地大楼。

流程很清晰，分队进行试训。他们穿过大堂，进电梯，上训练楼层，被带到一间训练室门前。

每个人都分到了自己的队伍序号，面试一般按序号轮番进场。

这么多人，不知道能打的有几个。

纪决的目光越过一个个神色各异的竞争者，四下张望，可惜 WSND 基地大楼有好几层，各部门人多而杂，他根本不知道左正谊平时生活在哪一层、会出现在哪里，又或者……今天可能不在基地？

纪决失落地收回目光，找不到那道身影。

没多久，他的出场时间就到了。

他无暇再看，被叫进训练室，接受试训去了。

或许是因为命运里没太多机缘巧合，错过才是常态。

纪决前脚走进门，左正谊后脚就从走廊对面的楼梯间出来，路过门外排队试训的少年们，进了隔壁的另一间训练室。

对左正谊来说，今天是一个再普通不过的日子。

起床、洗漱、吃饭、训练，和昨天以及明天都不会不同，他不知道有故人不远千里追到上海，就在他附近，十米之内的距离。

十七岁的左正谊也长高了，隐约有了成熟模样。他不常晒太阳，皮肤还是那么白，发型也换过几回，五官又长开了些，更好看了。

但他注意不到自己的外貌，穿着随便，是 WSND 批发的蓝白色队服，不潇洒也不酷，像个规规矩矩穿校服的高中生。

队服 T 恤背后印着他的职业 ID "Friend"，平平无奇。

但他的技术一点也不平凡，教练的赞赏和队友的认可都是他凭本事打出来的。

左正谊像往常一样，坐到自己的电脑前，开机，登录游戏，先习惯性地创建一个自定义房间，用他最喜欢的英雄伽蓝，对着兵线练刀。

邻座的几台电脑也开机了，队友们都上了游戏，开始找状态。

今天有一场训练赛要打，左正谊最近在练习当指挥，每一场训练赛都无比认真，聚精会神盯着游戏，没注意队友们在每小局的间隙聊了什么。

直到训练赛打完，他才听明白，他们说隔壁房间在试训新人呢，大家都很好奇，不知道今天能选出几个新队友，很可能一个都没有。

因为 WSND 其实不缺人，每年夏天公开选拔只是为寻找天赋高的潜力股，没找到符合期望的也不会硬加人进来。

左正谊的邻座消息灵通，休息时间一到，此人猛翻手机，实时分享隔壁试训现场的八卦，说："听说有个打野发挥失常，秀了好几波下饭操作。"

另一个队友问："有多下饭？"

"乱放技能，空大，看起来特紧张。"

"紧张也正常。"

"主要是这哥们长得帅，资料里天梯排名也高，教练特别关注他，没想到他的表现这么拉垮，心理素质太差了……"

左正谊闻言转头："天梯第几？国服吗？"

队友低头在手机上打字，正在问隔壁房间的眼线，半晌抬头道："前二十，ID 好像叫'Ji'，你认识吗？"

"……"左正谊微微一顿，"不认识。"但翻排行榜的时候见过。

"Ji"这个发音让左正谊心里不舒服。

虽然他知道，跟他讨厌的某位纪姓人士无关。那人游戏技术稀烂，只会叫他带着上分，怎么可能自己打上排行榜？

但像一阵冷风掠过水面，思绪莫名被惊动，左正谊忽然想起了家乡。

潭舟岛的季风、海水、珊瑚礁……清晰又遥远。

他默不作声地发了一会儿呆，回神时队友们已经换话题、聊到晚饭吃什么去了。

　　隔壁的试训是什么时候结束的左正谊不知道，他走出训练室的时候，走廊里的人群已经散了。

　　听说那位发挥失常的打野被淘汰，失魂落魄地离开了 WSND。

　　不知为什么，他听到这句形容时心里有一种微妙的共情，就好像，这个人冥冥之中跟他有什么联系，他也应该为这个结果遗憾。

　　左正谊的心情突然有点糟糕。

　　但这微不足道的小情绪很快就被他遗忘了，他每天忙于训练，有时连自己的私事都顾不上，哪会记挂一个根本不认识的陌生人？

　　他这么努力训练，是因为早就不满足于待在青训营，他想尽快进一队。

　　努力也是左正谊唯一能做的事，十七岁的他一无所有，为梦想拼命是摆在他面前唯一的道路。

　　他要往前走，无论如何不该停下，更不可能回头。

　　而十七岁的纪决在哪里呢？

　　依然在左正谊的身后，是一个左正谊不曾料想、也看不见的地方。

　　黎明还未到来，纪决仍要跋涉。

　　他没有别的选择，失败一次就只能再爬起一次，两年不行就三年，三年不行就四年……总有一天，他能走到左正谊的身边吧？

　　到那时，纪决要再剪一次发、换一身新装，装作云淡风轻，好像没费什么力气就赶上了。

　　还要很有面子地说一句："哥哥，我打职业不是为了你。"

（番外《十七岁》完）

▶▶▶ 游戏操作：

CD：cool down，技能冷却时间，技能再次释放所需要的时间。

Gank：偷袭、包抄、围杀，通常是以多打少，又称"抓人"。

Tank/肉盾：作用就是负责吸收对手输出过来的伤害。

发育：在游戏中表示避免一切不必要的对战，尽可能的提升装备配置。

Carry：游戏中能够带领队伍获取胜利。

Solo：单挑，可以是1V1，也可以是英雄单独带兵线与敌方对峙。

经济：每局游戏中的金币，可以用来购买装备。一般经济来源有三个，一是打小兵和野怪，二是击杀对方英雄或者助攻，三是推掉对方防御塔。

一波：从"一波攻击"延伸而来，表示将对方团灭后，一鼓作气直接攻击对方的防御塔和水晶，赢下比赛。

换线：就是跟队友交换路线。三条线路的玩家互相配合，不同的英雄在不同的线路上对战，必要时换线，影响结果走向。

对线：指和敌方在兵线附近对峙。

带线：让某个玩家推动和控制兵线的活动。

压线：就是控制住兵线，保证兵线聚集在一起，但暂时不清理，把己方的兵线控制在自己塔前，把对面的兵线压到别人的塔前。

清兵：快速消灭敌方小兵，获得金钱（经济）。

团战、打团：我方多人和对方多人进行战斗。

开龙、打龙：游戏会在中期和后期各出现一条龙，各自能输出不同的伤害，通过打龙，全队可以获得大量金币和攻击加成。

Buff：即给英雄的增益效果，分为蓝Buff和红Buff，获得后有属性加成。获得蓝buff后可以减少专业技能CD的时间，同时提升回蓝速率；获得红buff后攻击可以给敌方造成额外真实伤害及减速效果，还能给予英雄较高的生命值回复。

偷塔：趁对方不注意时推掉他们的防御塔。

出装：就是出装备，在游戏里就是合成强化自己角色英雄能力的装备，一般有攻击类、法术类、防御类。

脆皮：是指角色英雄抗性低、血量少，很容易被击杀。

塔伤：防御塔对英雄造成的伤害。

图书在版编目（CIP）数据

你我之名：全二册 / 娜可露露著 . —— 北京 : 中国
致公出版社 ,2023.7（2023.11 重印）

ISBN 978-7-5145-1985-3

Ⅰ . ①你… Ⅱ . ①娜… Ⅲ . ①长篇小说 - 中国 - 当代
Ⅳ . ① I247.5

中国国家版本馆 CIP 数据核字 (2023) 第 020221 号

本书由娜可露露委托湖北知音动漫有限公司正式授权中国致公出版社，在中国大陆地区独家
出版中文简体版本。未经书面同意，不得以任何形式转载和使用。

你我之名：全二册 / 娜可露露 著

NI WO ZHI MING:QUAN ER CE

出　　版	中国致公出版社	
	（北京市朝阳区八里庄西里 100 号住邦 2000 大厦 1 号楼西区 21 层）	
出　　品	湖北知音动漫有限公司	
	（武汉市东湖路 179 号）	
发　　行	中国致公出版社（010-66121708）	
作品企划	知音动漫图书	
责任编辑	杨　鸿	
责任校对	魏志军	
装帧设计	余璐杉	
责任印制	程　磊	
印　　刷	武汉市新华印刷有限责任公司	
版　　次	2023 年 7 月第 1 版	
印　　次	2023 年 11 月第 2 次印刷	
开　　本	787 mm×1092 mm　1 / 32	
印　　张	14.5	
字　　数	436 千字	
书　　号	ISBN 978-7-5145-1985-3	
定　　价	69.80 元	